KB044299

예피판의 갑문

Епифанские шлюзы

Андрей Плато́нович Платонов

대산세계문학총서 110

예피판의 갑문

Епифанские шлюзы

안드레이 플라토노프 지음 ― 김철균 옮김

문학과지성사

2012

대산세계문학총서 110_소설

예피판의 갑문

지은이 안드레이 플라토노프
옮긴이 김철균
펴낸이 홍정선
펴낸곳 ㈜**문학과지성사**
등록 1993년 12월 16일 등록 제10-918호
주소 121-840 서울 마포구 서교동 395-2
전화 02)338-7224
팩스 02)323-4180(편집) 02)338-7221(영업)
전자우편 moonji@moonji.com
홈페이지 www.moonji.com

제1판 제1쇄 2012년 7월 18일

ISBN 978-89-320-2318-2
ISBN 978-89-320-1246-9 (세트)

이 책은 대산문화재단의 외국문학 번역지원사업을 통해 발간되었습니다.
대산문화재단은 大山 愼鏞虎 선생의 뜻에 따라 교보생명의 출연으로 창립되어
우리 문학의 창달과 세계화를 위해 다양한 공익문화사업을 펼치고 있습니다.

차례

예피판의 갑문

M. A. 카신체바에게

1

내 사랑하는 동생 버트랑, 자연의 기적은 얼마나 오묘한지, 또 공간의 신비는 얼마나 풍요로운지…… 지고(至高)로 강력한 지성도 이를 이해할 수 없고, 지고로 고귀한 심장도 이를 느낄 수 없을 거야! 아시아 대륙의 내지, 너는 이 형이 머물고 있는 곳이 어떤 곳인지 상상이나마 할 수 있겠느냐? 머리로 네가 이에 다가갈 수 없다는 것을 나는 잘 알고 있다. 네 시선은 시끌벅적한 유럽과 사람들이 북적대는 우리 고향 뉴캐슬에 사로잡혀 있겠지. 그곳에는 항해자들도 끊이지 않고 교양인들의 시선을 달래주는 것들이 있지.

고향을 그리는 내 마음의 병은 하루하루 깊어가고, 오지 생활에서 오는 울적함은 내 조바심을 갈수록 더 자극하고 있단다.

러시아인들은 기질이 온순하고 장시간의 힘든 노동을 잘 견뎌내지만 미개하고 무지하다. 내 입은 오랫동안 문명의 언어를 쓰지 못해 아예 굳어버렸단다. 나는 축조물 위에서 감독들에게 몇 가지 신호만을 보내고, 그들이 직접 노동자들을 지휘하지.

이곳의 자연은 정말이지 풍요롭다. 조선용 나무들이 온 강을 아늑하게 감싸고 있고, 평원도 이 나무들로 거의 빼곡히 차 있다. 인간들과 굶주린 짐승들이 나란히 삶을 이어가고, 이곳 러시아인들은 짐승들을 몹시 두려워한다.

그러나 곡식과 고기가 풍부하여 뉴캐슬을 향한 사무치는 그리움과는 상관없이 넉넉한 식사는 나를 살찌게 했단다.

이번 편지는 지난번과 같이 상세히 쓰진 못하겠구나. 아조프와 카파, 콘스탄티노플로 떠나는 상인들이 선박 수리를 이미 끝내고 집 떠날 채비를 하고 있다. 이 그림엽서가 빨리 뉴캐슬에 도착할 수 있도록 그들 인편에 부치려 한다. 대상(大商)들이 서두르고 있다. 타나이드*가 마르면 무거운 배를 띄울 수 없기 때문이다. 너에게 부탁할 것이 하나 있는데, 너라면 충분히 해낼 수 있는 일이다.

표트르 황제는 못 말릴 정도로 분잡하고 소란스러운 데 반해 대단한 힘을 지닌 인물이다. 그의 정신은 자기 조국을 닮아 종잡기 어려울 만큼 풍요롭지만, 또 숲과 짐승의 단순함 그대로 거칠기도 하다.

그러나 그는 외국인 선주(船主)들에게는 한없이 우호적이며 지나칠 정도로 너그럽단다.

나는 육지에서 안전하게 배를 수리할 수 있도록 두 갑실을 가진 갑문과 둑을 보로네시 강 하구에 만들었다. 또 물을 통과시키기에 충분한 크기의 문이 달린 갑문과 함께 커다란 둑도 만들었다. 이어 큰 배가 통과할

---

* 돈 강을 말함(원주).

수 있는 두 개의 큰 문을 가진 또 다른 갑문을 만들었는데, 문을 통과한 배를 둑으로 둘러싸인 공간 속에 언제든 넣어둘 수 있고 배가 들어올 때는 물을 빼낼 수 있다.

이 공사에는 16개월이 소요되었고, 이와 함께 다른 공사도 진행되었다. 표트르 황제는 내 작업에 매우 만족해했고, 18문의 포를 실은 배가 도시에까지 접근할 수 있도록 강을 개조하는 갑문 공사를 시작하도록 지시했다. 나는 10개월간의 이 힘든 과정을 이겨냈고, 이렇게 내가 만든 건조물은 세상이 뒤집어지지 않는 한 끄떡없을 것이다. 갑문이 들어선 강 밑바닥은 지대가 약하고 독일제 펌프가 맥도 못 출 만큼 강한 샘물이 솟구쳐 6주간 작업이 정지되기도 했다. 그때 우리는 분당 12보치카*의 물을 처리할 수 있는 기계를 만들어냈고, 8개월을 쉬지 않고 작업을 진행시킨 끝에 기둥을 내리기 위한 구멍을 깊이 파 내리는 데 성공했다.

이 힘든 작업이 끝난 후 표트르 황제는 내게 키스하고 은화 천 루블을 하사했다. 이는 결코 적은 돈이 아니다. 또 황제는 갑문의 발명가 레오나르도 다 빈치도 이보다 더 잘 해내지는 못했을 거라며 치하의 말을 아끼지 않았다.

사랑하는 나의 버트랑, 나는 네가 여기 러시아에 왔으면 한다. 이곳은 기술자를 후하게 대접하며, 표트르는 큰 공사 계획을 갖고 있다. 내가 그에게 직접 들은 바에 의하면, 이곳에 있는 큰 강들인 돈 강과 오카 강을 잇는 수로를 건설할 계획이라고 한다.

인도와 지중해의 여러 나라들 그리고 유럽까지 나가기 위해 황제는 발트 해와 흑해, 카스피 해를 잇는 수로를 만들고자 한다. 이 계획은 황

---

* 1보치카는 약 3.33배럴의 양과 같음. 12보치카는 40배럴, 492리터에 해당됨.

제 자신이 직접 생각해낸 것이다. 모스크바와 인근 도시에서 활동하고 있는 상인들의 원활한 무역을 돕기 위해 이 공사가 계획되었다. 더구나 이 나라의 자원은 대륙 깊숙이 분포되어 있기 때문에, 큰 강들을 수로로 연결하여 페르시아로부터 상트페테르부르크까지, 아테네로부터 모스크바까지, 또 우랄과 라도가 호수, 칼므이크 초원과 그 너머로까지 배를 타고 나가야 한다.

그런데 표트르 황제께는 그런 큰일을 해낼 수 있는 기술자들이 필요한 것이다. 돈 강과 오카 강을 잇는 수로 공사는 보통 공사가 아니어서 혼신의 힘을 쏟을 각오와 엄청난 지식이 요구된다.

그래서 나는 뉴캐슬에 있는 동생을 부르겠다고 황제께 약속했다. 나는 이젠 지쳤을뿐더러 약혼녀가 그립고 견디기 힘든 외로움을 느끼고 있다. 4년을 미개한 사람들 속에 살다 보니 가슴이 굳어지고 판단력도 흐려졌다.

내 제안에 편지로 답해다오. 나는 네가 여기에 오기를 권한다. 너에게 물론 힘든 일이 되겠지만, 5년 후면 큰돈을 벌어 뉴캐슬로 돌아가 남은 인생을 편하고 넉넉하게 보낼 수 있을 것이다. 이를 위해 힘은 들겠지만 한번 열심히 일하는 것도 괜찮을 것이다.

내 약혼녀 안나에게 나의 사랑과 그리움을 전해다오. 얼마 후면 돌아가게 될 것이다. 그녀로 인해 심장에서 솟구치는 피 하나로 내가 살아가고 있다고 전해주렴. 또 나를 기다리라고. 그럼 이만 줄인다. 사랑스러운 바다와 활기찬 뉴캐슬, 조국 영국을 따사로운 눈길로 바라보길 바란다.

너의 형이자 친구인 윌리엄 페리.
1708년 8월 8일.

2

1709년 가을, 버트랑 페리는 초행길에 올라 배편으로 상트페테르부르크에 도착했다.

뉴캐슬로부터의 이 긴 여행에 그는 오스트리아와 남아프리카 항구들에 여러 번 정박한 바 있는 '메리'라는 낡은 배를 이용했다.

수터렌드 선장은 페리의 손을 잡고 이 위험한 나라에서의 안전한 여행과 조국의 품으로의 빠른 귀환을 기원해주었다. 버트랑은 그에게 감사하고 육지에 발을 내디뎠다. 그곳은 힘겨운 노동과 외로움, 어쩌면 때 이른 죽음까지도 그를 기다리고 있을 낯선 도시, 광대한 나라였다.

버트랑은 서른네 살이었지만, 음울하고 슬픔을 띤 얼굴에다 관자놀이에 난 희끗희끗한 수염이 그를 마흔다섯 살은 돼 보이게 했다.

항구에서 버트랑을 맞아준 사람은 러시아 군주가 보낸 사자(使者)와 영국 국왕의 영사였다.

그들은 의례적인 말을 주고받은 후 헤어졌다. 군주가 보낸 사자는 메밀죽을 먹으러 집으로, 영국 영사는 자기 사무실로 돌아갔고, 버트랑은 해안 병기창 부근의 숙소로 향했다.

텅 빈 숙소는 깨끗하고 한적했다. 실내의 적막함과 쾌적함은 우울한 분위기를 한껏 자아냈다. 황량한 해풍은 베네치아풍의 창문을 흔들어댔고, 창문으로부터 느껴지는 한기는 한층 더 버트랑의 외로움을 자극했다.

단단하고 낮은 탁자 위에 봉인된 봉투가 놓여 있었다.

버트랑은 봉투를 열어 편지를 읽었다.

전 러시아의 군주이신 어른의 명에 따라 과학원은 영국의 해양 기사 버트랑 람세이 페리에게 오브보드느이 거리에 위치한 과학원 소속 수로 건설국에 방문해줄 것을 요청합니다.

이반 호(湖)와 샤치 강, 우파 강을 통과하는 돈 강과 오카 강 연결 수로 공사의 진행 상황을 폐하께서는 친히 지켜보실 것입니다. 따라서 공사는 서둘러 착수되어야 합니다.

귀하는 본 과학원을 조속히 방문하여야 합니다. 그에 앞서 심리와 신체 상태가 속히 정상으로 회복될 수 있도록 항해로 인한 여독을 먼저 풀기 바랍니다.

과학원 원장령에 의거,

과학원 규례 제정인, 법률고문 겐리흐 보트만

버트랑은 편지를 손에 들고 넓은 독일식 의자에 앉아 깜빡 잠이 들었다.

곧 그는 창가에서 불안하게 울어대는 바람 소리에 깨어났다. 캄캄하고 인적이 드문 거리에는 축축한 눈발이 연신 내리쳤다. 버트랑은 램프를 켜고 섬뜩한 창문가에 놓인 탁자 옆에 앉았다. 그러나 할 일이라곤 없었기 때문에 그는 다시 생각에 잠겨들었다.

한참이 지났고 대지는 천천히 다가오는 밤을 맞고 있었다. 버트랑은 졸다가 급히 정신을 가다듬어 뉴캐슬에 있는 집으로 되돌아갈 날을 꿈꾸었다. 그는 날씨가 온화하여 사람들이 북적대는 항구와 지평선을 따라 유럽의 대지가 어슴푸레 펼쳐지는 창밖 풍경을 그리워했다.

그러나 거리의 바람과 어둠, 눈, 정적 그리고 고요 속에 밀려드는 한기는 자신의 거처가 다른 위도상에 위치해 있다는 것을 버트랑으로 하여금 금방 깨닫게 하였다.

그리고 그가 그토록 오랫동안 의식적으로 피해왔던 생각이 그의 공상을 순식간에 덮어버렸다.

그의 스무 살 먹은 약혼녀 메리 카보런트는 아마도 지금 블라우스에 라일락꽃을 꽂고 뉴캐슬의 푸른 거리를 돌아다니고 있을 것이다. 아마도 어떤 놈이 그녀의 손을 잡고 길을 거닐면서 뻔뻔스럽게 거짓된 사랑을 그녀의 귀에 속삭이고 있을 것이다. 버트랑은 메리에게 무슨 일이 일어날지 결코 장담할 수 없었다. 그는 2주간의 항해 끝에 이곳에 도착했다. 환상에 잘 빠지는 무분별한 메리에게 그사이에라도 어떤 일이 일어났을지 모를 일이었다.

과연 한 여자가 눈앞에 있지 않은 사람에 대한 사랑을 키우며 5년이나 6년을 기다릴 수 있겠는가? 그럴 수는 없을 것이다. 그랬다면 이미 오래전에 세상은 온통 고결해졌을 것이다.

믿을 수 있는 사랑을 뒤에 남겨둘 수 있었다면 남자들은 걸어서 달나라까지도 갈 수 있을 것이다!

버트랑은 인도산 담뱃잎으로 파이프를 채웠다.

'그러나 메리가 옳았어! 그녀에게 무역상 남편이나 일반 선원이 무엇 때문에 필요하겠는가? 내 소중한 사랑, 당신은 매우 영리한 여인이지……'

버트랑의 생각은 빠른 속도로 내달았지만 쳇바퀴 돌 듯 정확히 반복될 뿐이었다.

'귀여운 메리, 당신이 옳아…… 당신 몸에서 항상 나던 풀 냄새가 기억나는군. 이스칸더* 같은 방랑자나, 달리는 티무르나, 거친 아틸라** 같

---

* 우즈베키스탄의 유명한 칸 가운데 한 사람.
** 5세기 전반에 카스피 해로부터 라인 강에 이르는 대제국을 건설한 왕.

은 남편이 필요하다고 언젠가 당신이 말한 것도 기억하고 있어. 그리고 선원이라면 아메리고 베스푸치* 같은 사람이…… 당신은 많은 것을 알고 있지, 영리한 메리.

남편이 생명보다 소중하려면, 그는 생명보다 진기하고 흥미로워야한 다고 말한 당신이 정말로 옳았어! 그렇지 않다면 당신은 이내 지루해질 테고 불행해지고 말겠지.'

버트랑은 씹던 담배를 세차게 뱉고 말했다.

'그래, 메리, 당신은 조숙하고 너무나도 영민하지. 또 나라는 인간은 그런 아내와는 어울리지 않아. 그러나 그런 영민한 지혜를 떠받들고 산다 는 것도 괜찮은 일이고말고! 아내의 늘어뜨린 머리카락 밑으로 뜨거운 뇌 수가 흐른다는 건 나로서도 큰 기쁨이지……! 그런데 이보라고……! 나 는 여기 비정(非情)의 팔리무라**로 떠나온 거야. 윌리엄 형의 편지는 이 런 운명과 무관하지만 마음의 결정을 도와준 셈이지……'

추위로 몸이 굳어진 버트랑은 잠자리에 들 준비를 했다. 그가 메리를 생각하고 그녀와 상상 속의 대화를 나누는 동안에도 눈보라는 상트페테르 부르크 위로 사납게 몰아쳤다. 눈보라는 건물 벽에 부딪히며 정적을 얼어 붙게 하였다.

버트랑은 담요로 온몸을 감싸고 질긴 나사로 만든 해양용 외투를 펼 치고는 그 위에 몸을 웅크린 채 잠시 잠에 빠져들었다. 가늘고 생생한 슬 픔이 그의 이성을 아랑곳하지 않고 마르고 강한 그의 온몸 위로 흘렀다.

거리에서 알 수 없는 날카로운 소리가 울려 퍼졌다. 마치 유빙(遊氷)에 옆구리를 부딪친 배가 쪼개지는 소리와도 같았다. 버트랑은 눈을 떠 그

* 이탈리아의 항해가. 아메리카가 그의 이름에서 유래된 것으로 알려짐.
** 상트페테르부르크의 시적인 명칭.

소리에 귀를 기울였다. 그러나 그의 상념은 고통을 피해 달아나 그는 이내 정신없이 잠에 빠져들었다.

3

다음 날 과학원에서 버트랑은 표트르의 계획을 상세히 알게 되었다. 공사 계획은 이제 막 실행에 옮겨지고 있었다.

황제의 목표는 결국 돈 강과 오카 강을 잇는 뱃길을 개척하고, 이를 통해 모스크바 및 볼가 강 유역을 돈 지역과 한데 묶는 것이었다. 이를 위해서는 대규모의 갑문과 운하 공사가 필요했고, 영국으로부터 버트랑을 부른 것은 바로 이 꿈과 같은 계획을 위해서였다.

버트랑은 다음 한 주를 탐사 자료를 검토하느라 모두 보냈는데, 공사 계획은 이 자료를 바탕으로 세워진 것이었다. 문서들은 정리가 썩 잘되어 있었다. 이 문서의 작성을 맡은 프랑스인 기사 트루송 소장과 폴란드인 기술자 시츠켑스키 대위는 능숙한 사람들이었다.

버트랑은 현지 조사가 잘 이루어진 덕에 공사를 조기에 착수할 수 있게 되어 마음이 흡족했다. 그는 이미 뉴캐슬에 있을 때부터 표트르란 인물에 매료되었고 이 원시적이고 신비로운 나라를 문명화하는 일에 황제와 동참하고 싶다는 생각을 내심 하고 있었다. 그런데 바로 이때 메리가 결혼을 원했던 것이다.

알렉산드로스 대왕은 정복하고 베스푸치는 발견했지만, 이제는 건설의 시대가 온 것이다. 피투성이 전사와 고단한 개척자를 대신해 명석한 기술자가 등장한 것이다.

버트랑은 일이 힘들었지만 행복했다. 약혼녀와의 이별로 인한 슬픔은 일 속에서 점차 잊혀갔다.

그는 조용히 생활했다. 해군창이나 공관을 방문하는 일도 없었고, 귀부인 몇 명이 이 외로운 영국인과의 교류를 원했지만, 그는 귀부인들이나 그 남편들과 사귀기를 피했다. 지도상의 여울과 모래톱을 피해 배를 몰아가듯 버트랑은 조심스럽게 또 합리적으로 모든 일을 진행시켰다.

7월 초에 설계가 완료되어 계획이 완전히 다시 세워지게 되었다. 황제에게 문서 일체가 올라갔고, 그는 이 새로운 계획을 승인하였다. 차르는 은화 1천 5백 루블의 상금을 버트랑에게 하사하였고, 그의 급여를 매달 1천 루블로 책정하였다. 또 갑문 일체와 돈 강 및 오카 강을 잇게 될 운하 건설 책임자, 십장들의 감독으로 그를 임명하였다.

동시에 표트르는 갑문과 운하 공사가 진행될 지역의 총독들 및 지사들에게 주임 기술자 버트랑이 필요로 하는 것이라면 일체 지원해줄 것을 명령하였다. 그에게는 장군의 지위가 부여되었고, 그는 오직 차르와 육군 총사령관에게만 복종할 의무를 지게 되었다.

표트르는 실무적인 대화를 끝내고 자리에서 일어나 버트랑에게 말했다.

"페리! 나는 그대의 형 윌리엄을 잘 알고 있소. 그는 뛰어난 하천용 선박의 선장이며 교묘한 구조물을 이용해 마치 제 형제를 다루듯 놀랄 만큼 수력을 잘 다루는 인물이오. 그런데 윌리엄과는 달리 그대에게는 아주 세심한 두뇌를 요하는 일이 맡겨진 것이오. 이 일은 우리 제국의 주요 하천을 하나의 물줄기로 연결하고, 국제무역과 나아가 군사(軍事)에까지 편의를 도모하고자 우리가 오랫동안 생각해온 것이오. 바로 이 공사를 통해 볼가 강 및 카스피 해 너머 고대 아시아 왕국들과의 교류가 이루어질 것이고, 문명 유럽을 포함한 전 세계를 서로 정혼시킬 수도 있을 것이오.

물론 이런 세계 무역 자체로 식량 문제를 해결하기는 어렵겠지만, 민중들은 이를 통해 외국의 기술을 익힐 수 있을 것이오.

따라서 즉시 운하 작업에 착수토록 해주시오.

앞으로 조그만 저항에라도 부딪치면, 즉각적으로 징벌할 수 있도록 내게 파발꾼을 보내 보고하도록 하오. 여기 내 손이 있소. 그대에게 확약하겠소. 시작은 정확히 하고 지혜롭게 일을 진행시켜주면 고맙겠소. 나는 태만으로 군주의 선의를 저버리는 자와 황제의 의지에 맞서는 자의 목을 벨 권한이 있소."

그 순간 표트르는 그 큰 몸집으로는 믿기 어려울 만큼 재빨리 버트랑에게로 다가와 그의 손을 흔들었다.

이어 그는 돌아서서 가래를 모으듯 크게 숨을 몰아쉬더니 자신의 숙소로 향했다.

황제가 버트랑에게 한 말은 통역되었고, 버트랑은 그의 말이 마음에 들었다.

버트랑 페리의 계획은 다음과 같았다. 천연 석회암으로 갑문을 만들고, 샤치 강 연안의 류보프키 마을과 돈 강 연안의 보브리코프 마을을 잇는 23베르스타*의 운하를 놓고, 보브리코프 마을로부터 가이 마을에 이르는 110베르스타의 운하를 놓기 위해 돈 강을 넓히고 강바닥을 파내며, 그 밖에 돈 강의 수원인 이반 호(湖)와 운하 전체를 둑과 제방으로 둘러싸는 것이었다.

이렇게 하여 오카 강을 한끝으로 하고 다른 한끝을 110베르스타의 운하를 놓아 돈 강에 총 225베르스타의 운하가 건설되는 것이었다. 운하의

---

* 러시아의 옛 길이 단위로서 1베르스타는 1.067킬로미터.

폭은 20사젠,* 깊이는 2아르신**으로 정해졌다.

버트랑은 건설 본부를 튤라 지방의 예피판 시에 두어야 하리라 생각했다. 앞으로 이 도시에 작업이 집중될 것이기 때문이었다.

다섯 명의 독일인 기술자와 당국에서 나온 열 명의 서기가 버트랑과 함께 길을 떠나기로 되어 있었다.

출발일은 7월 18일이었다. 벽촌의 시골 도시 예피판을 향해 황량하고 험한 길을 가기 위해 여행용 사륜마차가 버트랑의 숙소 앞에 이날 아침 10시까지 도착하기로 되어 있었다.

4

세상에 사는 동안 영혼은 언제나 가난한 법.

잘 차려진 식탁 앞에 모인 페리와 다섯 명의 독일인은 음식으로 하루 동안 쓸 기운을 비축해두고자 하였다.

당시 불모의 땅이었던 러시아 외곽 지방으로 떠나기 위해 그들은 급하게 배를 채웠다.

페리는 여행을 떠날 때면 늘상 끝으로 하는 일로 담배 다발을 나무 상자에 넣고 있었다. 독일인들은 가족 앞으로 편지를 썼고, 그중에 나이가 가장 어린 카를 베르헨이 갑자기 엉엉 울기 시작하였다. 사랑스러운 젊은 아내에 대한 견딜 수 없는 그리움이 가슴을 짓눌렀기 때문이다.

그 순간 갑자기 사무적으로 두들기는 노크에 문이 흔들렸다. 누군가

---

* 러시아의 옛 길이 단위. 1사젠은 2.134미터.
** 러시아의 옛 길이 단위. 1아르신은 72.12센티미터.

를 체포하기 위해 오거나 포악한 차르의 사면을 알리기 위해 온 것이라면
그렇게 문을 두드릴 수도 있었다.

문을 두드린 자는 우편국에서 온 급사였다.

그는 영국 출신 선장이며 기술자인 버트랑 페리가 누구냐고 물었다.
그러자 점과 주근깨로 뒤덮인 다섯 독일인들의 손이 일제히 페리를 가리
켰다.

급사는 서툴게 발을 앞으로 내딛고 다섯 개의 봉인이 붙은 꾸러미를
페리에게 공손하게 건넸다.

—나으리, 영국에서 온 소포를 받으소서.

페리는 독일인들 곁을 벗어나 창가로 가 꾸러미를 뜯었다.

'뉴캐슬,
6월 28일

자랑스러운 나의 버트랑! 당신으로서는 뜻밖의 소식이 될 거예요.
당신을 슬프게 만드는 건 내게도 괴로운 일이지만…… 당신을 향한
사랑이 더 이상 나를 묶어두지 못했어요. 이제 새로운 감정이 나를
불태우고 있어요. 내 영혼을 그리도 애절히 사랑했던 당신의 사랑스
러운 모습을 머리에 그려보기 위해 내 가여운 이성은 지금 잔뜩 긴장
하고 있답니다.

그러나 당신은 순진하고도 잔인한 사람이에요. 당신은 돈을 벌기
위해 먼 나라로 떠났지요. 당신은 헛된 명예를 위해 나의 사랑과, 다
정한 속삭임을 원하는 나의 청춘을 엉망으로 만들어놓았어요. 나는

여자랍니다. 당신 없이는 나뭇가지처럼 약한 존재에 불과해요. 그래서 다른 이에게 내 인생을 바치기로 했어요. 내 자랑스러운 버트랑, 토머스 라이스를 기억하세요? 그가 내 남편이 되었어요. 물론 괴롭겠지만 그가 매우 명예로운 사람이며 내게 모든 충성을 바친다는 점은 인정하세요! 예전에 나는 그를 거절하고 당신을 사랑했지요. 그러나 당신은 떠나고, 그는 오랫동안 내 고통과 당신에 대한 슬픈 사랑을 달래주었어요.

버트랑, 슬퍼하지 마세요! 나는 당신이 가엾군요. 정말로 당신은 알렉산더 마케돈스키 같은 남편이 내게 필요하다고 생각한 건가요? 아니에요. 내게 필요한 건 성실하고 사랑스러운 사람이에요. 그런 사람은 항구에서 석탄을 나르거나 평범한 선원일지라도 대양을 향해 나에 대한 사랑의 노래를 부르지요. 여자들이 원하는 건 바로 그런 사람이에요. 잘 새겨두세요. 아둔한 버트랑!

내가 토머스와 결혼식을 올린 지 벌써 두 주가 지나갔군요. 그는 매우 행복해하고 있고, 나도 그래요. 벌써 내 심장 밑에서는 어린아이가 놀고 있는 듯한 느낌이 들어요. 참 빠르죠? 내 사랑 토머스는 결코 날 버리지 않을 것이기 때문이죠. 그런데 당신은 어떻죠? 식민지를 찾는다고 멀리 떠나버렸죠. 당신은 식민지를 가지세요. 난 토머스를 갖겠어요.

안녕히 계세요. 슬퍼하지 말고요. 뉴캐슬에 오거든 우릴 찾아주세요. 우리 모두 기쁘게 당신을 맞이할 거예요. 또 당신이 죽는다면 나와 토머스는 슬픔의 눈물을 흘릴 거예요.

메리 카보런트-라이스.

페리는 이성을 잃고 세 번 연거푸 편지를 읽었다. 그러고는 큰 창문을 바라보았다. 이걸 깨버리자니 아깝고…… 독일인들이 금화를 주고 유리를 샀을 테니까. 그럼 탁자를 부셔버릴까. 탁자를 내리쳐 부술 만한 묵직한 물건이 보이지 않는군. 그럼 독일인의 면상을 갈겨줄까. 아니지, 저들도 불쌍한 인생들이지. 더구나 한 놈은 울고 있으니. 페리는 분노하면서도 자신의 수학적인 이성으로 거듭 동요하고 주저하였다. 이윽고 그의 분노는 저절로 사그라들었다.

"헤르 페리, 당신 입이 엉망이 되었군요."

독일인들이 그에게 말했다.

"어떤데요?"

페리는 벌써 온몸에 힘이 쭉 빠져 슬픔에 잠긴 채 물었다.

"헤르 페리, 입을 닦으세요!"

페리는 이를 너무 세게 문 나머지 이 속에 단단히 박힌 담배 파이프를 힘겹게 빼냈다. 잇몸에서 통증이 느껴지고 선혈이 흘러나왔다.

"무슨 일이세요, 헤르? 집에 무슨 안 좋은 일이 있나요?"

"아닙니다. 여러분……"

"누가 돌아가셨나요, 헤르? 말씀해보세요."

"피가 멎었군요. 잇몸의 상처야 곧 아물겠죠. 예피판으로 떠납시다."

5

일행은 열을 지어 '사자(使者)의 길'을 따라갔다. 이 길은 모스크바를 거쳐 카잔에 이르는 길로서, 모스크바를 지나고 나서 예전에 타타르인들이 러시아에 들어오기 위해 이용했던 돈 강 우안(右岸)으로 난 길을 따라 가면 칼미우스 사그마가 나온다. 일행은 사그마에서 방향을 돌려 이도프 대로와 오르도바자르 대로를 지난 다음 작은 이정표들을 따라가야 했다. 그들이 앞으로 생활하게 될 예피판에 이르는 길은 대충 그러했다.

마주 불어오는 바람과 가쁜 호흡은 페리의 가슴속에 쌓여 있던 슬픔을 날려버렸다.

그는 풍요로운 동시에 인색하고 절제된 자연을 숭배의 눈으로 바라보았다. 곧 비옥한 토질의 땅이 눈앞에 나타났다. 그런데 여기도 앙상한 식물들만 자라났다. 몸통이 좁으면서 우아한 자작나무와 슬프게 노래하는 듯한 사시나무 같은 것이 자라고 있었다.

여름에도 메아리가 울리는 공간은 살아 있는 몸이라기보다 마치 추상적인 정신과 같았다.

이따금 숲 사이로 나무로 만든 작고 소박한 교회들이 눈에 들어왔다. 이 교회들은 비잔틴식 건축 양식에 따라 지어진 것들이 틀림없었다. 또한 트베리 인근에서 페리는 고딕풍의 목조 사원도 보았다. 개신교의 금욕적 기풍이 잘 표현된 건물이었다. 그 광경에 페리의 가슴이 이내 고향의 온기로 가득 채워졌다. 그런데 그 온기란 지상의 모든 것이 덧없다고 여겼던 그의 조상들의 신앙에 자리한 헐벗은 실용적 이성에 다름 아니었다.

숲 아래 널리 깔린 이탄지가 페리를 유혹하였다. 그는 이 흑토 밑에 감추어져 있을 풍성한 먹을거리를 상상하며 입맛을 다셨다.

상트페테르부르크에서 편지를 읽고 통곡했던 독일인 카를 베르헨도 페리와 같은 생각을 하고 있었다. 그는 바람을 쐬고 한결 생기가 돌아 젊은 아내에 대해 잠시 잊고 페리에게 침을 삼키며 말했다.

"헤르 페리, 앵글란드는 갱부란 뜻이고, 루슬란드는 이탄 채굴자란 뜻이 맞습니까?"

"네, 그렇습니다."

그렇게 답하고 페리는 고개를 돌려 대륙 위로 펼쳐진 무서우리만치 높은 하늘을 바라보았다. 그런 높은 하늘은 바다에서나 영국과 같은 좁은 섬에서는 결코 볼 수 없는 것이었다.

일행은 길을 가다 노변 마을에 들러 이따금 썩 훌륭한 식사를 할 수 있었다. 그럴 때면 페리는 크바스를 몇 통씩이나 마시곤 하였다. 크바스에 맛을 들인 그는 이 음료수가 여행자의 소화를 돕는다는 것을 알게 되었다.

일행은 모스크바를 한참 지난 후에도 그곳의 종소리가 만드는 음악과 크렘린 주변의 텅 빈 고문용 탑을 감싸고 도는 정적을 잊을 수가 없었다. 특히 페리를 매료시킨 것은 바실리 성당이었다. 그것은 인간에게 무상으로 주어진 세계의 섬세함과 화려함에 도달하고자 했던, 어떤 거친 예술가의 영혼이 기울인 무서운 노력의 결과였다.

때때로 그들 앞으로 드넓은 초원과 나래새가 가득 자란 벌판이 펼쳐졌다. 그럴 때면 길은 흔적조차 찾기 힘들었다.

"그런데 '사자(使者)의 길'은 어디로 사라진 건가?" 독일인들이 마부에게 물었다.

"바로 이 길입니다." 마부들이 허공을 가리켰다.

"이 길이라니, 아무것도 보이지 않는데!" 독일인들이 땅을 보며 소리쳤다.

"길은 오직 한 방향이죠. 땅이 다져진 흔적 같은 건 없습니다. 카잔까지 그냥 곧바로 가기만 하면 됩니다." 마부들이 외지인들에게 설명하였다.

"아, 정말 대단해." 독일들이 웃음을 지었다.

"안 그러면 어쩌겠습니까?" 마부들이 자못 진지하게 맞장구를 쳤다. "길은 훤히 눈에 보일 만큼 드넓게 펼쳐져 있지요. 눈에 비친 초원은 기쁨의 눈물이랍니다."

"아, 정말 대단하다니까!" 독일인들이 놀라움을 감추지 못했다.

"안 그러면 어쩌겠습니까?" 마부들은 맞장구를 치고, 혹시라도 상대방의 기분을 상하게 할까 봐 수염 속으로 웃음을 감추었다.

욕을 당한 황량한 도시 랴잔*을 지나고 나니 인가는 좀처럼 찾기 힘들었다. 강을 따라 아주 드문드문 사람이 살고 있을 뿐이었다. 타타르인들의 침략 이후로 외지인들에 대한 두려움은 아직까지 남아 있었다. 사람들은 웬만해선 속을 드러내지 않았으며 알량한 식량이나마 창고에 감춰두고 살았다.

버트랑 페리는 한가운데 사원이 우뚝 선 희귀한 요새를 경이로운 눈으로 바라보았다. 얼기설기 쌓은 성채 주위로 농민들이 군락을 이뤄 살고 있었다. 그들은 새로 이주해 온 사람들임에 틀림없었다. 타타르인들이 잡초가 우거진 초원을 지나 이곳에 도착했을 때, 사람들은 모두 흙 제방과 나무 벽으로 된 집 안에 꼭꼭 숨어 있었다. 그리고 성안에 살던 사람들은 공후들이 그곳으로 데려온 후 점점 관료적으로 변해 농부의 모습을 거의 잃은 상태였다. 당시는 차르가 스웨덴이나 터키와 자주 싸우면서 나라가 온통 황폐화되어가고 있었으나, 이 마을만은 살림이 흥해 가을이면 큰 시장이 서기도 하였다.

곧이어 여행자들은 돈 강 기슭으로 난 타타르인들의 길인 칼림스카야 사크마로 들어섰다.

---

* 중세문학 작품인 「랴잔의 패배에 관한 이야기」를 보면 랴잔은 13세기 초 바투가 이끄는 몽고 군대의 침략을 받고 무참하게 유린됨.

정오 무렵 마부들이 무슨 일인지 채찍을 흔들며 크게 휘파람을 불어 대자 말들이 멈춰 섰다.

"타나이드다!" 사륜마차에서 몸을 내밀고 카를 베르헨이 소리쳤다.

페리는 말을 멈춰 마차에서 내렸다. 먼 지평선, 하늘과 땅이 맞닿는 데서 살아 춤추는 듯한 긴 띠가 산 위의 만년설과도 같이 은빛 환영처럼 빛나고 있었다.

'여기가 바로 그 타나이드로군!'―페리는 표트르의 엄청난 계획에 몸을 떨었다. 땅은 그처럼 드넓었고, 선박이 이동할 운하를 건설해야 할 자연은 그처럼 눈부셨다. 상트페테르부르크에서 평판측기의 평판 위에서는 모든 것이 명백하고 상황도 좋아 보였으나, 여기서 타나이드까지 한낮에 이동하는 동안은 모든 것이 어려울 것만 같았다.

페리는 바다를 보는 것과 같았다. 이 마르고 둔감한 땅은 너무도 신비롭고 웅장한 모습으로 그의 앞에 모습을 드러냈다.

"삼카로!" 선두에 가던 마부가 소리쳤다. "지름길로 가자! 이도프스키 대로 위에서 밤을 보내야 한다."

호밀만 먹고 사는 말이 성마른 사람들에 이끌려 전력으로 질주하기 시작했다.

"멈춰라!" 선두에 가던 마부가 갑자기 소리쳤고, 뒷사람들에게 채찍 손잡이를 들어 신호를 보냈다.

"무슨 일이오?" 독일인들이 놀라 물었다.

"호위병을 잡아두는 걸 잊었습니다." 마부가 말했다.

"그럼 어떻게 하면 좋소?" 독일인들은 덤덤하게 물었다.

"용변을 본다고 민가로 뛰어가더라고요. 보니까 행렬 뒤쪽에도 없어요."

"이런, 천생 자네는 무식한 영지 관리인 같구먼." 다른 마부가 정곡을 찔렀다.

"그 대머리가 초원으로 줄행랑을 친 것 같아요. 바지 지퍼를 잡고 말이죠!" 사람을 놓친 마부가 흥분을 가라앉히며 말했다.

정오에 일행은 이도프 및 오르도바자르 대로로 방향을 잡고 움직이기 시작했다. 거기서 예피판을 향해 들어갈 예정이었다.

6

예피판에서 곧 공사가 시작되었다.

거의 알아들을 수 없는 말과 낯선 사람들, 가슴 깊이 파고드는 절망으로 페리는 고독의 선창에 떨어진 듯한 느낌이었다.

그는 영혼의 온 에너지를 일에 쏟아부었고, 가끔씩 아무런 이유도 없이 성질을 부리기도 했다. 그런 그를 조수들은 간수장이라고 불렀다.

예피판의 지사는 관내의 농부들을 총동원해 돌을 깨서 갑문까지 옮기고 운하의 바닥을 파거나 샤치 강의 바닥을 기며 강을 청소하는 일을 시켰다.

'좋아, 메리!' 버트랑은 밤중에 숙소 주변을 거닐며 중얼거렸다. '그 정도의 슬픔에 무너질 내가 아니지. 신장이 물 한 방울 없이 바짝 마르지 않는 한, 나는 살아남을 거야! 운하를 만들면 차르가 많은 돈을 줄 테고, 그러면 인도로…… 아, 메리, 나는 당신이 얼마나 불쌍한지 모르겠어!'

페리는 고통과 괴로운 상념, 주체할 수 없는 에너지로 혼란에 빠져 허우적댔고, 꿈꾸는 어린아이처럼 슬피 애원하며 깊은 잠에 빠져들곤 했다.

표트르가 가을 무렵 예피판에 왔다. 그는 작업 상황이 못마땅했다.

"가슴속의 슬픔일랑 모두 잊고 조국의 영광을 앞당기기 위해 최선을 다하시오." 표트르가 말했다.

아무리 페리가 모질게 굴어도 작업은 느리게만 진행되었다. 농부들은 부역을 피해 몸을 숨겼고, 간교한 자들은 은신처를 마련해 이리저리 달아났다.

대범한 주민들은 사악한 고위 관료들을 고발하는 탄원서를 표트르에게 제출했다. 이에 표트르는 관련자들의 수사를 지시했고, 그리하여 지사 프로타시예프가 뇌물을 받고 마을 농부들을 부역에서 풀어주었는가 하면, 국고 손실을 메우려고 온갖 변상금과 턱없이 과중한 세금을 부과해 백만 루블을 착복한 사실이 드러났다.

표트르는 프로타시예프를 태형에 처하고 추가 조사를 위해 그를 모스크바로 송환할 것을 명하였다. 그러나 프로타시예프는 수치심과 분노를 못 이겨 제풀에 일찌감치 죽고 말았다.

표트르가 떠날 무렵, 그 모든 불행한 사건들이 아직 잊히지 않고 있는 가운데 운하 공사가 또 다른 장애에 부딪혔다.

이반 호에서는 카를 베르헨이 작업을 지휘하고 있었다. 그는 배가 이동할 수 있을 만큼 호수의 수위를 확보하기 위해 흙 제방으로 호수를 둘러싸는 공사를 하고 있었다.

9월에 페리는 그로부터 다음과 같은 보고를 받았다.

'타지에서 온 사람들, 특히 모스크바 관리들과 발틱 출신 기술자들이 자연 재해로 거의 모두 앓아누웠습니다. 많은 사람들이 감당하기 힘든 쇠약증과 열병에 걸려 퉁퉁 부어 죽어가고 있습니다. 이 지역의 사람들은 그런대로 견뎌내고 있지만, 가을에 접어들면서 수온이 내려간 소택(沼澤) 작업이 더없이 힘들어지고 또 작업 속도가 빨라짐에 따라 그들마저 폭동을 일으킬 기회만 엿보고 있습니다. 현재와 같은 상태가 계속된다면 우리는 곧 모든 지휘자와 기술자들을 잃게 되리란 결론이 나옵니다. 기술 총책임자의 빠른 조치를 바랍니다.'

페리는 샤치 소택과 우프이강에서 발트 출신 장인들과 독일인 기술자들이 병에 걸려 죽어갈 뿐 아니라 큰돈을 챙겨 비밀 도주로로 달아나고 있다는 사실을 이미 알고 있었다.

페리는 봄이 오면 하천이 범람할까 가장 걱정스러웠다. 범람한 물이 이제 막 짓기 시작해 약한 구조물들을 무너뜨릴 수 있었다. 그는 범람한 물이 심각한 해를 끼치지 못하도록 구조물 공사를 빨리 진척시키고자 하였다.

그러나 그것도 어려웠다. 기술 담당 관리들이 병으로 죽거나 도망쳤고, 농부들도 그들 못지않게 힘들어하며 누구 하나 작업에 참여하려는 사람이 없었다. 버트랑 혼자서는 이런 상황을 어찌해볼 도리가 없었고, 소택의 상황도 속수무책이기는 마찬가지였다.

페리는 이런 무질서한 상황을 조금이라도 바꿔보고자 인근 지역의 모든 지사들에게 지령문을 보냈다. 운하 및 갑문 공사에 관계하고 있는 외국인 기술자를 암암리에 도주시킨다거나 그들에게 말을 팔거나 돈을 빌려주지 못하도록 하기 위해 이런 행위를 한 자들을 사형에 처한다는 내용이었다.

페리는 겁도 주고 지시사항도 제대로 옮겨질 수 있도록 지령문 밑에 표트르의 서명을 넣었다. 후에 차르의 질책을 받는다 해도 아조프 함대를 보기 위해 보로네시에 가 있는 그에게 서명을 받기 위해 두 달여를 허비할 수 없는 일이었다.

그러나 그런 식으로 기술자들에게 겁을 주는 것도 여의치 않았다.

그때 페리는 자신이 함부로 폭압적인 방법으로 공사를 진행시키려 하고 있으며 수많은 노동자, 관리, 장인들을 일거에 길들이려 하고 있다는 것을 새삼 깨달았다. 민중과 기술자들이 제정신을 찾고 일을 받아들이게 하기 위해서는 자연스러운 방법을 써야만 했다.

10월에 이르러 공사가 완료되었다. 독일인 기술자들은 구조물과 자재를 지키기 위해 경비대를 세우려고 하였지만 뜻을 이룰 수 없었다. 독일인들은 자신들의 면직을 요구하는 글을 여러 차례 페리에게 보냈다. 나중에 차르가 와서 아무 죄도 없는 자신들을 태형에 처해 죽일지도 모를 일이었기 때문이다.

어느 일요일 예피판의 지사가 페리를 찾아왔다.

"베르당 람제이치! 내가 정말 말도 안 되는 소식을 하나 가져왔습니다. 정말로 얼토당토않은 일이에요."

"뭐길래요?" 버트랑이 물었다.

"보세요, 베르당 람제이치! 이 문서를 한번 곰곰이 읽어보세요. 나는 여기 좀 앉아 있겠습니다…… 베르당 람제이치, 당신은 고립무원의 처지에 있지만 아주 강한 분이십니다. 정말 당신에게는 이상한 일도 많이 일어나는군요. 나는 그런 것을 다 알고 있고 그런 당신께 진정 연민을 느끼고 있습니다……"

페리는 종이를 폈다.

러시아의 군주이신
표트르 1세 알렉세이치,

전하의 종이며 이 나라의 농부들인 저희들은 올해 위대한 군주이신 전하의 운하 및 갑문 공사에 꼼짝없이 매달려 있어 경작, 수확, 제초 시기인 요사이 공사 때문에 집에 가지도 못하고 가을 파종 곡식을 거두지도 못했으며, 봄갈이 곡물을 파종하지도 못했고, 파종할 사람도 없으며 파종할 것도 없고, 말이 없어서 타고 다닐 것도 없으나, 그래도 그나마 우리 형제들과 농부들은 얼마간의 묵은 곡식을 갖고 있었는데, 위대한 군주이신 전하의 명을 받아 예피판에서 공사 일을 하고 있는 관리와 노동자들이 이 곡식을 돈도 내지 않고 무더기로 빼앗아 갔고, 남은 식량도 쥐들이 들끓어 남김없이 갉아먹어버렸고, 이렇게 관리들과 노동자들이 우리를 모욕하고 쪽박 찬 신세를 만들어버렸으니 당분간 처녀들이 재계(齋戒) 기간에도 육류만을 먹을 수밖에 없게 되었습니다.

"아시겠어요, 베르당 람제이치?" 지사가 물었다.
"이것이 어떻게 당신 손에 들어가게 된 것입니까?" 페리는 놀라웠다.
"우습게도 그렇게 됐습니다. 말씀인즉, 어떤 놈이 제 서기에게 와서 2주 동안이나 잉크를 읽으러 수작을 부렸고, 햄 고기를 주면서 어떻게 잉크를 만드는지 알려달라고 했답니다. 제 서기는 협잡꾼 같은 놈으로 세습 농지 소유자이지요. 그가 잉크를 주고 그놈 뒤를 몰래 따라다니다가 이 편지의 내용을 알게 되었습니다…… 예피판에서는 지사의 명에 의하지 않고는 아무도 잉크를 손에 넣을 수 없고, 또 잉크 성분을 아는 자도 없습니다!"

"과연 정말로 우리가 민중을 괴롭힌 것일까요?" 페리가 물었다.

"무슨 말씀이세요, 베르당 람제이치! 우리 민중들은 그만큼 무례하고 제멋대로입니다. 당신한테도 마찬가지일 겁니다. 그들은 항상 탄원서를 쓰고 불만을 털어놓고 수선을 떨지요. 글도 알지 못하고 잉크의 성분도 모르면서 말예요…… 두고 보세요. 제가 그들을 꼼짝 못하게 만들어놓겠어요! 그들에 맞서 쉴 새 없이 차르께 편지를 올리겠습니다…… 신의 징벌이죠. 그런데 그들에게 과연 말을 가르칠 필요가 있을까요? 글을 모른다면 말도 못하게 해야 합니다!"

"지사, 이반 호에서 온 보고서를 가지고 있소? 당신이 촌락 순경들과 함께 예피판에서 데리고 온 도보(徒步) 노동자들과 운송 수단에는 이상이 없소?"

"무슨 노동자들이요? 제가 구세주께 보낸 인간들 말씀입니까? 베르당 람제이치, 모르고 계셨나요? 한 촌락 순경이 열흘 전에 말을 타고 급히 내게 와서 말하기를, 도보 노동자들이 야이크와 호페르로 모두 달아나고 그들의 가족이 예피판의 기근을 몹시 걱정하고 있다는 것이었어요. 저는 농부들을 먹여 살리느라 눈코 뜰 사이가 없는데, 이 나쁜 놈들은 밀고로 저를 제거할 기회만 엿보고 있다더군요." 지사는 넝마 같은 손수건을 꺼내 주름이 가득한 얼굴을 훔쳤다. "저는 우리 군주를 매우 경계하고 있습니다, 베르당 람제이치! 느닷없이 나타나 제대로 상황 파악도 하지 않고 마구 채찍질을 해댈 겁니다. 베르당 람제이치, 저를 지켜주세요. 영국 신(神)의 이름으로 당신께 호소합니다……!"

"좋소, 그렇게 하겠소." 페리가 말했다. "그런데 이반 호에서는 공사에 마차를 쓰고 있나요?"

"무슨 말씀이세요, 베르당 람제이치! 말이 노동자들보다 동작이 빨랐던 겁니다. 모두 도망쳐 초원과 마을로 숨어버렸습니다. 설마 찾으시려고요? 소용없습니다. 말들은 쇠약해져 경작에는 더더욱 쓸모가 없게 되었고, 또 대부분 초원에서 죽었습니다…… 바로 그렇게 된 거죠, 베르당 람제이치!"

"알았소!" 페리는 버럭 소리를 지르면서 기쁨이란 이미 흔적도 없이 사라진 자신의 단단하고 여윈 머리를 감싸 쥐었다.

"그래서 어떻게 할 작정이오, 지사?" 페리가 물었다. "내겐 노동자들이 필요하단 말이오. 무슨 방법을 써서라도 내게 도보 노동자와 말을 구해주시오. 봄에 갑문이 물에 떠내려가면 차르는 나를 용서하지 않을 거요!"

"드릴 말씀이 없습니다, 베르당 람제이치! 제 목을 치십시오. 예피판에는 아낙네들만 있고, 나머지 제 관할 지역에는 약탈이 횡행하고 있습니다. 저는 거기 갈 수도 없습니다. 어디서 노동자들을 구하겠습니까! 제겐 한 가지 길밖에 없습니다. 제 목을 민중으로부터 지켜 차르로 하여금 치게 하는 것이지요!"

"어쨌든 나와는 상관없는 일이오. 지사, 일주일 내에 당신이 완수해야 할 특별임무를 주겠소. 이반 호에 도보 노동자 5백 명과 말 백 필, 스토로제바야 두브로브카 마을의 갑문에 도보 노동자 천 5백 명과 말 4백 필, 뉴호프스카야 마을의 갑문에 도보 노동자 2천 명과 말 7백 필, 그리고 샤치 강과 돈 강 사이 류보프스카야 마을의 갑문에 도보 노동자 4천 명과 말 5백 필, 가옙스카야 마을의 갑문에 백 필의 말과 6백 명의 도보 노동자를 보내시오. 지사, 이것이 당신의 특별임무요! 이 모든 노동력이 일주일 안에 공급되어야 하오. 당신이 이를 실행에 옮기지 못하면, 나는 차르에게 보고서를 올리겠소!"

"제 말 좀 들어보세요, 베르당 람제이치!"

페리는 지사의 말을 가로막았다.

"더 이상 듣고 싶지 않소. 내게 동정을 구하려 하지 마시오. 나는 당신의 약혼녀가 아니오! 내게 푸념을 한다고 해서 노동자가 나올 리 없소. 당신 구역으로 가서 살아 있는 노동자들을 구해 오시오!"

"알았습니다, 베르당 람제이치, 알았습니다, 나리! 하지만 한 놈도 구할 수 없을 겁니다. 사정 좀 봐주시면……"

"당신 구역으로 가시오." 페리가 격앙된 어조로 말했다.

"그럼, 베르당 람제이치, 봄이 올 때까지 돌이라도 한 수레 남겨두게 해주십시오."

"그렇게 하시오."

페리는 이제 새롭게 작업을 시작할 여유가 없고 완성된 것들이라도 물에 쓸려 내려가지 않도록 지키는 것이 급선무라고 생각했다.

"지사, 빨리 가시오! 당신 참 말이 많군. 일은 안 하고 꾀만 부리면서 말이오!"

"돌은 고맙습니다! 안녕히 계십시오, 베르당 람제이치!"

지사는 뭐라고 몇 마디 나지막이 내뱉고는 자리를 떴다. 그가 예피판식 사투리로 말하였기 때문에 페리는 전혀 알아들을 수 없었다. 또 알아들었다 하더라도 결코 호의적인 말은 아니었을 것이다.

모두 다섯 명의 독일인 기술자가 겨울을 나기 위해 예피판으로 왔다. 그들은 반년 만에 수염이 온통 얼굴을 덮고 거칠어져 몰라보게 늙어보였다.

카를 베르헨은 독일에 두고 온 아내에 대한 그리움으로 사람이 아주피폐해졌지만, 황제와 1년간 계약을 맺은 터라 떠난다는 것은 생각할 수도 없는 처지였다. 이 당시 러시아의 징벌 제도는 지독하기가 이를 데 없었다. 이 젊은 독일인은 징벌에 대한 두려움과 더불어 가족에 대한 그리움으로 괴로워하면서 아예 일손을 놓고 있었다.

다른 독일인들 역시 크게 낙담하여, 쉽게 돈을 벌 생각으로 러시아에온 것을 후회하고 있었다.

오직 페리만이 용케 버텨냈다. 무섭도록 일에 열중하니 메리로 인한슬픔도 점차 사라져갔다. 페리는 독일인들과 기술 회의를 가진 자리에서공사 중인 갑문 상황이 매우 좋지 않다고 말하였다. 봇물이 터지면 구조물들을 한꺼번에 쓸려갈 우려가 있고 특히 지난 8월에 노동자들이 모두 도망간 류토레츠카야 마을과 무로브란스카야 마을의 갑문이 문젯거리였다.

예피판의 지사는 페리의 지시를 받고도 무엇 하나 실행에 옮기지 못했다. 기기에 이떤 악의가 있었던 것인지, 이니면 노동자를 모으기가 당초에 불가능했던 것인지 알 수는 없었다.

작업 상황을 점검한 기술자들은 봄이 오면 어떻게 갑문을 지켜야 할지 방도를 찾을 수 없었다. 페리는 표트르가 페테르부르크의 조선공들에게 검은 수의를 입힌 일을 알고 있었다. 새로 만든 배의 진수와 시험 항해가 성공하면 황제는 배의 규모에 따라 조선공들에게 백 루블 이상의 포상금을 주고 손수 수의를 벗겨주었다. 하지만 배에 물이 샌다거나 이유도 없이 배가 기운다든가, 또는 최악의 경우 배가 해변에서 가라앉는다든가 하면 황제는 조선공들을 즉결 처분에 넘겨 목을 베었다.

페리는 목을 잃는 것을 두려워 않고 그런 현실을 담담히 받아들였다. 하지만 독일인들에게는 이에 관해 아무 말도 하지 않았다.

대러시아의 겨울이 이어지고 있었다. 예피판은 눈으로 뒤덮였고, 예피판 근교도 쥐 죽은 듯 조용하였다. 이곳 사람들은 큰 슬픔과 고통을 안고 살아가는 것처럼 보였다. 하지만 실제로는 뭐 그렇지도 않았다. 축일이 자주 있어 이웃 간에 내왕이 잦았고, 밀주를 마시거나 발효시킨 배추와 물에 담근 사과를 즐겨 먹었으며, 이따금 결혼식이 있곤 했다.

향수와 외로움에 지친 페터 포르히라는 독일인이 성탄절이 다가올 무렵 예피판의 귀족 딸인 크세니야 타라소브나 로지오노바에게 장가를 들었다. 부유한 소금 상인이기도 했던 신부의 아버지는 아스트라한과 모스크바를 왕래하는 짐마차 40대 규모의 수송단을 갖고 있었다. 20명의 마부가 이끄는 이 수송단은 북쪽 지역에 소금을 공급하였다. 신부의 아버지 타라스 자하로비치 로지오노프는 그 자신이 젊었을 때 마부 일을 한 사람이었다. 페터 포르히는 장인 곁으로 거처를 옮긴 후 편하게 먹고살면서 금세 몸이 불었다.

유럽 달력으로 새해가 오기 전에 모든 기술자들은 페리의 지휘하에 물자와 노동력에 들어갈 예산을 짜는 일과 설계도 작업에 바짝 매달렸다. 또 봇물을 안전하게 흘려보낼 방도를 마련하기 위해 노력했다. 페리는 황제에게 보고서를 보내 이 모든 과정을 설명하고, 일손이 절대적으로 부족하여 공사가 성공적으로 마무리되기가 어렵게 되었음을 알렸다. 페리는 또 이 보고서의 사본을 만들어 상트페테르부르크에 있는 영국 대사에게도 보냈다. 만일을 대비하기 위해서였다.

2월에 예피판으로 황제의 급사가 페리를 수신인으로 하는 편지 한 통을 가지고 왔다.

버트랑 페리, 예피판 갑문 및 돈-오카 강 연결 운하의 기술 책임자 및 시공자에게,

나는 당신의 탄원 전에도 당신의 작업에 관해 전해 들은 바 있소. 나는 물론 공사의 지지부진함이 그곳 예피판 백성들의 게으름 때문이라고 보고 있기는 하지만, 어쨌든 당신은 내 뜻하는 바를 관철시켜야 하며 누구도 반항하지 못하게끔 아랫사람들을, 외국인 기술자가 되었든 무식한 노동자가 되었든 강하게 몰아붙여야 하오. 나는 올여름 예피판 갑문 공사를 위해 몇 가지 대책을 마련했소. 우선 현직 지사를 해임하고 그에게 아조프에서 보로네시까지 여울물을 따라 화선(火船)을 끄는 벌을 내렸소. 새로운 지사로는 그리슈카 살티코프라는 내가 잘 아는 사람을 임명하였소. 그는 의지가 굳고 민활하며 필요할 때 징벌을 아끼지 않는 사람이오. 그는 도보 노동자나 기마 노동자를 다루는 일에 있어 당신에게 최고의 조력자가 될 것이오.

그 외에도 나는 예피판 지역에 계엄령을 발효하여 장정들을 징집하려 하오. 그리고 엄선된 장교들을 당신에게 파견할 예정이오. 그들은 예피판에서 징집된 인력과 함께 당신의 작업에 투입될 것이오. 당신은 스스로를 장군이라 생각하고 조력자와 기술자들에게 필요한 관등

을 부여하시오. 당신의 작업과 관련이 있는 인근 지역에도 계엄령을
선포해놓았소.

만일 올여름에도 계산 착오 같은 일로 허송세월을 보낸다면 그때는
조심하시오. 당신이 영국인이란 사실이 큰 위안이 되지 못할 것이니.

페리는 표트르의 회신을 받고 기뻤다. 그런 지원이 있다면 공사의 성
공은 확실했다. 다만 봇물로 인한 피해가 크지 않아 지난해의 노력이 허
사로 돌아가는 일이 없어야 했다.

페리는 3월에 뉴캐슬로부터 편지 한 통을 받았다. 그는 마치 다른 세
계에서 온 소식인 것처럼 편지를 읽어 내려갔다. 그만큼 그는 이제 지난
과거에 대해 이미 무덤덤해져 있었다.

버트랑!

올해 초에 내 아들, 내 첫아들이 세상을 등졌어요. 그 아이를 생각
하면 온몸이 저려와요. 이미 남이 되어버린 당신께 이런 편지를 쓰는
것을 용서하세요. 하지만 당신은 언제나 내 진실을 믿어주었죠. 기억
하나요? 내가 언젠가 당신께 했던 말을요. 여자는 첫 키스한 남자를
평생 잊지 못한다고 했었죠. 나도 당신을 잊지 못하고, 그래서 나의
잃어버린 선물, 나의 어린 아들에 대해 이렇게 편지를 쓰고 있어요.
그 아이는 내게 남편보다도, 당신에 대한 기억보다도, 나 자신보다도
소중했어요. 오, 아끼는 보석과는 비교할 수도 없이 소중했던 내 아
들아!

이제 아이 이야기는 그만하지요. 눈물 때문에 이 두번째 편지를 끝마치지 못할 것 같아요. 첫번째 편지는 한 달 전에 보냈답니다.

남편은 이제 제게 아주 남이 되어버렸어요. 그는 낮에는 열심히 일하지만 밤이면 어김없이 바닷가 술집을 드나들어요. 나는 언제나 혼자이고 너무도 외롭답니다! 내 유일한 위안은 독서와 당신께 편지를 쓰는 거예요. 당신만 괜찮다면 더 자주 편지를 쓰고 싶군요.

친애하는 버트랑, 잘 있어요! 당신은 친구처럼 또 멀리 있는 친척처럼 소중한 사람이에요. 당신은 내 따사로운 기억 속에 살고 있어요. 제게 편지하세요. 당신 편지를 받는다면 더없이 기쁠 거예요. 제 남편에 대한 사랑과 당신에 대한 기억이 제 삶의 버팀목이 되고 있어요. 하지만 죽은 아이가 꿈속에 나타나 고통과 죽음을 함께 나누자고 나를 불러요. 하지만 몹쓸 이 어미는 여전히 이렇게 살아 있답니다.

추신: 뉴캐슬에 무더운 봄날이 이어지고 있어요. 날씨가 좋은 날이면 예전처럼 해협 건너로 유럽의 해안이 보인답니다. 그곳은 언제나 내게 당신을 기억하게 하고, 그 때문에 나는 슬픔에 잠기지요. 언젠가 당신이 내게 보낸 편지에 썼던 이 시구를 기억하세요?

슬프고 힘겨운 정열이 가능함은
신의 사랑을 받는 영혼의 승표라네……

이건 누구의 시인가요? 당신이 내게 보낸 첫 편지를 기억하세요? 당신은 내 앞에서 운명의 한마디를 하기가 부끄러워 편지로 사랑을 고백했었죠. 그때 나는 당신이 본디 용감하고 겸손한 사람임을 알게 되었어요. 당신은 내 맘에 꼭 들었답니다.

편지를 읽고 난 후 그는 마음이 편안해졌다. 확실히 그는 메리의 불
행에, 즉 두 사람의 운명이 평등해졌다는 사실에 만족하고 있었다.

예피판에 아는 사람이라곤 하나 없었던 페리는 페터 포르히의 집을
자주 방문하였다. 거기서 그는 버찌 잼을 곁들인 차를 마시며 먼 고향 뉴
캐슬과 해협의 따뜻한 날씨, 맑은 날이면 뉴캐슬에서 육안으로도 볼 수
있는 유럽의 해안에 대해 포르히의 아내 크세니야 타라소브나와 이야기를
나눴다. 하지만 그는 메리에 대해서는 아무 말도 하지 않았다. 그는 자신
의 인간적이고 사교적인 모습을 메리 안에 숨겨두고 있었다.

이제 3월로 접어들어 예피판 사람들이 정진(精進)에 들어갔다. 정교회
의 침울한 종소리가 울려 퍼지고, 분수령 주변의 들판은 이미 검은색을
띠기 시작했다.

페리는 편안한 마음 상태를 계속 유지할 수 있었다. 그는 메리에게
답장을 보내지 않았다. 그녀의 남편이 그의 편지를 달가워하지 않을 것이
틀림없었다. 그렇다고 편지에 공허한 인사말만 써서 보내는 것을 그는 원
치 않았다.

페리는 봇물의 배수 작업을 감독하도록 독일인 기술자들을 가장 큰
위험에 처해 있는 갑문들로 보냈다.

이제 농부들은 병사 복장을 하고 돌아다녔다. 새로 부임한 지사 그리
고리 살티코프는 관구 내에서 흉포함을 떨치고 있었다. 감옥은 불복하는
장정들로 들어찼고, 지사의 특별 처벌이 연일 행해졌다. 한마디로, 채찍
을 맞은 이성(理性)이 농부들의 엉덩이 속으로 기어들어간 셈이었다.

이제 도보 노동자는 물론이고 기마 노동자도 넘쳐났지만 페리는 이

또한 믿을 것이 못 된다는 것을 너무나 잘 알고 있었다. 언제든 반란이 일어날 소지가 있었고, 작업을 모두 내팽개치고 줄행랑을 놓거나 의도적으로 구조물에 위해를 가할 수도 있는 일이었다.

더구나 짓궂은 봄날이 이어졌다. 낮에는 물의 양이 얼마 되지 않았지만 밤이 되면 물이 급작스레 불어났다. 두께가 얇은 물통에서 물이 새듯 갑문에서 물이 바깥으로 새어 나왔다. 그러나 독일인 기술자들과 당직 노동자들이 갑문에 난 구멍을 부드러운 흙으로 막아 붕괴까지로는 이어지지 않았다.

페리는 이를 매우 기쁘게 여겨 남편 없이 외롭게 지내는 포르히의 아내를 더욱 자주 찾았다. 그녀는 페리에게 자기 아버지에 관해 이야기했고, 말 타고 소금을 팔러 다니는 타타르인들의 습격과 나리새 들판에서 자란다는 달콤한 풀에 관해서도 이야기했다.

곧 이곳의 아름다운 봄이 절정에 오르고, 이어 청년의 자연이 숨을 가다듬었다. 또 성난 성년(成年)의 여름이 찾아오고 지상의 모든 생명이 흥분의 도가니에 빠져들기 시작했다.

페리는 가을 무렵까지 운하와 갑문 공사를 모두 마칠 생각이었다. 그는 바다와 고향 뉴캐슬, 런던에 사는 늙은 아버지가 몹시도 그리웠다. 아들로 인한 아버지의 슬픔은 담뱃재의 양으로 측정할 수 있는 법이다. 아들에 대한 그리움에 아버지는 줄담배를 피웠다. 아버지는 작별하며 말했다.

"베르트! 너를 다시 볼 때까지 또 얼마나 많은 담배를 피워야 할지……"

"아버지, 많이많이요!" 버트랑이 대답했다.

"얘야, 이제 난 중독을 무서워할 일도 없다. 이제 담뱃잎을 씹을 생각이야."

여름에 접어들자 작업이 속도를 내기 시작했다. 황제 때문에 잔뜩 겁을 먹은 장정들이 열심히 작업에 임했다. 하지만 '동굴에 사는 은자들'*은 도망을 쳐 먼 암자로 숨어들었다. 또 불충한 이들은 매일 끼리끼리 속닥거리다가 식구들을 모두 데리고 우랄이나 카르이크 초원으로 달아났다. 그들을 쫓아 추격대를 보내곤 했지만 매번 허사였다.

6월에 페리는 작업 상황을 전체적으로 점검하였다. 작업 속도나 공사 진척 상황이 모두 만족스러웠다. 그런데 그 무렵 카를 베르헨이 매우 기쁜 소식을 하나 전해왔다. 이반 호 밑바닥에서 깊은 우물을 발견해냈다는 것이다. 우물에서 샘물이 솟아올라 강수량이 적은 해에는 운하의 부족한 수량을 보충할 수 있게 되었다. 우물에서 호수로 흘러나오는 물을 모으기 위해 이반 호 주변에 그 전해에 쌓았던 축대를 1사젠 정도 더 높이고 따로 수로를 만들어 호수 물을 필요할 때 운하로 보내기만 하면 되었다.

페리는 이러한 베르헨의 계획을 승인하고, 발견된 우물을 베다 흡유기로 청소한 다음 우물이 흙으로 막히는 것을 방지하기 위해 망이 달린 큰 철제 관을 우물 안에 박도록 지시했다. 그렇게 하면 물이 호수로 더 많이 솟아 나와 가뭄 때에도 운하의 수위가 낮아지는 것을 막을 수 있었다.

하지만 예피판으로 돌아오면서 페리의 이러한 낙관은 회의와 두려움에 다시 무너져 내렸다. 페테르부르크에서 작성된 계획이 이곳의 자연 조건, 특히 빈번히 발생하는 가뭄을 염두에 두지 않은 것임이 밝혀졌다. 가문 여름에는 물 부족으로 운하가 모랫길로 바뀔 것이 분명했다.

예피판으로 돌아온 페리는 다시 수치를 계산해보았다. 그 결과는 더 암담했다. 어이없게도 강수량이 많았던 1682년을 기준으로 계획이 작성

* 베트호페세르니크라고 하는 작은 종파.

되었던 것이었다. 포르히의 장인과 주민들의 의견을 듣고 난 페리는 눈과 비가 평년 수준으로 내리는 해에는 물이 부족해 운하로 배가 움직일 수 없다는 결론에 도달했다. 가문 여름은 말할 것도 없었다. 운하 바닥에 모래 먼지만 일 것이 분명했다.

"이제 아버지도 다시 볼 수 없게 되었군!" 페리는 생각에 잠겼다. "뉴캐슬로 돌아가지도, 다시 유럽의 해안을 보지도 못하게 되었어!"

이제 유일한 희망은 이반 호 바닥의 우물이었다. 샘물이 많이만 솟아오르면 건조풍이 부는 해에도 그 물로 운하를 채울 수 있었다. 그런데 베르헨의 이 발견도 메리의 편지를 읽고 났을 때만큼이나 버트랑의 마음을 편하게 해주지는 못했다. 그는 이반 호의 우물이 충분한 양의 물을 공급해주리라 믿지는 않았지만, 이 실낱같은 희망 뒤에 애써 실망을 감추려 하였다.

곧 이반 호에서 뗏목을 만드는 공사가 시작되었다. 물밑의 우물을 깊게 파서 굵은 철제 관을 박기 위해 물가에 먼저 뗏목을 설치하는 것이었다.

8

8월 초에 페리는 카를 베르헨이 보낸 작업 보고서를 받았다. 살티코프 지사가 그것을 가져왔다.

"각하, 여기 전갈이 왔습니다. 제 부하들이 그러는데 타틴 갑문에서 일하는 인간 말종들이 모두 슬그머니 도망을 쳤다고 합니다. 하지만 이 갑문에 관한 한 안심하십시오. 내일 도망친 놈들의 마누라들을 타틴에 몰아넣고 그놈들을 잡아들이겠습니다. 군사재판에 회부해 참수형에 처할 생각입니다. 그러면 정신을 좀 차리겠지요. 가장 확실한 방법이죠!"

"당신 의견에 동의하오. 살티코프!" 근심으로 얼굴이 창백해진 페리가 말했다.

"그런데 각하, 사형 선고에 서명해주시겠습니까? 아시겠지만 이제 각하가 이곳의 수장이십니다."

"물론이오. 서명하지요." 페리가 대답했다.

"각하, 또 하나가 있는데, 내일 제 여식의 혼례가 있습니다. 모스크바 출신인 한 상인의 아들이 제 여식 페클루샤를 아내로 맞는 날입니다. 부디 참석해주십시오."

"감사하오. 가보도록 하지요. 고맙소, 지사."

살티코프가 떠난 후 페리는 베르헨이 보낸 서류 봉투를 열었다.

"대외비"

페리 동지!

7월 20일부터 25일까지 이반 호 바닥의 우물 구멍을 더 깊고 넓게 파내고 청소하기 위한 작업이 진행되었습니다. 귀하의 지시에 따라 이반 호의 지하수를 확보하기 위한 작업이었습니다. 그런데 10사젠을 파들어가다가 아래와 같은 상황에 부딪혀 작업이 중단되었습니다.

7월 25일 저녁 8시 베다 흡유기가 끈적끈적한 진흙을 퍼 올리기를 멈추고 마른 잔모래가 나오기 시작했습니다. 저는 다른 일 때문에 굴착용 뗏목을 잠시 떠났다가 돌아와보니 전에 본 적이 없는 물풀이 수면 위로 떠올라 있는 것이 눈에 들어왔습니다. 강둑에 올라서자 병사들이 키우는 일류슈카라는 개가 크게 울부짖는 소리가 들렸습니다. 저는 너무도 놀랐습니다. 비록 제가 하느님을 믿는다고는 하지만 말입니다.

사역병들은 정오부터 그 무렵까지 호수의 물이 계속 줄어들고 있다고 말하더군요. 물풀이 드러나고 물 가운데 작은 섬 두 개가 모습을 드러냈습니다. 병사들은 두려움에 떨며, 우리가 호수 바닥을 파이프로 뚫는 바람에 호수가 말라가고 있다고 말했습니다.

실제로 강변에는 어제의 수위를 보여주는 선이 뚜렷이 드러나 있었고, 어제와 오늘 수위 간의 차는 약 반 사젠에 가까웠습니다.

저는 뗏목으로 돌아와 천공 작업을 중단시키고 즉시 구멍을 틀어막으라고 지시하였습니다. 우리는 직경이 1아르신 정도 되는 쇠 뚜껑으로 수중의 우물을 덮으려고 했지만 이 뚜껑마저 빨려들어가 이내 사라져버렸습니다. 그래서 다시 진흙을 채운 파이프로 구멍을 막기 시작하였지만 구멍은 그 파이프마저 집어삼켜버렸습니다. 지금도 계속 구멍으로 죄다 빨려들어가고 있습니다. 호수 물도 구멍 속으로 영영 빨려들어가고 있습니다.

원인은 간단합니다. 기술자가 이반 호의 물을 지탱하고 있는, 물에 대한 저항력이 뛰어난 황토층을 천공용 흡유기로 뚫어버린 것입니다.

그 진흙 밑에 탐욕스러운 마른 모래층이 있었던 것이고, 이 모래층이 지금 호수 물과 철제 도구들을 모두 빨아당기고 있는 것입니다.

이제 어떻게 해야 할지 모르겠습니다. 귀하의 지시를 기다릴 뿐입니다.

이제껏 어떤 두려움도 몰랐던 페리의 영혼이 인간의 본성을 어기지 못하고 두려움에 전율하였다. 버트랑은 차오르는 슬픔을 견뎌낼 수 없어 테이블에 이마를 박고 통곡하기 시작하였다.

운명은 그를 철저하게 궁지로 몰아넣었다. 그는 고향을 잃었고, 또 메리를 잃었으며, 이제 일까지 엉망이 되어버렸다. 그는 알고 있었다. 이 광활하고 건조한 골짜기를 살아서 벗어날 수는 없게 되었으며, 뉴캐슬도 해협 너머 유럽의 해안도 파이프를 문 아버지도 메리도 다시 볼 수 없게 되었다는 것을. 낮은 천장의 텅 빈 방이 페리의 이 가는 소리와 흐느낌으로 진동하였다. 그는 완전히 평정을 잃은 채 고통스럽게 울부짖는가 하면 테이블을 엎고 답답함에 몸부림쳤다. 억제할 수 없는 슬픔이 그의 내부에서 용솟음쳤고, 이성의 통제를 받지 않은 슬픔은 여기저기에 흔적을 남겼다.

버트랑은 나중에 평정을 되찾고 슬픔을 못 이겨 그렇게 행동한 자신을 부끄럽게 생각하며 미소를 지었다. 그는 여행 가방에서 책 한 권을 꺼내 읽기 시작했다.

아서 쳄스필드
베티 휴그 부인의 사랑

3권 40장의 장편소설

부인! 사랑으로 넘치는 제 영혼이 괴로워 신음하며 천사의 기도로 당신께 호소합니다. 상류 사회의 남자들을 모두 물리치고 저를 택하시든지, 아니면 제 가슴에서 심장을 꺼내어 부드러운 계란처럼 마시십시오! 어두운 선풍이 불어 제 두개골 천장을 뒤흔들고 피는 액체

수지처럼 활활 타오르고 있습니다. 베티 부인, 제게 숨을 곳을 마련해주시지 않으시렵니까? 이방인이라지만 그래도 당신께 충성을 다했던 한 남자가 죽고 나면 슬퍼하지 않을 자신이 있으십니까?

베티 부인, 미스터 휴그는 제가 당신 집에 가까이만 가도 묵은 화약이 장전된 구식 피스톨로 저를 쏠 겁니다. 뭐, 그리하도록 하지요. 그것이 나의 운명이라면 어쩌겠습니까?

저는 가정을 파괴한 자입니다! 하지만 제 심장은 사랑하는 이의 투피스 드레스 아래 어딘가에 감춰진 동정을 구하고 있습니다. 순수한 가슴 언덕 아래 그녀의 심장이 뛰고 있는 그곳에서 말이죠. 저는 갈 곳 없는 방랑자입니다! 저는 점잖으신 당신의 부군께 호의를 청합니다. 이제 저는 말은 물론이고 어떤 동물에게도 애정을 주고 싶지 않습니다. 이제 신물이 납니다. 저는 더욱 더 섬세한 존재인 여성의 사랑을 구하고 있습니다……

곧 페리는 스르르 깊은 잠에 빠져 읽고 있던 책이 아래로 떨어지는 것도 몰랐다. 페리는 결국 이 책을 끝까지 읽지는 못했지만 책은 매우 흥미로웠다.

저녁이 찾아왔다. 방 안의 공기는 한기의 엄습으로 흐려졌고 낯설고 신비로운 하늘에서 내려오는 흐린 빛의 호흡으로 가득 찼다.

9

그해는 날씨가 예사롭지 않았다. 가을은 길었고 겨울은 더 길었다.

또 봄은 소심하고 아주 이상했다.

라일락이 갑자기 흐드러져 피었다. 이 꽃은 러시아 변방의 장미로서 초라한 울타리를 장식하는 선물이었고 반드시 이루어질 변방의 꿈을 보여 주었다.

이른바 '돈-오카 강 공공 수로 사업'의 모든 작업이 완료되었다.

5월부터는 무더위가 이어졌다. 처음에는 남방 계통 식물들의 향기가 들판을 덮더니 6월부터는 떨어진 낙엽과 생명을 다한 꽃 냄새가 코를 찔렀다. 비는 오지 않았다.

황제는 갑문과 운하의 상황을 점검하기 위해 프랑스 기술자인 트루송 장군과 해군 장성 3명, 이탈리아 기술자 한 명으로 이루어진 점검단을 파견했다.

"기사 페리!" 트루송이 말했다. "황제의 지시에 따라 그대에게 명하오. 일주일 후에 돈-오카 운하 전 구간을 배가 통행할 수 있는 상태로 만드시오. 나는 모든 운하 관련 구조물들을 점검하라는 황제의 전권을 받고 왔소."

"알았습니다!" 페리가 말했다. "운하는 나흘 후면 모두 준비될 것입니다."

"오, 훌륭하오!" 트루송은 만족스러워했다.

"그렇게 실행하시오, 기사. 우리가 상트페테르부르크로 떠나는 날을 늦춰야 할 일이 없도록 하시오."

나흘 후 갑문의 폐쇄 장치가 열리고 갑문 바닥에 물을 채우기 시작했다. 하지만 수위가 형편없이 낮은 곳에도 1아르신 이상 물을 채울 수 없었다. 또한 갑문 안의 물이 강 수위만큼 올라오면 땅 밑의 샘물이 솟아나지 않았다. 물의 무게가 샘을 짓눌러 샘이 죽어버리기 때문이었다.

닷새째 되던 날 갑문들 사이의 물이 더 이상 불어나지 않았다. 게다가 더위와 가뭄이 이어지면서 골짜기에서 물 한 방울 내려오지 않았다.

실은 목재의 무게로 배 밑 부분이 $1\frac{1}{4}$ 아르신 정도 물에 잠긴 바이다라*가 샤치 강의 무로블랴스키 갑문에서 출발하였다. 배는 갑문으로부터 반 베르스타 정도 운하를 따라 내려오다가 수심이 얕은 곳에서 바닥이 닿아 주저앉아버렸다.

트루송과 심사위원들은 삼두마차를 타고 운하 양 옆을 분주히 뛰어다녔다.

특별히 동원된 노동자 몇 명을 제외하곤 농민들 중에 운하 개통식에 모습을 드러낸 자는 아무도 없었다. 농민들은 커다란 불행이 예피판을 비켜 가리라 기대하지 않았고, 수로에서 헤엄이라도 한번 쳐볼 생각도 하지 않았다. 술에 취해 물을 건너는 자들이 드물게 몇 명 있기는 했다. 당시에는 2백 베르스타 이상 떨어져 사는 사람들끼리 대부 관계를 맺곤 했다. 이웃을 대부로 삼는 경우가 거의 없었기 때문인데, 그만큼 부인네들이 서로 친하게 지내지 않았던 것이다.

트루송은 프랑스어와 영어로 욕을 퍼부어댔지만 그리 심한 욕은 아니었다. 그는 러시아어를 몰랐다. 따라서 갑문의 노동자들도 이 장군을 두려워하지 않았다. 이 외국인 출신의 러시아 장군이 침을 튀기며 무어라 소리쳐댔지만 그들은 그가 무슨 말을 하는지 전혀 알아들을 수 없었다.

물이 적어 배를 띄울 수 없으리란 것을 예피판의 아낙네들은 이미 1년 전부터 내다보고 있었다. 그래서 이곳 사람들은 모두 운하 공사를 황제의 별난 유희이거나 외국인들의 헛된 망상이라고 생각했다. 다만 화를 당할

* 바다짐승의 가죽으로 만든 배.

48

까 두려워 말을 못 했을 뿐이었다.

예피판의 아낙네들은 어둡고 슬픈 낯빛을 한 페리만을 안타깝게 생각했다. "그 사람 친절한 데다 풍채도 좋더라고. 나이도 많이 들지 않은 것 같았어. 여자들과 어울리지 않는 걸로 봐서 무슨 일인가로 몹시 괴로워하고 있거나 마누라를 잃은 것 같기도 해. 어찌 알겠냐만 얼굴에 슬픈 빛이 역력하더군. 안됐어."

다음 날 농부 백 명이 측량사 복장을 하고 나타났다. 농부들은 걸어서 운하로 내려갔다. 갑문의 제방 근처에서만 그들은 가볍게 헤엄을 쳤을 뿐 다른 곳에서는 모두 두 발로 걸을 수 있었다. 그들은 장대를 하나씩 들고 다녔고 마을의 순경이 그 장대에 수심을 표시했다. 그보다 농민들은 종아리 길이로 깊이를 재고 나서 그것을 체트베르치 단위로 환산했다. 체트베르치는 반 아르신 정도에 해당했다. 물론 뼘을 이용해 수심을 잴 수도 있었지만 그들의 손은 손아귀 힘이 너무 세어 그런 세밀한 일에 맞지 않았다.

일주일 후 수로의 측량 작업이 모두 끝나자 트루송은 배가 전 수로를 통과할 수 없고 어떤 곳은 뗏목도 띄울 수 없다는 결론에 도달했다.

그렇지만 황제는 10문의 포를 실은 배가 안전하게 지나갈 수 있을 만큼의 깊이로 운하를 만들라고 지시했던 것이다.

트루송 일행은 시험 보고서를 작성하여 페리와 그의 독일인 동료들 앞에서 읽었다.

보고서는 운하는 물론이고 갑문 시설을 한 강도 물이 부족하여 배를 움직이기가 불가능하다고 지적하였다. 많은 비용과 노동이 들어갔지만 그 모두가 결국 허사가 되었음을 인정하지 않을 수 없게 됨에 따라, 이제 황제의 처분만을 기다릴 뿐이라는 말로 보고서는 끝을 맺었다.

"그래, 이게 바로 그 운하라는 거군. 백성들의 무거운 부역을 동원해 영원한 웃음거리 하나를 만들어놓았군." 트루송의 충복 가운데 한 장군이 말했다. "전하에게 정말이지 씻을 수 없는 치욕을 안겨주었어. 나도 이 일로 얼마나 가슴앓이를 하였는지…… 어이 독일인들, 이제 어디 두고 보라고. 그리고 당신, 기적을 낳는 영국인, 태형이나 기다리시지. 그것도 많이 봐주는 거야. 그나저나 황제께 이 보고서를 올릴 생각을 하니 오금이 다 저려오는군. 곧바로 귀싸대기에 불이 날 판이니."

페리는 말이 없었다. 그는 이 공사가 바로 트루송의 조사에 근거해 이뤄진 것임을 알고 있었다. 어쨌든 이제 빠져나갈 구멍은 없었다.

다음 날 해 뜰 무렵 트루송은 자기 사람들을 데리고 현장을 떠났다.

페리는 매일 해오던 일을 하지 않자 손발이 근질근질하여 낮 동안은 계속 초원을 돌아다녔고, 저녁때는 영국 소설을 읽었다. 하지만 『베티 휴그 부인의 사랑』은 읽지 않았다.

독일인들은 트루송이 떠난 지 열흘 후 모두 어디론가 사라졌다. 살티코프 지사는 곧 추격대를 보냈지만, 추격대원들 중 아직 돌아온 자는 없었다. 독일인들 가운데 유일하게 예피판에 남은 사람은 포르흐로서, 결혼한 그는 사랑하는 아내를 버리고 떠날 수 없었다. 살티코프 지사는 몰래 페리와 포르흐를 감시하도록 하였지만, 두 사람 모두 자신들이 감시당하고 있다는 것을 잘 알고 있었다. 살티코프는 페테르부르크로부터 무슨 지시가 떨어지기를 기다리면서 페리를 외면하고 있었다.

페리는 점점 성격만 사나워지고 아무 생각도 머리에 떠오르지 않았다. 이 상황에서 무슨 일을 새롭게 시작한다는 것은 있을 수 없었다. 그는 황제의 징벌이 기다리고 있음을 너무나 잘 알고 있었다. 그는 페테르부르크에 있는 영국 영사에게 짧은 편지를 써서 영국 왕의 신민인 자신을 이곳에서 탈출시켜달라고 요청도 해보았다. 그러나 그는 지사가 그의 편지를 정기 우편 편으로 페테르부르크로 보내주기는커녕 오히려 서류 보따리에 넣어 페테르부르크의 정보부로 보내리란 것을 어렴풋이 짐작하고 있었다.

한 달 후 표트르는 전령을 시켜 비밀 서한을 보내왔다. 아이들이 황제의 전령이 타고 온 사륜마차 뒤를 따라 달리자 먼지가 저녁 해에 비쳐 무지개처럼 아이들 뒤로 피어올랐다.

그 순간 페리는 창가에 서서 자신의 운명이 빠르게 전개되고 있는 이 모든 과정을 묵묵히 지켜보고 있었다. 그는 전령이 무엇을 가져왔는지 어렵지 않게 추측해내고는 시간을 아끼기 위해 잠자리에 들었다.

다음 날 해 뜰 무렵 페리는 문 두드리는 소리를 들었다. 살티코프 지사가 안으로 들어왔다.

"영국 신민 베르당 람제이치 페리는 들으라. 황제의 명에 따라 이르노니 지금부터 너는 장군이 아니라 평민이며 무엇보다 죄인이다. 황제의 벌을 받기 위해 너는 감시병과 함께 걸어서 모스크바까지 가야 한다. 채비를 하라, 베르당 람제이치. 빨리 방을 비우도록."

10

정오 무렵 페리는 중앙 러시아 대륙을 걸으며 발길에 차이는 풀을 바라보고 있었다. 그는 등에 보따리를 지고 감시병들과 나란히 걸어갔다.

아직도 먼 길이 남아 있었다. 감시병들은 선량한 이들이어서 괜히 못되게 구는 일이 없었다.

감시병 가운데 두 사람은 예피판 출신이었다. 그는 페리에게 다음 날 이른 아침부터 독일인 포르흐에 대한 태형이 고문장에서 집행될 것이라고 일러주었다. 차르는 그에게 다른 벌은 내리지 않을 듯했다. 다만 모질게 태형을 가한 후 독일로 추방하기로 한 것 같았다.

모스크바로 가는 길은 멀고도 멀어 페리는 자기가 어디로 가고 있는지 잊어버릴 정도였다. 그는 너무도 지친 나머지 어서 데려가 빨리 죽여주기만을 바랄 뿐이었다.

랴잔에서는 예피판에서 온 감시병들이 교체되었다. 새 감시병들은 페리에게 영국과 전쟁을 한 것 같지는 않다고 말했다.

"그게 무슨 말이오?" 페리가 물었다.

"표트르 전하가 황후의 침실에서 그녀의 정부를 붙잡았는데 그는 영국에서 보낸 특사였다는 거요. 전하가 그의 목을 잘라 비단 주머니에 잘 넣어서 황후에게 보냈다지 않소!"

"그게 사실이오?" 페리가 물었다.

"어떻게 생각하시오?" 감시병이 말했다. "우리 황제를 보지 못했소? 기골이 장대한 양반이오. 황제가 병아리 목을 잡아 빼듯이 그 특사의 목을 맨손으로 잡아 뺐다고들 하오. 농담 같지요? 또 그런 얘기도 들었는데, 여자가 있는 장정들은 전쟁에 내보내지 않기로 했다고 하오."

여정의 끝에 이르자 페리는 발에 감각이 없어졌다. 발이 부어올라 마치 펠트 장화를 신고 걸은 것만 같았다.

한 늙은 감시병이 마지막 날 밤 무슨 까닭인지 페리에게 이렇게 말하는 것이었다. "자네를 우리가 어디로 데려가고 있는지 아나? 사형장이라네! 황제는 무자비하기 이를 데 없는 사람일세. 나라면 도망을 치겠네. 아이고! 그런데 자넨 병아리처럼 졸졸 따라가고 있으니! 친구, 자넨 벌써 얼굴색이 죽었어. 나는 미친 짓이라도 해서 태형은 피하겠네. 하물며 사형이라니!"

11

페리는 크렘린으로 끌려가 탑이 있는 감옥에 수감되었다. 그는 아무 이야기도 들을 수 없었고, 더 이상 자기 운명을 가지고 고민하지 않았다.

그는 밤새도록 벽에 난 좁은 창밖으로 별을 바라보았다. 그것은 정말로 자연의 호화로움 그 자체였다. 그는 하늘에 떠 있는 살아 숨 쉬는 불빛, 아득한 상공에서 자연의 법칙을 깔보며 타오르고 있는 그 불빛들을 바라보며 경이감에 사로잡혔다.

그 때문에 페리는 한결 기분이 좋아졌다. 그는 낮고 깊은 바닥에 앉아, 호흡마저 거두어가는 이 공간 안에서 행복하게 군림하는 높디높은 하늘을 바라보며 미소 지었다.

페리는 어떻게 잠이 들었는지도 모르게 잠이 들었다가 벌떡 일어났다. 그가 깬 것은 죄수를 깨우지 않기 위해 그의 옆에 서서 낮은 소리로 말하고 있던 사람들 때문이었다. 그는 그들의 인기척을 느끼고 눈을 떴다.

"베르당 람제이 페리!" 서기가 서류를 꺼내 그의 이름을 불렀다. "폐하의 명에 따라 너는 참수형에 처해질 것이다. 그럼 신의 가호가 함께하길. 어쨌든 너도 인간이니까."

서기는 감방에서 나가면서 자물쇠도 잠그지 않고 그냥 문을 쿵 닫고 나갈 뿐이었다.

그가 나가고 한 사람이 남았다. 몸집이 큰 하급 관리였다. 그는 단추가 달린 바지 하나만을 입고 위에는 아무것도 걸치지 않고 있었다.

"바지 벗어!"

페리는 상의를 벗기 시작했다.

"바지 벗으란 말 못 들었어? 바지 벗으라고. 이놈아!"

형리는 거친 감정과 뜻 모를 희열 속에 푸른 눈을, 아니 금세 검은빛을 띠는 두 눈을 번득였다.

"도끼는 어디 있지?" 페리가 물었다. 그에겐 이제 아무 감각도 남아 있지 않았다. 다만 형리가 곧 그를 차가운 물속에 집어넣을 생각을 하니 기분이 좀 언짢을 뿐이었다.

"도끼?" 형리가 말했다. "나는 도끼를 쓰지 않고 너를 처리하겠다!"

그 순간 잔인한 추측이 비수처럼 그의 뇌리 깊숙이 파고들었다. 그 추측은 뛰는 심장에 박히는 총알처럼 그의 본성과는 달리 너무도 낯설고 소름을 돋게 하는 것이었다.

그리고 그 추측은 목에 떨어지는 도끼의 느낌을 대신하였다. 그는 굳어버린 자신의 두 눈 안에 차오르는 피를 보며 포효하는 형리의 품 안에 쓰러졌다.

한 시간 후 서기의 자물쇠 소리가 탑 안에 울려 퍼졌다.

"이그나치, 다 끝난 거야?" 몸을 웅크린 서기가 감방 안에서 들리는 소리에 귀 기울이며 문틈 사이로 소리쳤다.

"기다려. 들어오지 마, 이 망할 놈아!" 형리가 부득부득 이를 갈고 식식거리며 대답했다.

"이 악마 같은 놈!" 서기가 중얼댔다. "저런 놈은 이 세상 천지에 없을 거다. 저 잔인한 짓이 끝나기 전에는 나도 끔찍해 못 들어가지!"

종소리가 울리고 오전 예배가 끝났다.

서기는 교회에 들러 아침 식사용으로 예배용 흰 빵을 챙기고 저녁에 혼자 책을 읽기 위해 초를 긁어모았다.

*

8월의 가을 명절 때 예피판 지사 살티코프는 외국 우표가 붙어 있고 향기가 나는 소포 꾸러미를 하나 받았다. 소포에는 우리식 필체는 아니지만 러시아어로 세 마디가 적혀 있었다.

기사 버트랑 페리에게

살티코프는 놀라는 한편 고인 앞으로 온 이 소포를 어떻게 처리해야 할지 무척 고민스러웠다. 며칠 후 그는 재앙을 피하기 위해 예배당 제단 뒤에 소포를 가져다 놓았다. 그 후 이 소포 꾸러미는 거미들의 영원한 안식처가 되었다.

그라도프 시(市)*

나의 작품은 그 비롯된 원천인 삶이 그렇듯이
지루하기 짝이 없고 읽으려면 꽤나
큰 인내심이 필요하다.
—이반 샤로노프, 19세기 말엽의 작가

1

그라도프의 명문가들은 연대기에 모르드바 공작들이라는 이름으로
등장하는 무르자**들과 타타르 공작들의 후손이다. 엔갈리체프, 체니셰
프, 쿠구셰프니 하는 공작들이 그들로 그라도프의 농민들은 아직도 그들
을 잘 기억하고 있다.

---

* 1923년부터 1929년에 걸쳐 소련에서는 혁명 후 처음으로 행정구역 개편이 실시되었다.
기존의 행정구역과 그에 따른 명칭이 사라지고 새로운 체계의 행정구역 단위와 명칭들이
선을 보이게 된다. 대표적으로 과거의 현, 군, 촌이 사라지고 새롭게 지역, 주, 관구, 구
역이라는 단위들이 출현한다. 이리하여 1930년에는 1922년까지 존재했던 72개의 현이 모
두 사라지고 13개 새로운 지역 또는 주가 등장하였다. 새로 생겨난 지역 또는 주로서는 극
동 지역, 니제고로드 지역, 니제볼가 지역, 북방 지역, 북캅카스 지역, 시베리아 지역, 중
앙볼가 지역, 서방 주, 이바노프공업 주, 레닌그라드 주, 모스크바 주, 우랄 주, 중앙흑토
주 등이 있다. 이 작품은 이러한 실제 역사적 과정을 배경으로 삼아, 중앙흑토 주가 하루
아침에 행정 명령으로 지어진 것이 아니라 관료들 간의 치열한 경쟁의 결과였다는 상상력
에 기초해 씌어졌다.
** 15세기 타타르 국가들의 귀족들이나 봉건 영주들.

그라도프는 모스크바로부터 5백 베르스타밖에 떨어져 있지 않지만 혁명은 이곳까지 설렁설렁 걸어오는 듯했다. 세습 영지들로 이뤄진 그라도프 현(縣)은 오랫동안 혁명에 굴복하지 않았다. 1918년 3월이 돼서야 현청 소재지에 소비에트 정권이 들어섰고, 모든 군(郡)에 소비에트 정권이 선 것은 그해 늦은 가을에 이르러서였다.

그것도 이해가 되는 것이, 당시 러시아 제국 여기저기에는 수많은 흑색백인조들이 출몰하고 있었고 그라도프도 거기서 예외가 아니었다. 그라도프는 세 구의 성골(聖骨)을 모시고 있었다. 성골의 주인은 '늙은 수도사' 예브피미, '아내 혐오자' 표트르, '비잔틴인' 프로호르였다. 그 밖에 이곳에는 치료 효과를 지닌 소금물이 솟는다는 우물 네 곳이 있었고, 관 속에 두 다리 뻗고 드러누워 스메타나만 먹고 살았다는 예언자 노파 두 사람이 있었다. 기근이 들면 이 노파들은 관에서 기어 나와 보따리 장사를 다녔는데, 사람들은 그들이 성인이란 사실을 까맣게 잊어버리곤 했다. 그만큼 당시는 먹고살기가 이만저만 어려운 게 아니었다.

여행 도중 그라도프에 들린 학자들은 현(縣) 지도부에 그라도프가 하안단구 위에 위치해 있다는 말을 했고, 이는 중앙에서 발간되는 소식지에도 소개된 바 있다. 이곳 초등학교 1학년 아이들은 주마예브카 강이 이 도시에 물을 댄다고 학교에서 배웠지만, 여름은 대단히 건조했고 아이들은 주마예브카 강이 그라도프에 물을 대는 것을 어디서도 볼 수 없어 수업 내용을 도무지 이해할 수 없었다.

도시 근교에는 슬로보다*가 늘어서 있었다. 그라도프 토박이들은 이 슬로보다 사람들을 파렴치한들이라고 욕했다. 그것은 슬로보다 사람들이

---

* 도시 주변의 부락, 교외의 마을.

농사일을 팽개치고 앞다투어 관리가 되려고 했고, 관직 길이 막혔던 과거 동란기*에는 장화 수리나 수지 제조, 보리 전매 등 그 밖에 갖가지 천한 일에 종사했기 때문이었다. 한편 바로 여기에 그라도프 역사의 이면이 숨어 있다. 슬로보다 사람들이 관청으로 밀려와 그라도프인들의 밥줄을 빼앗았고, 그라도프인들은 이 시골뜨기 불한당들에게 실컷 모욕을 당하고 관청에서 쫓겨나는 신세가 되기 일쑤였다. 그리하여 한 해 세 번씩, 즉 성 삼위일체절과 성 니콜라이제, 예수 세례절에는 그라도프 사람들과 슬로보다 사람들 간에 주먹 싸움이 벌어지곤 했다. 그럴 때면 잘 먹어 영양 상태가 좋은 슬로보다 사람들이 싸고 거친 음식만 먹어 몸이 부실한 그라도프 사람들을 실컷 두들겨주곤 했다.

그라도프를 기차를 타지 않고 자동차로 도로를 이용해 들어가면 도시에 도착했는지도 모르게 어느새 도착하게 된다. 사방이 온통 들로 이어지다 진흙과 짚, 바자울로 된 농가들이 눈에 들어오고, 이어서 교회들이 눈에 띄고 곧바로 광장이 열린다. 광장 가운데는 성당이 하나 서 있고, 성당 건너편에 2층짜리 건물이 하나 들어서 있다.

"도시는 어디에 있소?" 여행자들은 묻곤 한다.

"바로 여기 있잖소!" 마부는 그렇게 말하면서 2층짜리 구식 건물을 가리킨다. 그 건물 정면에는 '그라도프 시 집행위원회'라는 간판이 걸려 있다.

시장이 서는 광장 주변으로는 관가풍의 탄탄한 건물이 몇 채 더 서 있다. 거기에는 현이라면 꼭 있어야 할 관청들이 들어서 있다.

그라도프에는 농가보다는 한결 좋은 집들도 있다. 이 집들은 철제 지

---

* 1598년 표도르 황제가 죽은 후 1613년 로마노프 황제가 권좌에 들어서기까지 러시아 역사에서의 혼란기를 일컬음.

붕을 올리고 변소는 마당에 있으며 집 앞으로 난 거리에 면해 작은 정원
도 갖추고 있다. 어떤 집은 배와 사과나무가 자라는 작은 과수밭도 붙어
있다. 배로는 과일주를 담고 사과나무로는 마구의 밧줄 고리를 만들었다.
그런 집은 대개 관리나 곡물 전매인들의 것이었다.

여름밤에는 도시 전체가 사방을 떠다니는 종소리와 사모바르에서 나
오는 연기로 가득 차곤 한다.

이 도시 사람들은 느긋한 삶을 살았고, 좀더 잘살려고 바쁘게 서두른
다든가 하는 일이 없었다. 현(縣) 내의 질서를 지키며 성실하게 일했지만
특별히 일에 대한 열정 같은 것은 찾아보기 힘들었다. 장사를 해도 크게
하지 않아 큰 부담을 지지 않았고, 그저 일용한 양식을 얻는 데 만족했다.

이 도시에 영웅이 나타나지 않았던 것은 무슨 중요한 문제라도 생기
면 곧장 만장일치로 해결책을 찾았기 때문이다.

물론 그라도프에도 영웅이 없지 않았지만, 엄격한 준법 태도와 시의
적절한 대책들이 그들에게 설 자리를 주지 않았다.

그러다 보니 놈팡이들이 활개를 쳤고, 온통 엉겅퀴풀로만 뒤덮인 이
현에 아무리 돈을 쏟아부어도 뭐 하나 달라지는 구석이 없었다.

현의 지도자들이 모스크바에 올라가 중앙 정부에 한다는 소리가, 전
해에 농업에 투자된 5백만 루블이 어디에 쓰였는지 잘 알 수는 없지만 그
만한 돈이 들어갔으면 무슨 성과든 나오지 않겠는가, 어쨌든 돈이 다른
곳이 아닌 그라도프 현에 들어갔으니 틀림없이 그라도프 어딘가에 있을
것이라든가 하는 것이었다.

"한 10년 후에는 보리가 수레채만큼 자라고 또 감자는 마차 바퀴만큼
자라게 될 겁니다. 그럼 그때는 5백만 루블이 어디 쓰였는지 확실해지겠
지요"라고 그라도프 현 집행위원회 의장은 말했다.

뭐 그런 식이었다. 한번은 그라도프 시에 가뭄이 들어 기근이 생겼다. 농민들의 식량 구매와 관개 공사를 위해 5백만 루블이 그라도프로 내려왔다.

그라도프 현 집행위원회는 돈을 어떻게 써야 할지를 놓고 여덟 번의 전체회의를 열었다. 그렇게 이 중차대한 문제를 논의하느라 넉 달이 흘렀다.

기근으로 고생하는 농민들을 선별하기 위하여 계급 원칙이 적용되었다. 그리하여 암소나 말을 갖고 있지 않고 가금류는 양 두 마리 이하, 암탉 및 수탉 20마리 이하를 가진 농민들만을 돕기로 결정되었다. 또 암소와 말을 갖고 있는 경우에는 기아를 과학적으로 증명할 수 있는 경우에 한해 일정량의 곡식을 배급하기로 하였다.

기아를 과학적으로 증명하는 일은 수의사와 농촌 지도 요원들이 맡기로 했다. 그리고 「현 내 몇몇 지역의 부분적 흉작이 농업의 재건과 강화, 발전에 줄 수 있는 긍정적 영향」이라는 보고서가 면밀히 그라도프 현 집행위원에 의해 작성되었다.

단순히 식량을 배급하는 것 외에 관개시설을 짓기로 결정하였다. 그리하여 기술자를 모집하기 위한 특별위원회가 조직되었다. 그러나 위원회는 단 한 명의 기술자도 뽑지 못하였는데, 우물 파는 기술자로서 당연히 카를 마르크스에 대해 정통해야 했기 때문이다.

위원회는 공화국 시장 안에서는 그런 기술 요원을 찾을 수 없다는 결론을 내리고, 누군가의 진심 어린 조언을 받아들여, 제방을 쌓고 우물을 팔 수 있을뿐더러 시계도 고칠 줄 아는 농촌 독학자들과 전쟁 때 포로로 잡혀갔다 돌아온 이들에게 이 공사를 맡기기로 하였다. 이 모집위원회의 한 위원은 위원들에게 책을 하나 읽어주는데, 내용은 어떤 리키슈카라는 농노가 하늘을 나는 기구를 만들어 이반 뇌제(雷帝)가 보는 앞에서 날았다는 이야기였다. 이렇게 하여 그 위원은 프롤레타리아와 농민들이 지니고 있는 숨은 역량에 대해 위원들이 확신을 갖도록 하였다. 그리하여 위원회는 "프롤레타리아와 빈농이 갖고 있는 지적 능력을 밖으로 드러나게 하여 이용하거나 또 아껴두었다가 나중에 다시 이용하게 하는 사업"에 홍작과의 투쟁을 위해 현 앞으로 내려온 자금을 모두 쓰기로 결정하고, "이로써 우리 현의 관개 공사가 어떤 간접적인 문화적 효과를 거둘 수 있을 것"이라고 내다봤다.

제방 6백여 개와 우물 4백여 개가 완성되었다. 기술자는 전혀 없거나, 뭐 두 명 정도 있거나 하는 정도였다. 채 가을도 되기 전에 여름비가 좀 내렸을 뿐인데 제방은 다 떠내려갔고 우물은 대부분 다 말라비틀어졌다.

한편 '수입'이라는 한 농업 코뮌이 10베르스타 길이의 철도 부설을 시작했다. 철도는 '수입'과 또 다른 코뮌인 '믿음, 소망, 사랑' 사이를 연결하도록 되어 있었다. '수입'은 5천 루블의 예산을 확보하고 있었는데, 이 돈은 들판에 물을 대기 위해 마련된 것이었다. 그런데 철도 공사가 도중에 중단되었다. 코뮌 '믿음, 소망, 사랑'이 명칭 문제로 인해 현에 의해 폐지되었고, 기관차 구매를 위해 2백 루블을 갖고 모스크바로 출장을 간 '수입'의 지도원이 어쩐 일인지 영영 돌아오지 않았기 때문이다.

그런데 비슷한 액수로 십장들 몇 명이 제멋대로, 우편 업무와 건초 운반에 쓰일 비행기 여덟 대와 젖은 모래로 움직이는 영구 엔진 한 대를 만들었다.

2

이반 표도토비치 시마코프는 현 사업 안으로 침투해 들어가 현 사업을 상식의 토대 위에 올려놓는다는 분명한 임무를 띠고 그라도프로 향하고 있었다. 35세의 시마코프는 법 앞에서의 양심과 타고난 행정적 본능으로 인해 명성이 자자했고, 이에 상부의 승인을 받고 책임이 막중한 이 자리에 파견된 것이었다.

시마코프는 자신이 알고 있는 범위 안에서 그라도프란 도시에 대해 생각하고 있었다. 사실, 그가 그라도프에 대해 알고 있는 것이라곤 이 도시가 매우 가난하다는 것, 그리고 이곳 사람들이 얼마나 게으른지 흑토(黑土)에서 풀 한 포기 자라지 않는다는 것 정도였다.

시마코프는 그라도프에 도착하기 두 시간 전쯤에 간이역에 잠시 내려 주변을 한번 둘러보고는 소비에트 정권이 보드카를 좋아하지 않는다는 생각을 문뜩 하며 서둘러 매점에서 보드카 한 잔을 사 마셨다. 그는 어둡고 허름한 대합실을 거닐면서 외롭고 불안한 기분에 사로잡혔다. 3등 대합실에는 실업자들이 여기저기 쭈그리고 앉아 물에 젖은 싸구려 콜바사를 먹고 있었다. 아이들의 울음소리는 불안감과 무력한 동정심을 한껏 자극했다. 힘 없는 기관차들이 초라하고 성근 삶으로 가득 찬 슬픈 가을 공간을 이겨낼 준비를 하며 연신 기적을 울렸다.

승객들은 자기 나라가 아니라 마치 어디 다른 혹성을 여행하는 사람들처럼 보였다. 모두들 등을 돌리고 앉아 음식을 먹을 뿐 결코 옆 사람에게 음식을 권하는 일이 없었다. 그러나 사람들은 이 외롭고 쓸쓸한 여행길에서 서로 의지하고 몸을 기댈 수밖에 없었다.

시마코프는 객차로 들어가 담배를 한 대 피워 물었다. 곧 기차가 움직이기 시작했다. 사과를 파는 한 아낙네가 어떤 승객과 잔돈으로 실랑이를 벌이다 급하게 차에서 뛰어내렸다.

시마코프는 지루하고 긴 여행에 몸서리를 치며 침을 세게 한 번 뱉고 자리에 앉았다. 차창 밖으로 한 작은 도시의 오막살이들이 통통 튀듯 지나가고 여기저기서 방앗간들이 거친 곡식을 힘겹게 찧으며 낡은 풍차로 천천히 손을 흔들어주었다.

한 노인이 주위 승객들에게 우스운 이야기를 들려주고 승객들은 노인을 채근하며 웃고 있었다.

"모르드바인이라고요?"

"그 모르드바인은 부자였어." 노인이 말했다. "그는 러시아인을 아주 깍듯하고 융숭하게 대접했지. 그러자 러시아인이 이렇게 말했어. '난 가난합니다. 부자가 되면 그때 당신을 초대하지요.'"

"그래, 모르드바인이 뭐라고 했나요?"

"모르드바인은 기다렸지! 1년이 가고 또 1년이 가고, 그렇게 어느덧 2년이 갔어. 그런데 러시아인은 도대체 형편이 피지 않는 거야. 모르드바인은 그래도 이제나저제나 러시아인이 부르기만을 기다렸지. 4년을 기다린 후 모르드바인은 러시아인을 직접 찾아갔어. 농가로 말이지."

"러시아인의 농가로 말이죠?"

"러시아인의 농가로. 그런데 그걸 뭘 묻나? 당연한 걸 가지고. 러시아인은 모르드바인에게서 모자를 받아들고 벽에 걸려고 하다가, 이 못에 걸까, 저 못에 걸까, 아니면 저기 저 못에 걸까 망설이고 있었어. 그러자 모르드바인이 '왜 그러나요?' 하고 물었지. 그러니까 러시아인이 '당신 모자를 걸 곳이 없어서 말이에요'라고 하는 거야. '그게 당신들 예절입니까?' '네, 물론.' 모르드바인은 빈 식탁에 앉아 뭔가 가져오기를 기다렸어. 보니까 러시아인이 사발을 하나 가져오는 거야. 그리고 '마시세요'라고 했지. 사발을 받아 든 모르드바인이 뭔가 하고 보니까, 글쎄 물인 거야. 모르드바인은 한 모금 마시고 '시원하군' 하고 말했어. 그러자 러시아인은 '마시세요. 사양 마시고요'라고 하는 거야. 모르드바인은 워낙 마음이 어진 사람이라 또 마셨지. 그런데 모르드바인이 사발에 든 물을 다 마시기도 전에 글쎄 안주인이 항아리 하나를 들고 오는 거야. 그러자 주인이 다시 모르드바인의 사발을 가득 채우고 또 마시기를 권하는 거야. '얼른 사양 말고 드세요!'라고 하면서. 모르드바인은 물을 세 항아리를 받아 마시고 집으로 돌아왔어. 그러자 아내가 물었지. '러시아인한테 대접은 잘 받았소?' 그러자 그가 한다는 소리. '응. 잘 받았지. 물이었기에 다행이지, 보드카였다면 큰일 날 뻔했지 뭐요. 세 항아리나 마셨으니 말이야.' "

시마코프는 기차의 흔들림이 잦아들자 노인의 이야기가 멀어져가며 잠이 밀려왔다. 그는 기찻길이 땅이 아니라 도표 위로 나 있고, 더구나 간접 관할을 뜻하는 점선으로 그려져 있는 황당한 꿈을 꾸었다. 그는 뭔가 잠꼬대를 하며 잠에서 깨어났다. 노인은 식량이 든 보따리를 들고 이미 차에서 내린 후였고, 그 자리에는 공산청년단원 하나가 앉아 설교를 늘어놓고 있었다.

"종교는 법칙에 따라 단죄되어야 합니다!"

"법칙이 어떤데 그렇다는 건가?" 잠시 전 사라토프와 라넨부르그의 수수 가격에 대해 말하던 사나이가 심술궂게 물었다.

"왜냐하면 이런 거지요!" 젊은이는 나이 든 티를 내는 여유 있는 웃음을 지으며 상대가 참 안됐다는 듯이 이렇게 말했다. "제가 아주 논리적으로 말씀드리죠! 왜냐하면 종교란 자연의 악용에 다름 아니기 때문이죠. 무슨 말인지 아시겠어요? 간단합니다. 말하자면 이런 겁니다. 태양이 가축의 똥을 데우면 처음에는 냄새가 나겠지만 그로 인해 풀이 자라납니다. 바로 그런 식으로 이 지상에 생명이 태어나는 것입니다. 아주 간단합니다."

"공산주의자 동무, 실례하지만, 자네가 예컨대 열과 빛을 내기 위해 가축 똥을 페치카 위에 올려놓고 불을 지폈다고 해보세. 그럼 똥에서 풀이 자라겠는가 아니면 자라지 않겠는가?" 수수 값을 모두 알고 있는 그 사나이가 조금 수줍음을 타며 말했다.

"그야 자라겠죠!" 학식 높은 젊은이가 대답했다. "페치카든 태양이든 마찬가지죠."

"페치카 옆에 붙은 침대에서는 어떨까?" 그 사나이는 능청을 떨었다.

"물론 가능합니다!" 공산청년단원이 확신에 차 말했다.

"그럼 한번 말해보게나, 공산주의자 선생." 코즐로프에 있는 육류 공장에 간다는 사나이가 쉰 소리로 말했다. "드네프르 강을 막아 폴란드를 수장시키려 한다는 것이 사실인가?"

그러자 박식한 공산청년단원은 드네프르 강 공사에 대해 아는 것, 모르는 것을 모두 열을 내며 떠들어댔다.

"이건 아주 심각한 문제야!" 코즐로프 사람은 드네프르 강 공사에 대해 그렇게 결론을 내리며 말했다. "드네프르 강의 물길을 막지 않았으면 좋겠어!"

"왜죠?" 여기서 시마코프가 끼어들었다.

코즐로프 사람은 어두운 눈빛으로 시마코프를 흘끔 보았다. 웬 좀벌레 같은 놈이 또 끼어드나 하는 표정이었다.

"왜 그런가 하면, 물은 워낙이 무거워 바위도 갈고 쇠도 깎는단 말이에요. 그런데 소련의 물질들은 워낙 약해서 말이죠!" 코즐로프에서 온 사나이가 말했다.

'개자식, 네 말이 맞긴 맞다!' 시마코프는 생각했다. '나도 새로 산 바지의 단추가 떨어져 모스크바에서 다시 산 적이 있지.'

시마코프는 여러 가지 상념이 떠오르는 데다 아직 삶의 수준이 형편 없이 낮다고 생각하니 슬퍼서 더 이상 다른 이야기에 귀 기울이지 않았다. 기차는 가파른 내리막길을 내려가며 경적을 울려댔고 부실한 제동 장치가 마치 이빨을 가는 듯한 소리를 내었다.

한 해 농사가 끝나 텅 비고 서늘한 들판에는 슬픈 듯 말없이 9월이 머물고 있었다. 객차의 창 하나가 열려 있어 지나던 행인들이 기차를 향해 외치는 소리가 들렸다.

"이 개자식들아!"

또 이따금 마주치는 양치기들이 외쳤다.

"신문 좀 던져주쇼!" 궐련을 말아 피울 종이가 필요했기 때문이다.

자신이 보여준 견문에 큰 만족을 느끼고 있던 공산청년단원은 가지고 있던 종이를 모두 양치기들에게 던졌고, 양치기들은 땅에 채 떨어지기도 전에 종이를 낚아챘다. 그러나 시마코프는 갖고 있던 신문을 던지지 않았다. 낯선 도시에 가면 무엇이든 필요하기 때문이었다.

"그라도프입니다. 그라도프에서 내리실 분 계십니까? 다음 정거장입니다." 승무원이 그렇게 말하고 기차 바닥을 쓸기 시작했다. "멍청이들, 자기네 집 마당을 더럽히듯 엉망을 만들어놓았군! 그저 벌금을 물려야 하는데, 땡전 한 푼 없으니! 아줌마, 다리 좀 들어요!"

시마코프는 그라도프 역에서 내렸다. 그런데 뭔지 모를 기분 나쁜 느낌이 몰려왔다.

'여기가 이제 내가 지낼 곳이군.' 시마코프는 조용한 대합실과 기차를 타기 위해 서두르는 평범한 사람들의 모습을 바라보았다.

이곳은 아테네와 이탈리아 반도, 또 태평양 연안 등 전 세계와 철도로 연결되어 있지만, 이곳에서 그곳으로 가는 이는 아무도 없었고, 또 갈 필요도 없었다. 만약 누군가 길을 떠난다 해도 길을 잃어버릴 게 뻔했다. 여기 사람들은 그만큼 어리석기 때문이다.

3

시마코프는 코르킨 가(街) 46번지에 거처를 정했다. 마치 부동산을 지키는 파수꾼 같은 노파 하나가 살고 있는 아담한 집이었다. 그녀는 자기 남편 앞으로 나오는 15루블 25코페이카의 연금을 매달 받았고 방 하나를 난방비를 포함해 8루블에 임대해주고 있었다.

이반 표도티치*는 빈 탁자 앞에 앉아 풀들이 죽어가고 있는 마당을 슬픔에 잠겨 바라보고 있었다. 그는 잠시 앉아 있다 침대에 누웠고, 잠깐 누워 있다 다시 일어나 먹을 것을 사러 밖으로 나갔다.

9월의 태양은 아직 지지 않고 있었지만, 이반 표도티치는 다시 숙소의 공허 속으로 돌아왔다. 노파는 부엌에서 정권이 바뀐 것을 탄식하며 사모바르에 쓸 나뭇가지들을 쪼개고 있었다.

이반 표도티치는 콜바사로 허기를 달랜 후 앞으로 쓸 서명의 모양을 정해두기 위해 자리에 앉았다. 이반 표도티치는 '시마코프'라고 써보았다. '아냐, 이건 좀 약해 보여.' 그는 다시 '시마코프'라고 썼다. 이번에는 한

---

* '표도티치'는 '표도트비치'의 약칭임.

결 꾸밈없는 모양이 되었지만, 어쩌다 보니 레닌의 단순한 서명을 흉내 낸 꼴이 되었다.

이어서 이반 표도티치는 성(姓) 앞에 자기 이름 이반을 뜻하는 'Ив'를 쓸까 말까 오랫동안 망설였다. 결국 그는 그렇게 하기로 하였다. 자기 성인 시마코프가 상당히 희귀 성이어서 사람들이 이민족의 성으로 착각하거나 혼동할 수 있기 때문이었다.*

8시가 되자 노파의 한숨 소리가 멎고 코 고는 소리가 들리기 시작했다. 잠이 든 모양이었다. 얼마 후 그녀는 다시 일어나 오랫동안 슬라브식 기도문을 중얼거렸다.

이반 표도티치는 커튼을 닫고 창가에 놓인 시든 꽃 냄새를 한번 맡고는 여행 가방에서 가죽 장본의 공책을 꺼냈다. 가죽 표지에는 수필(手筆) 원고의 제목이 연필 깎는 칼로 새겨져 있었다.

'공인의 수기'

이반 표도티치는 원고의 49페이지를 펴 마지막 부분을 다시 읽고는 생각을 재촉하며 계속 써 내려갔다.

'……나는 아무도 몰래 이 작품을 쓰고 있다. 그러나 이 작품은 언젠가는 세계적인 법률서가 될 것이다. 나는 감히 말한다. 관리를 포함해 직책을 수행하는 모든 자들은 사회주의 역사에 있어 가장 중요한 동인(動因)이며 사회주의로 가는 철로를 떠받치고 있는 살아 있는 침목이라고.

사회주의 조국에 대한 봉사는 가슴 속에 혁명의 의무감을 절절히 느

---

* 러시아인에게 흔한 이름 이반을 서명에 넣음으로써 희귀 성 시마코프로 인해 혹시나 이민족 출신이라고 오해 받는 일을 피할 수 있다는 것임.

끼는 자들의 종교이다.

바로 1917년 러시아에서 최초로 질서의 조화로운 이성이 자신의 승리를 자축하였다.

오늘날 관료주의와의 투쟁은 물정을 잘 모르는 데서 기인하는 바 크다.

뷰로*는 사무실이다. 또 사무용 책상은 모든 국가 기구의 필수품 중에도 필수품이다.

관료주의는 혁명에 큰 공을 세웠다. 관료주의는 흩어지는 민중을 하나로 모았고, 그들을 질서를 향한 의지로 하나 되게 꿰었으며, 사물을 하나 같은 방식으로 이해하도록 가르쳤다.

관료주의자는 레몬에서 산(酸)을 짜내듯 납작하게 눌러 소비에트 국가로부터 말끔히 짜내야 한다. 그런데 그러고 나면 아무 맛도 나지 않는 쓰레기만 남지 않겠는가?……'

"지겨운 놈들!" 누군가 창밖에서 소리쳤다. "이놈들, 침례교파 이교도 놈들, 모두 내장을 긁어내주마."

그런데 이 목소리가 돌연 상냥하게 바뀌더니 다정하게 말했다. "친구, 욕을 써보게. 교회슬라브어로 말해보게! 뭐? 안 된다고? 이 썩어문드러질 놈 같으니라고!"

발소리가 멀어져갔다. 도둑을 경계하는 야경꾼의 텅 빈 목소리가 메아리치고 있었다.

시마코프는 놀라 몸을 움츠렸다. 그리고 아직도 이런 무질서가 만연해 있다는 사실이 너무도 실망스러워 고개를 떨어뜨렸다.

그는 불안한 마음을 억누르며 계속 써 내려갔다.

---

* 러시아어로 관료주의를 뜻하는 '뷰로크라티즘' 가운데 '뷰로'를 말한다.

'그럼 관료주의를 대신해 우리에게 무엇을 주겠는가? 문서의 질서를 대신해 믿음, 즉 야만과 허튼 소리와 시(詩)를 주겠다고?

안 되지! 우리에게 필요한 것은 단 하나, 즉 인간이 성스럽고 윤리적으로 되는 것이다. 인간은 무조건 그렇게 되지 않으면 안 된다. 모든 곳에 문서와 보편적 질서가 있어야 한다.

서류는 삶의 상징일 뿐이지만 또한 진리의 그림자이기도 하다. 결코 관리들이 만들어낸 교묘한 허구가 아니다.

본질을 적시하는 적절한 형식을 갖춘 서류는 최고의 문명이 낳은 산물이다. 서류는 나쁜 인종들을 경계하고 사회적 이익의 관점에서 그들의 행위를 기록한다.

무엇보다 서류는 인간을 사회 규범에 적응시키는 역할을 하는데, 그 무엇도 문서로부터 숨을 수 없기 때문이다.'

이반 표도티치는 잡념 때문에 생각이 흐트러져 곧잘 일을 그르치곤 했다. 지금도 그는 오늘날의 군(郡) 집행위 의장과 예전의 군(郡) 경찰서장 간의 행정력을 비교하며 쓸데없이 시간을 낭비하고 있었다. 이어서 그는 지구상의 물에 대해 생각하고, 육지를 더 확보하기 위해 바다와 강의 물을 모두 땅 밑으로 빼는 것이 좋겠다는 결론을 내렸다. 그럼 비를 걱정할 필요도 없고 사람들이 더 넓은 지역에 분포해 살 수 있게 될 것이기 때문이었다. 또 물은 깊은 땅속에서 펌프로 끌어올리게 될 터이고, 무엇보다 구름이 완전히 자취를 감출 것이다. 그러면 사시사철 하늘에는 확고한 행정적 중심 같은 태양이 빛나게 될 것이다.

시마코프는 또 이렇게 생각했다.

'질서와 조화의 최대의 적은 자연이다. 자연에는 끊임없이 무슨 일인가 일어나게 되어 있단 말이야……

자연을 다스리는 사법 권력을 만들어 자연의 불복을 벌하면 어떨까? 예컨대 흉작의 죄를 물어 식물을 송두리째 뽑는다든가…… 아니, 그냥 뽑는 것이 아니라 좀더 교묘하게 화학적인 방법을 동원하는 거지!'

그러나 그는 한숨을 내쉬었다.

'그런데 동의를 받아낼 수 없겠지. 사방에 나쁜 놈들 천지니까!'

그는 다시 정신을 가다듬고 계속 작업을 이어갔다.

'내 피로한 시선 앞에 이상적인 사회가 위용을 뽐내고 있다. 이 사회에서는 사무용 문서들이 인간들 속으로 파고들어가 인간들을 완벽하게 통제함으로써 본성적으로는 부도덕한 그들이 도덕적으로 변모한다. 왜냐하면 종이와 문서가 인간들의 행동을 빈틈없이 추적하고 정당한 처벌로 그들을 위협함에 따라 도덕성이 그들의 습속이 되었기 때문이다.

문서는 사악한 자연의 세계를 법과 도덕의 세계로 변화시키는 중요한 힘이다.

이에 대해서는 좀더 신중하게 생각해볼 필요가 있다. 관료제에 대해 다시 한 번 생각해보기 위해 오늘은 여기서 작업을 마치려 한다.'

시마코프는 자리에서 일어나 생각에 잠겼다.

그는 밤거리의 개 짖는 소리에 방해받을 때까지 오랫동안 관료제에 대한 생각에 잠겼다. 이어서 그는 등도 끄지 않은 채 잠이 들었다.

다음 날 시마코프는 그가 부서 하나의 지휘를 맡은 현(縣) 토지국으로 나갔다.

그는 말없이 자리에 앉아 정리가 썩 잘되어 있는 문서들을 살펴보기 시작했다. 여직원들은 새로 부임한 이 과묵한 상사를 싸늘한 눈빛으로 바라보며 한숨을 짓고는 무슨 도표 같은 것을 만드느라 선을 그렸다.

이반 표도티치는 서서히 업무의 한가운데로 접근해 들어가 일처리 과정과 질서상의 과오들을 곧 발견해냈다.

저녁때 그는 침대에 누워 새로 맡은 일에 대해 생각했다. 각 직원들의 의무가 정확히 명시되지 않은 가운데 모두들 쓸데없이 허둥대기만 했고, 문서들 속에서는 여기저기 난센스와 애매하기 짝이 없는 모순된 논리들이 드러났다. 직원들은 이런 혼란 속에 갇혀 자기들이 하는 작업의 목적도 역사적 의의도 잊어버린 지 오래였다.

시마코프는 전날 먹다 남은 콜바사로 허기를 달랜 후 토지국 국장에게 제출할 보고서를 작성하기 위해 자리에 앉았다.

'본인이 관할하는 농정 분야의 합리화를 위한 본인 부서 소속 직원들의 직무 종속에 대하여.'

이반 표도티치는 자정을 넘겨서야 보고서의 작성을 마쳤다.

다음 날 아침 외롭게 사는 이반 표도티치를 불쌍히 여겨 여주인이 그에게 차 한 잔을 공짜로 내왔다. 지난 밤 그녀는 시마코프의 배 속에서 딱딱하고 기름진 음식이 으르렁대며 쪼개지는 소리를 들었기 때문이다.

이반 표도티치는 한마디 고맙다는 말도 없이 차를 받아들고 여주인이 이 도시의 변두리 사정에 대해 이야기하는 걸 건성으로 들었다. 그녀에 따르면, 그라도프에서 멀리 떨어진 곳은 말할 것도 없고 가까운 마을에서도 아직까지도 봄이 와 첫 보름달이 찰 때라든가 첫 천둥이 칠 때면 강과 호수에서 멱을 감고 물에 은을 타 세수를 하고 밀랍을 부어 점을 치고 병든 가축을 불로 그슬리고 휘파람을 부는 짓을 한다는 것이었다.

이반 표도티치는 여주인의 이야기를 들으며 생각했다. '무지한 것들! 오직 살아 있는 국가의 힘, 즉 성실하고 책임감이 투철한 민중만이 이 몽매한 현실을 올바로 잡을 수 있을 것이다.'

일터로 나서며 이반 표도티치는 여주인이 준 따뜻한 차 한 잔으로 속이 많이 풀렸음을 느꼈고, 국가적 원리의 유익함에 대해 다시 한 번 되새김으로써 마음의 평화를 얻을 수 있었다.

이반 표도티치에게는 알레나라는 이의 후손들에게 땅을 분배해주는 일이 주어졌다. 이 알레나라는 여자는 18세기 포첸스키 지역에서 일어난 민란을 이끌었고 마녀로 몰려 카돔 시에서 화형을 당한 사람이었다.

서류의 내용은 이러했다. '우리 조상들인 이 카자크인들은 말을 타고 여러 군들을 휩쓸고 다니며 농민을 가장한 지주들과 포치니크*들의 목을 베었습니다. 그러나 불쌍한 농민들이나 보야르**의 후손들, 공무에 종사하는 자들은 해치지도 재산을 빼앗지도 않았습니다.'

알레나의 후손들에게 경지를 마련해주는 일은 벌써 5년째 끌어오는 일이었다. 그리고 국장의 의지가 담긴 새 문서가 방금 도착한 터였다.

'시마코프 동무. 이 일을 마무리지어주게. 고작 7제샤치나***를 가지고 벌써 5년째네. 이 문제에 대해 내게 속히 보고서를 올려주게나.'

이 일에 관해 검토를 모두 마친 시마코프는 세 가지 방식으로 문제를 해결할 수 있다는 결론에 도달했다. 그는 미리 어떤 하나의 해결책을 제시하지 않고 최종 결정을 윗선에 맡기는 형식의 특별 보고서를 국장에게 올렸다. 다만 그는 보고서 끝 부분에 자신의 개인 의견을 끼워 넣었다. 업무 지연은 결코 해가 아니라 사회적 진리를 지적이고 집단적인 방식으로 고양하는 것이라는 견해였다. 알레나 건을 해결하고 난 후 시마코프는 고라-고류슈쿠라는 마을에 관한 일로 넘어갔다. 이 마을 사람들은 비옥한 땅으로 나오려 하지 않고 모래에서 살기를 고집하고 있었다. 알고 보

---

* 세습 영지 소유자.
** 고대 러시아의 세습 귀족.
*** 미터법 이전의 러시아의 지적 단위로 약 1헥타르에 해당함.

니 그들은 자기들 마을로부터 2베르스타 떨어진 곳을 지나는 기차를 몰래 약탈해가며 살고 있었다. 이 마을에 보조금이 지급되고 농업 전문가들이 파견되었지만, 마을 사람들은 모래 땅을 고집하며 이 미지의 수입원에 기대어 살고 있었던 것이다.

시마코프는 이 문제를 다음과 같이 정리하였다.

'고라-고류슈쿠는 말하자면 독일 함부르크와 같은 자유 촌락으로서 이곳 주민들은 모두 기차 도적 떼라고 볼 수 있음. 그들로부터 땅을 압수하여 농지로 써야 함.'

다음은 제비야 두브라바라는 마을의 주민들이 건조한 하절기에 먹구름을 모으는 데 쓸 비행기를 한 대 보내달라는 내용의 청원서였다. 청원서에는 이 마을 사람들이 그런 생각을 하도록 만든 '그라도프 통보'의 기사 하나가 첨부되어 있었다.

'프롤레타리아적 예언자 일리야.

레닌그라드에 사는 소련 과학자 라르첸센 교수는 마음먹은 대로 땅에 비를 뿌리고 경작지 상공에 구름을 만드는 비행기를 발명해냈다. 올여름 농업적 용도로 쓰기 위한 이 비행기의 시험 비행이 있을 예정이다. 이 비행기는 충전된 모래를 동력으로 쓰고 있다.'

이 사안과 관련된 자료를 모두 검토한 후 시마코프는 다음과 같은 결론을 내렸다.

'비행기에서 떨어지는 모래로 경작지가 훼손될 우려가 있기 때문에 제비야 두브라바라 마을에 비행기를 보내는 일은 아직 시기 상조로 보임. 이런 사정을 청원자들에게 통보하기 바람.'

시마코프는 남은 근무 시간을 정산 양식을 채우는 일에 모두 썼다. 그는 그래프를 그리고 정확한 공무용 언어를 쓰는 것을 좋아했다.

그라도프에 부임해 근무를 시작한 지 닷새째 되던 날 시마코프는 토지국 예산과의 책임자인 스테판 예르밀로비치 보르모토프와 인사를 나누었다.

보르모토프는 시마코프를 편하게 맞아주었다.

"보르모토프 동지." 시마코프가 그에게 말했다. "해결해야 할 문제가 하나 있습니다. 과장님은 우편물을 수합해 한 달에 두 번씩 보내도록 지시하셨죠?"

보르모토프는 말없이 지불 명령서에 서명을 하고 있었다.

"보르모토프 동지." 이반 표도티치가 다시 말했다. "저한테 급하게 처리해야 할 문서가 하나 있습니다. 그런데 우편물을 일주일 뒤에야 모아서 보낸다고 하니……"

보르모토프는 시마코프에게 눈길도 주지 않고 벨을 눌렀다.

한 중년의 사나이가 놀란 표정으로 들어와 신경을 곤두세운 채 존경의 눈길로 보르모토프를 바라보았다.

"이것을 기능공 관리소에 전해주게." 보르모토프가 말했다. "그리고 타이피스트 가운데 발레를 출 수 있는 사람 하나를 골라 보내주게나."

이 사람은 무슨 뜻인지 물어볼 엄두도 못 내고 방에서 나갔다.

타이피스트가 들어왔다.

"소냐." 보르모토프는 보지도 않고 냄새나 그 밖의 간접적인 특징들로 들어온 사람이 소냐임을 눈치채고 말했다. "소냐! 아직도 계획서를 다 못 마쳤단 말이야?"

"다 마쳤어요, 스테판 예르밀리치!"* 그녀가 대답했다. "아, 계획서

---

* '예르밀리치'는 '예르밀로비치'의 약식 호칭임.

말씀이에요? 그건 아직 못 했어요."

"하여튼…… 대답할 때는 먼저 물어보고 하라고. 아니면 다 해놓든가!"

"계획서 말씀이지요, 스테판 예르밀리치?"

"그래. 오페레타 얘기하는 줄 알았나? 계획서 말이야."

"계획서는 방금 타자기에 물렸는데요."

"물렸으면 다인가?" 스테판 예르밀리치가 말했다.

그 순간 보르모토프는 지불 명령서의 서명을 마치고 시마코프를 보았다.

보르모토프는 먼저 시마코프의 이야기를 다 듣고 나서 입을 열었다.

"자네 바빌론에서 건설한 수로교들이 어땠는지 아는가? 멋있었을까? 물론 멋있었지. 튼튼했을까? 물론 튼튼했지. 그런데 거기서도 우편물 우송은 6개월에 한 번씩 이뤄졌네. 결코 그보다 자주는 아닐세! 뭐 더 할 말 있나?" 보르모토프는 득의만만한 미소를 지어 보이고는 확인서와 독촉장에 서명을 하기 시작했다.

시마코프는 보르모토프가 제시한 논리에 머리가 멍해져 말을 잃고 밖으로 나왔다. 나오면서 그는 오래된 문서들에서 나는 냄새를 맡으며 보르모토프가 말한 기능공 관리소라는 것이 과연 뭘까 생각해보았다. 시마코프는 그 밖에도 여러 가지 생각을 했는데, 무슨 생각을 했는지는 물론 알 수 없다.

총무과 입구에서는 어떤 두 사람이 격렬한 논쟁을 벌이고 있었다. 그런데 두 사람 모두 외모가 특이했다. 한 사람은 체구도 빈약한 데다 피곤에 찌들어 매우 불쌍해 보였고, 다른 한 사람은 건강하고 영양 상태가 좋으며 활력이 넘쳐 보였다. 몸이 약한 앞 사람은 흥분을 감추지 못하고 무언가를 손에 든 채 그것이 진흙이라고 상대를 힘겹게 설득하고 있었다. 그런데 상대방은 그것이 모래임을 굽히지 않았고, 또 그 점에 매우 만족해하고 있었다.

"어째서? 아니, 어째서 모래란 말이야?" 허약한 이가 안간힘을 쓰며 말했다.

"부서지기 때문이지." 다른 한 사람이 근거를 대며 침착하게 말했다. "밀가루처럼 날리는 거 안 보여? 한번 불어보라고."

마른 이가 불어보자 실제로 뭔가가 날렸다.

"그래서?" 허약한 이가 되물었다.

"뭐? 답답하군." 몸집이 당당한 이가 말했다. "부서진다는 건 즉 모래란 거지."

"그럼 침을 한번 뱉어봐." 마른 이가 말했다.

그러자 몸집이 당당한 이가 이 알 수 없는 흙덩어리를 손에 올려놓고 능숙하게 침을 모아 뱉었다. 그는 물을 섞어도 부드러워지지 않는다는 모래의 속성에 대해 잘 알고 있었다.

"어때?" 마른 이가 자신에 넘친 목소리로 말했다. "그럼 이제 섞어보지그래."

몸집이 당당한 이는 모래를 섞어보고 나서 마른 이의 말에 서슴없이 동의해주었다. 상대의 감정을 더 다치게 하고 싶지 않았기 때문이었다.

"진흙이다! 뭉쳐졌어. 빌어먹을!"

시마코프는 이 두 친구들의 대화를 듣고 자기 자리로 돌아와 국장에게 올릴 보고서를 작성하기 위해 책상 앞에 앉았다. 보고서의 제목은 이러했다. '은밀히 진행되는 사보타주를 근절하기 위한 토지국의 내부 규율 강화의 필요성에 대하여.'

그런데 곧 시마코프는 합법적 현상으로서의 사보타주에 직면하게 되었다. 시마코프가 맡고 있는 부서는 모두 42명이 소속되어 있었지만 정작일을 하는 직원은 다섯 명에 불과했다. 이에 놀라 그는 인원을 37명으로축소해야 한다는 보고서를 상부에 올렸다.

그러나 그는 지역위원회에 불려가 그것이 불가함을 알게 되었다. 노조가 생떼를 부려 그것을 허용하지 않기 때문이었다.

"그럼 그들은 무얼 한단 말입니까?" 시마코프가 물었다. "그들은 우리 부서에서 할 일이 없는데요."

"그저 책상 정리나 시키시오." 노조원이 말했다. "옛 문서를 뒤지게하든가…… 참 답답하네."

"뭐 때문에 옛 문서를 뒤지게 한다는 거죠?" 시마코프는 캐물었다.

"역사를 위해서는 자료가 체계적으로 정리되어 있어야 하니까요!" 노조원의 설명이었다.

"옳으신 말씀!" 시마코프는 그의 말에 동의하고 흥분을 가라앉혔다. 그러나 거기에서 그치지 않고 좀더 확실히 해두고자 상부에 이를 다시 보고하였다.

"자네 정말 좀 모자라는 사람이군!" 그의 상관이 그에게 말했다. "노조 허풍쟁이들 말을 듣다니. 국가정치국같이 일할 수 없겠나? 정말로 똑똑한 사람들만 있는 곳 말이야."

한번은 토지국 서기가 시마코프에게 와서 궐련을 권한 적이 있었다.

"이반 표도토비치, 맛 한번 보시오. 새것이오. 40개당 5코페이카씩하지. 그라도프산(産)이고 품명은 '붉은 수도승'이라 하오. 여기 쓰여 있잖소. 장애인들이 만든다오!"

시마코프는 궐련 하나를 받아 들었다. 사실 그는 돈이 없어 담배를 거의 피우지 않았다. 그저 오다 가다 한 번씩 얻어 피우는 게 고작이었다.

서기는 시마코프에게 바짝 다가가 물었다. "이반 표도토비치, 당신 모스크바에서 왔잖소. 마차*가 하루에 기차 40량씩 모스크바에 도착한다는 게 사실이오? 그러고도 모자란다던데?"

"가브릴 가브릴로비치, 그렇지 않습니다." 시마코프는 그를 진정시켰다. "그렇게 많지는 않을 겁니다. 마차는 영양가가 없어요. 유대인들은 기름진 음식을 좋아하죠. 마차는 벌 받을 때나 먹죠."

"그렇지요, 이반 표도도비치? 내 말은…… 그 사람들이 통 믿지를 않는다니까요."

"누가 믿지 않는다는 거죠?"

"아무도요. 스테판 예르밀리치요, 표트르 페트로비치, 알렉세이 팔르이치…… 아무도 안 믿는단 말이오."

4

그렇게 시간은 흘러 그리 춥지는 않지만 애수를 자극하는 겨울이 그라도프에 찾아왔다. 여직원들은 저녁마다 모여 차를 마셨는데, 화제는 직장에 관한 것을 벗어나는 일이 거의 없었다. 그들은 자기 집에 가서도, 그러니까 상사로부터 멀리 떨어져서도, 자신이 공무원 신분임을 항상 잊지 않았고 언제나 공무에 대한 생각을 떨쳐버리지 못했다. 이반 표도티치도 한번 그런 차 모임에 나가 토지국 직원들이 모두 자신들이 맡은 일을

---

* 유대인의 명절에 쓰는 둥글고 얇은 과자.

진심으로 좋아한다고 말하면서 자랑스러워한 적이 있다.

싸구려 담배의 신맛, 진리를 담은 종이들이 사각대는 소리, 질서에 따라 순조롭게 돌아가는 업무, 이런 것들이 토지국 직원들에게는 자연의 공기를 대신했다.

이제 그들에게 사무실은 정겨운 풍경이 되었다. 명석한 직원들이 가득 들어찬 조용한 사무실 안의 흐릿한 평온은 그들에게 편안한 태고의 자연처럼 느껴졌다. 그들은 울타리 안에 머물며 무질서하고 거친 자연으로부터 안전함을 느꼈고, 문서의 수를 늘임으로써 이 공증되지 않은 부조리한 세계 안에 질서와 조화를 신장시킬 수 있다고 생각했다.

문서에 기록된 사실만을 존중한 그들은 태양도 사랑도 결점을 지닌 현상은 그 어떤 것도 인정하지 않았다. 사랑도 태양의 움직임도 업무와 직접적인 관련이 없기 때문이었다.

언젠가 어두운 저녁 시간이었다. 12월에 비가 내리고 젖은 눈발이 내리치고 있었다. 시마코프는 흥분된 표정으로 그라도프의 한 거리를 바삐 걷고 있었다.

그날은 보르모토프의 공직 생활 25주년을 기념하기 위한 작은 연회가 열리기로 되어 있었다. 회비는 1인당 3루블이었다.

시마코프는 깜짝 발표로 사람들을 기쁘게 해줄 생각을 하며 몹시 흥분하고 있었다. 그는 소중히 간직해온 논문 「우주 조화의 원리로서 소비에트화(化)」를 보르모토프와 하객들 앞에서 발표할 예정이었다. 이것은 그의 '공인의 수기'의 새로운 제목이었다.

그라도프는 아직 잠들지 않고 있었다. 이제 저녁 7시가 좀 넘었을 뿐이었다. 집집마다 마당에서는 지루함에 지친 개들이 으르렁대고 있었다. 멀리 도시에 하나뿐인 가로등이 무척이나 환하게 빛나고 있었다. 어둠은

짙었고 하늘은 낮게 내려앉아 있었다. 도시는 너무도 조용하고 아늑하며 의젓해 보여 자연이라곤 눈에 들어오지 않았고 또 자연이 굳이 필요할 이유도 없었다.

시마코프는 소방서 망루 옆을 지나다가 한 소방수가 뭔가 골똘히 생각에 잠겨 한숨을 내쉬는 소리를 들었다.

이반 표도티치는 생각했다. '어쨌든 자지 않고 있군. 소임을 다하는 거지! 비록 이곳에서 화재가 일어나지 않더라도 그래. 모두 경계를 늦추지 말고 질서를 지켜야 해.'

시마코프는 연회가 열리기로 약속된 자모바라는 미망인의 집에 손님 가운데 가장 먼저 도착했다. 그녀는 2루블에 장소를 빌려주기로 했다. 그녀는 시마코프를 배가 고파 제일 먼저 음식을 차지하기 위해 온 사람쯤으로 여겨 쌀쌀맞게 맞았다.

이반 표도티치는 말없이 자리에 앉아 있었다. 그는 직장 동료 외에 다른 어떤 인간관계도 몰랐다. 그가 결혼을 한다면 지독히도 부인을 불행하게 만들 것이 틀림없었다. 그러나 시마코프는 결혼을 극구 피했고 후손을 낳아 역사를 복잡하게 만들지 않았다. 그는 여성들에게 눈곱만큼도 관심이 없었다. 그는 그저 의무에 대한 생각만 머릿속을 맴도는 그야말로 타고난 사상가였다. 그는 자유라는 것을 몰랐다. 마치 색정을 쫓듯 즐거운 복종만을 알 뿐이었다. 그가 얼마나 공무를 좋아했는가 하면, 책상 서랍 속에 나뒹구는 출처 모를 서류 한 장도 무슨 인종과 공허의 왕국이라도 되는 듯이 소중히 여길 정도였다.

그다음으로 온 사람은 스테판 예르밀리치 보르모토프였다. 그는 행사의 주인공이 아니라 실무자처럼 행동했다.

"마르푸샤." 그는 자모바를 그렇게 불렀다. "현관에 신발털이 깔개는

깔아놓았소? 사람들의 발이 더러울 수 있잖소. 덧신을 신을 형편은 못 될 터이고. 당신 집은 술집이라기보다 꼭 헛간 같구려!"

"스테판 예르밀리치, 지금 깔게요. 이리 안으로 들어오세요. 당신을 위해 상석을 마련해놓았어요. 당신 위에는 아무도 없다니까요!"

"뭐 그렇게까지 할 필요가…… 마르파 예고로브나, 쓸데없이." 이어서 스테판 예르밀리치는 가장 좋은 구식 의자에 걸터앉았다.

스테판 예르밀리치가 자리를 잡은 것을 알았는지 다른 손님들도 속속 모여들기 시작했다.

사무원 네 명과 회계원 세 명, 계장 두 명, 부기원 두 명, 기와 공장 책임자이며 지방행정청 시절 모르코토프의 친구인 로드느이흐의 얼굴이 보였다. 보르모토프의 세계는 바로 이 사람들로 이뤄진 지평과 전망 안에 갇혀 있었다. 이윽고 다회(茶會)가 시작되었다.

모두들 입을 떼지 않고 기분 좋게 차를 마시며 차의 훈기로 분위기를 데웠다. 마르파 자모바는 보르모토프의 뒤에 서서 그의 잔이 비기가 무섭게 잔을 채워주며 조합 매장에서 싼값에 산 누런 불합격품 설탕을 차에 타주었다.

스테판 예르밀리치 보르모토프는 품위를 지키며 조용히 앉아 있었다. 그런데 사람들은 계속 업무에 관한 이야기만 할 뿐, 좀체 오늘의 주인공에게 축하의 말을 건네려 하지 않았다. 현 집행위원회가 시급한 상황에서 제때 조치를 취하지 않고 행동을 지체한 사례들이 언급되었다. 이를 지적한 사람은 두려운 한편 책임 회피에서 오는 기쁨도 남모르게 느끼고 있었다.

그러다가 그라도프 현의 폐지에 관한 이야기가 불거져 나왔다. 중앙에서 회람의 송부를 갑자기 중단했던 것이다. 당시 보르모토프가 나서서 사정을 알아보기 위해 싼 기차를 타고 모스크바에 다녀온 적이 있다. 모스크바로부터 예산이 내려오지 않아 출장비가 매우 부족했던 것이다. 그는 장애인들이 운영하는 제빵 공장에서 만든 빵 일정량과 출장 증명서를 받고 모스크바로 떠났다. 모스크바에서 보르모토프가 들은 이야기는 그라도프를 주(州)에 넘기려 하고 있으며, 그에 따라 그라도프 앞으로 나온 예산도 그 주도(州都)로 넘겼다는 것이었다.

그런데 그 주도 측에서 결국 그라도프를 거부하고 말았다.

그쪽에서 "이 도시는 성향 자체가 노동자적 성향이 아니어서 죽는 한이 있어도 우리에게 굴복하지 않을 것이다"라고 말한다는 것이었다.

그리하여 그라도프는 국가의 계류(繫留)에 정박하지 못하고 허공에 뜬 신세가 되었다. 모스크바에서 돌아온 보르모토프는 자기 집에 그라도프 출신 토박이들을 모아놓고 그라도프 현을 민족자치공화국으로 선포해야 한다고 주장했다. 현에 타타르인이 5백 명, 유대인이 족히 백 명 정도 산다는 이유에서였다.

"내가 진짜 공화국을 원한다고 생각하세요? 나는 소수민족주의자가 아닙니다. 나는 다만 국가적 원리를 유지하고 업무의 연속성을 확보하고자 하는 것입니다." 보르모토프는 상황을 이렇게 설명했다.

시마코프는 조바심으로 속이 타들어가고 심장 소리가 터질 듯 울렸지만 말없이 때를 기다렸다. 그는 책상물림 특유의 가느다란 손을 연신 비벼대고 있었다.

사람들은 지난 일들을 많이도 기억해냈다. 역사가 그들의 머리 위로 도도히 흘러가고 있었지만 그들은 고향에 틀어박혀 입가에 조소를 띠며 상황을 예의 주시하고 있었다. 그 조소는 지금 흐르는 것은 흐르다 결국 멈추리란 확신 때문이었다. 한때 보르모토프도 세상 만물은 흐를 뿐 아니라 멈춰 있기도 하다고 말한 적이 있다. 그리고 그때는 다시 종이 울릴 것이다. 자신을 소비에트인이라고 여기는 보르모토프는 물론이고 다른 이들도 종이 울리는 것은 원치 않았다. 그러나 질서를 유지하고 통일된 이데올로기를 대중에게 주입하기 위해서는 종도 나쁘지 않다. 종은 국가의 힘이 가닿기 힘든 변두리에서는 최소한 시적(詩的)인 측면에서 보아도 유익함에 틀림없다. 왜냐하면 제대로 된 국가 안에서는 시(詩)가 자기 위치를 벗어나지 않을 뿐 아니라 쓸데없는 노래나 부르는 일이 없기 때문이다.

어느덧 차가 바닥이 나고 사모바르도 잠잠해졌다. 손님 접대에 지친 마르파는 볼이 홀쭉해져 구석에 앉아 있었다. 그때 차에 이어 러시아 독주가 나왔다.

"여기 보세요, 여러분" 회계원 스마치네프가 말했다. "솔직히 제가 접대용 보드카를 준비해 왔습니다. 음악도 노래도 신앙도 저를 결코 움직일 수 없었습니다. 저를 움직일 수 있는 것은 오로지 이 보드카밖에 없습니다! 제 영혼은 너무도 딱딱하게 굳어버렸습니다. 이런 제 영혼은 오직 독기 서린 물질만을 인정할 뿐입니다. 저는 정신적인 어떤 것도 인정하지 않습니다. 그런 것들은 모두 부르주아들의 기만일 뿐……"

스마치네프는 비관론자가 확실했지만 그렇다고 해도 좀 지나친 감이 있었다.

그러나 실제로 보드카는 사람들의 마음을 녹여주고 심장에 따스한 기운을 불어넣어주었다.

순서에 따라 보르모토프가 첫번째로 나섰다.

"여러분! 저는 여러 자리를 거쳐왔습니다. 그동안 18명의 현 집행위원회 의장, 26명의 비서, 12명의 토지국 국장을 겪었습니다. 내가 현 집행위원회에 있는 동안 사무주임만 무려 10명이 바뀌었습니다. 또 특별 임무를 맡은 관리, 예컨대 민간인 출신 비서라든가 의장이라든가 하는 족속들도 30명은 족히 바뀌었을 것입니다. 동료 여러분, 저는 순교자입니다. 쓰라린 제 영혼을 달랠 수 있는 것은 아무것도 없습니다. 평생 저는 그라도프 현을 구하기 위해 살아왔습니다. 한 의장은 우리 현의 건조한 지역을 바다로 바꾸려 하고 우리 농부를 어부로 만들려고 했습니다. 또 어떤 의장은 땅속 깊이 구멍을 뚫어 액체 상태의 금을 채취한다고 이 일을 맡을 기술자를 찾아내라고 한 적도 있습니다. 또 어떤 의장은 우리 현의 교통 체계를 영구히 마련한답시고 차라는 차는 모두 사 모으기도 했습니다. 공무라는 것이 무엇인지 아시겠어요? 저는 저의 건강한 상식을 억누르고 정당하게 확립된 질서를 어겨가면서까지 모든 사람에게 선량한 미소를 지어야 합니다. 그런데도 말입니다! 기능공 관리소, 그러니까 현(縣) 노동자 소비에트가 한 번은 저를 노조에서 축출한 적이 있습니다. 내가 노조 회비를 노조 간부들을 위한 세금이라 했다는 이유에서였습니다. 하지만 저는 계속 노조원으로 남게 되었습니다. 딴 도리가 없었던 거죠. 기능공 관리소로서도 세납자를 잃어봐야 좋을 게 없었을 테고, 또 그 나머지는 제 윗선에서 손을 썼던 게죠. 제가 없으면 되는 일이 없거든요."

보르모토프는 목소리를 가다듬기 위해 맥주로 목을 축이고는 휘하의 직원들을 둘러보며 물었다.

"뭐라고? 안 들리는데."

사람들은 먹을 것을 축내며 입을 다물고 있을 뿐이었다.

"바냐!" 보르모토프는 보드카와 맥주를 섞고 있던 사람을 향해 말했다. "바냐! 거기 통풍창 좀 닫아. 아직 이른 시간이어서 온갖 인간들이 다 어슬렁대고 있거든. 자, 그럼, 현 집행위원회가 뭔지 한번 얘기해볼까요? 자, 들어보세요. 의장은 대주교이고 현 집행위는 대교구입니다. 바로 그렇지요? 대교구는 지혜롭고 엄한데, 바야흐로 새로운 종교가 일어났고 이 종교는 옛 정교(正敎)보다 더욱 엄하기 때문입니다. 요새 저녁기도, 즉 집회에 한번 불참해보십시오. 신분증에 체크를 할 것입니다. 그런 체크 네 개가 모이면 당신은 이교도로 분류됩니다. 이교도에게 식량을 줄 리 없죠. 바로 그런 것입니다! 그럼 다음으로 제 자신에 관해 말해보죠. 교구의 운영을 총괄하는 사람이 누구입니까? 바로 저입니다! 누가 감독 기관, 즉 노농감독국이나 출납국, 즉 우리 현(縣) 재정국을 두 발로 서게 했으며 그곳의 사람들을 관리합니까? 누구입니까? 또 온갖 딱지를 처리하고 사무실의 비위생 척결에 앞장서는 사람이 누구입니까?"

"동료 여러분!" 스테판 예르밀리치의 눈에는 이미 눈물이 고여 있었다. "보르모토프가 없었다면 그라도프에는 관청도 공무원도 존재하지 않았을 터이고, 소비에트 권력도 살아남지 못했을 터이며, 구시대로부터의 업무 승계도 있을 수 없었을 터입니다. 특히 업무 승계가 이루어지지 않았다면 우리는 결코 살아남을 수 없었을 테죠. 나는 묵묵히 책상 앞에 앉아 공익의 펜대를 쥔 바로 최초의 인간입니다."

보르모토프는 잠시 침묵을 지키더니 무게 있게 끝을 맺었다. "내 다정한 벗들이여! 이것이 바로 권력의 정수이며 지성이 베푸는 자비입니다. 저는 온 세계를 다스리는 황제가 되어야 하지 않겠습니까? 그런데 고작 타이피스트들의 모성이나 동심을 지킨다거나 사무원들의 게으름을 뒤에서 봐주거나 하는 일이나 해서 되겠느냐고요?"

여기서 갑자기 말이 막힌 보르모토프는 자리에 앉아 식탁 위의 음식을 물끄러미 바라보았다. 사람들은 보르모토프의 말에 동의를 표하며 떠들어댔다. 그들은 콜바사를 먹으며 콜바사로 선의의 감정을 지탱하고 있었다. 보드카는 순번을 돌며 아주 천천히 계획적으로 소비되었다. 그에 따라 사람들의 기분도 도약하듯 급상승하지 않고 다이어그램 위의 완만한 곡선처럼 천천히 올라가고 있었다.

마지막으로 회계원 페호프가 일어나 극도로 소란스러운 분위기 속에 어떤 험준한 산에 관한 노래를 부르기 시작했다. 원래 회계원들이란 예술가적인 족속이어서 하나같이 자기 직업을 잠깐 하고 마는 하찮은 일로 여긴다. 그들은 자기들의 타고난 본분은 성악 같은 예술, 또 드물게는 바이올린이나 기타 연주 같은 것에 있다고 생각한다. 그들은 그보다 못한 악기는 아예 거들떠보지도 않는다.

페호프에 이어 침묵을 지키고 있던 부기계 제수쉬가 일어나 느닷없이 어떤 오페라 가운데 한 대목을 불렀는데, 좌중에 그것이 어떤 오페라인지 아는 사람은 아무도 없었다. 제수쉬는 예술에 관한 한 놀라우리만큼 박학하고 정확한 데 반해 자기 본업인 부기에 관해서는 한마디로 황무지 같은 자로 유명했다.

마지막으로 토지국의 한 부서를 맡고 있는 르반니코프가 꾸부정하게 몸을 일으켜 포크로 식탁을 두드리며 조용히 해줄 것을 요구했다.

"친애하는 혁명 동지 여러분!" 적당히 취기가 오른 르반니코프가 입을 열었다. "이 늦은 밤에 여러분들을 여기로 인도한 이가 누구입니까? 좋은 소리만 듣기를 포기하고 우리를 이렇게 모이게 한 이가 누구입니까? 그는 바로 이 사람, 스테판 예르밀리치 보르모토프, 우리 관청의 자랑이자 행정의 수뇌이며, 우리 현의 미개척 영역에 질서와 국가성을 불어넣는 혁명의 교사이십니다!

그를 거기서 그 지혜로운 머리만 끄덕이게 할 게 아니지요. 그 황금의 입으로 마가목 보드카를 한잔 쭉 들이켜게 하시오. 내 감히 말하지요. 혁명 후 남은 인간 유물(遺物)들 가운데 누구를 그와 견주겠습니까? 그는 전(前) 혁명적 성질의 인간입니다! 소비에트 일꾼 여러분!"

르반니코프는 목청껏 외치며 끝을 맺었다. "스테판 에르밀리치 보르모토프의 재직 25주년을 위해 건배합시다. 그는 우리 현 영토의 진정한 창조주이며 또 아직 우리 현은 오늘의 우리 주인공과 같은 청렴하고 지혜로운 사람들의 손길을 기다리고 있습니다."

모두들 자리를 박차고 일어나 잔을 들고 보르모토프에게로 다가갔다.

보르모토프는 감격한 나머지 울먹이며 모든 사람들과 키스를 나누었다. 그는 저녁 내내 공명심에 들떠 조바심을 내며 이 순간을 기다려왔던 것이다.

그때 견디다 못한 시마코프가 의자 위로 올라가 자기가 쓴 '공인의 수기' 가운데 한 부분을 인용하며 중대 발언을 시작하였다.

"여러분! 우리의 당면 과제에 대해 몇 말씀 드리려 하는데 괜찮겠습니까?"

"그렇게 하게." 모인 사람들이 한목소리로 말했다. "해보게나, 시마코프. 다만 알맞게 잘 끊어야 하네. 짧게, 밑도 끝도 없는 얘기는 안 돼. 핵심만 짚어서 말이야."

"여러분!" 시마코프는 점점 대담해져가고 있었다. "지금 이른바 관료주의와의 전쟁이 진행되고 있습니다. 그런데 스테판 에르밀리치 보르모토프를 봅시다. 그는 관료인가요, 아닌가요? 당연히 관료이지요. 하지만 그는 비난과 비판의 대상이 아닌 칭송의 대상이 되어야 합니다. 친애해마지 않는 국가의 투사 여러분, 관료제 없이 우리 소비에트 국가는 단 한 시간도 버틸 수 없습니다. 저는 오랜 고민 끝에 이런 결론에 도달했습니다…… 그리고…… (시마코프는 당황하기 시작했다. 갑자기 머릿속이 텅 빈 것 같았다. 어찌된 일이지?) 그리고, 친애하는 투사들이여……"

"우리는 투사가 아니지." 누군가가 퉁명스럽게 말했다. "우리는 기사들이지."

"지혜의 들판의 기사들이여!" 시마코프는 곧바로 말을 적당히 바꿨다. "저는 여기서 우리 시대의 비밀을 여러분께 알려드리고자 합니다."

"좋아, 좋아!" 사람들은 반대하지 않았다. "그 비밀이 뭔지 한번 말해보게나. 빌어먹을!"

"바로 이겁니다." 시마코프는 흥이 났다. "도대체 우리는 누구입니까? 우리는 프롤레타리아의 대리자들입니다! 예컨대 저는 혁명가와 주인의 대리인인 셈이죠! 그야말로 지혜가 느껴지지 않으십니까? 모든 것이 대리되어 있습니다. 다시 말해 모든 것이 위조된 것이지요. 모든 것이 진짜가 아니고 다 대용품인 것입니다. 전에는 크림이었다면 이젠 마가린이 된 거고, 맛은 있으나 영양가는 별로지요. 여러분, 어때요, 이제 감이 오십니까? 그래서 요즘 남 욕하기 좋아하는 자들이나 멋도 모르는 자들에게 줄곧 비방의 대상이 되고 있는 이 관료라는 사람들은 사실 도래할 멋진 사회주의 세상의 건설자들인 셈입니다."

시마코프는 자리에 앉아 평소에 꽤 괜찮은 음료라고 여기고 있던 맥주로 점잖게 목을 축였다. 그는 독주는 입에 대지 않았다.

그런데 이때 오브루바예프가 일어났다. 그는 심히 기분이 상한 모습이었다. 그는 중앙 요직에 오를 모든 준비를 갖추고 있었다. 그 요직이란 전 소련 공산당 후보당원이라는 화려한 자리였다. 하지만 현재의 그의 직위로 볼 때 그러한 요직에 오를 가능성은 매우 희박해 보였다. 그는 고작 월급 28루블을 받는 사무원으로서 노임 등급 기준 총 8등급 가운데 고작 6등급에 지나지 않았다.

"존경하는 동지, 동료 여러분!" 입에 우물거리고 있던 것을 삼킨 후 오브루바예프가 입을 뗐다. "저로서는 보르모토프 동지도, 시마코프 동지도 통 이해할 수 없군요. 어떻게 그런 말을 할 수 있나요? 자, 봅시다. 관료주의와의 투쟁이라는 당 중앙위원회의 방침이 확고하게 세워진 마당에 벌써 9년이나 된 소비에트 기관에서 한다는 소리가 관료가 건설자이며 부양자라는 등, 또 현 위원회는 교구라는 등, 또 현(縣) 노동자소비에트가 기능공 관리소라는 등…… 이게 도대체 뭡니까? 저는 이 모두가 탈선임을 분명히 해두고자 합니다. 당의 장기 노선과 기본 방침에 대한 도전이란 거지요. 앞의 연사들이 다루었던 문제에 대한 저의 견해는 이상과 같습니다. 이로써 저는 시마코프 동지와 보르모토프 동지를 비판하고자 하는 바입니다. 이상입니다."

"오브루바예프 동지, 문제는 법이에요!" 보르모토프가 다분히 훈계조로 나지막이 말했다. 그러나 거기에는 어느 정도 동감의 뉘앙스도 섞여 있었다. "관료주의를 혁파한다고 합시다. 어떻게 될까요? 불법이 판을 치게 될 게 뻔합니다. 관료주의라는 게 특별한 게 아니라 법을 그냥 실행에 옮기는 거예요. 글쎄 아무 일도 안 된다니까요. 오브루바예프 동지, 중요한 것은 법이거든요."

"보르모토프 동지, 내가 현 집행위원회나 노농감독위에 이 일을 보고한다면 어쩌겠소?" 오브루바예프가 보란듯이 '푸슈카' 한 대를 입에 물며 침울한 표정으로 말했다.

"그런데 증거가 될 자료라도 있나요, 오브루바예프 동지?" 보르모토프가 물었다. "거기 오늘 회의록 작성한 사람 누구 있습니까? 소냐, 뭐 좀 해두었어요?" 보르모토프가 토지국에서 평이 좋고 오늘 유일하게 참석한 타이피스트에게 물었다.

"아니오, 스테판 예르밀르이치, 기록해두지 않았는데요. 아무 말씀도 하시지 않았잖아요? 지시를 하셨으면 기록을 해두었을 텐데." 취기가 적당히 올라 기분이 좋아진 소냐가 대답했다.

"보십시오. 오브루바예프 동지." 영리한 미소를 띠며 보르모토프가 침착하게 말했다. "문서가 없다면 사실 자체도 없다고 봐야겠지요? 관료주의와의 투쟁이라고 말씀하셨던가요? 회의록이라도 있었으면 동지께서 우리를 감찰 기관으로 보낼 수도 있었을 텐데. 오브루바예프 동지, 법이란 그런 겁니다."

"여기 버젓이 증인들이 있지 않습니까?" 당황한 빛이 역력한 오브루바예프가 소리쳤다.

"오브루바예프 동지, 무엇보다 증인들은 술이 취한 상태입니다. 그리고 둘째, 이들은 대중이어서 우리들 사이의 이견이 정확히 무엇인지 이해하지 못합니다. 그리하여 동지가 나에 대해 제기할 소송도 금방 마무리되고 말겠지요. 또 셋째, 오브루바예프 동지, 제대로 된 당원이 당 내부의 이견을 대중에게, 그것도 소부르주아적인 대중에게까지 가져가는 것 보았습니까? 묻고 싶군요. 자, 오브루바예프 동지, 한잔합시다. 정신이 맑아질 겁니다. 소냐, 자는 거야 뭐야? 오브루바예프 동지 좀 대접해드리고 정서(正書)에 좀더 신경써! 제수쉬! 노래 한마디 흥겹게 뽑아보게!"

제수쉬는 굵은 목소리를 힘있게 감아올리며 처음 듣는 어떤 노래를 감미롭게 부르기 시작했다. 그 노래는 황금 하프를 간절히 갖기 원하는 한 수난자에 관한 노래였다. 이어서 사무원 므이샤예프가 발라라이카를 집어 들었다.

"저는 예술에 관한 한 그저 수공업자에 불과하지만 한번 놀아보겠습니다." 그는 흥이 나 저절로 어깨춤이 나올 듯한 박자를 골라 빠른 손놀림으로 연주를 시작했다.

보르모토프는 호인처럼 보이기를 원하며 어딘지 애매한 빛을 띠는 피로한 눈을 찌푸렸다. 매일 반복되는 외교 업무로 인해 지칠 대로 지친 그는 메마른 가슴에 흥을 불어넣으며 아픈 다리를 억지로 놀려 되는대로 춤을 추기 시작했다.

시마코프는 그가 갑자기 가엾게 느껴졌다. 전세계의 공공 부문의 밭에서 일하는 이 노동자들이 몹시도 가엾다는 생각이 들었다. 그는 소금기 있는 어느 음식에 얼굴을 처박고 흐느껴 울기 시작했다.

5

아침에 그라도프에서 화재가 발생했다. 가옥 다섯 채와 빵집 하나가 전소되었다. 사람들은 불이 빵집에서 시작되었다고 말했다. 그러나 제빵사는 자기는 담배꽁초를 바닥에 버리지 않고 항상 반죽 속에 넣으며, 그러면 담뱃불이 쉬 소리를 내며 잘 꺼진다고 말했다. 주민들은 그의 말을 믿었고, 그는 계속 빵을 구울 수 있게 되었다.

그 후로 그라도프 시민들의 삶은 그들이 놀랍도록 완벽하게 학습한 현 집행위원회의 규정을 벗어나는 일이 없이 전체적으로 질서 있게 흘러갔다. 시민들은 끝없이 이어지는 의무사항을 빼곡히 달력에 적어 넣었다. 시마코프는 찰르이라 불리는 한 계장의 명명일에 그의 집을 방문하여 그런 달력을 보며 달콤한 기분에 젖었다. 달력에는 거의 하루도 빠짐없이 해야 할 일들이 적혀 있었다.

"동회에 재등록을 위해 출석할 것. 나는 '체(Ч)' 난(欄)에 있음. 지금까지는 피치 못할 사정이 있어 출석하지 못했다고 말할 것."

"7시에 시(市) 소비에트 재선거가 있음. 당 세포에 의해 마힌이 후보로 추천됨. 투표는 만장일치로."

"공과금 창구에서 수도세 낼 것. 기한 넘기면 벌금 내야 함."

"시 위생위원회에 우리 구역의 상태에 대해 보고할 것. 벌금은 시위생위 규정 참조."

"변소 옆에 창고 만드는 문제를 반상회에서 논의할 것."

"단결 무장하여 체임벌린에 저항하자."

"저녁에 당 선전부에 들를 것. 변절자로 지목되지 않도록 주의할 것."

"긴축 및 생산성 향상에 관한 정부 정책을 감안해 아내의 명명일을 보낼 것. 우리 인민위원회의 소수 인원만 초대할 것."

"마르파 일리니치나에게 산딸기 주스 만드는 방법을 물어볼 것."

"호적등록소에 가서 찰르이라는 별칭을 블라고베센스키라는 공식 성(姓)으로 바꾸고 이름도 프롤에서 테오도르로 바꿀 것."

"빈대를 박멸하고, 아내의 개인 구좌를 점검할 것."

"토요일—계장에게 저녁기도에 나간다고 밝힐 것. 신앙 때문이 아니라 합창을 들으러 나간다고. 우리 도시에도 괜찮은 오페라 공연이 있다면 나가지 않을 거라고."

"동료들에게 등(燈)에 쓸 기름을 좀 얻어볼 것. 기름이라곤 씨가 말랐음. 자명종 윤활유로 쓸 것도 없음."

"버찌 술을 담글 366번째 병을 구할 것. 올해는 윤년임."

"건빵 러스크를 만들어 보관해둘 것. 봄에는 다른 나라와 전쟁이 있을 것임."

"인민경제 25년 계획을 작성할 것. 이틀 남았음."

하루같이 바쁜 나날들이었다.

시마코프는 사람들에게 이른바 사생활을 위한 시간이라곤 남아 있지 않고 국가적, 공익적인 활동이 빈틈없이 그 자리를 채우고 있음을 거듭 느껴오던 바였다. 이제 국가가 영혼이 된 것이었다. 그런데 마땅히 그래야 하고, 우리 전환기의 중요성과 위대함이 바로 여기에 있는 것이다!

"찰르이 동무, 어떻게 동무의 현에서는 그렇게 자세하게까지 건설 계획이 수립될 수 있는 것입니까?"

"어떻게라니요! 예컨대 곡물 저장 창고 100곳을 10년에 걸쳐 지을 계획을 세운다 치면 1년에 10곳씩 지으면 되는 것이고, 육가공 공장 20곳과 펠트 신발공장 15곳을 지을 계획이라면…… 또 우리는 카스피 해까지 운하를 뚫어 페르시아 상인들이 그라도프의 공공기관들과 편하게 거래할 수 있도록 할 것입니다."

"대단하군요! 대단한 계획입니다!" 시마코프가 힘주어 말했다. "그런데 이 대단한 계획에 예산은 얼마나 들까요?"

"엄청난 돈이 들겠지요." 조금 톤을 낮춰 찰르이가 말했다. "적어도 30억 정도. 그러니까 1년에 3억 정도가 드는 셈이지요."

"그것 참 엄청난 액수군요! 그런데 돈은 어디서 나오지요?" 시마코프가 물었다.

"중요한 것은 일단 계획을 세우는 것이고, 돈은 그다음에 계획에 따라 지급이 되겠지요."

"맞습니다!" 시마코프가 맞장구 쳤다.

이렇게 문제가 좀더 구체화된 것이다.

6

시마코프가 그라도프에 온 지도 거의 1년이 다 되어갔다. 그의 삶은 법과 질서의 테두리 안에서 순탄하게 흐르고 있었다. 배역에 몰입한 배우처럼 그의 얼굴은 편안해 보였고 나이가 좀 들어 보이긴 했으나 근심이나 걱정거리라곤 전혀 없어 보였다.

그의 노작 '공인의 수기'는 탈고를 앞두고 있었다. 시마코프는 말미를 화려하게 장식할 화음 같은 것을 찾고 있었다. 공화국 어디나 그렇듯 그라도프도 밤에는 해가 없었는데, 대신 해는 다른 별들에서 빛나고 있었다. 시마코프는 건강을 위해 산책을 하던 중 하늘의 별을 보고 노작의 말미를 장식할 화음을 생각해냈다.

"내 심장 속에는 독수리가 숨 쉬고, 머릿속에는 조화의 별이 빛난다."

집에 돌아와 그는 원고를 마무리 짓고 이른 아침까지 원고를 다시 읽으며 읽는 재미에 흠뻑 빠졌다.

그는 중간 부분쯤을 읽었다. "세계가 변증법적이라면, 즉 영웅과 함께 불한당이 있기 마련이라면 새로운 것을 고안해낼 필요가 있겠는가? 부질없는 짓이다.

예를 한번 들어보자. 5년 전만 해도, 또 25년 전에도 마찬가지였겠지만, 그라도프에는 타자기가 두 대밖에 없었다(두 대 모두 '로얄'표, 즉 왕이었다). 지금은 상표는 어찌 되었든 타자기가 약 40대로 늘어났다.

그러나 그렇다고 해서 공익이 증대되었는가? 결코 그렇다고 말할 수 없다. 보자. 옛날에는 서기들이 거위 깃으로 글을 썼다. 펜이 무뎌지거나 정성이 과해 끝이 갈라지면 그들은 펜을 직접 고쳐서 썼다. 그러다 시계를 보고 시간이 다 되었으면 국가가 보장해주는 최고의 안락함과 이러저런 음식이 그를 기다리고 있는 통나무집으로 돌아갔다. 서기 일이 잘못되어 업무에 큰 손실이 발생하는 일은 결코 없었다. 모든 일이 서둘지 않고 차곡차곡 진행되었다.

그런데 오늘날은 어떤가? 원고를 계속 들이미는 통에 여직원들은 분칠할 틈도 없다.

사람이 가는 곳엔 문서가, 그것도 적지 않은 양이 생겨날 수밖에 없다. 쓸데없는 인간을 양산하지 않는다면 그 많은 문서도 필요 없을 것이다."

이반 표도티치는 한숨을 몰아쉬고 생각에 잠겼다. 골치 아픈 세상사로 마음을 상하느니 어디 외딴 암자로 떠나버릴까? 그것도 양심적이지 못한 행동이다.

세계가 누군가에 의해 공식적으로 설립되었다든가 법률적으로 존재하는 것이 아니라는 사실도 그런 행동을 정당화하지 못한다. 또 세계가 그런 식으로 설립되어 규약과 증명을 갖고 있더라도 결국 그 문서를 믿을 수가 없다. 문서라는 것이 애당초 보고서에 근거해 작성되었을 터이고, 보고서는 또한 "상기 제출자"에 의해 서명되었을 터인데, 그 제출자를 어떻게 믿을 수 있단 말인가?

이반 표도티치는 위 속에 통증과 가슴속에 절망을 동시에 느꼈다. 그는 물도 좀 마시고 누가 그렇게 계속 떠들어대는지도 알아보기 위해 부엌을 다녀와서는 다시 원고를 읽기 시작했다. 온 감각이 떨려왔다.

"사정이 어떤지 내가 맡고 있는 부서를 한번 보자. 나는 실수를 저질렀다고 직원들을 나무라는 일이 없다. 그저 업무가 진행되고 있는지만 확인만 할 뿐이다. 내 책임하에 건설된 제방이 완전히 붕괴되어 문책을 받았을 때도 나는 현재 제방을 쌓고 있다고만 답했다. 흙은 결코 물을 견뎌내지 못한다. 그 한 예가 계곡이란 현상이다."

시마코프는 흥분한 마음을 가라앉히고 잠자리에 들었다. 마음이 편해지고 머리 안이 깨끗이 정리되었다.

그런데 과연 이 세상에 우리가 남김없이 모두 알고 있는 것이 있기는 한가? 자연의 사실들이 모두 적절히 규명되었는가? 문서상으로 그런 것은 없다. 어쩌면 법칙이나 규칙이라고 하는 것들이, 모순 속에 요동치며 큰 조화를 향해 나아가는 우주의 살아 있는 몸을 거스르는 것은 아닐까?

이반 표도티치는 이런 불온한 생각을 하며 잠에서 깨어났다. 행복한 이른 아침이 벌써 찾아와 있었다. 그라도프 사람들은 아침에 먹을, 전날 먹다 남은 음식을 데우기 위해 페치카를 피웠다. 주부들은 남편에게 줄 따뜻한 빵을 사 오기 위해 집을 나섰고, 빵집에서는 제빵사들이 빵을 썰어 1그램도 놓치지 않으려고 까탈스럽게 미터법용 저울에 달았다. 그들 중 누구도 그램이 푼트*보다 낫다고 생각지 않았다. 단지 그램이 푼트보다 가볍다는 것을 알았다.

그 밖에 특별한 것이라곤 없었다. 그저 사람들은 오늘이 어제와 다르지 않아 새로운 걱정거리가 나타나지 않으리란 것을 다행스럽게 여겼다.

7

이반 표도티치와 한마당을 쓰는 구두장이 자하르는 언제나 아내의 똑같은 말을 들으며 잠에서 깼다.

---

* 러시아의 옛 무게 단위. 409.5그램에 해당됨.

"자하르! 어서 일어나 왕좌에 좌정하시죠!"

왕좌란 둥근 모양의 나무 그루터기로 자하르가 작업할 때 앉는 의자였다. 이 나무 그루터기는 하도 오래 앉아 3분의 1가량이 닳아 없어진 상태였다. 이 때문에 자하르는 사람이 나무보다 더 단단하다고 생각하곤 했다. 또 그런지도 모를 일이었다.

자하르는 침대에서 일어나 파이프를 피워 물고 말했다.

"나는 이 세상의 정원 외 인간이오! 이건 산다기보다 그저 있다고 하는 편이 맞지. 나는 등록되지 않은 인간이지. 그 어떤 회의에도 나가는 일이 없고, 그 단체의 회원도 아니지."

"됐어요, 됐어. 자하르." 아내가 말했다. "투덜대지 말고 차나 들어요, 위원 나리! 생각이 많으시군요, 위원 나리!"

자하르는 차를 마시고 자리에 앉아 일을 시작했다. 이 일은 정말이지 견디기 힘든 일이었다. 그만큼 억센 힘과 참을성을 요구했다.

시마코프는 항상 자하르에게 구두 깁는 일을 맡겼다. 자하르는 그의 구두를 보고 항상 놀라곤 했다.

"이반 표도티치, 이 구두를 벌써 8년째 신고 계신데 정말 대단하십니다그려. 이 구두가 공장에서 나오고 아이들이 태어나 글을 배우고 그들 중 일부는 죽기도 했으련만 이 구두는 이렇게 끄떡없이 살아 있군요. 키 작은 관목들이 숲을 이루고 혁명이 지나가고 수많은 별들이 사라지기도 했으련만 이 구두는 여전히 이렇게 살아 있군요. 불가사의로다!"

이반 표도티치가 이 말을 받아 말했다. "자하르 팔르이치, 여기에 바로 질서가 있는 겁니다. 삶은 제멋대로 날뛰지만 구두는 온전히 그 모습 그대로입니다. 이것이 신중한 인간 이성이 낳는 기적이지요."

"그런데 제가 보기에는 제멋대로 날뛰는 것이 더 좋을 듯싶습니다.

선생도 나처럼 구두수선용 왕좌에 앉게 될 테니까요."

이반 표도티치는 그렇게 감정적으로 인생을 바라보아서도, 일순간 드는 생각에 마음을 빼앗겨서도 안 된다고 자하르 팔르이치에게 충고했다. 이 세상에 인간의 경박한 마음을 위로해줄 것이라곤 아무것도 없다고도 했다. 또 그 위로라는 게, 10월혁명에 의해 발가벗겨진 소시민성이 아니고 무엇이겠느냐는 것이었다.

"질서란 고상한 것이지요." 자하르가 말했다. "그런데 이반 표도티치, 땅의 화를 너무 돋우어놓은 건 아닐까요? 순순히 땅에 질서를 심기란 이제 이미 틀린 것 같아요. 이제 짓밟아버리는 것 외에는 방법이 없어요!"

이반 표도티치가 자리를 뜨려고 할 때 자하르 팔르이치는 어떤 경우든 정진하는 삶이 고상한 반란보다 더 낫다고 생각하며 텅 빈 자기 집 마당을 흐뭇한 시선으로 바라보았다. 마당은 풍경이라고 해봐야 바자울이 전부였고 주민은 닭 한 마리가 고작이었다.

8

석 달 후 드디어 그라도프 시민들에게 투쟁의 시기가 다가왔다. 중앙 정부는 네 개의 현청 소재지를 하나의 주도(州都)로 통합하기로 결정했다.

네 도시는 이제 어떤 도시가 주도로 가장 적합한지 논쟁에 들어갔다.

그라도프는 이 논쟁에 가장 적극적으로 참여했다.

그라도프에는 4천여 명의 사무원이 있었고 실업자도 2,837명에 이르렀다. 오로지 주도만이 이들을 흡수할 수 있는 상황이었다.

보르모토프, 시마코프, 공공감독위 사무장 스코브킨, 현 계획국 부의

장 나쉬흐 등 그라도프의 유력 인사들이, 모스크바를 심판자로 하는 다른 세 도시와의 문서 전쟁을 지휘했다.

그라도프 사람들은 일단 운하 공사에 착수했다. 공사의 출발점은 모예프 씨의 영지가 있는 모르쉐브카 마을의 우엉 숲으로 정해졌다.

이 운하는 페르시아와 메소포타미아 등지에서 오는 상업선들이 그라도프까지 직접 들어올 수 있도록 하는 데 목적이 있었다.

계획국은 중앙에서 이 운하에 대해 잘 알 수 있도록 운하를 소개하는 세 권 분량의 책자를 만들어 보냈다. 그라도프 출신의 기사 파르쉰은 주(州) 역내의 항공 운송 계획을 세웠다. 그는 화물뿐 아니라 대규모 동물 사료도 항공을 이용해 운송해야 한다고 주장했다. 이를 위해 각 구역 농협 소속 공장들에서는 화약으로 추진되는 엔진을 장착한 높은 마력의 비행기가 건조되었다.

스이소예프 동지는 그라도프 주(州) 집행위원회의 직인과 간판을 주문하는 일을 맡았고 벌써부터 자신을 주 집행위 의장이라고 부르도록 했다.

직원들이 문서로나 구두로나 주(州) 대신 현(縣)이라는 표현을 쓰는 실수를 더 이상 저지르지 않자 스이소예프 동지는 한껏 기분이 고취되어 만나는 사람마다 이렇게 말했다.

"친구, 우리는 이제 주야, 알겠나? 거의 공화국이랄까. 그라도프는 유럽 나라들의 수도쯤 되는 셈이지. 원래 그 현이라는 게 뭔가? 차르의 반혁명적 세포에 다름 아닐세."

공무원들 간의 미증유의 전쟁이 시작되었다. 주의 왕좌를 노리는 이웃 후보 도시들도 열의에 관한 한 그라도프에 뒤지지 않았다.

그러나 그라도프는 침묵하고 있는 모스크바 앞에서 다른 도시들을 물리쳤다. 이반 표도티치 시마코프는 미래의 그라도프-흑토 주(州)의 행정시스템을 소개하는 중간 판형 4백 쪽 분량의 계획서를 작성했다. 이 계획서도 연명서(連名書)와 함께 중앙으로 보내졌다.

스테판 예르밀르이치 보르모토프도 서서히 일에 착수했다. 그는 특이한 형식의 주 집행위원회를 제안했는데, 이 주 집행위는 회기마다 과거의 현청 소재지를 돌아가며 개최되기 때문에 상주 건물이나 토지가 필요 없다는 특징이 있었다.

이 제안에는 계략이 숨어 있었다. 모스크바는 물론 이 계획에 동의하지 않았지만, 이 계획을 고안한 자가 누구인지 문의해왔다. 이 계획이 그라도프 사람의 머리에서 나온 것으로 알려지자 모스크바는 주를 다스릴 만한 인재가 그라도프에 있다고 내심 생각하며 미소를 지었다.

보르모토프는 공공감독위 의장인 스이소예프 동지에게 자신의 구상에 대해 이야기했다. 그러자 스이소예프가 잠시 고민에 빠지더니 말했다.

"그렇소. 설득을 위한 고도의 심리적 전술임에 틀림없소. 어쨌든 우리는 지금 모든 방법을 다 동원해야 할 처지요." 스이소예프는 보르모토프를 모스크바로 파견하기 위해 그가 가져온 서류에 서명했다.

그라도프 사람들은 그라도프가 다른 이웃 도시들에 비해 훨씬 우월하다는 사실을 입증하기 위해 많은 일들을 했다.

시마코프는 과로로 여기저기 아프지 않은 곳이 없었다. 그는 그라도프가 이 싸움에서 질지도 모른다고 생각하면 너무도 두려웠지만, 반대로 주도(州都) 그라도프를 생각하면 가슴이 벅차오를 만큼 기뻤다.

다섯 현청 소재지들 간의 투쟁을 다 이야기하자면 책을 한 권 써도 모자랄 것이다. 그 책에 들어갈 글자 수도 그라도프 현의 우엉 수만큼은 될 것이다.*

구두공 자하르 파르이치는 주도(州都)가 결정되기 전에 숨을 거두었다. 또 시마코프도 이제 인생의 내리막길에 접어든 터라 눈에 띄게 많이 늙었다.

보르모토프는 업무 지연의 죄로 인민위원부 감독관에 의해 해고된 후, 정부 조직들에 대한 감사 방식의 개선을 연구하기 위한 사설 사무실을 운영하면서 몸이 많이 쇠약해졌다. 이 사무실은 일하는 사람이 그 혼자였고, 그는 봉급은 물론이고 노동 보호 차원에서 나오는 정부 지원금도 받지 못했다.

마침내 주도(州都)를 위한 전쟁이 시작된 지 3년 만에 모스크바의 최종 결정이 내려졌다.

"……이상의 현들을 포함하는 '돈 상류 농업주(州)'를 출범시킨다. 주도는 보로네시로 한다. 또 이상의 지역들을 주변 거점지로 개발한다. 산업 시설이 전무하고 주민들이 주로 농사나 공공 부문에 종사하는 그라도프는 외곽 도시로 편성하고 말르이 베르쉬나에 있는 농촌 소비에트를 이전해 그라도프에 이전하기로 한다."

그 후 그라도프는 어떻게 되었을까? 거의 아무런 변화도 일어나지 않았다고 하는 편이 맞다. 그저 언제나 그렇듯이 몇몇 덜 떨어진 자들이 호된 희생을 당했을 뿐이다. 시마코프는 자신의 사회철학적 대작 '살아가는 매순간 합법적·합리적으로 행동하는 완벽한 시민을 기르기 위한 인간의 탈개성화 원칙'을 쓰다가 몸이 극도로 쇠약해져 결국 1년 후 숨을 거두었다. 죽기 전까지 그는 농촌 소비에트에서 비포장도로를 관리하는 전권위원으로 일했다. 아직 생존해 있는 보르모토프는 현 집행위가 입주해 있던 건물 앞에서 매일같이 산책을 한다. 지금 이 건물에는 '그라도프 농촌 소

---

* 그런 책을 쓸 필요도 없으리라. 그라도프 사람들은 바빠서 읽을 틈이 없고 그 외의 사람들은 재미가 없어 읽지 않을 것이다(원주).

비에트'라는 간판이 걸려 있다.

　그러나 보르모토프는 자신의 눈을 믿을 수 없다. 한때는 확고부동한
공공의 시선으로 빛나던 그 눈을.

비밀스러운 인간*

1

포마 푸호프는 타고나기를 감성적인 인간은 아니었다. 그는 삶은 콜바사를 아내의 관 위에 올려놓고 썰었다. 아내가 없다 보니 밥 차려줄 사람도 없고 오랫동안 굶었던 것이다.

"자연은 제 것을 거두어가기 마련이지!" 푸호프는 이 문제에 대해 이렇게 결론을 내렸다.

푸호프는 아내의 장례를 마치고 집에 돌아와 깊은 잠에 빠져들었다. 분주히 쏘다니느라 녹초가 되다시피 했기 때문이다. 그는 잠을 깨 크바스를 찾았지만 아내가 병석에 누워 있는 동안 크바스도 동이 나고 없었다. 이제 먹을거리를 신경 쓸 사람도 없었다. 허기를 쫓기 위해 그는 담배를 빼어 물었다. 담배 한 대를 다 피우기도 전에 누군가 사정없이 문을 두드

---

* 이 작품은 나의 옛 동료 F. E. 푸호프와, 브란겔의 후미를 친 노보로시스크 상륙 작전을 지휘했던 군사전권위원 톨스키가 없었다면 세상에 나오지 못했을 것이다(원주).

리는 소리가 들렸다.

"누구요?" 푸호프는 남은 기지개를 모두 짜내듯 몸을 활처럼 펴며 소리쳤다. "슬퍼할 틈도 주지 않는다니까. 빌어먹을 놈들!"

문을 열어보니 공무로 온 사람이었다.

관구장 사무실에서 온 수위였다.

"포마 예고르이치, 운행 명령이요! 여기 서명난에 서명하시오. 또 눈보라가 일고 있소. 열차들이 다 서게 생겼소."

포마 예고르이치는 서명을 하고 창밖을 보았다. 실제로 눈보라가 일기 시작하고 있었다. 페치카 굴뚝 위로 날카로운 바람 소리가 들려왔다. 수위가 돌아간 뒤 포마 예고르이치는 씽씽 대는 눈보라 소리를 들으며 슬픔에 잠겼다. 그런데 슬픔도 슬픔이었지만 불편도 이만저만이 아니었다.

"모든 것은 자연 법칙을 따르게 돼 있어!" 그는 스스로 그렇게 다짐하고 조금은 마음의 안정을 찾았다.

그러나 눈보라는 푸호프의 머리 위로, 페치카 굴뚝 위로 휘감겨 오르며 소름끼치는 소리를 냈다. 그래서 그는 꼭 아내가 아니더라도 뭔가 살아 있는 것이 곁에 같이 있었으면 좋겠다고 생각했다.

운행 명령에 따르면 16시까지 역에 나가야 했다. 그런데 이제 12시니까 아직 좀 눈 붙일 여유가 있었다. 푸호프는 굴뚝 위로 몰아치는 눈보라 소리도 아랑곳하지 않고 잠에 빠져들었다.

푸호프는 땀을 흠뻑 흘린 채 기진맥진해서 잠에서 깨어났다. 그는 버릇처럼 무심코 소리쳤다.

"글라샤!" 아내를 불렀다. 통나무집이 눈바람의 거센 매질을 견뎌내며 우는 듯한 소리를 냈다. 방 두 개가 모두 비어 있어 포마 예고르이치의 말에 귀 기울여줄 사람은 아무도 없었다. 이럴 때는 언제나 아내가 정다운 목소리로 대답해주곤 했다.

"왜 그래요, 포무슈카!"

"아냐, 아무것도." 그럼 포마 예고르이치는 이렇게 말하곤 했다. "그냥 한번 불러봤어. 별일 없나 해서."

이제는 그 대답도, 정다움도 모두 사라진 것이다. 이것이 바로 자연의 법칙인 것이다!

"할망구, 살아만 있다면 머리부터 발끝까지 보수 한번 확실히 시켜줄 텐데. 하기야 돈도 없고, 먹을 거라곤 개죽 같은 것밖에 없으니!" 푸호프는 오스트리아제 장화의 끈을 매며 혼자 중얼댔다.

"무슨 자동 기계 같은 것을 발명해냈다고들 하던데…… 언제 이 노동자 신세 좀 면해볼 텐가. 지겹다, 지겨워." 포마 푸호프는 빵과 수수를 보자기에 싸며 이런저런 상념에 잠겼다.

마당에 나서자 얼굴을 때리는 눈발과 바람 소리가 그를 맞았다.

"이 아무 생각 없는 파충류 같은 놈!" 푸호프는 자연 전체를 원망하며 움직이는 공간을 향하여 큰 소리로 쏘아붙였다.

푸호프는 인적이 드문 역 부근의 마을을 지나며 투덜거렸다. 하지만 화가 나서라기보다 슬픔 또는 그 무언가 때문이었는데, 그는 그것이 무엇인지는 말하지 않았다.

이미 역에는 힘 좋고 육중한 기관차가 제설차를 달고 떡 버티고 서 있었다. 제설차에는 "엔지니어 부르콥스키가 제작한 시스템"이라고 쓰여 있었다.

"부르콥스키라고? 그는 어디에 사는 자일까? 살아 있기는 할까? 알 게 뭐람!" 이런 생각을 하며 푸호프는 우수에 잠겼다. 그는 어쩐 일인지 이 부르콥스키라는 자가 갑자기 보고 싶어졌다.

관구장이 푸호프에게 다가왔다.

"푸호프, 어서 읽고 서명한 후 빨리 출발하게!" 그는 푸호프에게 명령서를 건넸다.

명령서의 내용은 다음과 같았다.

코즐로프로부터 리스키에 이르는 철도와 철도 주변의 눈을 말끔히 치울 것. 이를 위해 제설차들을 총동원하여 24시간 체제로 운영할 것. 군용 기관차를 제외하고 모든 기관차를 제설 작업에 동원할 것. 비상시에는 역의 당직 기관차도 제설 작업에 동원하도록. 폭설이 더 심해지면 군용 열차 앞에 제설차를 설치해 눈을 치우도록 할 것. 폭설로 인해 붉은 군대의 움직임이 멈추거나 전투력이 약화되어서는 안 됨.

남동지역 철도 혁명위원회 의장 루진.
남동지역 철도 군사정치위원 두바닌.

푸호프는 서명하였다. 때가 때인 만큼 딴 도리가 있겠는가?

"일주일은 아예 잠잘 생각을 말아야겠군!" 한 기관사가 명령서에 서명하며 말했다.

"그러게 말이야!" 푸호프는 힘든 작업이 예고되어 있음에도 불구하고 이상하게도 행복감을 느꼈다. 인생이라는 것이 어차피 찰나에 흘러가는 것 아니던가?

엔지니어 출신으로 자존심이 강한 관구장은 눈보라 소리에 시종 귀 기울이며 기관차 위의 하늘을 텅 빈 눈으로 바라보았다. 그는 전에 두 번이나 총살을 당할 뻔했다. 머리는 일찍 세어버렸고, 마치 자포자기한 사람처럼 불평을 하는 일도 남을 나무라는 일도 없었다. 그저 언제나 침묵을 지켰고 하는 말이라곤 업무에 관한 것이 고작이었다.

역 당직자가 밖으로 나와 관구장에게 운행 명령서를 주며 안전 운행을 빌어주었다.

"그라프스카야까지 무정차로 가야 하네!" 관구장이 기관사에게 말했다. "40베르스타 거리야! 화실을 내내 가동해야 할 텐데 물은 충분한가?"

"충분합니다!" 기관사가 대답했다. "물은 많아요. 다 증발시킬 수 없을걸요."

곧 관구장과 푸호프는 제설차에 올랐다. 이미 승차해 있던 노동자 여섯 명이 환기를 위해 창을 활짝 열어놓은 채 보일러가 벌겋게 달아오르도록 관용 장작으로 불을 지피고 있었다.

"진절머리 나는 놈들, 또 방귀를 엄청 꿔어댔군!" 푸호프가 냄새를 맡으며 틀림없다는 듯이 말했다. "이제 막 온 모양이군. 기름기 있는 음식이라곤 맛도 보지 못한 게 틀림없어. 멍청한 놈들!"

관구장은 통풍창 옆의 둥근 탁자 옆에 앉아 기관차와 제설차를 다루기 시작했고, 푸호프는 평형간 옆에 자리를 잡았다. 노동자들도 커다란 손잡이가 달려 있는 각자의 자리로 돌아갔다. 그 손잡이들은 평형간에 맞춰 짐을 집어던지는 데 쓰는 것이었다. 또 평형간은 제설차의 방패를 올리기도 하고 내리기도 했다. 남동 초원 지역 어딘가에서 한껏 에너지를 모아온 눈보라가 고른 소리로 지칠 줄 모르고 울어댔다.

열차 안은 깨끗하지는 않았지만 따뜻했고, 어쩐지 한적한 느낌이 들었다. 역사(驛舍)의 지붕은 바람에 단추가 풀린 듯 쇳소리를 냈다. 이 쇳소리는 때로 먼 데서 들려오는 포성과 뒤섞였다.

전선은 60베르스타 밖에 형성되어 있었다. 눈 덮인 초원에서 깡마른 말과 함께 지쳐버린 백군들은 기차와 역사 안에서 휴식을 취하기 위해 철도를 향해 계속 밀려들었다. 그러나 적군(赤軍)의 장갑열차는 낡은 기관총으로 총알을 연신 뿌려대며 백군들을 밀어냈다. 또 이 장갑열차들은 밤이면 입을 꼭 다물고 불도 켜지 않은 채 캄캄한 공간을 응시하며 조심조심 길 상태를 점검하러 다녔다. 밤에는 아무것도 분간할 수 없었다. 초원의 키 작은 나무가 열차를 향해 먼 데서 손을 흔드는 것 같기도 하고, 아니면 곧 어디서 기관총 세례가 퍼부어질 것 같기도 했다. 그저 조심하는 수밖에!

"준비됐나?" 관구장이 푸호프에게 물었다.

"준비됐습니다!" 푸호프는 대답하고 두 손으로 지렛대를 잡았다.

관구장이 기관차에 매달린 줄을 끌어당기자 기관차가 마치 기선처럼 낮은 울음소리를 토해냈다. 그는 이어 제설차를 가동했다.

관구장은 역을 출발하며 한 손으로 힘껏 줄을 당겨 경적을 울리고 다른 한 손은 푸호프를 향해 흔들었다. 작업 개시 신호였다.

기관차가 경적을 울리자 기관사는 증기를 최대로 개방했다. 푸호프는 두 지렛대를 모두 움직여 칼이 달린 방패를 내리고 날개를 활짝 폈다.

하지만 속도가 떨어지기 시작한 열차는 자석에 붙기라도 한 듯 길 위에서 오도 가도 못하고 눈 속에 파묻혀버렸다.

관구장은 다시 한 번 줄을 잡아 당겨 경적을 울렸다. 마력을 높이라는 신호였다. 그러나 기관차는 과부하가 걸린 탓인지 온몸을 부르르 떨었고, 이어서 굴뚝에서 열까지 새어 나왔다. 기관차 바퀴는 가파른 길을 오를 때마냥 눈 속에 빠져 헛돌기를 계속했고, 베어링은 과도한 회전과 저질 유활유를 쓴 탓으로 불처럼 달아올랐다. 화부(火夫)는 보일러 작업을 하느라 온몸이 땀에 흠뻑 젖었는데, 영하 20도의 찬바람이 부는 탄수차를 들락거리며 장작을 가지러 다녀도 땀은 식을 줄 몰랐다.

결국 기관차와 제설차가 눈구덩이에 완전히 빠지고 말았다. 관구장만이 아무 말이 없었다. 그는 어찌 되든 매한가지라는 태도였다. 기관차와 제설차에 타고 있던 사람들은 자기들끼리만 쓰는 용어를 써가며 한꺼번에 자기 생각들을 쏟아냈다.

"증기가 모자라! 조정간이 울릴 때까지 보일러를 최대로 때우다 다시 식히면 돼. 그럼 빠져나갈 수 있어!"

"담배나 한 대씩 피우라고!" 푸호프는 열차의 상태를 미루어 짐작하고 노동자들에게 소리쳤다.

관구장도 담배 쌈지를 꺼내 푸른빛이 도는 사제 마호르카*를 신문지 쪼가리에 말았다. 사람들은 눈보라에 이미 이골이 나 이런 날씨도 그저 대수롭지 않게 느껴졌다. 푸호프는 담배를 한 대를 피우고 기차 밖으로 나왔다. 바람이 거세게 불고 더없이 추웠으며 마른 눈발이 연신 얼굴을 때렸다.

"이런 빌어먹을 놈!" 푸호프는 가까스로 몸을 지탱하며 볼일을 보면서 소리쳤다.

돌연 기관차의 조정간이 증기를 뿜어내며 미친 듯한 굉음을 내기 시작했다. 푸호프는 기관차로 뛰어올랐다. 곧 기관차는 몇 번 헛바퀴를 돌며 철로 위로 불꽃을 튀기더니 눈덩이에 박힌 제설차를 단박에 밀어냈다. 푸호프는 기관차 굴뚝에서 물이 튀어나오는 것을 보았다. 수증기를 최대

---

* 가짓과의 식물을 원료로 한 질 낮은 담배.

로 열어두었기 때문이다. 그는 기관사의 용기를 칭찬했다.

"우리 기관차에 솜씨가 썩 좋은 젊은이가 타고 있군!"

"뭐라고?" 슈가예프라는 나이 든 노동자가 물었다.

"뭐긴 뭐야? 다들 죽을 맛인데 조잘대긴."

슈가예프는 입을 다물었다.

기관차가 두 번 경적을 울린 후 관구장이 소리쳤다.

"작업 마감!"

푸호프는 지렛대를 당겨 방패를 들어올렸다.

그사이 기관차가 보조 레일이 이어지는 건널목에 이르렀다. 그런 곳은 작업을 할 수 없으므로 그냥 통과할 수밖에 없다. 제설차의 방패는 철로 밑에까지 눈을 치우는데, 철로에 다른 것이 붙어 있으면 작업이 불가능하기 때문이다. 최악의 경우에는 제설차가 뒤집어질 수도 있는 일이다.

제설차는 건널목을 지나 탁 트인 초원을 가로질러 달렸다. 잘 깔린 철로가 눈 아래 덮여 있었다. 푸호프에게 공간은 언제나 경이의 대상이었다. 힘든 생활 속에서도 공간은 그에게 평안을 가져다주었고, 작은 기쁨이라도 그 기쁨을 훨씬 크게 만들어주었다.

지금도 마찬가지였다. 그는 꽁꽁 언 창문 밖을 바라보았다. 아무것도 보이지 않았지만 기분이 좋아졌다. 딱딱한 스프링을 단 제설차는 수레가 울퉁불퉁한 길을 갈 때처럼 계속 쿵쿵 소리를 냈다. 제설차는 눈을 퍼서 철로 오른편 경사면을 향해 구름처럼 뿌렸다. 이때 활짝 편 날개를 이용했는데, 이 날개는 눈을 옆으로 치우기 위한 것이었고 또 그런 기능을 잘 해냈다.

그라프스카야에서는 오랫동안 정차했다. 기관차에 물을 보충했고 기관사 조수는 굴뚝과 보일러, 그 밖의 화기들을 청소했다.

몸이 꽁꽁 얼어붙은 기관사는 아무것도 하지 않고 일이 힘들다고 욕만 계속 해댔다. 그때 그라프스카야에 주둔하고 있는 해군 분견대에서 그에게 술을 좀 가져왔다. 푸호프도 맛을 좀 볼 수 있었다. 하지만 관구장은 마시려 하지 않았다.

"한잔 들게, 엔지니어." 우두머리 수병이 그에게 권했다.

"정말로 고맙지만, 나는 전혀 술을 하지 않네." 그는 사양했다.

"그럼 좋을 대로 하게나. 하지만 한잔하고 나면 몸이 따뜻해질 텐데. 원하면 생선을 좀 가져오겠네. 어떻게, 좀 들겠나?" 수병이 말했다.

관구장은 왜 그런지 또 거절했다.

"왜 그렇게 빼는 건가?" 마음이 상한 수병이 말했다. "좋은 뜻에서 주는 거네. 우리는 충분히 있다네. 왜 거절하는 거야? 좀 들어보라고."

기관사와 푸호프는 관구장을 비웃으며 실컷 먹고 마셨다.

"그만해두게." 다른 수병이 끼어들었다. "먹고는 싶어도 그의 이념이 허락하지 않는 모양이야."

관구장은 여전히 아무 말이 없었다. 그는 사실이지 먹고 싶지 않았다. 한 달 전에 그는 수리한 교각을 싣고 차리츠인 근교로 출장을 다녀온 일이 있다. 어제 그는 전보 한 통을 받았는데, 그 교각이 군용 열차가 지나가자 휘어져 내려앉았다는 것이었다. 판자를 대충 이어 붙이고, 특히 솜씨가 서툰 노동자들이 너무 급히 리벳을 끼워 넣은 것이 화근이었다. 지금은 교각의 대들보마저 늘어진 상태였다. 좀 무거운 기차 한 대가 지나가자마자 그렇게 된 것이다.

이틀 전부터 이 교각 사건에 대한 조사가 시작되었고, 철도 혁명재판소의 수사관으로부터 관구장 앞으로 소환장이 날아왔다. 관구장은 이번 특별 임무로 혁명재판소에 출두할 수는 없었지만, 이 사건에 대한 생각이 한시도 그의 머리를 떠나지 않았다. 그래서 그는 통 먹지도 마시지도 않았던 것이다. 그러나 그가 두려움 같은 것을 느끼고 있었던 것은 아니다. 다만 자신의 그런 냉담함이 소름끼치도록 싫을 뿐이었다. 그가 생각하기에 냉담함이 두려움보다 훨씬 더 무서운 것이었다. 낮은 불에 천천히 물이 끓어 증발하듯이 냉담함은 사람의 영혼을 남김없이 증발시킨다. 그래서 그런 사람의 가슴에는 바짝 마른 텅 빈 자리가 하나 남게 된다. 그러면 그를 매일같이 사형대에 세운다 해도 그는 사형수의 마지막 위안인 담배 한 대 피우게 해달라는 부탁도 하지 않게 된다.

"이제 어디로들 가게 되나?" 수병 우두머리가 푸호프에게 물었다.

"아마 그랴지로 가게 될 것 같네."

"맞아. 우스만 근처에서 군용 열차 두 대와 장갑열차 한 대가 눈 더미에 파묻혀 옴짝달싹 못하고 있다더군." 수병이 갑자기 기억난 듯 말했다. "카자크들이 다브이도브카를 장악했고, 코즐로프 부근에는 포탄이 눈더미에 쌓여 있다고 하더군."

"우리가 깨끗이 처리하도록 하지. 쇠도 자르는 판에 그까짓 눈쯤이야." 푸호프는 자신 있게 말하며 남은 술을 마지막 한 방울까지 서둘러 마셨다. 이럴 때는 무엇 하나 그냥 버려서는 안 된다고 생각했기 때문이다.

기관차가 그랴지를 향해 출발했다. 한 노인이 막무가내로 차에 올라탔다. 리스키에 있는 아들을 보고 돌아가는 길이라 했다. 그렇다니 그런 줄 알 수밖에!

열차가 출발하자 조정칸이 방패를 아래위로 움직이며 덜커덩 소리를 내기 시작했다. 수병들이 가져온 기름진 생선을 맛도 보지 못한 노동자들이 투덜댔다.

"절인 사과 생각이 굴뚝같군!" 푸호프가 말했다. 제설차는 전속력으로 달리고 있었다. "아, 먹고 싶다. 한 통 통째로!"

"난 청어가 먹고 싶어." 늙은 승객이 말했다. "아스트라한에는 청어들이 썩어난다더군. 다만 길이 없어 갈 수가 없다는 거야."

"태워줬으니 조용히 좀 앉아 있으쇼." 푸호프가 따끔하게 주의를 줬다. "이 노인네가 청어를 먹고 싶대. 이봐, 이 노인 빼놓고 청어 먹으면 안 된다고."

"나는 결혼식이 있어 우스만에 다녀왔는데, 거기서 통통한 닭고기를 아주 실컷 먹었지요. 기름기가 줄줄 흐르더구먼. 제길." 푸호프의 조수인 주물공 즈보르이치느이가 대화에 끼어들었다.

"식탁에 닭이 몇 마리 올라왔던가?" 푸호프는 마치 그 닭고기 맛을 느끼기라도 하듯이 물었다.

"한 마리요. 언제 내가 여러 마리라고 했나요?"

"그래, 그럼 만찬장에서 쫓겨나지는 않았나?" 푸호프는 그가 쫓겨났기를 기대하며 물었다.

"아뇨. 내 스스로 일찌감치 자리를 떴죠. 마당에 무슨 볼일이라도 있는 듯 자리에서 일어났어요. 마당엔 사람들이 북적대더군요. 그러고는 그 집을 나왔죠."

"그런데 여보시오 노인네, 이제 내릴 때가 되지 않았소? 아직도 당신 마을이 보이지 않소?" 푸호프가 노인에게 물었다. "잘 봐요. 떠들다가 내릴 때를 놓치겠소."

노인은 창으로 다가가 입김으로 창을 닦았다.

"이거 어디서 많이 보던 덴데. 하모프스키 이주민촌이구먼."

"하모프스키 이주민촌이라면 내릴 때가 된 거요." 이곳 사정에 밝은 푸호프가 말했다. "내리시오. 곧 오르막길이오!"

노인은 보따리를 찾아 들고 겸연쩍어하며 말했다.

"기차가 너무 빠르잖소. 바람 소리 들어봐요. 땅에 처박힐 생각하니 무섭소. 기관사 양반, 잠깐 서줄 수 없는가? 그럼 후딱 내리겠네."

"아주 머리가 복잡하구먼!" 푸호프가 화를 냈다. "이런 전시에 관용 열차를 세운다고! 그랴지까지 무정차요!"

노인은 잠시 말이 없더니 기가 잔뜩 죽은 목소리로 말했다.

"내가 듣기론 요새 제동장치가 몰라보게 좋아졌다더군. 속도와 상관 없이 잘 선다던데."

"내려요, 내려, 노인." 푸호프가 성을 냈다. "어이, 속도 좀 줄여줍시 다. 바위 말고 눈 위에 떨어져야 하오. 눈 위는 포근해 침대 같을 거요. 한숨 자고 일어나 기지개 켜고 집에 가시오."

노인은 바깥 발판으로 나가 보따리를 맨 끈을 살펴보았다. 물론 끈이 단단히 매졌는지 확인하려 했던 것이라기보다 용기를 내기 위한 시간을 벌기 위해서였다. 그리고 그는 이내 사라졌다. 어딘가 철퍼덕 떨어졌을 것이다.

그랴지에서는 제설차에 새로운 임무가 주어졌다. 눈길을 뚫으며 장갑 열차와 인민위원회 열차를 이끌고 리스키까지 가라는 것이었다.

제설차에는 두 대의 기관차가 주어졌다. 푸칠롭스키 공장에서 제작된 크고 듬직한 인민위원회 열차가 기관차 하나를 양보했다.

당시 인민위원회의 육중한 전투용 열차는 고성능 기관차 두 대가 끌 도록 되어 있었다.

그러나 두 대의 기관차라도 눈(雪) 앞에서는 속수무책일 수밖에 없었다. 사실 모래보다 더 까다로운 것이 눈이었다. 그래서 이렇게 눈이 많이 오고 도저히 날씨를 종잡을 수 없는 동절기에는 기관차보다는 제설차가 더 큰 공을 세웠다.

다브이돕스카야와 리스키 부근에서 장갑열차 포대가 백군을 격퇴할 수 있었던 것은 기관차와 제설차들이 눈을 모두 제거한 덕택이었다. 그 몇 주 동안 노동자들은 잠도 자지 못하고 마른 죽으로 배고픔을 달래며 작업에 전념해야 했다.

푸호프, 그러니까 포마 예고르이치는 이번 운행이 평소 운행과 다를 바 없으리라 생각하면서도 집에서 마호르카 담배 1푸트를 막대저울로 달아 온 것은 만에 하나 마호르카 담배가 자유 시장에서 동이 날지도 모른다는 우려에서였다.

제설차가 콜로제즈나야 역에도 이르기 전에 서고 말았다. 쟁기 끌듯 제설차를 견인하던 두 강력한 기관차가 눈덩이에 빠져 굴뚝까지 파묻히고만 것이다.

인민위원회 열차를 타고 온 페트로그라드 출신의 기관사가 선두 기관차를 몰고 있었는데, 그는 기관차가 눈에 처박히며 급정거하는 순간 운전석에서 튕겨져 나와 탄수차에 심하게 몸을 부딪쳤다. 그러나 그가 몰던 기관차는 굴복할 줄 모르고 계속 제자리에서 헛바퀴를 돌리고 있었다. 어디에 써야 될지 모를 넘치는 힘에 몸을 떨며 산처럼 쌓인 눈을 가슴으로 밀고 있었다.

눈밭으로 뛰어내린 기관사는 피투성이가 된 머리를 감싸 쥔 채 뒹굴며 입에 담기 힘든 욕을 퍼부어댔다.

푸호프는 빠진 이 네 개를 손에 쥐고 기관사에게 다가갔다. 지렛대에 턱을 부딪친 푸호프는 흔들거려 별 쓸모가 없던 이를 뽑아버렸다. 그의 또 다른 손에는 빵과 수수를 넣은 보따리가 들려 있었다. 그는 누워 있는 기관사에게는 눈길도 주지 않고 눈 속에 파묻혀서도 계속 힘을 쓰고 있는 멋진 그의 기관차를 이리저리 둘러보았다.

"좋은 기계야, 멋진 놈."

그는 조수에게 소리쳤다.

"이 돼지 같은 놈아, 증기 닫아. 크랭크가 폭발하겠어."

그런데 기관차에서는 아무런 인기척도 들리지 않았다.

보따리를 눈 위에 놓고 뽑힌 이를 멀리 던지고 난 후 그는 조정기와 수관(水管)을 닫기 위해 직접 기관차로 올라갔다.

기관사실 안에는 조수가 죽어 있었다. 회전축에 머리를 심하게 부딪힌 모양이었다. 터진 두개골을 구리 막대가 관통하고 있었다. 그렇게 그는 중유를 피처럼 바닥에 쏟고 엉거주춤 매달려 있었다. 그는 무릎을 꿇은 자세였고 이미 푸른빛이 도는 양팔은 힘없이 늘어져 있었다.

'어쩌다 이 머저리는 회전축으로 곧장 날아간 걸까? 그것도 바로 정수리, 그러니까 숨구멍으로 정통으로 말이지.' 푸호프는 사고 상황을 머릿속에 그려보았다.

푸호프는 미친 듯이 앞으로 나가려고 하는 기관차를 멈추고 그 내부를 둘러보다 다시금 죽은 조수에 대해 생각했다.

'이 바보 같은 사람, 안됐군. 증기 하나는 정말 잘 다뤘는데.'

압력계는 13을 가리키고 있었다. 거의 최고 압력이었다. 눈이 산더미처럼 쌓인 길을 꼬박 열 시간 운행한 결과였다.

눈보라가 잦아들며 축축한 눈발로 바뀌고 있었다. 멀리 장갑열차와 인민위원회 열차가 눈이 말끔히 치워진 길 위에 서서 연기를 뿜어내고 있었다.

푸호프는 기관차에서 내렸다. 제실차 노동자들과 관구장이 기관차 쪽으로 기어왔다.

두번째 기관차에서도 승무원들이 내렸다. 다친 머리를 더러운 헝겊으로 묶고 있었다.

푸호프는 페트로그라드 출신의 기관사에게로 다가갔다. 그는 눈 위에 주저앉아 피투성이가 된 머리를 눈으로 비비고 있었다.

"그래, 기관차는 어떤 상태인가?" 그가 푸호프에게 물었다. "바람구멍은 닫았겠지?"

"이상 없네. 기관사." 푸호프는 사무적으로 대답했다. "자네 조수만 죽었네. 내 즈보르이치느이를 자네에게 주지. 영리한 친구야. 너무 많이 먹어 탈이지만."

"좋아." 기관사가 말했다. "내 상처 부분에 빵을 얹고 각반으로 싸매주게. 제길, 피가 뭔 수를 써도 멎지를 않아."

제설차 뒤로 지친 듯한 귀여운 말 머리가 언뜻 보이더니 2분쯤 지나 15명 내외의 카자크 부대가 기관차가 있는 쪽으로 다가왔다.

그들에게 마땅히 주의를 기울여야 했지만 아무도 그러지 않았다.

푸호프는 즈보르이치느이와 요기를 하고 있었다. 즈보르이치느이는 푸호프에게 쇠나 니켈로 이[齒]를 꼭 해 넣으라고 충고했다. 보로네시에 있는 공작소에서 이를 만드는데, 한번 해 넣으면 아무리 딱딱한 음식을 씹어도 평생 걱정 없다는 것이었다.

"어차피 또 빠질 텐데, 뭐." 푸호프가 말했다.

"그럼 우리가 백 개를 만들어드리죠." 즈보르이치느이가 푸호프의 우려를 씻어주었다. "나머지는 예비용으로 담배 케이스에 넣어 다니세요."

"확실한 거지?" 그는 즈보르이치느이의 충고를 받아들이기로 했다.

생각해보니 쇠가 뼈보다 더 세고, 또 이는 공구대로 얼마든지 만들 수 있었다.

기관차 기술자들의 태평스럽기 그지없는 모습을 보며 어이를 잃은 카자크 장교는 목소리마저 잠겼다.

"근로자 여러분!" 장교는 얼이 나간 듯한 눈동자를 이러저리 굴리며 켕기는 듯 말했다. "위대한 러시아 민중의 이름으로 그대들에게 명한다. 기관차와 제설차를 포드고르노예 역으로 옮겨라. 거부하면 즉시 사살하겠다."

기관차들이 낮게 쉬쉬 소리를 내었다. 곧 눈이 멎었다. 해빙과 먼 봄소식을 알리는 바람이 불어왔다.

기관사는 이제 피가 말라붙어 더 이상 흐르지 않았다. 그는 딱딱하게 앉은 피고름을 긁으며 기관차 쪽으로 허우적대며 걸어갔다.

"가서 물이 얼지 않도록 잠시 휘젓고 나서 장작을 때워라. 기계가 얼면 재미없을 줄 알아!"

카자크인들은 기관총을 꺼내 들고 기관차 기술자들을 에워쌌다. 이때 푸호프가 핏대를 세우며 나섰다.

"이런 염병할 놈들, 기계에 대해 아무것도 모르는 것들이 뭔 놈의 명령이야!"

"뭐라고?" 카자크 장교가 쉰 목소리로 말했다. "열차를 향해 앞으로 갓! 말 안 듣는 놈은 뒤통수에 총알을 박아줄 테다."

"뭐가 어째? 이 개뼈다귀 같은 놈, 총알로 위협을 해?" 푸호프가 이성을 잃고 소리쳤다. "······지금 사고로 다들 뻗어 있는 게 보이지 않아? 이 악마 같은 놈아!"

장교는 장갑열차의 짧고 묵직한 경적 소리를 듣고는 누군가 푸호프를 사살하기를 잠시 기다렸다가 몸을 돌렸다.

어두운 표정의 관구장은 눈 위에 외투를 깔고 누워 있었다. 그는 추위가 다소 풀렸으나 여전히 병색이 완연한 하늘을 바라보며 무언가 깊은 생각에 잠겨 있었다.

그때 갑자기 기관차 쪽에서 누군가의 기분 나쁜 비명 소리가 들렸다. 아마도 기관사가 자기 조수의 박살난 머리를 회전축에서 떼어내고 있는 것 같았다.

카자크인들은 말에서 내려 잃은 물건이라도 찾는 듯 기관차 주위를 서성대고 있었다.

"모두 말을 타라!" 장교가 커브 길을 돌아 나오는 장갑열차의 움직임을 확인하고 카자크인들에게 소리쳤다. "기관차는 내버려둬! 사격!" 이어 그는 관구장의 머리를 향해 총을 쐈다. 관구장은 몸을 떨지도 않고 지친 다리를 몇 번 버둥거리더니 사람들로부터 얼굴을 돌리고 땅에 엎어졌다.

푸호프는 기관차로 뛰어올라 사이렌을 최대로 높여 단속적으로 경보음을 울렸다. 사태를 파악한 눈치 빠른 기관사는 주수기의 증기 밸브를 열었고, 그러자 기관차가 온통 증기에 휩싸였다.

카자크 부대는 노동자들을 향해 무턱대고 방아쇠를 당기기 시작했으나, 노동자들은 기관차 밑으로 숨거나 달아나 눈덩이 속에 몸을 감춰 모두들 목숨을 건졌다.

이때 제설차 바로 앞까지 다가온 장갑열차에서 3인치 포와 기관총이 작열하기 시작했다.

카자크 부대는 20사젠쯤 말을 타고 달아나다 눈에 빠지기 시작했고, 이어진 장갑열차의 집중 사격으로 전멸되었다.

살아남은 말 한 마리가 애처로이 울며 마르고 날쌘 몸으로 풀밭을 이리저리 뛰어다녔다.

그 말을 물끄러미 바라보던 푸호프의 표정이 말에 대한 안쓰러움으로 일그러졌다.

이제 장갑열차에서 기관차를 떼어내 제설차를 뒤에서 밀도록 하였다.

한 시간쯤 후, 석 대의 기관차가 증기를 힘껏 내뿜으며 눈 덮인 경사로를 힘껏 밀어붙인 끝에 깨끗한 곳이 눈앞에 나왔다.

2

리스키에서는 사흘을 머물며 쉬었다. 푸호프는 마호르카 담배 10푼트와 윤활유를 바꾸고 매우 만족해했다. 그는 세상 돌아가는 사정을 알기 위해 역에 걸린 플래카드를 모두 훑어보고 선전선동부에서 신문을 구해 읽었다.

플래카드는 각양각색이었다. 그중에는 성(聖) 조지가 지옥에서 뱀을 물리치는 장면을 묘사한 큰 성화에 덧칠을 한 것도 있었다. 성 조지 위에 트로츠키의 얼굴을 그려 넣고 뱀 위에 부르주아의 얼굴을 그려 넣은 것이었다. 성 조지의 옷에 그려져 있던 십자가 위에는 다시 별을 그려놓았는데, 물감이 나빠서인지 별 밑으로 여전히 십자가가 드러나 보였다.

이것이 푸호프를 언짢게 만들었다. 그는 비록 혁명에 크게 관여하고 있지는 않았지만, 혁명의 진행 과정을 예의 주시하고 있었다. 또 혁명의 과정에서 간혹 빚어지는 어리석은 일들을 자기 일처럼 부끄러워했다.

역의 벽에는 다음과 같은 선전선동 문구가 쓰인 플래카드가 하나 걸려 있었다.

우리는 노동하는 손으로 책을 쥐리다.

배우라, 프롤레타리아여, 지혜로워지리다.

"한심하군!" 푸호프는 소리쳤다. "멍청이들이 모두 똑똑해지길 원한다면 그게 아니라 이렇게 써야지! 우리가 살아가는 하루하루가 못이 되어 부르주아의 머리에 박힌다. 우리는 영원히 살지니, 부르주아여 어디 한번 버텨보라지!"

"이렇게 단호한 데가 있어야지!" 푸호프는 그렇게 생각했다. "이게 바로 견고한 말이란 거다!" 열차 하나가 리스키 역에 다가서고 있었다. 멋진 여객용 열차였다. 적군들이 역 입구에 서 있고, 상인들의 모습은 전혀 보이지 않았다.

푸호프는 플랫폼 입구에 서서 골똘히 무언가를 생각하고 있었다.

열차는 정차하고 나서도 내리는 사람이 아무도 없었다.

"이 군용열차는 누가 타고 온 거지?" 푸호프는 기름 치는 사람에게 물었다.

"알 게 뭔가? 총사령관이라던데. 이것을 혼자 타고 오다니!"

선두 객차에서 악단이 내려 열차 가운데로 다가와 정렬한 후 환영 음악을 연주하기 시작했다.

잠시 후 가운데 특실 칸에서 비대한 군인이 나오더니 악단을 향해 손을 내저었다. 그만하면 됐다는 신호였다.

악단이 흩어졌다. 지휘관은 천천히 계단을 내려와 역사 쪽으로 다가갔다. 여러 명의 군인들이 그의 뒤를 따랐다. 어떤 사람은 수류탄을, 또 어떤 사람은 권총을, 또 어떤 사람은 장검을 차고 있었고, 또 어떤 사람은 연신 욕을 해댔다. 제대로 구색을 갖춘 경호대였다.

푸호프는 그들 뒤를 따라가다 선전선동부 근처에서 발을 멈췄다. 그곳에는 이미 적군들 무리와 각종 철도 노동자들, 교육을 받고자 원하는 사나이들이 모여 있었다.

막 도착한 총사령관이 연단에 올라섰다. 사람들은 그의 이름도 모른채 박수를 보냈다. 이 간부는 알고 보니 성격이 아주 불같은 사람이었다. 그는 다짜고짜로 이렇게 말했다.

"동지, 시민 여러분! 처음이라 그냥 넘어갈까도 했지만 다시는 이런 일이 반복되지 않도록 이야기하지 않으면 안 될 것 같습니다. 지금 이건 서커스가 아녜요. 난 광대가 아니란 말입니다. 왜 박수를 치고 난리입니까?"

사람들은 금방 입을 다물고 가련한 눈빛이 되어 연사를 바라보았다. 특히 보따리장수들이 그랬는데, 혹시라도 얼굴을 기억하고 기차에 태워줄까 싶어서였다.

그러나 사령관은 부르주아들은 악랄하기 짝이 없는 놈들이라는 설명을 마친 후 곧장 그곳을 떠났다. 얼굴을 기억하고 말고 할 틈도 없었다.

텅 빈 채로 떠나는 그 긴 열차에 보따리장수 하나 태워주지 않았다. 경호대의 이야기로는 특별 임무를 띤 군용열차에 민간인을 태울 수 없다는 것이었다.

"어차피 빈 차로 가는 것 아니요?" 홀쭉한 남자들이 대들었다.

"상부의 지시에 따라 사령관은 빈 차로 가게 되어 있소." 경호대 소속의 적군들이 사정을 설명했다.

"상부의 지시라면 할 말 없지." 보따리장수들이 한발 물러섰다. "그런데 객차는 그렇다지만 연결부에 타는 것도 안 되겠소?"

"아무 데도 안 되오." 경호대원이 대답했다. "바퀴살 위라면 모르겠지만."

결국 기차는 허공에 큰 포성을 날리고 떠났다. 기차를 타지 못해 애태우고 있는 보따리장수들을 놀리기라도 하려는 듯이.

"이렇다니까!" 푸호프가 기관고 주물공에게 말했다. "40개의 축으로 작은 몸뚱이 하나를 나르다니!"

"기차의 적재량이 너무 가볍군요. 밧줄로 이 한 마리를 끄는 격이네요." 기관고 주물공이 눈어림으로 무게를 재어보았다.

"궤도차 한 대 내주면 충분할 것 같은데." 푸호프의 계산도 그랬다. "미제 기관차를 이런 데 쓰다니!"

배식을 받기 위해 막사로 가는 길에 푸호프는 공고문이 여기저기 붙어 있는 것을 보았다. 그는 무엇이든 읽는 것을 좋아했고, 사람들의 주장을 높이 사곤 했다. 막사에도 공고문이 하나 붙어 있었다. 푸호프는 이것을 연달아 세 번이나 읽었다.

노동자 동지 여러분

노동자-농민의 적군 제9사령부는 북부 캅카스와 쿠반, 흑해 연안에서 적과 교전 중인 아군 부대를 지원하기 위해 기술 의용대를 조직하고 있습니다.

파괴된 철도 교량과 해변의 방어진, 통신망, 장비 수리소 등, 이 모든 것이 프롤레타리아의 솜씨 좋은 손을 기다리고 있습니다. 남부에 주둔하고 있는 적군 부대에서는 이런 일손이 너무도 부족한 형편입니다.

또 기술적인 지원 없다면 노동자와 농민의 승리를 결코 보장할 수 없습니다. 다행히도 우리 노동자와 농민들은 대독(對獨) 동맹에 가담했던 제국주의자들로부터 무상으로 전수받은 기술을 가지고 있습니다.

노동자 동지 여러분! 각 주요 철도역에 배치되어 있는 제9혁명군사 소비에트의 전권위원들을 찾아가 기술 의용대에 지원하십시오. 근무 조건은 전권위원 동지들에게 문의 바랍니다. 적군 만세!

노동자, 농민 만세!

푸호프는 밀가루 풀로 붙어 있는 공고문 종이를 떼어다 즈보르이치느이에게 가져갔다.

"가세나, 표트르!" 푸호프가 즈보르이치느이에게 말했다. "여기서 하는 일 없이 세월을 보낼 게 뭔가! 하다못해 남쪽 바다에 가서 헤엄이라도 실컷 치세!"

즈보르이치느이는 말없이 두고 온 가족을 생각했다.

그러나 아내가 없는 푸호프는 세상 끝까지라도 가고 싶은 마음이었다.

"생각해봐, 페트루하!* 사실 말이지 주물공 없는 군대가 말이나 돼? 이제는 눈 치울 일도 없어. 봄바람이 불기 시작했다고."

즈보르이치느이는 여전히 입을 다물고 아내 아니시야와 그녀가 새끼 사슴이라고 부르는, 자기와 이름이 같은 아들 표트르에 대해 생각했다.

"페트루하, 가세나!" 푸호프는 끈덕지게 그를 설득했다. "먼 산으로 둘러싸인 지평선도 보고 말이지. 신선이 따로 없지! 여기 있어봐야 티푸스 환자밖에 더 보겠느냐고? 앉아서 배급이나 받아먹고…… 이러고 있다

* 표트르의 애칭.

간 혁명이 휑하고 지나가버리고 말걸세. 우리에겐 아무것도 남지 않을 거야. 자네 이제까지 한 게 뭔가? 어디 한번 말해보게."

"나야 뭐, 철길에 눈 치우는 일을 했죠." 즈보르이치느이가 대답했다. "교통수단이 없으면 싸울 수도 없잖아요?"

"말하는 거 하고는!" 푸호프가 말했다. "그래, 그 대가로 빵을 벌었다면 할 말 없지. 그런데 누군가 이렇게 물으면 뭐라고 대답할 텐가? 무상으로 봉사한 것이 있다면 무엇이며, 마음으로부터 공감하고 있는 것이 있다면 무엇인가? 이게 바로 문젯거리지. 보로네시에서는 전직 장군들이 눈을 치우고 하루에 1푼트씩 받는다네. 자네나 나나 그 사람들과 다를 게 없어."

"하지만 내 생각으로는 여기서 우리가 더 쓸모가 있을 것 같은데요." 즈보르이치느이는 굽히지 않았다.

"우리가 어디서 더 쓸모가 있을지는 아무도 모를 일이지." 푸호프도 물러서지 않았다. "머리만 굴리면 결국 아무 데도 갈 수 없어. 감정을 느껴야 해."

"내 참 별 이야기를 다 듣겠구먼." 즈보르이치느이는 짜증을 냈다. "도대체 어떤 사람이 무슨 일을 할지는 누가 결정하는 거요? 어쨌든 나는 그렇게 소란스럽게 살고 싶지 않아요. 뭐 당신이야 이러나저러나 마찬가지가 아녜요? 세상천지에 당신뿐이잖소. 그러니 그러고도 싶겠죠. 거기 가서 더 예쁜 마누라라도 얻고 싶겠죠. 당신이 말하는 감정이란 게 사실 그런 거 아니오? 아직 노인이라고는 할 수 없으니 여자 없이 살기는 힘들 테고. 빨리 가보시오!"

"표트르, 이 바보 같은 이라고!" 푸호프는 희망을 버리지 않았다. "자네는 기계에 대해서는 잘 알지 몰라도 편견에 싸여 있군그래!"

푸호프는 언짢은 마음에 점심도 먹지 않고 기술 의용대 가입을 위해 전권위원을 찾아갔다. 내친김에 일을 마무리 짓기 위해서였다. 그는 돌아와 2인분의 음식을 해치웠다. 그가 냄비를 고쳐주고 재미있는 이야기를 들려준 대가로 요리사가 크게 인심을 썼다.

"내전이 끝나면 난 붉은 귀족이 될걸세." 리스키에서 푸호프는 동료들 앞에서 이렇게 말했다.

"그게 무슨 말인가?" 그들이 물었다. "옛날같이 토지를 받게 될 거란 얘긴가?"

"무엇 때문에 내게 땅이 필요하겠나?" 푸호프는 즐거워하며 말했다. "너트라도 땅에 파종하란 말인가? 억압이 아니라 명예와 작위가 기다리고 있다는 말이네."

"그럼 우리는 여전히 붉은 추물로 남는 건가?" 직공들이 물었다.

"전선으로 가게나. 집구석에 틀어박힐 생각일랑 말고!" 푸호프는 한마디로 잘라 말하고 남부 지역으로의 파견장을 받기 위해 자리에서 일어났다.

전권위원을 찾아간 푸호프와 주물공 다섯 명은 일주일 후 노보로시스크를 향해 떠났다. 그곳은 항구였다.

길고도 힘든 여행이었다. 물론 일하는 것만큼 힘들지 않을지는 몰라도 그랬다. 푸호프는 나중에 이 여행에 대해 까마득히 잊게 된다. 여행 중에는 1인당 물고기 5푼트와 빵이 제공되었다. 그리하여 주물공들은 배불리 먹을 수 있었고, 역에 내려 물만 구해 마시면 되었다.

예카체리노다르에서는 일주일을 머물러야 했다. 어디선가 전투가 벌어지는 모양이었다. 그로 인해 노보로시스크로 가는 것이 허락되지 않았다. 그러나 이 구제불능의 녹색 도시 주민들은 이미 전쟁에 익숙해질 대로 익숙해져 있어서 그저 될 수 있는 대로 즐겁게 살려고 했다.

'빌어먹을 놈들!' 푸호프는 이 도시 사람들에 이렇게 생각했다. '우리 시대의 중요성에 대해 전혀 모르고 있군.'

노보로시스크에서 푸호프는 기술자들의 지식 수준을 검증하는 위원회에 들렀다.

어떻게 증기가 만들어지는지에 대한 질문이 나왔다.

"어떤 증기를 말하는 건지요? 그냥 증기입니까, 아니면 과열된 증기입니까?" 푸호프는 장난을 치고 싶었다.

"일반적인 증기 말이오!" 시험관이 말했다.

"물과 불로 만들어집니다!" 푸호프는 아주 간단하게 대답했다.

"그렇죠!" 시험관이 말했다. "그럼 혜성은 무엇입니까?"

"방랑하는 별이죠." 푸호프가 말했다.

"맞습니다! 브루메르 18일이란 언제 때의 사건이며 무엇 때문에 일어난 사건입니까?" 시험관은 정치 분야로 넘어갔다.

"브루스 역(曆)에 따르면, 1928년 10월 18일로서 전 세계 프롤레타리아와 멋진 민중에게 해방을 가져다준 10월혁명 일주일 전이지요." 아내가 살아 있을 때 무엇이든 닥치는 대로 읽은 푸호프는 당황하지 않고 질문에 대답했다.

"뭐 대체로 맞군요." 검증위원회 위원장이 말했다. "그럼 배(船)에 대해서는 무엇을 알고 있습니까?"

"배는 물보다 무겁기도 하고 가볍기도 합니다." 푸호프는 자신 있게 대답했다.

"알고 있는 엔진은 어떤 것들이 있나요?"

"컴파운드, 오토-제이츠, 물레방아, 수차, 영구 운동을 하는 모든 것!"

"마력이란 무엇입니까?"

"기계를 대신해 일하는 말입니다."

"어째서 말이 기계를 대신해 일합니까?"

"우리나라의 기술 수준이 낮기 때문이지요. 나무 막대기로 땅을 갈고 손톱으로 수확을 하고 있으니 말이죠."

"종교란 무엇입니까?" 시험관은 멈추지 않고 질문을 던졌다.

"카를 마르크스의 선입견이며 민중들의 밀주입니다."

"어째서 부르주아의 종교가 필요한 것입니까?"

"민중들이 슬픔에 빠지지 않게 하기 위해서지요."

"푸호프 동무, 당신은 프롤레타리아를 사랑합니까? 프롤레타리아를 위해 인생을 바칠 의향이 있습니까?"

"위원 동무, 사랑합니다." 푸호프는 시험에 통과하기 위해 대답했다. "헛되이 흘리는 피가 아니라면 피를 흘릴 의향도 있습니다."

"그럼 됐습니다." 시험관은 그렇게 말하고 어떤 배를 수리하기 위해 그를 선박 수리공으로 임명해 항구로 보냈다.

그 배는 '마르스'라는 이름의 작은 배였다. 이 배의 석유 동력 엔진이 움직이지 않자 푸호프에게 수리를 맡긴 것이었다.

알고 보니 노보로시스크는 바람이 많은 도시였다. 바람이 정말 무턱대고 불어댔다. 잠깐 잠잠한 듯하다가도 불고 또 불었다. 멀리 어디선가 물건들이 바람에 날려와 쌓였고, 또 바람은 무척이나 차가웠다.

당시 크르임에는 브란겔*이 진을 치고 있었고, 그 때문에 볼셰비키들은 '마르스'의 수리를 서둘렀다. 그들은 브란겔이 바다를 건너 급습할 계획을 꾸미고 있어 '마르스'로 이를 막아야 한다고 말했다.

"그는 영국제 순양함을 거느리고 있지만 우리 '마르스'는 작은 배에 불과해. 벽돌 몇 장에 침몰할지도 몰라!" 푸호프가 말했다.

"적군들에게 불가능이란 없네!" 수병들이 푸호프에게 말했다. "우리는 나무 조각을 타고 차리츠인으로 들어가 주먹 하나로 이 도시를 쑥밭으로 만들어놓았지."

"그게 동네 싸움질이지 전쟁인가!" 푸호프는 못마땅스러웠다.

'마르스'의 석유 동력 엔진은 좀처럼 돌아갈 생각을 하지 않았다.

'네가 증기기관이었다면 내가 단숨에 뜯어고쳐줄 텐데!' 푸호프는 선창에 혼자 앉아 생각에 잠겼다. '그런데 이런 걸 어떤 놈이 발명했을까? 이 전선이며, 동전 같은 것이며, 이게 다 뭔가 말이야. 잡동사니들!'

바다는 흔들며 일을 방해했지만 푸호프는 크게 신경 쓰지 않았다.

"우리 초원 지역이 더 탁 트이고, 바람도 더 맑고, 더구나 이렇게 막무가내로 불어대지도 않지. 낮에는 불어도 밤이면 잦아들지. 하지만 여기 바람은 불고, 불고, 또 불어대기만 하는군. 정말 속수무책이야."

푸호프는 돌지 않는 엔진 위에 앉아 담배를 피우며 투덜댔다. 그는 엔진을 세 번에 걸쳐 분해하고 다시 조립한 후 시동을 걸어봤지만, 엔진은 푸푸 소리만 내고 돌 생각을 하지 않았다.

밤에 그는 텅 빈 선실 바닥에 누워 엔진을 생각을 하며 실컷 욕을 해댔다.

해군 전권위원이 '마르스'로 그를 찾아왔다.

---

* 표트르 니콜라예비치 브란겔(1878~1928) : 내전 당시 크르임 반도 등 러시아 남부 지역에서 활동한 대표적인 러시아 백위군 지휘자.

"자네 내일까지 이 배를 진수시키지 못하면 자네를 진수시키겠네. 이 굼뜨기 짝이 없는 게으름뱅이 같으니라고!"

"좋소. 이 빌어먹을 놈을 진수시키겠소. 대신 당신이 타고 나가시오. 바다 한가운데서 멈추게 할 테니. 그럼 그때 어디 한번 잘 해보시오. 이런 천하에 돼먹지 못한 인간아!" 푸호프는 할 소리를 했다.

군사위원은 당장 푸호프를 쏴 죽이고 싶었지만 기술자 없이 전쟁을 수행할 수 없다는 생각이 들어 꾹 참았다.

밤을 새워 푸호프는 최선을 다해 기계를 고쳤다. 그는 기계의 구조를 새롭게 이해하려고 노력하면서 자기 개념에 따라 새로 다시 기계를 만들어내고자 했다. 그는 말썽 많은 부품들을 간단한 부품들로 교체했다. 먼동이 터올 무렵 엔진이 힘차게 푸푸대기 시작했다. 그는 스크루를 연결했다. 엔진이 스크루를 끌어당기면서 헐떡거렸다.

"빌어먹을!" 푸호프가 말했다. "아토스 산을 오르는 악마의 꼴이군!"

낮에 다시 해군 전권위원이 찾아왔다.

"어떻게 됐나? 배를 진수시켰나?" 그가 물었다.

"어때, 못했을 것 같소?" 푸호프가 대답했다. "당신은 예카체리노다르에서 줄행랑을 놓았지만, 나는 무슨 일이든 결코 물러서는 법이 없소."

"좋아, 좋아." 전권위원이 기분 좋게 말했다. "석유가 모자란다는 것을 명심해두게. 최대한 아끼라고!"

"석유를 마실 생각을 없으니 걱정 마시오." 푸호프는 쌓인 감정을 풀고 말했다.

"그런데 모터에도 물이 들어가나?" 군사위원이 물었다.

"그렇소. 석유는 데우고 물은 식히지요."

"그럼 석유는 되도록 적게, 물은 되도록 많이 쓰도록 하게." 군사위원이 자기 딴에는 좋은 생각이랍시고 말했다.

입을 다물고 있던 푸호프가 갑자기 목청껏 웃음을 터뜨렸다.

"왜, 이 머저리야, 허파에 바람이라도 들어갔나?" 전권위원이 화를 내며 말했다.

푸호프는 도저히 멈출 수가 없었다. 너무 웃어서 숨이 넘어갈 것 같았다.

"당신은 소비에트 권력이 아니라 자연 전체를 다스리고도 남을 사람이오. 어떻게 그런 걸 생각해내었소? 마법사가 따로 없지."

전권위원은 이 말을 듣고 체면이 상해 황급히 자리를 떴다.

노보로시스크에서는 부자들을 잡아다 혼쭐을 내주고 있었다.

'어째서 사람들을 괴롭힐까?' 푸호프는 생각했다. '이 광대 같은 자들이 무슨 위협이 된다고. 그들은 집 밖으로 나오는 것도 무서워 벌벌 떠는데.'

체포가 진행되고, 또 도시 곳곳에 이런 방이 붙었다.

"연사들의 의학적 피로로 인해 이번 주에는 어떤 집회도 열리지 않음."

'이제 지루하게 생겼구먼.' 이 방을 읽고 나서 푸호프는 기분이 가라앉았다.

이때 '별'이라 불리는 작은 전투함이 항구에 모습을 드러냈다. 선체 곳곳에 난 구멍을 메우고 닻 감는 장치를 수리받기 위해서였다. 푸호프는 이 배를 둘러보기 위해 배가 있는 곳으로 갔지만 접근이 허락되지 않았다.

"왜 안 된다는 거야?" 푸호프는 화를 냈다. "보니까 풋내기들이 일을 하고 있어서 좀 도와줄까 해서 왔는데. 바다 한가운데서 고장이라도 나면 어떻게 할 거야?"

"아무도 들여놓지 말라는 명령이오." 적군 초병이 말했다.

"딱하게도 됐군. 수고하게나!" 푸호프는 아쉬움을 떨치지 못한 채 그곳을 떠났다.

그날 저녁 때쯤 터키 화물선 '샤냐'가 항구에 들어왔다. 클럽에서 말하기로는 터키의 지도자인 케말 총독이 보낸 선물이라는 것이었다. 하지만 푸호프는 이 말을 믿지 않았다.

"내가 보니까 썩 괜찮은 배더군!" 그는 적군 병사들에게 말했다. "전쟁 중에 터키 술탄이 과연 그런 선물을 하겠나? 자기들도 어려울 텐데!"

"그래서 케말 총독이야말로 우리의 친구라는 거지." 적군 병사들이 말했다. "푸호프, 자네는 정치 쪽에는 정말 백치나 다름없군."

"그래, 짚신 맨 끈 푼 지가 언제라고 금세 뭐 대단한 인간이라도 된 줄 아나?" 푸호프는 몹시 기분이 상해 자리를 떴다. 그는 구석으로 물러나 그가 특히 불신해마지않던 플래카드들을 살펴보았다.

밤중에 본부에서 전령이 와 푸호프를 깨웠다. 그는 적잖이 놀랐다.

"보나 마나 해군 전권위원 짓이겠지."

본부 앞마당에는 소수의 적군 분견대가 완전 군장 차림으로 도열해 있었다. 그중에는 기술자 세 명도 끼어 있었는데, 그들도 군용 외투를 입고 찻주전자까지 챙긴 모습이었다.

"푸호프 동무!" 분견대 대장이 그에게 말했다. "어째서 당신은 전투복을 입고 오지 않았소?"

"나는 이대로가 좋소. 찻주전자까지 매달 필요가 뭐 있겠소!" 푸호프는 그렇게 대답하고 대열 옆에 대충 붙어 섰다.

한밤중이었다. 사방이 칠흑처럼 캄캄하고 산에서 바람 소리와 물소리가 낮게 들려왔다.

새 외투를 입은 적군 병사들은 입 한번 뻥긋 않고 가만히 서 있었다. 뭔가 두려워서 그런 것도 아니고, 무슨 비밀을 지키기 위해서도 아닌 것 같았다.

먼 데 산과 변두리 쪽에서 이따금 총소리가 들려왔다. 누군가의 총에 이름 모를 생명들이 죽어가고 있었다.

한 적군 병사가 실수로 소총 부딪히는 소리를 내고 즉시 주의를 받았다. 그는 수치심에 온몸이 달아올랐다.

푸호프도 어쩐지 사뭇 흥분되었지만 시끄러워질까 봐 감정을 드러내지 않았다.

마구간 위에 등불이 하나 매달려 지저분한 마당을 비추고 적군 병사들의 창백한 얼굴에 희미한 빛을 던지며 흔들리고 있었다. 그때 우연히 산에서 내려온 바람이 무방비의 공간 위에서 적과 싸웠던 자신의 무용담을 들려주었다. 바람은 병사들에게 자기처럼 싸우라고 충고하고, 또 병사들은 그 충고를 듣고 있었다.

이 도시의 개들은 사납기 이를 데 없었고, 이곳 사람들은 말없이 생식에만 몰두하고 있는 듯했다. 그런데 지금 이 마당에 모여 있는 사람들은 불안감과 알 수 없는 용감한 정욕에 사로잡혀 있었다. 그것은 누군가가 그들의 수를 줄이려 하기 때문이었다.

그때 연대의 전권위원이 대열 가운데로 들어와 마치 누구 한 사람과 이야기하듯 작은 소리로 말하기 시작했다.

"친애하는 동지 여러분! 오늘은 회의가 아닌 만큼 간단히만 하겠습니다. 공화국 최고 지도부로부터 우리 육군 혁명군사소비에트 앞으로 크르임에서 점차 소멸되어가고 있는 브란겔 부대의 후미를 치라는 명령이 떨어졌습니다. 우리의 임무는 우리가 보유하고 있는 선박을 이용해 케르첸

해협을 건너 크르임 해안에 상륙하는 것입니다. 거기서 우리는 브란겔 부대의 후위에서 활동하고 있는 적녹색(赤綠色) 빨치산 부대와 합류한 후, 적군 부대가 페레코프를 넘어 북쪽으로부터 공격해 들어올 때 브란겔 부대가 배를 타고 도망치지지 못하도록 저지해야 합니다. 우리는 브란겔이 도주로로 이용하게 될 다리와 도로를 파괴하고 그의 후위를 계속 교란하여 그가 바다로 나가는 것을 막아야 합니다. 그래서 이 병균 같은 놈들을 남김없이 모두 박멸해야 합니다.

적군 병사 여러분! 크르임에 상륙하기까지는 매우 힘들고 위험한 과정이 우리를 기다리고 있습니다. 적의 순시선들은 우리 배를 발견하는 즉시 침몰시키려고 할 것입니다. 여러분에게 솔직히 해두지요. 해안에 오른 후에는 사나운 적들과 일대 격전을 치러야 합니다. 크르임이 소비에트의 수중에 들어오기까지는 우리들 가운데 많은 사람이 희생될 것이며, 어쩌면 우리 모두가 희생될 수도 있습니다. 이 말을 여러분께 꼭 해드리고자 합니다. 친애하는 적군 동지 여러분!

자, 이제 여러분께 묻겠습니다. 이 작전에 지원하겠습니까?

혁명과 소비에트공화국을 위해 목숨도 바치겠다는 용솟음치는 용기가 여러분 안에 느껴지지 않습니까? 만일 여러분 가운데 두렵다거나 남은 가족 때문에 안 되겠다거나 하는 사람이 있으면 확실히 해두는 것이 좋으니 대열 밖으로 나와 말해주세요. 우리의 중앙 정부는 전쟁을 하루빨리 끝내고 노동전선을 조직해 평화적 건설에 착수하고자 합니다. 그래서 우리의 이번 작전에 남다른 기대를 걸고 있습니다.

적군 병사 여러분! 이제 답을 해주십시오. 지금 당장 육군 혁명군사소비에트에 여러분의 의사를 전달해야 합니다."

전권위원은 연설을 마치고 얼굴을 잔뜩 찌푸린 채 서 있었다. 그는 기분이 좋은 한편 또 왠지 마음이 불편했다. 병사들도 침묵을 지키고 있었다. 푸호프는 내심 몹시 흥분해 있었다.

'바로 이거야. 이게 바로 볼셰비키 전쟁이다. 이제 알이나 품고 앉아 있을 수는 없다!'

사람들은 이제 더 이상 바람 소리도 귀에 들어오지 않고 저녁 산도 눈에 들어오지도 않았다. 세상은 그들의 눈 속에서 완전히 빛을 잃어가고 있었다. 이제 과연 어떻게 될 것인가? 병사들은 다른 사람들에 대해 생각하고 있었다. 마당의 등불은 석유가 다 떨어져 이미 꺼진 지 오래였지만 아무도 불이 꺼진 것을 알아채지 못했다.

갑자기 한 병사가 대열에서 나와 분명하게 말했다.

"군사위원 동지! 육군 혁명군사 소비에트와 모든 상부 기관에 우리는 출동 명령만을 기다리고 있다고 전해주십시오. 사실 우리는 브란겔을 끝장내는 영광스러운 임무가 우리에게 주어질 거라고 기대하지 않았습니다. 저의 말은 모든 적군 병사들의 마음이라고 확신합니다. 소비에트 정권이 원한다면, 우리는 감사하는 마음으로 우리의 피와 생명을 바칠 것을 맹세할 것입니다. 소비에트 러시아에서는 기아로 많은 사람들이 죽어가고 있으며, 여기 크르임에는 악마가 눌러 앉아 우리를 방해하고 있습니다. 지체할 것이며 무엇이며, 기다릴 것이 무엇입니까?"

병사들은 흥분에 휩싸여 즐겁게 떠들어대기 시작했다. 하지만 상식적으로 보면 즐거워할 일이라곤 전혀 없었다. 그때 병사 한 명이 나서서 말했다.

"본부에서 상륙 작전을 하기로 한 것은 잘한 일입니다. 북쪽의 적군들이 페레코프를 넘어 브란겔의 면상을 갈기면 우리는 궁둥이를 쿡쿡 찌르는 거지요. 그럼 브란겔은 뿌리째 뽑혀 나뒹굴 테고, 그럼 영국 배들도 그에게 구조의 손을 뻗을 수 없을 것입니다."

여기서 다시 전권위원이 나섰다.

"적군 동지들! 본부에서는 진즉에 다 알고 있었습니다. 다만 우리는 여러분들이 방금 보여준 것과 같은 높은 의식성과 혁명에 대한 헌신성을 확인하고자 했던 것입니다. 혁명군사 소비에트와 육군 지휘부를 대신해 여러분에게 진심으로 감사를 표하며, 조금 전의 제 말은 군사기밀이란 것을 꼭 기억해주시기 바랍니다. 여러분도 알다시피 노보로시스크에는 백군 첩자들이 들끓고 있습니다. 이를 그들이 알게 되면 우린 꼼짝없이 당하게 됩니다. 출동 명령은 이후에 따로 주어질 것입니다. 감사합니다, 동지 여러분!"

전권위원은 서둘러 자리를 떴지만 병사들은 계속 남아 있었다. 푸호프는 병사들에게 다가가 그들의 이야기를 들었다. 푸호프는 생전 이처럼 부끄러워본 적이 없었다. 온통 수염으로 덮인 그의 얼굴이 빨개졌다.

알고 보니 세상에는 자기 자신을 아끼지 않는 훌륭한 사람들도 많이 살고 있었다.

혹한의 밤이 폭풍처럼 다가왔다. 사람들은 슬프고 힘들었다. 그러나 밤거리를 돌아다니는 사람은 아무도 없었고, 홀로 사는 사람들도 집에 들어 앉아 바람에 덜거덕거리는 문소리를 듣고 있었다. 불안한 시간을 빨리 보내기 위해 친구를 찾은 사람들은 집으로 돌아가지 않고 친구의 집에서 밤을 지새웠다. 거리로 나가면 체포와 야간 검문, 신분증 검사, 어두운 지하실에서의 오랜 구금이 기다리고 있다는 것을 그들은 잘 알고 있었다. 평생 빌어먹고 살아왔다는 것이 증명되거나, 볼셰비키들이 최종 승리를 거두기 전까지는 그럴 수밖에 없었다.

그런데 북쪽 지역 출신의 농민들만이 외투를 입고 거리로 나왔다. 그들은 말하자면 좀 별난 사람들이었다. 인생에 대해 미련도 남아 있지 않고 사랑하는 피붙이나 자신에 대한 연민도 없었다. 오로지 그들이 아는 적들을 향한 강한 적개심만 남아 있을 뿐이었다. 무장을 하고 있는 이들은 적과 함께라면 두 번이라도 기꺼이 갈기갈기 찢기어 죽을 용의가 있었다. 푸호프는 밤이면 병사들과 바둑을 두거나, 한 번도 본 적 없는 어떤 사령관에 대한 이야기를 그들에게 들려주었다.

인생에서 아무런 낙도 찾을 수 없었던 푸호프는 자꾸만 영웅담으로 인생을 꾸미는 버릇이 생겼고, 또 모두들 그런 그의 이야기를 들으며 즐거워했다.

상륙 작전에 들어갈 부대의 인원은 5백 명이었다. 그들은 우연찮게도 모두 출신지가 달랐다. 그리하여 다음 날 5백 통의 편지가 각기 다른 5백 곳의 러시아 마을로 부쳐졌다.

거의 반나절을 적군 병사들은 서툰 글씨로 어머니와 아내, 아버지 그리고 먼 친척들에게 보내는 작별 편지를 썼다.

푸호프는 글을 모르는 사람들을 도와주었다. 그러면서 병사들이 좋아하는 편지 문안을 만들었다.

"포마 예고르이치, 당신 정말 멋지게 쓰는군요. 우리 식구들이 다 울겠어요!"

"당연하지!" 푸호프가 말했다. "그럼 박장대소할 일이라도 있나? 이건 장난이 아냐. 이 멍청아!"

점심 식사 후 푸호프는 전권위원을 찾았다.

"전권위원 동무, 나도 상륙 작전에 데려가는 겁니까?"

"푸호프 동무, 데려가고말고. 어제 집회에는 괜히 부른 줄 아시오?" 전권위원이 대답했다.

"부탁 하나 합시다, 전권위원 동지. 나를 '사냐'의 기사로 임명해주시오. 내가 듣기로 '사냐'는 증기기관인 데 반해 '마르스'는 석유 동력 엔진이요. 석유 동력 엔진은 내가 익숙지 않아서 그래요."

"'사냐'에는 기술자가 따로 있소. 터키인이오." 전권위원이 말했다.

"그럼 좋소. 내가 당신을 사냐의 조수로 보내주지. 마르스에는 자동차 운전사 하나를 붙이도록 합시다. 그런데 석유 동력 엔진은 왜, 영 재미가 없소?"

"엔진은 정말 쓸모없는 물건이죠. 증기기관과는 비할 데가 못 돼요. 전권위원 동지, 영웅적인 출정을 떠나는 마당에 그런 고물을 가지고 나가고 싶지 않아요. 그건 엔진이라기보다 고물 난로에 가깝지요. 한번 보면 알 것입니다."

"그럼 좋소." 전권위원이 허락해주었다. "사냐를 타시오. 모두 이 작전에 자발적으로 나가고 또 각자 할 수 있는 일을 맡은 만큼 그렇게 하도록 합시다. 그런데 출정하고 나면 너무 머리 굴리지 마시오!"

푸호프는 출입증을 얻은 후 사냐로 가서 기계를 둘러보았다. 그는 기계가 있는 곳이면 거기가 어디든 집처럼 느껴졌다.

푸호프는 터키인 기술자와 금방 친해질 수 있었다. 기계는 기름칠만 잘하면 전혀 문제될 게 없다고 말하자 그와 금방 뜻이 통했다.

"지당한 말이오." 터키인은 러시아 말을 곧잘 했다. "기계에는 기름만 한 축복이 없어요. 기름은 지극 정성으로 기계를 돌보죠. 기계를 사랑하는 자는 기름을 많이 칠하기 마련이고 그런 자야말로 제대로 된 기술자이지요."

"그렇지요." 푸호프는 기뻤다. "기계는 기수보다 마부를 좋아한답니다. 기계는 살아 숨 쉬는 존재예요."

이렇게 그들은 친구가 되었다.

늦은 밤, 부대는 칼바람을 맞으며 배를 타기 위해 항구로 이동하고 있었다. 푸호프는 누구 옆에 서야 할지 몰라 대열의 측면에 대충 붙어 공용 찻주전자를 덜거덕거리며 걸어갔다. 그러자 적군 병사들이 핀잔을 주었다.

"조용히 가란 말 못 들었어요? 덜거덕 소리 좀 내지 마세요."

"뭣 때문에 조용히 하란 거지? 어디 도둑질이라도 가느냐 말이오." 푸호프가 말했다.

"명령입니다." 적군 병사 바로노프가 낮은 목소리로 말했다. "간첩들을 잡기 위해 이 도시 사람 모두를 감옥에 처넣기라도 해야 된단 말이오?"

병사들은 숨을 죽인 채 먼 길을 걸었다. 오직 물기 먹은 모래 밟는 소리만 들렸다. 커다란 빈 창고 하나가 어둠 속에 나타났다. 창고 안에서 바람 소리가 요란하게 들려왔다. 무엇으로 연명하고 있는지 모를 굶주린 쥐들이 창고 안을 휩쓸고 다녔다.

무덤 속처럼 아무것도 분간할 수 없을 만큼 캄캄한 밤이었지만 사람들은 설레고 들뜬 마음으로 걷고 있었다. 그들은 마치 옛이야기에 나오는 신비로운 사냥꾼처럼 보였다.

산 위에서는 바닥 모를 시간이 공기를 호흡하며 용감한 자연에 대해 이야기하고 있었다. 자연은 용맹성 하나로 살아가고 있었다. 또 이 무장한 나그네들도 산을 일으키고 물속을 파고드는 자연의 그 한없는 용맹성을 가슴에 품고 있었다.

바로 그렇기 때문에 적군 병사들이 초원에서 맨주먹으로 적들의 장갑차를 빼앗고 군용열차를 두 동강 내 무장해제시킬 수 있었던 것이다.

젊은 그들은 남은 긴 인생을 위해 새 나라를 건설하고 있었다. 그래서 그들은 정치부 지도원들이 가르쳐준 빈자(貧者)들의 행복한 꿈과 어긋나는 모든 것을 광적으로 부수어버렸다.

그들은 아직 생의 소중함에 대해 잘 몰랐기 때문에 자기 몸을 잃을지도 모른다는 두려움도 그들에겐 없었다. 어린 나이에 전쟁에 나온 그들은 사랑도, 사상(思想)이 주는 기쁨도, 자기들이 살고 있는 이 세계의 형언할 수 없는 아름다움도 알지 못했다. 그들은 또 자기 자신이 누군지 알지 못했다. 적군 병사들의 영혼 속에는 그들의 관심을 자신에게 묶어둘 쇠사슬 같은 것이 존재하지 않았다. 그리하여 그들은 자연 및 역사와 완전히 하나 되는 삶을 살았는데, 이 당시 역사는 빈곤과 절망, 침체라는 세계사적 짐을 싣고 가파른 길을 오르는 기관차와 같았다.

칠흑 같은 어둠 속에 배에서 비추는 불빛 신호가 깜빡깜빡 반짝였다. 부대원들은 선창 어귀에 발을 들여놓았다. 이렇게 상륙 작전이 시작되었다.

부대원들은 모두 사냐에 탑승했고, 척후병 20명이 마르스에, 해군 전투대는 전투선에는 올랐다.

사냐의 기계실로 들어간 푸호프는 그곳이 매우 편하게 느껴졌다. 그는 기계 옆에 있으면 언제나 기분이 좋았다. 그는 담배를 하나 꺼내 물고 오랫동안 말을 못해 답답했는지 크게 헛기침을 하며 폐 속에 눌려 있던 공기를 밖으로 끄집어냈다.

적군 병사들의 군화가 갑판과 사다리를 밟는 소리가 2시간쯤 더 들려왔다.

푸호프는 이 소란스러운 소리가 좋아 배 밑에 앉아 있지 않고 갑판으로 나왔다.

희미한 전등 불빛 속에 흔들리는 사람들의 실루엣이 사다리를 조용히 오르내리고 있었다. 그들은 소총과 이런저런 차가운 장비들을 소리가 나지 않도록 단단히 몸에 묶어 매고 있었다.

전등은 밤을 더 크고 어둡게 만들었다. 살아 있는 세계가 존재한다고 도무지 믿기지 않을 정도였다. 어둠의 심연 속에서 작은 바람이 일어나 선창의 무언가를 살짝 흔들더니 이내 사라졌다.

기선들이 무슨 얘기라도 나누듯 서로 주의를 주며 짧은 기적을 울렸다. 해안에는 무언가를 깊게 응시하는 듯한 어둠과 사람을 유혹하는 황야가 펼쳐져 있었다. 어떤 소리도 도시까지는 가닿을 수 없었다. 먼 데 산쪽에서 빠른 계곡물 소리가 들려왔다.

푸호프는 자신의 삶이 굳건한 필연의 토대 위에 서 있다는 느낌을 받았다. 이로 인한 만족감은 이전에는 한 번도 느껴보지 못한 것이었다. 그는 기중기에 몸을 기대고 서서 사람들이 말없이 죽음을 준비하는 이 신비한 밤 풍경을 기쁨에 젖어 바라보았다.

그는 어릴 때 부활절 새벽기도 때면 두렵고 신비한 기적을 가슴속 깊이 느끼며 놀라움에 빠지곤 했다. 지금 다시 그는 자기가 모든 이들에게 필요하고 소중한 존재가 된 듯한 소박한 기쁨을 느꼈고, 그들 모두에게 몰래 키스해주고 싶다는 생각이 들었다. 그는 평생 사람들에게 화를 내고 모욕을 주며 살아왔지만 이제 그들이 얼마나 좋은 사람들이었는지 새삼 깨닫게 되었다. 그래서 그는 부끄러운 마음이 들었지만 이를 돌이키기에는 이미 늦었다고 생각했다.

바다가 미지의 무언가를 심연에 감춘 채 뱃전에 부딪히며 속삭였다. 그러나 푸호프는 바다를 보지 않았다. 그는 난생처음으로 진정한 인간들을 바로 눈앞에서 보고 있었다. 자연도 그에겐 이제 따분한 것이 되어 어디론가 멀리 사라지고 없었다.

새벽 1시쯤 승선이 모두 완료되었다. 해안에서 육군 혁명군사 소비에트 간부들의 마지막 인사 소리가 들려왔다. 전권위원은 딴 데 정신이 팔려 하는 둥 마는 둥 인사를 마쳤다.

수병들의 명령 소리가 쩡쩡거리며 울리고, 이어 육지가 서서히 멀어지기 시작했다.

이렇게 상륙부대의 배가 크르임을 향해 해안을 출발했다.

10분쯤 지나자 해안의 모습이 눈 녹은 듯 시야에서 완전히 사라졌다. 기선들은 차가운 어둠을 뚫고 물 위를 항진해 나갔다. 사람들은 불을 모두 끄고 선창(船艙) 안으로 몸을 숨겼다. 선창 안은 어둡고 무더웠지만 잠을 자는 사람은 아무도 없었다.

배에 불이 날 것을 염려해 금연 명령이 내려져 있었다. 대화도 금지되었다. 지휘관과 전권위원은 사람이 몇 명 타지 않은 상선으로 사냐를 가장하고자 했다.

배는 묵직한 증기를 단속적으로 내뿜으며 조용히 앞으로 나갔다. 어둠 속에 모습을 감춘 마르스와 전투선도 멀지 않은 어딘가에서 물 위를 천천히 미끄러져가고 있었다. 이 두 배에 승선한 수병들은 이따금 길게 휘파람을 불어 자신들의 위치를 알려왔다. 사냐는 짧고 굵직한 기적 소리로 그에 답했다.

배들은 작은 엔진에 힘을 가득 가해 걸쭉한 죽같이 내려앉은 어둠을 뚫고 앞으로 나갔다.

밤이 조용히 지나가고 있었다. 적군 병사들에게 밤은 앞으로 다가올 미래의 생(生)처럼 참으로 길게 느껴졌다. 짧은 흥분의 시간이 지나고 나자 긴 어둠이 은밀한 불안과 불현듯 닥칠 무서운 사건에 대한 예감으로 서서히 영혼을 짓누르고 있었다.

바다는 잔뜩 경계를 하고 쥐 죽은 듯 침묵을 지키고 있었다. 스크루는 물밑 보이지 않는 곳에서 끈적끈적한 액체를 힘겹게 밀어내고 그 액체는 뱃전으로 올라와 조용히 부서졌다. 고통스러운 시간이 천천히 흐르고 있었다. 아침이 가까워오자 산은 부끄러운 듯 희미하게 모습을 드러내었지만 바다는 그렇지 않았다. 황홀하도록 아름다운 하늘을 거울처럼 비추기 위해 창조된 바다가 저 혼자 뜻 모를 흥분에 휩싸여 하늘을 비추려 하지 않았다. 악을 잔뜩 품은 낮은 파도가 바다의 정적을 깨고 어둠 속에 촘촘하게 늘어서 물속 심연을 흔들면서 서로 몸을 부비고 있었다.

저 먼 열린 바다 위로는 무겁고 느린 산들이 조용히 흔들리다 소용돌이를 만들어서는 그 안에 파묻혔다. 그러면 그곳으로부터 독극물 같은 석회질의 거품이 낮은 파도를 타고 밀려왔다.

점점 더 단단해져가는 바람은 거대한 공간을 무너뜨리며 수백 베르스타 떨어진 어디론가 날아가 그곳에서 스러졌다. 바다에서 튀어 오른 물방울은 흔들리는 공기 속을 날아 마치 잔돌처럼 얼굴에 와 부딪혔다.

산 위에서는 폭풍이 거위 소리를 내며 울부짖고 바다는 폭풍을 만나 더욱 사나워져갔다.

사냐는 흔들리는 바다 위에서 마른 잎사귀처럼 몸부림치기 시작했고 허약한 몸을 삐걱거리며 기분 나쁜 소리를 냈다.

돌처럼 단단하고 무거운 북동풍이 바다를 뒤흔들면서 사냐는 둑과 같은 거대한 파도에 휩싸여 나락 속으로 떨어졌다가는 다시 산 위로 솟구쳐 오르기를 반복했다. 산 위로 솟구쳐 올랐을 때는 푸른 정적이 내려앉은 먼 나라의 모습이 순간적으로 스쳐 지나갔다.

뇌우가 쏟아지기 직전의 무서운 분노가 공기 속에 느껴졌다.

날은 밝은 지 오래되었지만 북풍으로 인해 추워지면서 적군 병사들은 한기에 몸을 떨었다.

건조한 초원 지역 출신인 이들은 속이 메스꺼워 거의 모두 드러누워 있었다. 몇몇은 갑판으로 기어 나와 축 늘어진 채 진한 담즙을 게워냈다. 속을 깨끗이 비우고 나면 잠시간은 견딜 만했으나 배가 다시 심하게 흔들리고 나면 몸 안의 액체들이 뒤섞이고 다시 끓어 이내 게워내지 않을 수 없었다. 전권위원도 마음의 안정을 잃고 배가 흔들릴 때면 굴뚝이나 기둥을 붙잡고 갑판 위를 불안하게 돌아다녔다. 그는 수병 출신이었기 때문에 구토는 하지 않았다.

사냐는 가장 위험한 지점인 케렌스키 해협에 접근하고 있었다. 폭풍은 잠잠해질 줄 모르고 오히려 더 사나워지며 바다를 그 깊은 심연 속까지 휘감았다.

마르스와 전투선은 이미 오래전에 폭풍의 소용돌이 속으로 사라진 뒤 사냐에서 보내는 신호에 응답하지 않고 있었다.

사냐의 지휘관은 이미 배에 대한 통제력을 잃었고, 배는 요동치는 자연의 손아귀 안에 놓여 있었다.

푸호프는 뱃멀미를 하지 않았다. 그는 기관수에게 오래전부터 앓고 있는 위궤양이 뱃멀미에 도움이 된다고 말했다.

운항 장치도 보통 다루기 힘든 게 아니었다. 스크루가 물속으로 잠겼다가 물 바깥으로 나왔다 하기를 반복하며 하중이 계속 바뀌었기 때문이다. 이로 인해 엔진이 볼트를 뒤흔들며 빠른 속도로 회전하면서 날카로운 쇳소리를 내는가 하면 무게에 눌려 완전히 숨을 죽이곤 했다.

"포마, 엔진에 기름칠을 하게. 듬뿍. 속도가 너무 빨라. 안 그랬다가는 곧 폭발할 것 같아." 기관수가 말했다.

푸호프는 그의 평소 신념대로 엔진에 기름을 배불리 먹인 후 말했다. "이 짐승 같은 놈아, 내가 널 편안히 해주지. 찍 소리도 안 나오도록 해주겠다."

한 시간 반쯤 지나 사냐는 케렌스키 해협 안으로 들어갔다.

전권위원이 기관실로 내려와 담뱃불을 붙였다. 갖고 있던 성냥이 모두 젖어버렸기 때문이다.

"그래, 그녀*는 어떻소?" 푸호프가 그에게 물었다.

"그녀는 괜찮은데, 그가 문제야." 전권위원이 피로로 찌든 얼굴에 미소를 띠며 농담을 했다.

"뭐라고요?" 푸호프는 농담을 이해하지 못했다.

"아, 아니오. 다 괜찮소." 전권위원이 말했다. "북동풍에 감사해야 할 것 같소. 북동풍이 아니었다면 백군들에게 꼼짝없이 당할 뻔했소."

"왜 그런 거요?"

"백군 순양함들이 케렌스키 해협을 철통같이 지키고 있기 때문이오." 전권위원이 말했다. "그런데 마침 순양함들이 폭풍을 피해 케렌스키 만으로 모두 들어가 있어 우리를 보지 못한 거요. 알겠소?"

"그럼 해협을 탐조등으로 더듬지 않는 것은 왜요?" 푸호프는 캐물었다.

"답답하군! 이 난리에 탐조등이 무슨 소용이 있겠소?"

정오 무렵 사냐는 이미 크르임 연안을 지나고 있었다. 바다는 폭풍으로 인해 완전히 진이 빠진 듯 힘없이 뱃전에 부딪혔다.

---

* 여성 명사인 '사냐'를 장난 삼아 여성 대명사 '그녀'로 받고 있음.

곧 수평선 위로 웬 연기가 솟아오르는 것이 보였다. 선장과 부대장, 전권위원은 오랫동안 연기를 지켜보았다. 이어 사냐가 넓은 바다로 뱃머리를 돌리자 연기는 곧 사라졌다.

북동풍은 여전히 멈출 줄 몰랐다. 그 때문에 선장과 군사위원은 오히려 기뻐했다. 백군 순시선들이 이런 험한 날씨에는 경계가 필요 없다고 판단하고 연안의 은신처에 정박해 있었기 때문이다.

전권위원은 사냐가 무사해 다행이라고 말하고, 폭풍이 잠잠해지고 어둠이 내리면 해안 상륙을 시도할 수 있으리라는 기대를 나타냈다.

푸호프는 미친 듯이 돌아가는 엔진 옆에서 온갖 험한 말로 엔진을 위협했다. 그는 땀을 비 오듯이 흘리면서도 기관실을 떠나지 않았다.

오후 3시가 지나자 네 개의 연기 기둥이 수평선 위로 나타났다. 그것들이 사냐를 덮치기라도 하려는 듯이 재빨리 접근해오기 시작했다. 그중에 한 배가 주의 깊게 사냐를 살피더니 정지 신호를 보냈다.

적군 병사들은 상황 파악도 하기 전에 호기심에 우르르 갑판으로 몰려 나와 웅성거리기 시작했다.

사냐의 선장은 연기를 보고 배들 가운데 하나가 군용 순양함일 것이라고 추측했다.

이제 상륙 부대 스스로가 파국을 향해 몸을 던져야 할 순간이 온 것이었다.

선장과 전권위원은 이 상황을 벗어날 방법을 찾기 위해 갑판을 떠나지 않고 있었다. 적군 병사들에게는 선창으로 내려가 있으라는 명령이 떨어졌다. 사냐가 군용 선박이라는 것을 적이 눈치채지 못하도록 하기 위해서였다.

그때 북동풍이 미친 듯 울부짖더니 사냐의 진로를 바꾸어놓았다. 네

척의 정체불명의 배도 힘겹게 진로를 유지하며 사냐 쪽으로 다가오려 했으나 속수무책이었다.

그 순간, 세 개의 연기 기둥이 시야에서 사라졌다. 사나운 북동풍이 배들을 어디론가 내몬 것이다. 하지만 네번째 배만은 끈덕지게 사냐를 향해 접근해왔다. 그사이 이 배의 몸통이 모두 드러나 보였다. 선장은 이 배가 잘 무장된 쾌속 상선이며 사냐를 따라잡을 수 있을 것이라고 말했다. 그러나 폭풍은 이 배가 사냐에 가깝게 다가오는 것을 허락지 않았다. 곧이어 이 배는 사냐에게 목적지를 물어왔다. 사냐는 크르임 연안으로 들어서면서 브란겔의 기를 달고 있었다. 사냐는 케르치로부터 페오도시야로 향하고 있으며 생선을 싣고 있다고 이 백군 기선에 대답했다.

갑판에는 터키의 전통 의상을 입은 네 명의 터키인만 남아 있고, 다른 병사들은 전권위원 및 상륙작전 지휘관과 함께 선창으로 내려가 있었다. 그에 따라 백군 상인들은 사냐로 다가와 망원경으로 배를 한번 훑어보고는 그냥 가버렸다. 그들은 사냐를 견인하려 하지 않았는데, 아마도 폭풍의 위험이 컸기 때문이었으리라.

남은 하루는 조용하게 지나갔다. 이따금 기선들이 보이기도 했으나 이내 사라졌다. 그 배들은 사냐가 그들을 두려워하는 이상으로 사냐를 두려워했다.

구토와 습한 추위로 큰 괴로움을 겪은 적군 병사들은 뱃멀미를 한 것을 부끄럽게 여기며 애써 즐거운 표정을 지으려고 했다. 오랜 항해가 지루했던 그들은 네 문의 포로 무장한 백군 기선이 다가와도 겁을 내기는커녕 오히려 좋아했다.

적군 병사들은 바다를 잘 몰랐기 때문에 구토를 일으키는 자연의 힘이 배를 파멸시킬 수도 있다는 것을 믿으려 하지 않았다.

"와보라고 해!" 탐보프 출신의 병사가 말했다. "혼쭐을 내줄 테다."

"어떻게 혼쭐을 내준다는 건가?" 전권위원이 물었다. "선상의 대포들이 안 보이나?"

"두고 보세요." 탐보프 출신이 말했다. "총알로 누벼줄 테니."

손에 소총 하나만을 들고 지나가는 무장한 차량에 올라타는 데 이력이 난 병사들은 바다에서도 소총 하나로 적을 물리칠 수 있다고 생각했다.

이따금 북동풍이 실어오는 거대한 물기둥이 사냐 옆을 지나가곤 했다. 그런 물기둥이 지나고 나면 거의 바다 밑바닥이 드러나 보일 것만 같은 깊은 심연이 나타났다.

물기둥이 지나가고 나자 어둠 속에 사라졌던 마르스가 돌연 모습을 드러냈다. 마르스는 그야말로 몰골이 말이 아니었다. 돌에 맞듯 물에 흠씬 두들겨 맞아 삭구는 완전히 다 부서지고 한마디로 뒤집어지기 직전이었다. 그러나 마르스는 패기 하나로 용케 살아남아 푸푸거리며 파도 위에서 출렁대고 있었다. 마르스는 사냐 쪽으로 다가오려고 했으나 거센 파도에 밀려 연신 소용돌이 속으로 떨어졌다.

마르스의 지휘부와 이 배에 탄 20명의 척후병은 모두 갑판으로 나와 삭구를 잡고 몸을 지탱하고 있었다.

그들은 사냐를 향하여 뭐라고 필사적으로 소리쳤지만 그들의 목소리는 폭풍 속에 흩어져 전혀 들리지 않았다. 그들의 표정은 속절없이 어두워지고 눈에서는 분노와 절망의 빛이 번뜩였다. 두껍게 칠한 흰색 물감과도 같은 치명적인 창백함이 이미 그들의 얼굴에 내려앉아 있었다.

성큼성큼 다가오는 죽음의 형벌은 사냐가 가까이 다가갈수록 그들을 더욱 갈기갈기 찢어놓았다. 마르스에 탄 그들은 지급받은 단벌 군복을 쥐어뜯으며 짐승처럼 울부짖고 심지어 주먹을 쥐어 보이기도 했다. 그들은 폭풍 소리보다도 크게 외쳐댔는데, 놀랍게도 그 와중에 한 뚱뚱한 병사가 활대 위에 앉아 빵을 뜯어먹고 있었다. 배급 받은 것을 그냥 버리기 아까워서였다.

죽음의 문턱에 선 그들의 눈은 증오심에 부풀어 한껏 튀어나와 있었고 발은 주의를 끌기 위해 미친 듯이 갑판을 구르고 있었다.

푸호프도 갑판에 나와 마르스를 보고 있었다.

"왜들 저렇게 발광하는 거요?" 그가 전권위원에게 물었다. "배가 진짜 가라앉고 있는 겁니까, 아니면 그냥 놀라서 저러는 거요?"

"틀림없이 배에 물이 새고 있을 거요." 전권위원이 대답했다. "어떻게든 도와야겠소."

사냐에 탄 병사들도 선창 안에 앉아 있지 못하고 갑판으로 나와 마르스를 향해 저마다 뭐라고 소리쳤다. 뭘 그렇게 놀라 악다구니를 쓰냐는 것이었다.

이제 사냐에 타고 있는 사람들 모두가 마르스에 탄 사병들과 지휘부를 구하기 위해 분주히 움직였다. 지휘관이 선장에게 뭐라고 목청껏 소리쳤고 전권위원도 선장을 도왔다. 그러나 선장은 마르스에 접근할 방도를 찾을 수 없었다.

사냐가 마르스를 거의 올라타다시피 한 순간, 마르스로부터 물이 이미 기관실까지 찼다는 외침이 들려왔다.

그런데 바로 그때, 마르스에서 아코디언 소리가 들려왔다. 누군가가 인간 본성의 법칙을 비웃기라도 하듯 죽음을 코앞에 두고 음악을 연주하고 있었다.

푸호프는 그 소리를 또렷이 들을 수 있었다. 그는 이 어울리지 않는 순간에 어떤 희열감 같은 것을 느꼈다.

마르스가 사냐에 올라타 잠시 조용해진 사이, 아코디언 소리의 뒤를 잇는 청아한 목소리가 시끄러운 외침 소리 너머로 들려왔다.

소금에 절이지 않은
내 사과 한 알
흑해에
빠뜨려버렸네

"징그러운 놈!" 푸호프는 마르스에 타고 있는 그 호방한 사나이를 생각하니 흐뭇한 기분이 들었고, 그에게 왠지 모르게 정이 가 침을 한번 퉤하고 힘껏 뱉었다.

"보트를 내려라." 선장이 소리쳤다. 마르스는 겨우 갑판만 물 밖에 드러나 있고 선체는 이미 모두 물에 잠겨 있었다.

보트는 물에 내려지자마자 곧바로 세 바퀴를 굴렀고 타고 있던 수병 두 명이 온데간데없이 사라졌다.

그때 갑자기 마르스가 거센 돌풍에 휩싸이면서 사냐 위로 튕겨져 올라갔다.

"뛰어내려!" 푸호프가 흥분해 외쳤다.

마르스에 타고 있던 사람들은 사시나무 떨듯 떨고 얼굴은 거의 잿빛으로 변하여 죽은 사람과 다름없었다. 그들은 이것저것 볼 것 없이 사냐의 갑판 위로 몸을 던졌다. 사냐에 뛰어내리며 그들은 시체처럼 나뒹굴었고 자신들을 구하려는 사람의 팔을 부러뜨려놓기도 했다. 그 바람에 푸호프도 밀쳐 넘어졌고, 그 때문에 몹시 기분이 상했다.

"왜들 난리야?" 그가 소리쳤다. "브란겔을 잡으러 가야 할 놈들이 깨

꿋한 물을 두려워하다니."

잠시 후 마르스에 타고 있던 사람들 거의 모두가 사냐에 올라탔다. 다만 두 사람이 제대로 뛰어내리지 못해 바다 구멍 속으로 사라지고 말았다.

마르스는 한참 동안 푸념하는 듯한 소리를 내더니 안에서 폭발이 일어나 널빤지와 쇳조각으로 산산조각이 났다.

푸호프는 구조된 사람들 사이를 오가며 한 사람 한 사람에게 물었다. "저기서 노래한 사람이 자넨가?"

"아니요. 노래라니 무슨 소리요?" 마르스에서 구조된 적군 보병과 수병들이 말했다.

"그래, 자넨 아닐 거야." 푸호프는 퉁명스럽게 말하고 계속해서 다음 사람에게 물었다.

결국 그 사람을 찾을 수 없었다. 노래를 하거나 아코디언을 켠 사람은 없었다는 것이다. 그런데 소리가 틀림없이 들렸고 푸호프는 노래의 가사도 기억하고 있었다.

밤이 깊어가고 있었지만 폭풍은 계속 악을 쓰며 쉴 생각을 하지 않았다.

"귀신이 곡할 노릇이구먼. 똑똑히 봐두었어야 하는데." 기관실에서 푸호프는 엔진과 함께 흔들리며 중얼댔다.

저녁에 지휘부는 사냐에서 장시간 회의를 가졌다. 사냐는 적재량을 초과하여 크르임 해안에 가까이 접근할 수 없게 되었다. 더군다나 북동풍이 계속 배를 먼바다로 떠미는 탓에 상륙은 어차피 불가능했다. 바다 위에 오래 머무는 것도 위험천만한 일이었다. 백군 순시선의 눈에 뜨이기만 하면 격침될 것이 분명했다.

오랫동안 회의가 이어졌다. 수병들은 꿋꿋하게 폭풍이 잠잠해지기를 기다리자고 주장했다. 그럼 어떻게든 길이 보이리란 것이었다.

"노보로시스크로 돌아가자고요? 거기 뭐가 있는데요?" 척후병 지휘관인 수병 샤리코프가 말했다. "우선 멋대로 돌아왔다고 불호령이 떨어질 테고, 또 브란겔을 저렇게 내버려두었다가는 앞으로 큰 화를 부를 게 뻔해요."

"샤리코프, 자네 잊은 건가?" 전권위원이 그에게 말했다. "자네가 타고 온 마르스는 산산조각이 나 판자대기만 떠다니고 있고 전투선은 흔적도 없이 사라졌네. 보나 마나 어디서 허우적거리고 있겠지. 또 사냐는 적재량 초과로 벽돌처럼 뒤뚱거리고 있네. 그런데 사냐마저도 물구덩이 속으로 처넣어야 속이 시원하겠나?"

"좋을 대로 하시오." 샤리코프가 말했다. "그냥 돌아간다고 생각하니 가서 얼굴을 못 들 것 같소."

밤이 깊어갈 즈음, 노보로시스크로 돌아갈 수밖에 없다는 쪽으로 결론이 났다.

자정 무렵이 되자 북동풍이 잠잠해지기 시작했지만 파도는 여전히 높았다. 사냐는 퇴로에 올랐다.

케렌스키 해협에서 탐조등의 수색을 받았지만 백군들은 사격을 가하지 않았다. 아마도 조각난 브란겔 기(旗)가 사냐 선상에서 여전히 펄럭이고 있었기 때문일 것이다.

동틀 무렵, 사냐는 노보로시스크에 도착했다.

"창피해 죽겠네." 적군 병사들이 짐을 꾸리며 부끄러워했다.

"뭐가 창피하다는 거야?" 푸호프는 창피해할 필요가 없는 이유를 조리 있게 설명했다. "이봐 형제, 자연이 인간보다 더 질긴 법이야. 순양함들도 연안의 은신처에 꼼짝없이 정박해 있는 것 못 봤어?"

"그만두시오." 수병 샤리코프가 불만스럽게 말했다. "곧 아군이 페레 코프를 칠 텐데, 그때 우리 같은 코홀리개들은 거들떠보지도 않을 거요."

실제로 샤리코프 말처럼 되었다. 그는 앞을 훤히 내다보고 있었던 것이다.

바로 그날 저녁 혁명군사 소비에트로부터 재차 상륙을 시도하라는 명령이 떨어졌다.

한밤에 부대가 승선을 완료하자 사냐는 시동을 걸어 증기를 올렸다.

샤리코프는 즐겁게 배 안을 거닐며 만나는 사람마다 말을 걸었다. 한편 전권위원은 혁명군사 소비에트로부터 문책을 받지는 않았지만 왠지 기분이 언짢았다.

"당신 노동자요?" 샤리코프가 푸호프에게 물었다.

"노동자였었지. 하지만 이제 잠수부가 될 거네." 푸호프가 대답했다.

"그런데 어째서 혁명의 전위에 가담하지 않는 거요?" 샤리코프가 푸호프의 양심을 건드렸다. "어째서 당신은 시대의 영웅이 되기는커녕 불평꾼에다 비당원으로 남아 있는 것입니까?"

"어쩐지 믿음이 가지 않아서야, 샤리코프 동무." 푸호프는 상황을 설명했다. "우리 지역 당위원회가 현(縣) 지사의 혁명 전 가옥에 들어섰네."

"혁명 전 가옥이 어때서요?" 샤리코프가 몰아세웠다. "나도 혁명 전에 났지만 아무 문제 없지 않소?"

출항하기 전 전권위원은 무사 출발을 알리는 전신을 보내기 위해 잠시 자리를 비웠다.

30분 후 돌아온 그는 배에 오르지 않고 부두에 서서 웃음을 띤 채 소리쳤다.

"하선!"

"아니 당신 어떻게 된 거 아니요? 하선이라니?" 샤리코프가 뱃머리에 서서 따져 물었다.

"내리라니까!" 전권위원이 소리쳤다. "페레코프가 아군에 의해 점령되고 브란겔은 줄행랑을 놓았다네. 여기 명령서를 보라고. 상륙작전이 취소되었어."

샤리코프와 여러 사람들이 고개를 떨어뜨렸다.

"아뿔싸!" 이때 한 적군 병사가 말했다. "그렇다면 브란겔의 뒤꽁무니라도 쫓아야지. 배를 타고 도망칠 텐데 작전이 취소되다니……"

"내가 뭐랬어? 크르임은 코흘리개들 없이도 된다니까……!" 샤리코프는 자기 식대로 결론을 내렸다.

"그것으로 충분하네." 푸호프가 샤리코프를 타일렀다. "브란겔은 배를 타라고 해. 자넨 이젠 다른 놈들을 잡으면 되잖아."

"제기랄!" 샤리코프는 그렇게 내뱉고 기둥을 주먹으로 치면서 또다시 욕지거리를 해댔다.

"그럼 헤엄을 쳐서라도 해협을 건너보게!" 푸호프가 그에게 말했다. "자네는 몸집이 작아 탐조등에도 걸리지 않을 거야. 그래서 해안에 올라가면 그럼 그게 바로 상륙 작전이 아니고 뭐겠나?"

"그 말도 틀리지 않네요." 샤리코프는 그렇게 말하고 생각에 잠겼다. "그런데 물도 차고 파도도 높아 숨이 차지 않을까요?"

"그럼 날씨가 좋아지길 기다리게." 푸호프가 말했다. "또 속옷 바지에 바람을 불어 공기를 넣어두었다가 숨이 차면 거기에 구멍을 내서 공기를 마시면 되네."

"말도 안 돼. 바다에서 누가 그렇게 한답니까?" 샤리코프는 푸호프의 조언을 받아들이지 않았다.

한편 모습을 감췄던 전투선이 크르임 해안에 닿아 수병 백 명을 상륙시키는 데 성공했다는 사실이 이틀 후에 알려졌다.

"내 그럴 줄 알았어!" 샤리코프는 아쉬워했다. "크느이슈가 전투선을 지휘한다고 들었는데, 어쩌다 나는 이런 육지의 암탉들하고 얽혀버렸나……"

3

"푸호프, 전쟁이 이제 끝나가고 있네!" 전권위원이 말했다.

"끝나도 벌써 끝났어야지요. 우리는 바지도 없고 입은 것이라곤 이념밖에 없지요."

"브란겔 무리가 소멸되어가고 있어. 아군이 심페로폴을 접수했다는군." 전권위원이 말했다.

"뭔들 접수하지 않겠소?" 푸호프는 그다지 놀라는 기색이 아니었다. "공기도 맑고 햇빛도 좋은데 소비에트 정권이 이*에 등을 쏘이고 있답니다. 이제 백군들한테로 옮겨 가겠죠."

"웬 난데없이 이 타령이야?" 전권위원이 벌컥 화를 냈다. "의식화된 영웅적 행위들이 여기저기서 나타나고 있는데 자네는 도대체 뭔가? 이거 콘트르(반혁명분자) 아냐?"

"전권위원 동지, 당신은 이론도 실천도 아는 게 없군!" 푸호프도 화

---

* 사람 몸에 기생하며 피를 빨아먹는 곤충.

를 내며 맞받아쳤다. "그저 총 쏘는 데만 이력이 났을 뿐…… 과학과 기술의 관점에서 보면 고정용 너트도 반드시 필요한 법이오. 고정용 너트가 없다면 운전 중에 볼트가 튕겨져 나가지 않겠소? 이 뻔한 이치를 모르겠소?"*

"그럼 자네는 노동 부대에 관한 상부의 방침을 알고 있나?" 전권위원이 물었다.

"아, 단박에 일자무식꾼들을 주물공으로 만들어 공장을 돌리겠다는 그 얘기 말이오? 알고말고요. 왜 당신도 그 무식꾼들한테 다리를 붙이는 것을 가르치느라 고생깨나 하지 않았소?"

"자네는 혁명군사 소비에트에 바보들만 앉아 있는 줄 아나?" 전권위원이 심각한 표정으로 말했다. "거기서 찬반을 충분히 저울질해 내린 결론이야."

"물론 그렇겠지요." 푸호프도 이 점에 대해서는 동의했다. "거기 사려 깊은 사람들이 있다는 건 알고 있소. 하지만 무식꾼들이 하루아침에 기계를 이해할 수는 없는 노릇이오."

"그러면 국제 제국주의의 놀라운 과학과 부를 만든 게 누구라고 생각하는가?" 전권위원이 물었다.

"그럼 당신은 무식꾼들이 기관차를 만들었다고 생각하오?"

"그럼, 그들이 아니면 누군데?"

"기계는 심각한 물건이오. 기계를 알기 위해서는 지식과 배움이 필요하지요. 단순 노동자들은 그저 원료에 불과한 거요."

---

* 여기서 푸호프는 전권위원이 자신을 '반혁명분자'의 약식 표현인 '콘트르counter'라고 부른 데 대해, 고정용 너트를 뜻하는 러시아어 단어('콘트르가이카')의 접두어 '콘트르'의 의미를 끌어와 반격하고 있음.

"우리가 언제 싸우는 것을 배운 적이 있나?" 전권위원이 푸호프를 몰아세웠다.

"우리는 뭐든 무턱대고 달려들곤 하죠." 푸호프는 물러서지 않았다. "하지만 그쪽은 섬세한 기술이 필요해요."

길에는 한 적군 중대가 사기를 높이는 노래를 부르며 목욕탕을 향해 가고 있었다.

내 어머니 나를
배웅하며
여행 중에 먹으라고
빵 껍질을 모아 주셨지.

"이런 돼먹지 못한 것들 같으니라고!" 푸호프가 말했다. "이런 점잖은 도시에서 가난을 설교하고 다니다니! 피로그*를 주며 배웅했다고 해야지."

시간은 빠르게 흐르고, 대포 소리는 점점 잦아들었다. 적군 후위대는 할 일이 없자 자연과 사회 공부를 하며 앞으로 긴 세월을 살아갈 준비를 했다.

푸호프는 얼굴에 화색이 돌았다. 그는 노동자에게 무엇보다 필요한 것은 휴식이라 말하며 할 일 없이 빈둥거렸다.

"푸호프, 자네 클럽에라도 가입하지그래. 어지간히 심심해 보이는데." 어떤 사람들이 그에게 말했다.

"학문이 사람의 머리를 망쳐놓는 법이지. 나는 홀가분하게 살고 싶

---

* 러시아식 고기만두.

어." 진담 반 농담 반 푸호프는 빗대어 말했다.

"푸호프, 자네 꽤나 잘난 것 같은데, 그런데 여전히 노동자라니." 그가 푸호프의 양심을 건드렸다.

"무슨 얼토당토않은 소리야! 나는 국가 공인 자격을 가진 사람이라고." 푸호프는 본격적으로 싸움을 시작했다. 그리하여 결국 혁명과 혁명 영웅들, 그 우군들을 모두 모욕하는 지경에까지 이르고 말았다. 물론 그렇게 한 것은 푸호프였고, 상대방은 비록 싸움에서 완전히 패하고 말았지만 푸호프를 오랫동안 슬픔에 빠뜨렸다.

그 당시 노보로시스크의 날씨는 아주 나쁘고 변덕스러웠다. 푸호프는 야간 상륙 작전이 있던 날 이후로 넉 달째 이 멍청한 도시에서 살고 있었다.

그는 아조프-흑해 기선함대의 해안 기지에 고참 수리기사로 배치되었다. 이 기선함대는 북캅카스를 되도록 빨리 평화 지역으로 되돌리기 위해 노보로시스크 정권에 의해 만들어졌다. 그러나 기선들은 기계가 고장나 통 움직일 수 없었다. 또 북캅카스는 어처구니없게도 평화로운 해양 정권을 자처하고 있었다.

어떤 마을의 벽보에는 북캅카스가 심지어 "동방의 소비에트 영국"이라고 쓰여 있었다. 한 면이 바다에 접해 있고 비록 한 번도 바다에 나간 적이 없지만 어쨌든 그런 기선이 넉 대 있다는 이유에서였다.

푸호프는 매일 증기 기관들을 점검하고 기계들이 앓고 있는 병에 대해 보고서를 올렸다. "축의 골절과 부품의 파손으로 기선 '친절'의 주 엔진을 가동하는 것은 불가능함. '전 세계 소비에트'라 불리는 기선은 보일러 폭발과 어디로 사라졌는지 현재로서는 도무지 알 수 없는 연소 장치의 총체적 부재로 큰 병을 앓고 있음. 기선 '사냐'와 '붉은 기사'는 파손된 실린더를 교체하고 경적만 달면 지금 당장이라도 가동이 가능함. 다만 지금 실린더를 뚫어 만든다는 것은 생각도 할 수 없음. 왜냐하면 땅에서 곧바로 주철이 나는 것도 아니고 혁명으로 인해 그 누구도 광물에 손을 대려 하지 않기 때문. 또 실린더를 뚫어야 하는데 노동 부대는 아무것도 뚫을 수 없음. 왜냐하면 그들은 신분을 감추고 있지만 농부들이기 때문임.

해안 기지의 정치위원은 보고를 받기 위해 개인적으로 푸호프를 부르곤 했다. 푸호프는 기지가 처한 사정을 모두 그에게 보고했다.

"자네들 수리공은 무얼 하고 있는가?" 정치위원이 물었다.

"뭘 하다니요? 밤낮으로 기계들을 보살피고 있지요."

"그럼 일은 하지 않는다는 말 아닌가?" 정치위원이 말했다.

"일을 하지 않다니요?" 푸호프가 말했다. "대기(大氣)의 해악에 대해 전혀 모르고 있군요. 구리는 말할 것도 없고 금속은 모두 잘 보살피지 않으면 금방 부식하고 옴이 끓게 됩니다."

"그럼 한번 생각해보고 시도라도 해보는 게 어떻겠나? 자네는 기선들을 충분히 고칠 수 있을 거야." 정치위원이 말했다.

"아예 생각 자체를 할 수가 없습니다, 정치위원 동지." 푸호프가 말했다.

"어째서이지?"

"식량이 모자라 생각할 힘이 없습니다. 배급량이 너무 적습니다." 푸호프가 말했다.

"푸호프, 자네 아주 사기꾼이구먼." 위원은 이야기를 끝내고 그전에 하고 있던 일로 눈을 돌렸다.

"정치위원 동지, 바로 당신이 사기꾼입니다."

"어째서 그렇지?" 벌써 다른 일에 빠진 정치위원이 건성으로 물었다.

"왜냐하면 당신은 물건이 아니라 관계를 만들고 있기 때문입니다."
그는 언젠가 한번 본 적이 있는 플래카드를 어렴풋이 떠올리며 말했다.
거기에 자본은 물건이 아니라 관계라고 쓰여져 있었고, 그래서 그는 관계
를 아주 공허한 것이라고 알고 있었다.

햇살이 환히 비치던 어느 날 푸호프는 도시 외곽을 거닐며 이런저런
생각에 잠겼다. 사람들은 얼마나 바보인가, 인생에 대해 또 이 모든 자연
에 대해 그들은 왜 그토록 무관심한 것일까?

푸호프는 구두 밑창을 땅에 꼭 밀착시켜 걸었다. 구두 가죽을 사이에
두었지만 그는 한 걸음 한 걸음 걸을 때마다 마치 땅을 꼭 껴안듯 맨발 전
체로 땅을 느낄 수 있었다. 이것은 방랑자들은 잘 알고 있는 무상의 기쁨
이었고, 푸호프도 이 기쁨을 맛본 것이 여러 번이었다. 그래서 땅을 걷는
일은 언제나 그에게 육체적인 즐거움을 가져다주었다. 걸을 때면 그는 거
의 성적인 욕구에 이끌려 땅을 밟을 때마다 좁은 구멍이 땅 위에 생기는
것을 상상했고, 또 정말로 그런지 유심히 살펴보기도 했다.

방랑자에게 자기가 처녀임을 보여주기만 할 뿐 그것을 허락지는 않는
어떤 커다란 몸에 달린 손처럼 바람은 푸호프를 사정없이 흔들었다. 또
푸호프도 기쁨에 피가 출렁였다.

흠절 없는 순결한 땅이 전해주는, 아내의 사랑 같은 이 사랑으로 인
해 푸호프는 집에 온 듯한 느낌이 들었다. 그는 집 세간을 대하듯 자연의
이모저모를 둘러보았다. 자연은 모든 것이 적당했고 또 제대로였다.

그는 볼일을 보기 위해 갈대밭에 앉아 스스로를 되돌아보며 추상적인
생각에 잠겼다. 그런 생각은 사실 그의 직업이나 사회적 출신과는 어울리
지 않는 것이었다.

푸호프는 죽은 아내를 생각하며 슬픔에 잠겼다. 그는 아내 이야기를 한 번도 한 적이 없었으므로 사람들은 그가 성격이 삐뚤어진 인간이어서 아내의 관 뚜껑에 대고 콜바사를 썬 것이라 생각했다. 그럴지도 모르겠다. 하지만 푸호프는 파렴치한 인간이어서라기보다 그냥 배가 고파 그렇게 했던 것이다. 그러고 나서 그는 여린 마음에 몹시 괴로워했다. 그 슬픈 일이 있고 난 한참 후에도 말이다. 물론 푸호프는 만물을 움직이는 위대한 자연법칙을 받아들임으로써 아내의 죽음이 결국 정당한 것일 수밖에 없으며 자연법칙의 한 사례를 보여주는 것이라 생각했다. 특히 자연의 조화롭고 당당하며 솔직한 모습이 그에게 놀라움과 기쁨을 가져다주었다. 하지만 친지들의 죽음은 그의 마음을 송두리째 뒤흔들어놓았고, 그럴 때면 그는 주변의 믿을 만한 사람들을 찾아가 자신의 안타까운 심정을 호소하고 싶었다. 그리하여 그는 자신과 자연이 구별됨을 느꼈고, 가쁜 호흡으로 뜨거워진 땅에 얼굴을 박고 참으려 해도 한두 방울씩 흐르는 눈물로 땅을 적시며 깊은 슬픔에 잠겼다.

이 모든 것은 진실이었는데, 결코 인간에게 끝이란 없으며 인간 영혼을 지도로 그린다는 것도 있을 수 없기 때문이다. 모든 사람들은 미망에 붙들려 살아가고, 그렇기 때문에 그들에게는 하루하루가 창세기인 것이다. 또 인간의 삶을 지탱하는 것은 바로 그런 것이다.

이렇게 정신이 또렷해질 때면 그는 멀리 있는 즈보르이치느이도 너무도 사랑스럽고 소중하게 여겨졌다. 그래서 그는 즈보르이치느이를 만나 툭 터놓고 애기나 한번 나누면 얼마나 좋을까 하고 생각했다.

푸호프는 아무도 그에게 관심을 기울이지 않고 그저 그를 직책 명으로만 불러 의아하게 여겼다.

혁명의 신선함과 신비로움을 안고 휴가차 고향에 간 적군 병사들은 그 먼 벽촌에서 영원히 종적을 감추고 돌아오지 않았다. 그들이 두고 떠난 도시는 혁명 전의 고아 신세로 돌아가 무료함의 낡은 프록코트를 입고 별수 없이 생업에 전념해야 했다.

"그래, 좋아. 나도 떠나겠어!" 푸호프는 이렇게 결심하고 산을 바라보았다. 초원 지역 출신인 그의 눈에는, 악착스레 평야를 끌어안고 있는 거친 산들에 대한 적개심이 가득 서려 있었다.

푸호프는 상부에 떠난다고 알리지 않았다. 누구의 기분도 상하게 하고 싶지 않았고 그럼으로써 스스로에게 짐을 지우고 싶지도 않았다.

그는 올 때도 그랬듯이 떠날 때도 혼자였다. 그는 고향이 사무치도록 그리웠다. 그는 사람들이 전 세계가 아니라 자기 고향만을 그토록 소중히 여긴다면 인터내셔널의 건설이 어떻게 가능할까 생각해보았다.

치호레츠카야 역으로부터 로스토프까지 가는 기차는 없었다. 그래서 그는 길을 거슬러 바쿠까지 걸어 내려갔다.

그는 바쿠를 경유해 고향으로 갈 생각이었다. 지도를 꼼꼼히 살핀 것은 아니지만, 그는 카스피해 해안을 비스듬히 가로지른 후 볼가 강을 따라가는 길을 생각했다. 그는 이 길로 가면 밀이 많이 나는 지대를 거치기 때문에 그곳에서 실컷 배를 채울 수 있으리라 생각했다.

가는 도중 그는 석유 탱크차를 얻어 탔는데 너무 피곤했던 나머지 차 안에서 곯아떨어졌다. 그는 노보로시스크에서 배급 받은 빵 외에는 먹을 것이 없었고, 그것도 애당초 정량을 다 받은 것이 아니었다.

길 위에서 그는 여윈 나무와 불에 그슬린 가엾은 풀들, 살아 있거나 아니면 죽은 그 밖의 모든 자연의 품목들을 만날 수 있었다. 그것들은 험한 날씨에 해어지기도 하고 전쟁 중 행군에 짓밟혀 낡고 초라한 모습이었다.

역사적 시간과 흉포한 물질세계의 사악한 힘이 서로 결탁하여 인간을 궁지로 몰아넣고 목을 조르지만, 인간은 음식을 먹고 잠을 충분히 자고 난 뒤에는 다시 활기를 찾고 되살아나 자기들의 사업에 대한 믿음을 되찾았다. 또 죽은 자들은 자기들의 죽음의 정당성을 확보하고 그저 허무하게 썩어가지 않기 위해 쓰린 기억의 힘을 빌려 산 자들을 일으켜 세운다.

푸호프는 기차 옆을 지나가는 깊은 협곡들을 바라보고 기차의 기계장치에서 나는 소리를 들으며 지금은 흙에 의해 기름진 비료로 변해가고 있을 모든 적군과 백군 전사자들을 머릿속에 그려보았다.

그는 그 무엇도 헛되이 사라지지 않는 피의 정의가 실현되도록 하기 위해 사자(死者)의 과학적 부활*이 꼭 이루어져야 한다고 믿었다.

아내가 부실한 영양에다 오랫동안 방치해둔 병으로·이른 나이에 외로이 죽었을 때 그를 분노하게 한 것은 이 사건의 어두운 거짓됨과 법칙에 어긋남이었다. 그때 그는 이 모든 혁명과 고달픈 세상사가 세상 끝 어디를 향해 가고 있는지 비로소 깨달았다. 그러나 친하게 지내는 공산주의자들은 그의 의견을 듣고는 가소롭다는 듯이 말했다.

"푸호프, 자네 스케일 한번 크네그려. 우리의 사업은 작아 보일지 모르지만 중차대한 것이라네."

"내가 자네들이 잘못됐다는 게 아니네." 푸호프가 대답했다. "물론 사람의 한 걸음은 1아르신밖에 안 되네. 더 걸을 순 없지. 하지만 오래 계속 걷다 보면 멀리도 갈 수 있다는 거네. 난 그렇게 생각해. 그래, 물론 걸을 때는 베르스타가 아니라 한 걸음을 생각하기 마련이지. 그렇지 않으면 한 걸음조차 못 걸을 테니까."

---

* 러시아의 종교 철학자 니콜라이 표도로프(1829~1903)에 의해 제기된 개념으로, 자손들은 죽은 선조를 과학의 힘을 빌려 부활시켜야 할 의무가 있다고 주장.

"그래, 자네도 알다시피 구체적인 목표를 잃어서는 안 되네." 공산주의자들이 말했다. 푸호프도 그들이 쓸데없이 신을 죽인 것 말고는 썩 괜찮은 친구들이라고 생각했다. 그것은 그가 믿는 자라서가 아니라, 사람들이 종교에 마음을 기대는 데 익숙해져 있는 데 반해 혁명 안에서는 그런 자리를 찾기가 힘들어서였다.

"자네가 속한 계급을 사랑하게." 공산주의자들이 푸호프에게 충고했다.

"또 거기에 익숙해질 필요도 있지" 푸호프가 골똘히 생각에 잠겨 말했다. "그런데 민중은 빈 곳에 머무르는 것을 힘들어하네. 그들은 심사가 뒤틀리면 자네들 사업을 엉망으로 만들어놓을 수도 있어."

바쿠는 푸호프를 반갑게 맞아주었다. 그곳에서 그는 수병 샤리코프를 만났다.

"여긴 어째서 온 거예요?" 샤리코프는 값나가는 고급 책상 앞에 앉아 서류 뭉치를 뒤적이며 그 안에서 뭔가 애써 의미를 발견하려 하다가 푸호프에게 물었다.

"혁명에 힘을 싣기 위해서지." 푸호프는 서슴없이 대답했다.

"나는 카스피해 기선함대를 맡고 있어요. 그런데 골치가 아파 죽겠어요." 샤리코프가 말했다.

"그러게 왜 먹물이 되었어? 망치 들고 배에 난 구멍이나 때우지 않고!" 푸호프는 샤리코프의 고민을 간단히 해결해주려고 했다.

"무슨 얼빠진 소리예요? 나는 카스피해의 총 책임자란 말이에요. 그럼 누가 여기서 적군 함대를 다 관리합니까?"

"사람들 스스로 알아서 잘할 텐데, 무슨 관리가 필요하다는 거지?" 푸호프는 그저 생각나는 대로 말했다.

하지만 샤리코프도 예전의 선상 생활이 그리워 책상 앞에 앉아 무겁게 한숨만 내쉬고 있었다. 사실 그가 내리는 결정이라고 해봐야 '통과' 아니면 '보류'가 고작이었다.

푸호프는 밥도 좀 얻어먹고 하룻밤 묵어가기 위해 샤리코프의 숙소로 갔다. 그는 슈바레츠 가(街)의 한 과부 집에 거처를 정하고 있었다. 그는 회의라든가 바쁜 일이 없는 날에는 과부를 위해 등받이 의자를 만들곤 했다. 그러나 그녀에게 무얼 읽어줄 수는 없었다. 그의 말로는 글을 읽으면 정신이 혼미해져 밤에 꿈까지 꾼다는 것이었다.

"자네는 몸집이 커서 피도 양이 많을 거야." 푸호프가 말문을 열었다. "정신노동을 하기에는 얼굴에 살도 너무 많아. 피를 좀 쏟지 않으면 안되겠어."

"어디다 쏟는단 말이오?" 샤리코프는 빠져나갈 방도를 찾았다.

"양동이에다!" 푸호프가 말했다. "내가 칼로 좀 베어주지. 기관차도 필요 없는 증기는 밖으로 뿜어내는 법이거든."

"헛소리 집어치워요!" 샤리코프가 뒤로 물러섰다. "이제 좀 조용해지면 살도 저절로 빠질 거요. 잦은 전투와 계급적 유대로 살이 붙고 몸이 일게 된 거라고요. 이제 곧 저절로 빠질 겁니다."

푸호프는 샤리코프의 집에 일주일가량 머물면서 과부의 식량을 모두 먹어치워 살이 통통하게 쪘다.

"어쩌자고 축 늘어져서 빈둥대고만 있는 거요? 내가 꼼짝없이 일만 하도록 해주겠소." 샤리코프가 푸호프에게 말했다. 샤리코프는 푸호프에게 유조선 선장 일을 맡기려고 했으나, 푸호프는 요지부동이었다.

푸호프는 바쿠가 마음에 들지 않았다. 사실 다른 때 같으면 푸호프에게 그렇게까지 일을 맡기려 하지 않았을 것이다. 기계들은 모두 쥐 죽은 듯 서 있고 원유 채굴 시설들은 속절없이 햇빛에 그을고 있었다.

모래는 바람에 끊임없이 일어 윙윙 소리를 내며 얼굴에 난 구멍이란 구멍은 모두 비집고 들어왔다. 이것이 특히 푸호프의 화를 치밀게 했다. 또 10월 늦더위가 짜증을 한껏 돋우었다.

푸호프는 그곳을 떠나기로 결심하고 샤리코프가 일에서 돌아왔을 때 떠나겠다는 말을 했다.

"그럼 가시오!" 샤리코프가 말했다. "내가 우리 공화국 어디라도 갈 수 있는 여행권을 끊어주겠소. 비록 당신은 우리 소비에트 정권 안의 개인 수공업자 같은 존재지만 말이오."

그로부터 사흘째 되던 날, 푸호프는 길을 떠났다. 샤리코프가 차르츠인으로 출장을 보내주었다. 출장의 목적은 프롤레타리아 출신 기술자들을 바쿠로 모아 오고, 페르시아 땅에 버티고 있는 영국 훼방꾼들과의 전쟁에 대비해 그곳 공장에 잠수함을 주문하는 것이었다.

"할 수 있겠소?" 임무를 주며 샤리코프가 물었다.

"물론이지!" 푸호프는 기분 나쁘다는 듯이 말했다. "잠수함 말이잖아. 금속 공업의 결정체!"

"그럼, 가시오!" 샤리코프는 마음을 놓았다.

"좋아!" 푸호프가 자리에서 일어나며 말했다. "괜히 내게 전권이라든가 축이 40개 달린 기차라든가 내주려고 하지 말게. 내 차리츠인을 발칵 뒤집어서라도 일을 단박에 해결하고 오겠네."

"그럼 일반 차량을 이용해 다른 사람들과 함께 가시오." 샤리코프는 헤어질 때 이렇게 말하고 목면 종이 서류에다 "통과"라고 썼다. 그런데 그 서류에는 순시선 한 대가 소용돌이에 휩쓸어 실종되었다는 내용이 쓰여 있었다.

4

여행의 인상들이 어지럽게 흩어지며 푸호프의 영혼 속에서 소리가 나기 시작했다. 그는 연기 속을 지나가듯 불쌍한 사람들 무리를 가로질러 차리츠인에 도착했다. 그는 인생에 내쫓겨 거의 무의식적으로 세상 곳곳을 떠돌았고 자기 존재마저도 망각하기 일쑤였다. 그는 항상 그런 식이었다.

승객들은 떠들어대고 철로는 무섭게 질주하는 바퀴 아래 신음하였다. 온 세상의 공허가, 울부짖는 공기로 기차를 감싸며 악취 나는 악몽 속에서 흔들렸다. 푸호프는 공중에 던져진 물건처럼 저항할 틈도 없이 사람들과 함께 바람 속으로 빨려 들어갔다.

푸호프의 의식은 여행의 인상들로 잔뜩 어둡게 채워져 이성적인 판단을 조금도 할 수 없었다.

그는 온갖 놀라운 사람들의 모습을 보고 입을 다물 수 없었다.

트베리 현 출신의 어떤 아낙들은 터키의 아나톨리아를 다녀오는 길이라고 했다. 그들이 이렇게 세상을 떠도는 것은 호기심이 아니라 가난 때문이었다. 산도, 외국인도, 별자리도 그들의 안중에 없었다. 그들은 다른 이야기는 하지 않고 마치 장날의 읍내 이야기를 하듯 여러 나라들에 대해 떠들어댔다. 그들은 아나톨리아 해안의 물건 값밖에 아는 것이 없었고 수공업에는 털끝만큼도 관심이 없었다.

"그곳에서 밧줄은 얼마씩 하오?" 푸호프는 무언가 생각난 듯이 그중 한 아낙에게 물었다.

"양반, 거기서 밧줄은 눈 씻고 봐도 없을 거요. 시장을 다 돌아봤다오. 거기는 양 콩팥이 싸요. 진짜요. 거짓말이 아니오." 한 트베리 아낙이 말했다.

"아주머니, 거기서 혹시 십자성은 못 봤소? 뱃사람들이 봤다고 하지 않던가요?" 푸호프는 꼭 알아야 될 일이 있는 듯이 캐물었다.

"못 봤어요. 없던데요. 별똥별은 무수히 봤지. 하늘을 보면 여기저기서 별들이 날아다녀요. 좀 무섭기도 하지만 멋진 광경이지." 아낙은 보지도 않은 것을 이야기하고 있었다.

"거기서 무얼 바꿨소?" 푸호프가 물었다.

"옥수수 1푸드를 주고 아마포 한 쪼가리를 받았소." 아낙은 처량하게 대답하고 세게 코를 풀고는 코 푼 종이를 바닥에 버렸다.

"그런데 국경선은 어떻게 넘었소?" 푸호프는 추궁하듯 물었다. "증명서 넣어두는 주머니도 없는 것 같은데."

"학자 양반, 우린들 알겠소?" 트베리 여인이 잘라 말했다.

푸호프가 영국제 담배를 얻어 피운 한 장애인은 순종 수수 5푸드를 갖고 아르겐치나로부터 이바노보-보즈네센스크로 가고 있다고 말했다.

1년 반 전에 집을 나설 때만 해도 그는 사지가 멀쩡했다. 당시에 그는 칼을 가지고 나가 밀가루로 바꿀 생각이었고, 한 2주쯤 뒤면 집에 돌아올 수 있을 줄 알았다. 그런데 웬일인지 그는 아르겐치나 근방에서 곡식을 한 톨도 볼 수 없었다. 그는 아르겐치나에는 칼이 한 자루도 없다고 생각하게 되었는데, 그것은 아마도 욕심에 눈이 멀어서였을 것이다. 그후 메소포타미아에서 그는 터널 사고로 다리를 크게 다치게 되어 바그다드의 한 병원에서 다리 절단 수술을 받았다. 그는 잘린 다리를 헝겊에 싸서 냄새가 나지 않도록 수수 깊숙이 넣어 감추어 가지고 다녔다.

"어때, 냄새가 좀 나지 않나?" 아르겐치나 출신의 보따리장수가 푸호프를 믿을 만한 사람이라 여기고 물었다.

"아주 조금." 푸호프가 말했다. "하지만 아무도 눈치채지 못할걸. 나쁜 음식을 먹은 사람한테도 그 정도의 냄새는 나기 마련이니까."

이 절름발이도 세상의 아름다움을 보지 못하기는 마찬가지였다. 대신 그는 언젠가 낚시를 한 적이 있다는 쿠르사브카라는 강과 담배에 향을 넣기 위해 쓰는 전동싸리라는 식물에 대해 이야기했다. 그는 그렇게 쿠르사브카 강를 기억하고 전동싸리에 대해서는 잘 알고 있었지만, 대양이나 태평양에 대해서는 기억이 전혀 없고 야자수를 여유롭게 바라본 적도 없었다.

그처럼 세계는 그의 곁을 빠르게 스쳐 지나가 아무런 감정의 편린도 남기지 않았다.

"어째서 자넨 그 모양인가?" 신비로운 자연의 모습을 담은 그림을 보기 좋아하는 푸호프가 절름발이에게 물었다.

"먹고사는 데 치이다 보니 머릿속에 재갈이 한가득 들어앉은 것 같아." 절름발이가 말했다. "바다를 여행하고 다니면 여러 가지 박제도 보고 부자 나라들도 구경하게 되지만 별로 흥미를 느낄 수 없어."

배고픔은 일반 민중의 이성을 날 서듯 날카롭게 만들었다. 그들은 먹을거리를 찾아 온 세상을 뒤지고 다니며 가는 나라마다 그 나라의 법을 교묘히 속여 넘겼다. 이렇게 당시는 이런 평범한 사람들이 자기 마을을 다니듯 온 지구를 휘젓고 다녔지만, 그들은 그 무엇에도 감동을 받은 일이 없었다.

러시아 안에서만 다니는 사람들은 눈길을 끌지 못했고 무언가 질문을 받는 일도 없었다. 그 정도는 술 한 잔 마시고 자기 집 안방에서 건넛방을 오가는 것으로 생각했다. 당시 사람들은 힘이 넘쳐났고 어디 가서 욕 좀 먹는 정도는 아무렇지도 않게 여겼다. 아무도 정권이나 자기들이 겪고 있는 고통에 대해 불평을 하지 않았고 그저 모든 것을 참고 이겨내며 어디든 쉽게 적응했다.

기차는 큰 역을 만나면 하루를 머물렀고 작은 역에서는 세 시간 정도를 머물렀다. 기차가 서면 남자 보따리장수들은 풀 베는 솜씨를 썩히지 않기 위해 남의 밭에 가서 풀을 베고 돌아왔다. 그래도 기차는 땅에 붙어버리기라도 한 듯 떠날 줄 몰랐다. 기관사는 좀처럼 물을 끓이지 못했고 겨우 물이 끓으면 그사이 장작을 다 써버린 탓에 다시 연료가 오기를 기다려야 했다. 또 그사이 보일러의 물이 식고 말았다.

푸호프는 슬펐다. 그는 기차가 정차해 있을 때는 풀밭을 걷거나 도랑에 배를 대고 누워 담즙이 풍부한 풀을 빨곤 했다. 그러면 따뜻한 즙이 아니라 독이 풀에서 스며 나왔다. 그는 이런 독 때문인지 몸이 온통 옴과 털로 뒤덮여 자기가 어디로 가고 있으며 또 누구인지조차 잊곤 했다.

인간의 삶이 뿌리째 흔들리고 거대한 자연이 꿈틀대는 세계의 종말처럼 그의 곁의 시간은 멈춰져 있었다. 그리고 그 모든 것 위로 흐릿한 절망과 질긴 슬픔의 장막이 무겁게 내려앉아 있었다.

다행스러운 것은 당시에 사람들은 아무것도 모른 채 생을 이어가고 있었다는 것이다.

푸호프는 차리츠인에서 내리지 않았다. 그곳에는 비가 내리고 얼음 알갱이 같은 눈보라가 치고 있었다. 또 볼가 강에는 사나운 바람이 서걱거리며 불었고 집들 위의 공간은 적의와 권태로 잔뜩 웅크리고 있었다.

푸호프는 기차역에 접해 있는 시장에 들렀다. 예비용으로 지니고 있던 속옷 바지를 주고 황어를 좀 구하기 위해서였다. 속이 불편했기 때문이다. 오후 4시인데도 어디서 닭 우는 소리가 들렸다. 어떤 장인(匠人) 하나는 저울이 정확하지 않다고 한 여자 상인과 실랑이를 벌이고 있었고, 또 어떤 장인은 모자를 깔고 땅에 주저앉아 리벤카* 현을 튕기고 있었다. 도시 안쪽에서는 총 쏘는 소리가 들리고, 좀처럼 직업을 짐작할 수 없는 사람들이 마차를 타고 지나고 있었다.

"여기 잠수함 공장이 어디 있소?" 푸호프는 리벤카를 켜고 있던 장인에게 물었다.

"뭐 하는 사람이오?" 장인은 푸호프를 흘깃 보고는 악기를 멈추었다.

"벨로베주** 숲에서 온 사냥꾼이오." 푸호프는 언젠가 읽은 적이 있는 옛 이야기를 문뜩 떠올리고는 저도 모르게 그렇게 말했다.

"그거 알지!" 장인은 저속하면서도 어딘지 모르게 슬픈 노래를 하나 연주하기 시작했다. "일단 곧장 가다가 이어 비스듬히 가다 보면 협곡이 하나 나올 거요. 거기서 대장간 쪽으로 꺾어져 프랑스 공장이 어디 있나 물어보시오."

"좋소. 그다음은 내가 알아서 가지." 푸호프는 고맙다고 말하고 어슬렁어슬렁 걷기 시작했다.

그는 도시 쪽으로는 눈도 주지 않고 세 시간가량을 걸었다. 피로에 젖은 축축한 피가 몸 안에 느껴졌다.

사람들은 말을 타거나 걸어서 어디론가 서둘러 가고 있었다. 아마도 다들 혁명과 관련된 중요한 일이 있는 모양이었다. 푸호프는 그들에게 신경 쓰지 않고, 쓸데없는 일을 시켰다고 샤리코프를 속으로 원망하며 길을 걸었다.

프랑스 공장 사무실 앞에서 푸호프는 빵을 뜯어먹으며 지나가고 있던

---

* 아코디온의 일종.
** 벨로루시 및 폴란드 지역의 숲으로 옛 황제들의 유명한 사냥터.

한 기술자를 멈춰 세웠다.

"이거 좀 보게!" 푸호프는 샤리코프의 위임장을 그에게 내밀었다.

그 기술자는 위임장을 받아 들고 거기에 코를 박고는 오랫동안 심각한 표정으로 말없이 그것을 읽었다. 몸이 쇠약한 데다 바깥에서 오랫동안 떨었던 푸호프는 서서히 몸이 얼어붙기 시작했다. 하지만 그 기술자는 위임장을 읽고 또 읽었다. 글을 모른다거나 거기에 특별히 흥미를 갖고 있는 것 같지도 않았다.

높고 낡은 담벼락 너머 공장 안에는 우울한 침묵이 흐르고 있었다. 그곳엔 굳은 지 오래된 쇠들이 게으름쟁이 녹에 온몸을 뜯어 먹힌 채 살고 있었다.

한낮은 찬바람 부는 회색빛 밤 속으로 모습을 감추었고, 도시의 불빛은 높은 강 언덕에서 별빛과 섞이며 가물거리고 있었다. 짙은 바람이 물이 출렁거리듯 웅성대자 푸호프는 길 잃은 외로운 방랑자가 된 듯한 기분이 들었다.

전직 혹은 현직 기술자로 보이는 사나이는 위임장을 처음부터 끝까지 샅샅이 읽고 심지어 뒷장까지 훑어보았다. 하지만 뒷장은 백지였다.

"그래, 어때?" 푸호프는 묻고 나서 흘낏 하늘을 쳐다보았다. "언제쯤 공장에서 제작에 들어갈 것 같나?"

기술자는 위임장을 혀로 쓱 훑아 담벼락에 척 붙이고는 공장 건물을 돌아 자기 집으로 가버렸다.

푸호프는 벽에 붙은 위임장을 잠시 바라보더니 바람에 날아가지 않도록 튀어나온 못에 찔러 넣었다.

푸호프는 얼른 역으로 다시 돌아왔다. 비를 실은 밤바람을 맞아 그는 기분이 몹시 좋지 않았다. 기관차의 연기를 보자 그는 고향에 돌아온 듯

반가웠다. 역 대합실은 정다운 고향처럼 느껴졌다.

자정이 되자 기차가 움직이기 시작했다. 하지만 어느 길로 가는지, 어디를 향해 가는지 아무도 몰랐다.

차가운 가을비가 땅을 때리고 길은 무섭게만 느껴졌다.

"어디로 가는 거요?" 푸호프는 기차에 오를 때부터 사람들에게 물었다.

"우린들 알겠소?" 얼굴이 보이지 않는 어떤 사람이 미심쩍은 목소리로 짧게 말했다. "기차는 가고, 우리는 그것을 타고 있을 뿐인 게지."

5

기차는 밤새도록 달렸다. 덜컹거리며 괴로워하는 기차는 잠든 사람들의 머릿속을 악몽으로 가득 채웠다.

외진 간이역에 서자 바람이 기차의 함석지붕을 흔들었고, 푸호프는 슬픈 운명을 지닌 바람에 동정심을 느꼈다. 그는 풍차가 도는 방앗간과 지금쯤 세찬 바람이 지나가고 있을 어느 시골의 빈 창고와 아무도 돌보지 않는 광활한 대지를 마음속에 그려보았다.

기차는 또 어딘가를 향해 움직이기 시작했다. 푸호프는 기차가 달리자 규칙적으로 뛰기 시작한 심장의 온기를 느끼며 편안히 잠이 들었다.

기관차는 긴 경적을 울려 어둠을 깨우고 보행자에게는 주의를 호소하며 전속력으로 달렸다. 경적은 평원과 분수령을 지나 협곡 위로 퍼지다 큰 구덩이를 만나 부서지면 전혀 다른 섬뜩한 목소리로 바뀌었다.

"푸호프!" 푸호프는 꿈속에서 나지막하면서도 또렷한 목소리를 들었다.

그는 곧장 깨어나며 말했다.

"뭐야?"

거의 모든 승객들이 깊은 잠에 빠져 코를 골았고, 객차 바닥 밑으로는 기차 바퀴들이 빠른 속도로 달리며 울부짖고 있었다.

"거기 누구요?" 푸호프는 자기 말에 대답할 사람이 아무도 없다는 것을 알면서도 다시 한 번 낮은 목소리로 물었다.

이미 오래전에 잊힌 줄 알았던 슬픔이 그의 가슴과 머리 안에서 알아들을 수 없는 말로 중얼대기 시작했다. 푸호프는 되도록 빨리 그 모든 것을 잊으려고 몸을 웅크리고 끙끙거려보았다. 누군가 도와주리란 희망도 없었다. 그렇게 그는 오랫동안 고통 속에 빠져 있었다. 기차 옆을 스쳐가는 공간을 바라볼 여유도 없었다. 그는 가슴속의 절망을 태우며 거의 녹초가 되었고, 결국 꿈속에서야 평온을 되찾을 수 있었다.

푸호프는 해가 중천에 오를 때까지 깊은 잠에 빠졌다. 태양은 가을녘의 물웅덩이를 말리고 열락(悅樂)과 타오르는 황금처럼 빛났으며 또 높고 날카로운 톤의 소리를 울렸다.

들에는 온순한 모습의 여윈 나무들이 등성듬성 서 있었다. 죽음을 앞두고 부끄럽게도 알몸이 된 나무들은 옷을 잃지 않으려고 이따금 가지를 흔들었지만 무모한 짓이었다.

눈이 내리기 직전인 이즈음에 지상의 모든 식물들은 추위와 서리, 긴 겨울밤의 공격 앞에 놓인다. 그러나 앞날을 알뜰히 대비하는 자연은 식물의 옷을 벗기고 얼어 죽어가는 씨앗을 바람에 실어 날려 보낸다.

땅에 떨어진 낙엽은 비에 맞아 다져지고 천천히 썩어 비료가 되었고 씨앗을 지키기 위해 그 위에 또 쌓였다. 이렇게 생명은 빈틈없이 앞날을 준비한다. 이런 광경을 바라보고 있자니 너무 기분이 좋아 푸호프는 자기도 모르게 입술에 침이 흘러나왔다.

어디로 가는지도 모르는 기차에 몸을 실은 여행자들은 새벽녘에 잠에서 깨어났다. 춥기도 하고 꿈도 끝나기 때문이었다. 푸호프는 가장 늦도록 깨지 않고 있다가 발이 저려 몸을 일으켰다.

그는 먹을 것도 없고 해서 담배를 한 대 피워 물고 철 늦은 텅 빈 자연을 바라보았다. 낮게 뜬 서늘한 태양빛이 즐겁게 놀고, 길가의 나무들은 동쪽으로부터 오는 두꺼운 아침 서리를 맞아 가엾게 떨고 있었다. 그러나 지평선 위 저 먼 곳은 맑고 투명해 마치 사람을 유혹하는 것 같았다. 기차에서 뛰어내려 맨발로 땅을 보듬고 그 충성스러운 몸에 안겨 잠시 누워 있고 싶었다.

푸호프는 자연의 모습에 넋이 나가 이 모든 것을 짧게 한마디로 요약했다.

"인간적이도다!"

"소나무가 피어나기 시작했군." 해박해 보이는 한 노인이 말했다. 그 노인은 사흘을 굶고 있었다. "여기는 틀림없이 모래땅일 거야."

"여기가 무슨 현(懸)에 속하나요?" 푸호프가 그에게 물었다.

"그걸 누가 알겠나? 또 알 게 뭐야." 노인이 냉정하게 대답했다.

"그럼 대체 노인은 어디로 가고 있는 거요?" 푸호프가 화를 냈다.

"자네와 같은 곳이지!" 노인이 말했다. "어저께 같이 탔으니 같이 가는 거지."

"잘못 본 거 아니오? 날 한번 보시오." 푸호프는 얼굴을 내밀었다.

"잘못 보긴. 여기 얼굴 얽은 사람이 자네밖에 더 있는가? 다른 사람들은 거죽이 다 멀쩡하잖아?" 노인은 그렇게 말하고 뒤가 간지러운지 허리를 긁었다.

"그래, 노인은 빛이 번쩍번쩍 나는구려." 푸호프는 기분이 상해 말했다.

"빛이 난다고 할 수는 없고 그저 보통이지." 노인은 그렇게 자신을 평가하고 그걸 확인이라도 하려는 듯 굵은 수염이 난 자기 뺨을 더듬었다.

푸호프는 노인의 행색을 찬찬히 훑어보고 난 뒤 몸을 활처럼 튕겨 차밖으로 침을 한 번 뱉고는 그를 더 이상 거들떠보지 않았다.

갑자기 철교가 울리기 시작했다. 그러고는 지류의 맑은 물이 기차 안으로 튀어 들어왔다.

"이건 대체 무슨 강이오? 강 이름이 뭔지 모르오?" 푸호프는 마법사를 닮은 새카만 농부에게 물었다.

"우리도 모르오." 농부가 대답했다. "이름이야 있겠지. 하지만 알 게 뭐요?"

푸호프는 배도 고픈 데다 처량한 기분마저 들어 크게 한숨을 몰아쉬었다. 곧 그는 기차가 자기 고향에 온 것을 알게 되었다. 강은 수하야 쇼샤였고 긴 건조한 협곡은 야스나야 메차였다. 그곳에는 야스체노스츠이라 불리는 구교도들이 살고 있었다. 고향에 이르자 빵 굽는 연기와 시들어가는 부드러운 풀 냄새가 코를 자극했다.

푸호프는 갑자기 마음이 푸근해져 목소리에 힘이 들어갔다.

"이 도시가 포하린스크입니다. 저것은 농업 연구소와 벽돌 공장이오. 밤새 우리가 4백 베르스타를 때려눕혔소."

"동무, 그런데 여기도 물건 거래를 하는가?" 숨이 넘어갈 듯한 노인이 물었다. 사실 그는 바꿀 물건도 없었다.

"어르신, 여기는 물건 거래를 안 해요. 노동자들이 턱뼈로 음식을 씹는 법을 잊어버렸어요. 그리고 노동자들이 수도 없이 많답니다." 푸호프는 이곳 사정을 설명하면서 허리띠를 바짝 조았다. 가진 짐이 없어 자기 자신이라도 묶어 매려는 듯이 말이다.

낡은 회색 역사(驛舍)는 푸호프가 세계 여행을 꿈꾸었던 어릴 때 그 모습 그대로였다. 거기에는 석탄과 석유 타는 냄새, 또 기차역이면 나는 신비하고 불안한 공간의 냄새가 나고 있었다.

거지꼴을 한 사람들이 아스팔트가 깔린 플랫폼 위에 누워 있다가 빈 기차가 들어오자 기대 섞인 눈빛으로 바라보았다.

기관고에서는 깊은 잠에 빠진 듯 기차들이 코를 곯고 선로 위에는 조차용(操車用) 소형 기관차가 먼 곳으로 떠나보낼 차량들을 양 떼 모으듯 모으며 낮게 몸을 떨고 있었다.

푸호프는 기차역 홀들을 돌며 어릴 때의 호기심과 애틋한 기쁨에 젖어 전쟁 전에 붙은 오래된 광고와 선전 문구들을 바라보았다.

증기 탈곡기 '마크-코르미크'
증기 과열기 장착 증기 견인차 '볼꽈'
볼가 강 기선 운송 '비행선'
보트 모터 '요힘'
자전거 '페조'
안전한 여행용 면도기 '하일만'

그 밖에도 멋진 것들이 많았다.

어렸을 때 푸호프는 이런 광고를 보러 일부러 기차역에 가곤 했다. 아무 데도 가본 곳이 없던 그는 먼 곳으로 떠나는 기차들을 슬픔과 질투

섞인 눈으로 바라보았다. 그 당시만 해도 그는 살기가 그런대로 괜찮았고 그 이후로는 한 번도 그때만 한 적이 없었다.

기차역 계단을 내려와 큰 길로 들어선 푸호프는 굶주려 빈 몸 안에 밝은 공기를 가득 밀어 넣고 모퉁이를 돌아 사라졌다.

푸호프가 타고 온 기차는 포하린스크에서 많은 사람들을 내려놓았다. 그들은 죽든가 아니면 구원을 찾아 저마다 낯선 곳으로 발길을 옮겼다.

6

"즈보르이치느이! 페챠!*" 주물공 이콘니코프가 작은 소리로 말했다.

"왜 그래?" 즈보르이치느이가 묻고는 걸음을 멈추었다.

"판자 좀 가져가도 돼?"

"무슨 판자?"

"저기 있는 얇은 판자 여섯 장만 가져갔으면 좋겠는데." 이콘니코프가 나지막이 말했다.

온통 먼지와 철판 더미로 뒤덮인 포하린스크 철도수리공장의 바퀴 수리소는 사람 소리를 듣기가 힘들었다. 아주 가끔씩 직공들 무리가 찾아와 철제 타이어를 갈고 축을 끼운다고 선반과 수압기 부근에서 한바탕 난리를 부리고 가는 정도였다. 수리소 들보에는 오래된 검댕과 그을음이 넝마처럼 매달려 있고 습한 중유 냄새가 코를 찔렀다. 또 갈기갈기 찢긴 가을빛이 죽은 듯이 기계들 위에서 반짝이고 있었다.

---

* 표트르의 애칭.

수리공장 부근에는 늙어서 거의 나무가 되다시피 한 전호와 우엉이 자라고 있었다. 공장 마당 여기저기에는 상상을 초월한 노동으로 이젠 불구가 되어버린 기관차들이 누워 있었다. 하지만 쇳덩이들이 산더미처럼 아무렇게나 쌓여 있는 모습은 분명 자연의 모습과는 달랐고 이젠 사라진 기술에 대해 말해주고 있었다. 기관차의 세련된 외장과 정밀한 기계 부품들은 언젠가 이 정직한 기계들에 넘쳐났을 힘과 에너지를 보여주었다. 이 기관차들은 차르 전쟁 때의 군용열차도, 철도를 무대로 한 내전도, 초원을 달리는 긴급 식량 수송 열차도 보거나 또 직접 끌기도 했을 것이다. 그러나 지금은 죽은 듯 의식을 잃고 기계와는 도통 어울리지 않는 시골 풀밭 속에 누워 있는 것이다.

"그런데 뭐 때문에 판자가 필요한데?" 즈보르이치느이가 이콘니코프에게 물었다.

"관을 하나 만들려고. 아들이 죽었어." 이콘니코프가 대답했다.

"큰 애 말이지?"

"응. 17살 된."

"왜, 무슨 일인데?"

"장티푸스였네."

이콘니코프는 몸을 돌려 깡마른 늙은 손으로 얼굴을 감쌌다. 즈보르이치느이는 그의 이런 모습을 한 번도 본 적이 없어 무안하기도 하고 불쌍하기도 해 마음이 몹시 불편했다. 이 사람은 평생 죽어라 고생만 하며 묵묵히 살아왔는데, 또 이렇게 아무 도움도 받지 못하고 얼굴을 감싼 채 서 있는 것이다.

"먹이고 먹이고, 키우고 키우고, 또 먹이고 했건만!" 이콘니코프는 울 듯 말 듯이 혼자 중얼거렸다.

즈보르이치느이는 작업소를 나와 사무실로 향했다.

사무실은 멀리 발전소 근처에 있었다. 즈보르이치느이는 가는 동안 내내 아무 생각 없이 다리만 쉴 새 없이 움직여 사무실에 도착했다.

"압착기는 곧 고칠 수 있겠는가?" 공장의 전권위원이 그에게 물었다.

"내일 저녁까지 한번 해보지요." 즈보르이치느이가 사무적으로 말했다.

"어때? 주물공들은 괜찮은가?" 전권위원이 신경이 쓰인다는 듯이 말했다.

"괜찮습니다. 그런데 두 사람이 점심시간 뒤에 집에 돌아갔어요. 몸이 약해 코피가 났습니다. 아침 식사를 따로 준비해야 할 것 같습니다. 집에 애들이 있어서 애들만 먹이고 굶은 채로 일터에 나오거든요."

"그런데 쥐뿔도 없으니 말이야. 어제 혁명위원회에 갔었는데 식량을 병사들한테 떼어 줬다더군. 뭔가 대책을 세우지 않으면 안 되겠어."

전권위원은 때가 긴 흐린 창을 우울하고 피곤한 표정으로 오랫동안 바라보았다. 하지만 아무것도 눈에 들어오지 않았다.

"오늘 세포 회의가 있습니다, 아포닌. 알고 있지요?" 즈보르이치느이가 전권위원에게 말했다.

"알고 있네." 전권위원이 대답했다. "자네는 전력 공장에 오지 않았더군."

"안 갔어요. 어땠습니까?"

"어제 사람들이 큰 발전기를 가동시키려 했어. 그러다 권선을 태워버렸지 뭐야. 제기랄, 또 두 달은 고칠 테지."

"아닙니다. 별일 아녜요. 어디 누전이 생겼을 겁니다. 그건 금방 고칠 수 있어요." 즈보르이치느이가 자신 있게 말했다. "그런데 지금 석탄이고 석유고 아무것도 없어요. 가서 이야기 좀 해주십시오."

"에라, 뭐 어떻게 되겠지." 전권위원이 건성으로 말하더니 참지 못하고 웃음을 터뜨렸다. 아마도 뭔가 믿을 만한 구석이 있거나 아니면 성격이 워낙 낙천적이어서 그랬을 것이다.

그때 이콘니코프가 들어왔다.

"나 그 판자 좀 가져갈게."

"그래, 가져가, 가져가도록 해!" 즈보르이니치가 말했다.

"이런 답답한 사람 같으니라고. 자네 어쩌자고 판자를 모두 줘버리는 건가?" 아포닌이 불만스럽게 물었다.

"그리 하도록 해주세요. 관을 짠데요. 애가 죽었답니다."

"아 그래, 몰랐네." 아포닌은 계면쩍어했다. "그럼 다른 것도 좀 도와줘야 할 텐데."

"무엇을요?" 즈보르이치느이가 말했다. "어떻게 말예요? 괜히 컹컹 짖기만 하더니. 빵이나 좀 주면 좋겠네요. 아시다시피, 배급량을 줄인 데다 우리 인원수에 못 미치게 주고 있으니."

말을 마치고 즈보르이치느이는 곧장 집으로 돌아갔다. 벌써 어둠이 내리고 까마귀들이 무언가를 먹으며 벌판 위를 휩쓸고 다니고 있었다. 즈보르이치느이는 옛 습관대로 식욕이 당겼다. 그는 집에 따뜻한 감자가 있음을 알고 있었다. 혁명에 대한 걱정은 잠시 좀 미루어둬도 될 것 같았다.

즈보르이치느이는 집 앞에 이르러 헝겊으로 장화를 닦다가 집 안에서 아내가 웬 낯선 사람과 떠드는 소리를 들었다.

즈보르이치느이는 이제 감자 한 항아리로는 부족하게 되었다고 생각하며 방 안으로 들어섰다. 방 안에서는 푸호프가 아내와 이야기를 나누며 크게 웃고 있었다.

"잘 있었나, 주인 양반?" 푸호프가 즈보르이치느이에게 말했다.

"안녕하세요, 포마 예고르이치? 어디서 오는 길입니까?"

"카스피해에서 오는 길이지. 자네한테 닭고기 좀 얻어먹으러 왔네. 자넨 닭을 좋아했지. 나도 이제 식욕이 돌기 시작했다네."

"포마 예고르이치, 지금은 재계 기간이에요. 거친 음식만 먹고 있지요."

"굶주리는 현(懸)이라!" 푸호프는 나름대로 결론을 내렸다. "땅은 있는데 곡식이 없다는 것은 거기 바보들만 산다는 이야기이지."

"마누라, 삶은 감자 좀 대접해드려." 즈보르이치느이가 말했다. "그래야지 좀 조용해지겠네."

푸호프는 신발을 벗고 각반을 난로에 걸어 말렸다. 또 머리에 붙은 지푸라기와 먼지를 긁어내면서 완전히 자리를 잡았다. 감자도 먹고 고기 껍질도 좀 먹고 나자 그는 다시 힘이 솟는 듯했다.

"즈보르이치느이!" 푸호프가 입을 열었다. "자네 어쩌다 군인이 되었나?" 그는 난로 곁에 세워둔 소총을 가리켰다.

"여기 특수 임무를 띤 부대에 소속되었어요." 즈보르이치느이는 그렇게 설명하고 뭔가 다른 걱정이 있는지 한숨을 내쉬었다.

"무슨 임무?" 푸호프가 물었다. "농민들한테 곡식 빼앗으러 다니는 임무?"

"특수 임무라니까요! 적들의 반혁명적 돌발 공격에 맞서는 것이지요." 즈보르이치느이는 그 특수 임무라는 것을 강조했다.

"그럼 자넨 도대체 뭔데?" 푸호프가 캐물었다.

"나야 혁명에 어느 정도 동감하고 있는 축이지요."

"혁명에 동감을 한다고? 그건 곡식을 덤으로 주거나 일거리를 주기 때문이겠지." 푸호프가 넘겨짚었다.

그러자 즈보르이치느이가 흥분하여 버럭 화를 냈다. 푸호프는 이제 저녁까지 얻어먹기는 틀렸다고 생각했다. 즈보르이치느이의 아내는 부젓가락으로 난로 안에서 뭔가를 긁어 모으고 있었다. 그녀도 인색하고 성격이 모진 데다 계산이 빨랐다.

즈보르이치느이는 푸호프에게 자기가 처한 상황을 알아듣기 쉽게 설명하였다.

"알다시피 그런 것은 다 프티부르주아적 악담에 불과해요. 당신은 혁명의 굳은 의지가 느껴지지 않나요?"

즈보르이치느이의 말을 듣는 푸호프는 마치 그의 입을 존경스러운 눈으로 바라보고 있는 것 같았지만, 사실은 그를 바보라고 생각하고 있었다.

그러나 즈보르이치느이는 다시 열이 올라 어느새 세계 혁명을 향해 다가가고 있었다.

"나는 지금 당원이며 수리공장 세포의 의장으로 돼 있어요. 무슨 말인지 알겠습니까?" 즈보르이치느이는 이야기를 마치고 물을 마시기 위해 자리에서 일어났다.

"그럼 이제 자네도 권력을 갖게 된 거로구먼." 푸호프가 말했다.

"권력은 무슨 권력이에요?" 물을 마시다 말고 즈보르이치느이가 뒤돌아섰다. "당신은 정말 너무도 아는 게 없군요. 공산주의는 권력이 아니라 신성한 의무예요."

푸호프는 이쯤 해서 그만 해두기로 했다. 괜히 주인의 화를 돋우어 쫓겨나고 싶지 않았다.

저녁때 즈보르이치느이가 세포 모임에 나가고 난 뒤 푸호프는 뒤주

위에 자리를 잡고 누웠다. 석유등에서 들릴 듯 말 듯 계속 무슨 소리가 났다. 푸호프는 왜 그런 소리가 나는지 알 수 없었다. 그는 허기가 졌지만 뭘 좀 달라고 하기가 미안해 빈속에 담배만 피워댔다.

푸호프는 즈보르이치느이에게 아이가 하나 있었다는 사실이 뒤늦게 생각났다.

"아이는 어디 멀리 보낸 거요, 아니면 이웃집에서 재우는 거요?" 푸호프는 궁금해하며 여주인에게 물었다.

그녀는 머리를 가로젓고 앞치마 자락으로 눈을 가렸다. 슬픔의 표시였다.

푸호프는 이 슬픔을 어리석은 것이라 여겼지만 입을 다물고 생각에 잠겼다.

'바로 그래서 페치카가 당에 들어갔구나.' 푸호프는 생각했다. '아이가 죽은 거야. 아버지로서는 큰 슬픔이지. 그 슬픔을 어찌할 도리가 없었을 테지. 마누라는 표독스럽기 짝이 없고. 그래서 거기 기어들어간 거야.'

슬픔이 잊히자 여주인은 장작을 패오라고 푸호프를 밖으로 내보냈다. 푸호프는 잔가지가 많은 장작과 오랫동안 씨름을 했다. 일을 마치자 그는 몸에 힘이 쭉 빠졌다. 그는 먹은 게 별로 없다 보니 힘도 없는 것이라고 생각했다.

마당에는 여전히 그 성난 바람이 불고 있었다. 이 빌어먹을 바람은 혁명도 아랑곳하지 않았다. 바람에 혁명은 존재하지 않았다. 그러나 푸호프는 과학과 기술이 바람을 잠재우게 될 날이 오리라 믿었다.

즈보르이치느이는 11시가 되어서야 돌아왔다. 설탕을 넣지 않은 호박 차를 모두 한 잔씩 마시고 감자를 두 개씩 먹은 뒤 잠자리에 들었다.

푸호프는 뒤주 위에서 자기로 했고, 즈보르이치느이와 그의 아내는 페치카* 위로 올라갔다. 푸호프는 움찔 놀랐다. 예전에도 그는 아내와 함께 자는 것을 좋아하지 않았다. 덥고 답답한 데다 빈대까지 끓기 때문이었다. 그런데 이자는 벌써 가을부터 페치카 위에 기어 올라가는 것이다.

하지만 즈보르이치느이가 아내와 자든 말든 그가 관여할 바가 아니었다. 그는 좀 조용해지자 즈보르이치느이에게 물었다.

"페차! 자는가?"

"안 자요. 왜요?"

"일을 해야겠네. 식객 신세가 되겠어."

"좋아요. 어디 보죠. 내일 이야기해봅시다." 즈보르이치느이가 위에서 말했다. 이어 그는 볼살이 찢어질 만큼 크게 하품을 했다.

'거만을 떨긴, 빌어먹을 놈. 당에 가입했다는 거지?' 푸호프는 잠시 생각에 잠겼다가 곧 입을 벌리고 곯아떨어졌다.

다음 날 푸호프는 압착기에서 주물공 일을 시작했다. 고향 같은 기계로 다시 돌아온 것이었다.

주물공 두 사람은 그가 전부터 알고 있던 자들이었다. 그는 그들에게 한 사람씩 차례로 자기 이야기를 들려주었다. 그 이야기들은 사실 있지도 않은 일을 꾸며낸 것이었고, 또 있었던 일들조차 이제 잊혀가고 있었기 때문에 정확하지 않았다.

"그럼 자네는 지도자가 된 건데 왜 노동일을 하고 있는가?" 주물공들이 푸호프에게 말했다.

"지도자들은 많은데 기관차는 없단 말이야! 기생충이 되고 싶지 않아서지." 푸호프가 솜씨 있게 받아넘겼다.

---

* 러시아 농가의 페치카는 다용도로 쓰이는데 우리의 온돌처럼 올라가 잘 수도 있음.

186

"기관차를 만든다 해도 대포로 날려버릴 텐데 뭐." 한 주물공이 노동의 효용성에 의문을 표했다.

"그럼 그렇게 하라지. 어쨌든 포탄에 저항하는 셈이 되니까." 푸호프는 긍정적인 태도를 취했다.

"차라리 땅바닥에 대고 쏘는 게 낫지. 땅이 더 물렁물렁하고 값도 싸니까." 그 주물공은 물러서지 않았다. "왜 기계를 못쓰게 만드는 거냐고?"

"그래야 순환이 되지!" 푸호프는 이 무지한 자에게 말했다. "자네가 배급을 받아먹고 기관차를 만들면 그 기관차는 사용되고 소비되네. 그럼 다시 또 배급을 받아먹고 처음부터 다시 만드는 거지. 식량은 또 어쩌란 말인가?"

푸호프는 일주일가량을 즈보르이치느이의 집에 더 머물다가 자기 집으로 거처를 옮겼다.

그는 집에 돌아와 행복했지만 금방 외로움을 느끼기 시작했고 다시 매일같이 즈보르이치느이의 집을 찾아갔다.

"왜 그래요?" 즈보르이치느이가 그에게 물었다.

"집이 너무 적적해. 이건 집이 아니라 철도 노변과 다름없어." 푸호프는 그렇게 대답하고 흑해에 관한 이야기를 끄집어냈다. 찻값을 하기 위해서였다.

"샤리코프라는 사내가 있었네. 수병인데 아주 엉터리 같은 친구지. 나는 석탄이 떨어져 구하려고 크르임을 나섰네. 그때 크르임에는 백군들이 진을 치고 있었고, 영국군들이 그들이 도망치지 못하도록 큰 전함을 타고 감시를 하고 있었지. 나는 노보로시스크까지 무사히 가서 보트에 식량을 공급해달라고 신호를 보냈네. 배가 무척 고팠거든. 알았다고 하더니 그러고 나서 깜깜 무소식인 게야. 이 도시에는 밤낮 할 것 없이 총성이 울렸네. 무슨 위험한 상황이 있어서가 아니라 쓸데없이 총질을 해대는 것이었지. 나는 계속 기다렸네. 얼마나 배가 고픈지 아무 생각도 할 수 없더라고. 그때 바로 샤리코프의 배가 다가왔네. 그가 나오더니 나한테 지금 오면 어떻게 하냐는 거야. 그래서 내가 배가 곯은 데다 석탄도 다 떨어졌다고 했지. 그런데 한 번도 배를 곯아본 적도 없는 이 인간이 나를 옷 입은 채로 바다에 던지더니 '상륙작전이니 헤엄쳐 브란겔에게로 가시오. 보고는 나중에 하도록 하고'라고 하는 거야. 나는 처음에 무척 놀랐지만 물 속에서 정신을 차리고 쉬엄쉬엄 헤엄을 쳤네. 그렇게 밤이 되어서야 크르임에 도착했지. 나는 적들에 의해 점령된 땅 위로 올라가 관목 속으로 몸을 숨겼지. 거기서 모래로 몸을 덮고 잠을 잤지. 아침이 되자 한기가 스며들어 몸이 꽁꽁 얼어붙더군. 낮이 되어 햇빛에 언 몸이 녹자 나는 다시 노보로시스크로 돌아왔지. 정말 서둘러 돌아오지 않을 수 없었던 것이 그 전날과는 비교할 수도 없이 배가 고팠기 때문이야."

"그래서 무사히 돌아왔나요?" 즈보르이치느이가 물었다.

"무사히 살아 돌아왔지." 푸호프가 말했다. "바다에서는 폭풍만 불지 않으면 헤엄치기가 어렵지 않아. 폭풍이 불었다 하면 죽을 맛이지만."

"샤리코프는 뭐라 하던가요?" 즈보르이치느이는 궁금해했다.

"샤리코프는 내게 잘했다며 '붉은 영웅' 훈장에 추천해주겠다 했네. 그러면서 적들은 보았느냐고 묻더군. 그래서 적은 한 명도 없더라고 했지. 심페로폴에 혁명위원회가 들어섰는데 괜히 모래 속에 숨어 있었다고 했지. 그럴 리가 없다고 하더군. 결코 그럴 리가 없다는 거야. 그럼 한번 확인해보라고 했지. 그때는 통신이 아주 더뎠네. 전신용 전선이 부족하고 녹도 슬어 있었지. 그런데 다음 날 크르임 전체가 소비에트 정권의 수중

188

에 들어오게 되었네. 그런데 나는 이미 그렇게 된 줄 알고 있었던 거야. 그러자 샤리코프가 산악 지역 지휘관직을 내게 맡기더군."

"붉은 영웅 훈장은 받았나요?" 즈보르이치느이는 놀라고 있었다.

"물론 받았지. 더 들어보라고. 훈장에는 자기희생, 위치선정, 예견력을 높이 사 훈장을 수여한다고 찍혀 있더군. 하지만 곧 치호레츠카야에서 그 훈장을 수수와 바꿀 수밖에 없었어."

차를 다 마시고 나서도 푸호프는 일어나고 싶지 않았다. 하지만 즈보르이치느이는 졸다가 코를 골기 시작했다. 푸호프는 어쩔 수 없이 인사를 하고 자리에서 일어났다가 다시 문지방에 서서 남은 이야기를 마저 늘어놓기 시작했다.

밤이 깊어 어슬렁어슬렁 집으로 돌아오면서 푸호프는 새로운 눈으로 시내를 둘러보았다. 엄청난 부(富)야! 마치 그는 이 도시를 처음 찾은 사람 같았다. 그에겐 밝아오는 하루하루가 전에 없던 새로운 날이었다. 그는 신기하고 귀한 발명품을 대하듯 세상을 바라보았다. 그러나 저녁이면 그는 일에 지쳐 녹초가 되었고, 그럴 때면 가슴이 답답해지고 뭇 생명도 꺼져가는 듯이 느껴졌다.

즈보르이치느이의 집에서 돌아온 푸호프는 페치카에 불을 지피기가 귀찮아 겹겹이 옷을 입었다. 그가 살고 있는 건물은 입주자가 얼마 되지 않았다. 그의 집으로부터 빈 집 몇 집을 건너 건물 어딘가에 한가족이 살고 있었다. 푸호프는 잠이 안 올 때면 침대 옆의 의자에 등을 올려놓고 선전선동 책자를 읽었다. 즈보르이치느이가 읽으라고 가져다준 것들이었다.

푸호프는 글이 이해가 되지 않을 때면 멍청이나 옛 교회 집사들이 그것을 썼을 거라고 생각했고, 그럴 때면 곧 글에 흥미를 잃고 잠이 들었다.

그는 꿈을 꿀 수 없었다. 꿈속에 뭔가 나타나기라도 하면 그는 금방 그것이 거짓임을 알아채고 '이것은 모두 빌어먹을 꿈이야'라고 소리치며 깨어났기 때문이다. 그러고 나면 그는 언젠가 한 번 읽은 적이 있어 알고 있는 관념론의 잔재를 저주하며 오랫동안 잠을 이룰 수 없었다.

언젠가 그는 작업 종료 벨이 울린 후 즈보르이치느이와 직장 문을 함께 나선 적이 있었다. 도시는 천천히 다가오는 어둠 속에 빛을 잃고 먼 데서 교회 종소리가 임종을 앞둔 세상을 위해 흐느껴 울고 있었다.

푸호프는 자기 몸의 불결함과 자기 집에 머물고 있는 슬픔을 생각하며 마치 마침표를 찍듯 무거운 발걸음을 옮기고 있었다.

즈보르이치느이는 건물들을 향해 손을 흔들며 멋스럽게 이야기를 꺼냈다.

"공동 소유라! 이제 도시 전체를 자기 집 앞마당처럼 거닐 수 있게 되었어요."

"알지." 푸호프는 동의하지 않았다. "재산이 네 것이기도 하고 내 것이기도 하다는 거지. 또 전에는 주인이 있었지만 이제는 누구의 것도 아니란 말도 되지."

"무슨 바보 같은 소리예요?" 즈보르이치느이가 웃음을 터뜨렸다. "공동 소유라는 것은 당신의 것이되 동물적인 의미가 아니라 합리적인 의미에서 그렇다는 것이에요. 건물이 한 채 있다 치면, 거기 들어가 살되 관리를 잘해서 멍청한 부르주아들처럼 문짝을 태워먹지 말라는 거지요. 형제여, 혁명은 끊임없는 보살핌이랍니다."

"보살필 이유가 뭐 있겠나? 모든 것이 공동의 것, 말하자면 결국 남의 것이라면. 부르주아들은 자기 집을 제 피보다도 가까이 느끼는데, 그렇다면 우리는 어떤가?"

"부르주아들이 그렇게 느끼고 그렇게 악착스레 아끼는 것은 그게 다 훔친 것이기 때문이지요. 또 그것을 자기들이 만든 것이 아니라는 것을 잘 알고 있기 때문이지요. 그에 반해 우리는 손수 집을 만들고 기계를 만듭니다. 말하자면 피로 빚는다고 할까. 피처럼 아끼고 절약하는 우리들의 태도는 여기서 나오지요. 우리는 그것들이 얼마나 소중한가를 잘 알고 있습니다. 하지만 우리는 재산에 인색하지 않지요. 또다시 만들면 되니까요. 하지만 부르주아들은 쓰레기 잡동사니를 쌓아놓고 아끼느라 벌벌 떨지요."

"자네 확실히 머리가 잘 돌아가는군." 푸호프는 평소에 하지 않던 말을 했다. "하지만 많이 먹는 건 예전 그대로인 것 같군. 예전에 제설차 안에서 게걸스레 먹었던 것 기억나나?"

"갑자기 먹는 이야기는 왜 해요?" 즈보르이치느이는 기분이 상했다. "뇌도 좋은 음식을 필요로 한다고요. 음식이 좋지 않으면 생각도 잘 못하지요."

여기서 그들은 헤어져 각자의 방향으로 사라졌다. 집 근처에 이르러 푸호프는 집을 아궁이라고도 부른다는 데에 생각이 미쳤다.

"아궁이라, 빌어먹을! 여편네도 없고 지필 불도 없는데!"

7

푸호프가 온기의 부족함을 느끼곤 하는 달콤하고 촉촉한 새벽 무렵, 창틀에 낀 유리가 갈라지는 소리를 냈다. 도시의 상공 위로 총소리가 자지러지게 울려 퍼졌다.

고요를 깨는 이 소리는 남쪽 노보로시스크에서 있었던 전투에 대한 기억을 꿈속으로 불러왔다. 그러나 그는 곧 '이 악마 같은 꿈'이라 소리치며 눈을 떠 환상을 쫓아냈다. 이어 사격 소리가 다시 한 번 날카롭게 울려 퍼지자 집도 움죽거리는 듯했다.

'이제 그만 됐다고!' 푸호프는 현실을 인정하려 하지 않고 자연 법칙을 다시 확인하기 위해 등을 켰다. 피어오른 등불은 세번째 사격 소리가 울리자 이내 꺼지고 말았다. 포탄이 밭 위에서 터진 듯했다.

푸호프는 옷을 입었다.

'어떤 놈들이 대포를 이 구석까지 끌고 왔을까?' 그는 도통 알 수가 없었다.

거리로 나서자 연기가 자욱하고 날씨는 무더웠다. 가까운 데서 기관총이 공기를 가르는 소리가 또렷이 들려왔다. 푸호프는 기관총을 좋아했다. 기관총도 기계를 닮은 데다 냉각이 필요하기 때문이었다.

산탄이 현의 당위원회 건물을 때리자 건물에서 재가 쏟아졌다.

"도시에 산탄 공격을 하는 것을 보면 포탄이 없는 게 분명해." 푸호프는 생각했다. 그는 이럴 때는 유탄이 제격임을 알고 있었다.

인적이 끊긴 거리는 불안에 휩싸여 앞날을 내다볼 수 없는 상황이었다.

갑자기 그때 수도원 종탑에서 종소리가 울려 퍼졌다. 푸호프는 부르르 몸을 떨고 가던 길을 멈춰 서서 단속적으로 울리는 종소리에 귀를 기울였다.

언덕 위의 수도원은 도시와 강 건너 초원 지대 위에 군림하고 있었다. 거리에 햇살이 내리자 푸호프는 안개 낀 고요한 저 먼 초원 위로 새벽이 찾아온 것을 볼 수 있었다.

수도원으로부터 공장까지의 거리는 1베르스타였다. 푸호프가 이 거리를 빠른 걸음으로 완파하는 동안 전투는 점차 격렬해지고 있었지만 그는 금방 익숙해져 거기에 관심을 기울이지 않았다.

공장에는 아무도 없었다. 역내 선로 위에는 장갑열차 한 대가 다리가 있는, 새벽이 밝아오는 쪽을 향해 포격을 가하고 있었다.

통로에는 전권위원 아포닌 외에 두 사람이 더 서 있었다. 아포닌은 담배를 피우고 나머지 두 사람은 폐쇄장치를 점검한 후 소총을 일렬로 세우고 있었다.

"푸호프, 소총이 필요한가?" 아포닌이 물었다.

"그럼 필요하지 않고!"

"아무거나 한 자루 가져가게!"

푸호프는 소총 하나를 받아들고 기계 장치에 이상이 없는지 확인했다.

"윤활유 좀 없는가? 폐쇄장치가 잘 움직이지를 않아."

"없네, 없어. 웬 윤활유 타령이야?" 아포닌이 말했다.

"이런, 군인들이라니! 탄창이나 주게."

탄창을 받은 푸호프는 육전에서는 수류탄 없이는 아무 일도 안 된다고 하며 수류탄을 요구했다. 흑해 전투 때에도 수류탄이 지급되었다고 했다.

그는 수류탄을 받았다.

"자네한테 왜 수류탄이 필요한지 모르겠군. 우리도 지금 부족한데 말이야." 아포닌이 말했다.

"수류탄이 없으면 안 되지. 수병들은 궁지에 몰렸을 때 항상 이 고슴도치를 푼다네."

"알았네. 어서 가보기나 하게."

"그런데 어디로 가라는 거지?"

"숲을 지나 다리로 가게. 거기가 우리 방어선이야."

중무장을 한 푸호프는 길을 나섰다. 그는 장갑열차 옆을 지날 때 거기 수병들이 타고 있는 것을 보았다.

그는 열차의 발판 위로 올라가 문을 두드렸다. 멋진 열차 문이 묵직하게 열리더니 수병 한 명이 밖으로 얼굴을 내밀었다.

"왜 그러시오, 우울한 양반?"

"여기 샤리코프라는 사람 없는가?"

"없는데요."

"좀 비켜서봐. 자네에게 명령서를 전달하려 하네."

"그래요? 그럼 후딱 들어오시오."

온통 철로 만들어진 이 열차 안은 찌는 듯한 열기로 가득 차 있었고 틈새로 겨우 바람이 들어왔다. 3인치 포의 폐쇄장치에서는 윤활유 냄새가 코를 찔렀지만, 기술적인 면에서는 전체적으로 흠잡을 데가 없었다. 열차 위 포탑에 앉은 수병은 벽돌 창고 너머 들판 어딘가를 향해 계속 기관총 사격을 가했다. 그는 과열되지 않았는지 기관총 주둥이를 손으로 만져보곤 했다.

계급이 높은 덩치 큰 수병 하나가 푸호프 앞으로 다가왔다.

"무슨 일이오, 형제? 빨리 말해보시오."

"이봐 친구, 수도원 종탑을 치게. 거기 적의 관측병이 숨어 있어."

"좋았어. 페지카! 종탑을 조준해. 110도에 90센티미터. 발사!"

수병은 망원경을 들고 포탄의 움직임을 확인했다.

푸호프는 마음을 놓고 열차 밖으로 나왔다. 그는 철로 옆 모랫길을 걸으며 허공에 대고 뭐라고 혼자 중얼거렸다. 관목들이 드문드문 자라고 있는 푸른 저지(低地)에서는 한창 전투가 진행되고 있었다. 철교 건너편에서는 분주히 대포들이 저지를 향해 유산탄 공격을 가하고 있었다. 다리 건너편에 적의 무장 열차가 서 있는 듯했다.

멀리서 6인치 포들이 도시를 포격하고 있었다. 이 포격으로 인해 도시는 이미 오래전부터 속수무책으로 불타고 있었다.

제방의 경사면 위로는 죽은 풀들이 넓게 펼쳐져 있었는데, 그 풀들마저 멀리 다리 건너에서 장갑열차가 포탄을 날릴 때면 움찔하며 몸을 떨었다.

역에 서 있는 것은 적군의 장갑열차였고 다리 건너에 있는 것은 백군의 것이었다. 두 장갑열차는 5베르스타를 사이에 두고 있었다. 포탄은 낮은 소리를 내며 푸호프의 머리 위를 날아다녔고, 그는 육안으로도 날아가는 포탄을 볼 수 있었다. 포탄이 다리 건너로 날아가면 그쪽에서도 포탄이 날아왔다. 하지만 양쪽의 포탄이 한마음으로 만나는 일은 없었다.

노동자들이 저지의 관목들 사이에 엎드려 있었다. 그 가운데는 산 자도 있었고 죽은 자도 있었다. 죽은 자보다 수가 적은 산 자들은 강 건너편을 향해 각자에게 할당된 만큼씩만 사격을 가했다. 그것은 자기 자신뿐아니라 죽은 자들을 위한 것이었다.

푸호프도 엎드려 사방을 살펴보았다. 상품을 실은 기차와 작은 간이역 건물, 길 가운데 서 있는 철제 가건물이 눈에 들어왔다. 강과 협곡을 합해 기껏해야 1.5베르스타의 거리가 노동자들과 백군들을 가르고 있었다.

'우리는 무엇을 향해 총을 쏘는 것일까?' 푸호프는 생각에 잠겼다. '그저 겁에 질려 총알을 날릴 뿐이다!'

옆에 있던 기관사 조수 크바코프가 사격을 멈추고 푸호프를 보았다.

"왜 그래?" 푸호프는 묻고는 뭔가 역사(驛舍) 옆에서 움직이는 물체를 향해 총을 쐈다.

"배가 아파요. 벌써 두 시간째 축축한 바닥에 배를 깔고 있었더니."

"그런데 우리 지금 누굴 향해 총을 쏘고 있는 거지?"

"백군들이지요. 몰라서 물어요?"

"웬 백군들? 그런데 적군은 다 어디 있는 거야?"

"적군들은 도시 외곽에서 백군 기병대를 저지하고 있어요. 류보슬라프스키 장군이 떴대요. 엄청난 수의 기병들을 거느리고 말이죠."

"그런데 우리는 왜 이제껏 그걸 몰랐을까?"

"모르다니요? 그들은 기병이라고요. 오늘은 우리 편이었다가 내일은 백군 편에 붙는 기병 말이에요."

"기막힐 노릇이군!" 푸호프는 마음이 아팠다. "엎드려 아무리 쏴본들 배만 아프지 아무도 못 맞히게 돼 있어. 적의 장갑열차는 벌써 오래전에 목표물을 발견하고 우리 쪽을 조금씩 무너뜨리고 있는데 말이야."

"그럼 어쩌겠어요? 그래도 저항할 수밖에요." 크바코프가 말했다.

"말도 안 되는 소리. 죽는 것이 무슨 방어냐고?" 푸호프는 그렇게 결론을 내리고 사격을 멈췄다.

유산탄은 날카로운 쇳소리를 내며 낮게 날다가 순간적으로 멈춰 서서는 적개심에 불타 제 몸을 갈기갈기 찢었다. 그 조각들은 노동자들의 머리와 살로 파고들어갔고, 그들은 몸을 돌려 눕고 영원히 죽어갔다. 죽음이 너무도 평온하게 진행되었던 탓에 사자(死者)의 과학적 부활에 대한 믿음은 틀림없는 듯이 느껴졌다. 그렇게 보면 사람은 영원히 죽는 것이 아니라 쓸쓸한 긴 시간 동안만 죽는 것이다.

푸호프는 그런 이야기에 이제 신물이 났다. 그는 사람이 죽은 후 이자까지 얹어 다시 살아 돌아온다는 말을 믿지 않았다. 다만 그는 그런 느낌을 갖고 있기는 했는데, 그래서 지금 여기서도 노동자들이 반드시 승리해야 한다고 생각했다. 왜냐하면 기관차와 그 밖의 과학적인 물건을 만드는 것은 노동자들이고 부르주아들은 그것들을 다만 소비할 뿐이기 때문이었다.

노동자들의 사격이 갈수록 뜸해져갔다. 강 위로는 포탄 연기가 자욱하게 깔려 있었다. 크바코프는 주저앉아 전투는 신경 쓰지 않고 주머니마다 뒤져 담배 가루를 모으고 있었다. 푸호프는 그가 담배 가루를 모으기를 기다렸다가 다 모으면 한 대 얻어 피울 요량이었다.

"위생병도 없고 의사도 약도 없어. 정말 형편없다고!" 정신을 잃은 채 헛소리를 하고 있는 부상자를 바라보며 크바코프가 말했다.

부상자는 크바코프 쪽으로 다가오려 애를 쓰며 눈을 떴지만 눈꺼풀의 무게를 이겨내지 못하고 다시 눈을 감았다.

크바코프는 낡은 머리카락이 성기게 난 부상자의 머리를 쓰다듬었다.

"어떤가, 친구?"

부상병은 무슨 말인가 하려고 하면서 낡고 맥 빠진 목소리로 들릴 듯 말 듯 속삭였다.

"어때?" 묻는 크바코프는 가슴이 아팠다.

부상자는 그에게 기어와 땀에 젖은 무거운 머리를 들었다. 머리에서는 굵은 땀방울이 흘러내리고 있었다. 크바코프는 그에게로 바짝 다가갔다.

"어서 내 귀에 못을 박아주게." 부상자는 그렇게 말하고 너무 힘을 쓴 탓에 다시 무너졌다.

크바코프는 그의 귀를 닦아주고는 그의 곁에 나란히 누웠다. 고통과 새로운 상처로부터 그를 지켜주고 싶었다.

유산탄 파편이 푸호프로부터 1사젠쯤 떨어진 곳에 날아와 박히면서 자갈과 모래가 그의 얼굴에 쏟아졌다.

느닷없이 아포닌이 뒤에서 다가와 바닥에 엎드렸다.

"푸호프, 자네 여기 있었나? 적의 장갑열차에 포탄이 동이 났네. 어서 역을 공격하러 가세."

"바보 같은 소리 좀 집어치워. 포탄이 동이 났는지 아닌지 어떻게 안단 말인가? 그런데 우리 장갑열차는 왜 저렇게 화력이 형편없지? 목표물을 잡았으면 벌써 한참 전에 쓰러뜨렸어야지……"

아포닌은 대답할 겨를도 없이 몸을 웅크리고 다른 곳으로 뛰어갔다.

1분 후 철도원 부대는 모두 위치를 이동했다. 협곡을 타고 넘어 우유 공장의 창고 뒤에 자리를 잡았다.

푸호프는 거기서 다시 아포닌을 보았다. 그는 벽돌 창고 뒤에서 손에 빵을 든 주물공 두 명과 무언가 의견을 나누고 있었다.

푸호프는 식량이 필요하다는 이야기를 하기 위해 아포닌에게로 가다가 문득 무언가가 머리에 떠올랐다. 창고 쪽에서는 선로와 다리, 백군의 장갑열차가 훤히 눈에 들어왔다. 포하린스크로부터 백군의 장갑열차가 서 있는 간이역까지 가파른 내리막길이었다.

푸호프는 아포닌이 주물공들과 이야기를 마치기를 기다렸다가 이제 백군들을 정공법으로 물리칠 수 없게 된 이상 머리를 쓸 때가 되었다고 말했다.

"보다시피 도시에서 간이역까지는 가파른 내리막이네."

"음, 그렇군." 아포닌이 말했다.

"어휴, 벌써 그 정도는 파악하고 있어야지!" 푸호프가 화를 냈다. "즈보르이치느이는 어디 있나?"

"여기 있네. 그런데 그 친구는 왜?"

그때 도시 쪽에서 큰 포성이 울리고 수많은 사람들의 외침 소리가 한

동안 들려왔다.

"이건 뭐지?" 아포닌이 그쪽으로 몸을 돌렸다. "백군들이 쳐들어온 건가? 아군을 몰아붙이고 있는 게 틀림없어."

푸호프는 귀를 기울였다. 이제 사람들의 목소리는 들리지 않고 포탄이 도시 상공의 공기를 뒤흔들다 떨어져 건물의 무겁고 깨지기 쉬운 부분을 산산조각 내는 굉음이 들려왔다.

5분 뒤 푸호프와 즈보르이치느이는 역이 있는 시내 쪽으로 발길을 향했다.

"거기에 모래부대가 있는 게 확실한가요?"

"있어. 주물 공장에 무개화차 열 대분이 있네." 푸호프가 말했다.

"하지만 기관차가 없는데 어쩔 참이지요?" 즈보르이치느이는 의구심을 떨치지 못했다.

"바보 같으니라고, 손으로 밀어 움직이면 되지. 주(主) 선로에다 올려놓고 내리막길을 향해 굴리는 거야. 그렇게 혼자 5베르스타를 달려가서 백군 장갑열차를 산산조각 내놓을 거야."

"그런데 노동자들은 어디 있나요? 설마 둘이서 밀자는 것은 아니겠지요?"

"우리 측 장갑열차에 타고 있는 수병들에게 부탁해놨네. 우선 한 량씩 옮기고 나서 그것들을 모두 연결한 다음 내리막길로 밀 생각이네."

"장갑열차에서 수병들을 내놓으려 하지 않을 텐데요." 즈보르이치느이는 이 계획을 못내 의심쩍어했다. "장갑열차는 지금 전선(戰線)이 둘이에요. 기병대 쪽이 하나고 다리 건너가 하나……"

"지원해줄걸세. 아주 재빠른 친구들이거든." 푸호프가 말했다.

아포닌은 푸호프의 생각을 따르기로 한 것을 후회했다. 그는 푸호프가 분견대를 벗어나려고 모래 부대에 관한 허황된 계획을 꾸민 것이라고 생각했다. 사실 아포닌은 공장에서 모래 실은 무개화차를 한 번도 본 적이 없었다.

점심시간이 가까워오자 교전 소리가 멎었다. 백군 장갑열차는 적군들을 찾아 이따금 계곡 쪽으로 사격을 가했다. 우리 측 장갑열차는 완전히 침묵을 지키고 있었다.

'저기 수병 놈들이군.' 아포닌은 생각했다. '푸호프가 그들의 넋을 빼놓겠지.'

그는 선로에서 눈을 떼지 않고 푸호프의 계획을 기술자들에게 이야기해주었다.

"어때, 모래 부대를 실은 열 대의 무개화차가 백군 무장열차를 쳐부술 수 있겠는가 어쩌겠는가?" 아포닌이 물었다.

"가속도가 붙으면 틀림없이 될 거네." 예전에 황실열차를 본 적도 있는 기관사 바레슈킨이 말했다.

그는 1시 반에 선로 위를 구르는 바퀴 소리를 처음 듣고 아포닌에게 소리쳤다.

"저길 보게!"

아포닌은 창고에서 뛰어나가 선로 전체가 한눈에 들어오는 자리에 몸을 웅크리고 앉았다. 역을 나선 열차가 기관차도 없이 바람 소리와 함께 미친 듯이 바퀴를 굴려 엄청난 속도로 전율하는 철교 위에 올라섰다.

아포닌은 숨을 쉬는 것도 잊고 환희에 젖어 자기도 모르게 눈에 눈물마저 고였다. 열차가 간이역에 서 있는 기차들 속으로 모습을 감추자마자 모래 먼지가 구름처럼 피어올랐다. 이어 쇠가 꺾이고 부러지는 격렬한 소리가 짧게 들리고 이 소리는 무언가 엄청난 것이 부서지는 소리로 끝을 맺었다.

"됐어!" 마음을 가라앉힌 아포닌은 부대원들을 뒤에 남겨두고 간이역을 향해 뛰었다. 모래와 헤쳐진 감자밭 이랑 위를 뛰기란 여간 힘든 일이 아니었다. 무언가에 완전히 마음을 빼앗기지 않고서는 그 위를 그렇게 뛰기란 불가능했다.

부대원들은 걸어서 천천히 다리를 건너기 시작했다. 그런데 적의 무장 열차가 4번 선로 위에 멀쩡히 서 있고, 중앙 선로에는 여물과 모래, 부서진 열차가 서로 뒤엉켜 곤죽이 되어 있었다.

부대원들은 곧바로 무장 열차를 공격하기 시작했다. 공포가 엄습했지만 공포는 곧 영웅심으로 바뀌었다. 기관총이 철도원들의 몸뚱이를 갈기갈기 찢기 시작했다. 그들은 선로와 횡목 위로, 달리는 열차에서 튕겨 나온 녹슨 볼트들 위로 쓰러졌다. 심장에서 뿜어져 나온 피가 미처 숨을 죽일 틈도 없었다. 몸은 죽고 나서도 한참 동안 온기를 잃지 않았다. 생명이 서서히 죽음을 맞는다기보다 절벽 아래로 떨어지듯 한순간에 끊어진다고 하는 편이 맞았다.

아포닌은 가슴에 총알 세 방을 맞았지만 숨이 끊기지 않고 정신도 멀쩡했다. 그는 푸른 공기와 그 속을 나는 총알의 가느다란 흐름을 지켜보았다. 그는 총알 하나하나의 움직임을 눈으로 좇고 있었다. 그는 벌어지고 있는 상황을 꿰뚫듯 아주 정확하게 이해하고 있었다.

'나도 이제 죽어가고 있구나. 내 주변의 사람들은 오래전에 모두 벌써 죽었지.' 아포닌은 생각에 잠겼다. 그는 의식이 끊기지 않도록 총알로 무너진 가슴에서 머리를 떼어냈으면 좋겠다고 생각했다.

세상은 아주 조용히, 마치 푸른 배처럼 아포닌의 눈에서 멀어져갔다. 하늘이 물러가고 장갑열차가 사라진 데 이어 밝은 대기가 빛을 잃고 기차 선로만이 머리 옆에 남았다. 의식이 점점 한 점으로 집중되고 그 점이 압축적으로 밝은 빛을 발했다. 의식은 줄어들면 들수록 더욱 눈부시게 마지막 한순간의 형상을 향해 피고들었다. 좁은 곳을 향해 점점 더 다가가던 의식은 녹아드는 제 가장가리만을 응시하기에 이르고 결국은 자신의 대립물로 변해버렸다.

흰자위만 남은 부릅뜬 아포닌의 눈 위로 더러운 공기의 그림자가 스쳐 지나갔다. 그의 눈은 한 사람을 잃고 외로이 남은 세상을 마치 투명한 광석 조각처럼 되비추었다.

아포닌의 곁에는 크바코프가 온통 피를 뒤집어쓰고 마치 녹슨 물건처럼 죽어 있었다.

백군 장교인 레오니드 마옙스키가 장갑열차로 이동 중에 그곳에 내렸다. 그는 젊은 지식인으로서 전쟁이 나기 전에는 시도 쓰고 종교사를 연구하던 사람이었다.

그는 아포닌의 시체 옆에 멈추어 섰다. 큰 덩치에 힘도 장사일 듯 해보이는 한 사람이 흙먼지를 뒤집어쓰고 쓰러져 있었다.

마옙스키는 이제 전쟁에 신물이 났다. 그는 인간 사회를 신뢰할 수 없었고, 그래서 도서관을 전전했다.

'과연 그들이 옳은가?' 그는 자기 자신과 죽은 자들에게 물었다. '아니다. 결코 옳지 않다. 인류에게는 오로지 고독만이 남아 있을 뿐이다. 오랜 세월 동안 인간들은 서로를 괴롭혀왔다. 이제 서로 흩어져 역사에 종지부를 찍어야 할 때가 왔다.' 마옙스키는 역사를 끝내느니 자신을 끝내는 것이 훨씬 나은 방법이란 것을 죽는 순간까지도 알지 못했다.

저녁때 수병들을 태운 장갑열차가 간이역을 기습하여 가까운 거리에서 백군과 교전에 들어갔다. 수병들은 미친 듯이 용감하게 싸웠지만 거의 모두 전사하여 먼저 간 철도원들의 시체 위로 쓰러졌다. 그 누구도 백군을 피해 도망치지 않았다. 마옙스키는 열차 안에서 스스로 생을 마감했다. 그의 절망은 너무도 커 총알을 맞기 전에 이미 그는 죽은 사람이었다. 마지막 순간까지 무엇 하나 믿을 수 없었던 그의 슬픔은 나중에 그의 시체에서 군복을 벗겨간 한 수병의 무심함과 다를 것이 없었다.

깊은 밤이었다. 잠을 자는 자와 죽은 자들을 가득 태운 두 대의 열차가 선로에 나란히 서 있었다. 살아남은 자들은 너무나 지친 나머지 두려움도 잊어버렸다. 적막이 감도는 이 간이역에 보초도 한 명 없었다.

동이 튼 후 두 대의 장갑열차는 시내로 들어가 적군들이 백군 기병대를 격멸하는 데 도움을 주었다. 어린 군인들로 이뤄진 적군 부대가 도시로 들어오려는 백군 기병대를 이틀째 가까스로 저지하고 있었다.

8

푸호프는 도시 여기저기를 둘러보았다. 화재가 진화되고 재산이 큰 손실을 입었지만 사람들은 끄떡없이 살아남았다. 푸호프는 도시의 살림살이를 걱정스레 돌아보고 저녁때 즈보르이치느이를 만나 말했다.

"전쟁은 손해만 가져다줄 뿐이야. 이제는 끝내야 해."

즈보르이치느이는 줄곧 살인 공모자가 된 듯한 느낌 때문에 푸호프로부터 거리를 취하며 말을 아꼈다. 하지만 여전히 자신의 현명함을 믿는 푸호프는 장갑열차를 주 선로가 아닌 4번 선로에 둔다는 것은 있을 수 없으며 그것은 백군들이 열차 운행 규칙을 몰랐기 때문에 벌어진 일이라고 말했다.

"우리가 실수를 했든 어쨌든 결과적으로 백군을 물리쳤으니 된 것 아닌가?"

"헛소리 집어치워요!" 그것이 바로 푸호프에 대한 즈보르이치느이의 입장이었다. "언제나 당신은 엄연한 사실은 무시하고 되지도 않게 머리만 굴리지요. 교수형감이요!"

"또 그놈의 교수형 소리! 전쟁은 주먹질이 아니라 철저한 계산이라는 얘기 못 들어봤나? 나는 브란겔을 쳐부셨고 영국인들한테도 겁을 먹은 적이 없네. 그런데 자네들은 뭔가? 말 탄 놈들이 좀 몰려오기로서니 난리법석을 떨었지 않나?"

"말 탄 놈들이라니요?" 즈보르이치느이가 한껏 흥분해서 되물었다. "기병대가 당신한테는 그저 말 탄 놈들 몇 명인가요?"

"기병대는 무슨 기병대? 그저 말 탄 도적 떼들이었지! 무슨 류보슬랍스키 장군이라는 있지도 않은 인물을 만들어냈지만 사실 그는 탐보프현 출신 카자크 두목일 따름이네. 그들이 발라쇼프에서 장갑열차를 탈취했던 거지. 내막은 그래. 놈들은 한 5백 명쯤 됐다고 보면 되지……"

"그렇다면 그들 중에 끼어 있던 백군 장교들은 뭔가요?"

"옳거니, 제대로 한 방 먹였네그려! 그들은 지금 전쟁에 목말라 온 나라를 누비고 다니고 있네. 내가 그들을 모른다고 생각하나? 그들은 이념 지향적인 인간들이지. 공산주의자들이 그렇듯이 말이야."

"그러니까 뭐야, 당신은 우리를 공격한 것이 도적 떼들이었단 말이요?"

"그럼, 그렇지 않고, 도적 떼들이지. 그럼 자네는 무슨 뭐 대단한 군대였다고 생각했나? 군대는 남쪽에서 이미 완전히 섬멸되었어."

"그럼 그 기병대는 뭐요?" 즈보르이치느이는 푸호프의 말을 믿을 수 없었다.

"이런 머저리 같으니라고! 날인한 위임장 같은 것 하나만 내게 줘보게. 마을마다 다니며 일주일 만에 포 백 문은 모아 올 테니."

푸호프는 집에 돌아와 아무것도 먹지 않았다. 먹을 거라곤 아무것도 남아 있지 않았다. 그는 이런저런 생각에 잠겼다. 자연이 한파에 굴복하여 겨울을 맞아들이고 있었다.

공장에서는 일이 다시 시작되었지만 푸호프는 출근 통지를 받지 못했다. 사람들은 그에게 대놓고 '빌어먹을 놈! 꼴도 보기 싫다!'라고 말했다. 푸호프는 백군을 치기 위해 그가 시도한 상륙 작전이 현명한 선택이었고 결코 졸렬한 행동이 아니었다고 주장했다. 그는 그래도 공장에서 따뜻한 음식을 얻어먹을 수 있었다.

얼마 지나 세포 회의는 푸호프가 배신자가 아니라 그저 덜떨어진 인간이라는 결론을 내리고 그를 예전 자리에 다시 앉혔다. 그 대신 푸호프는 기본 정치교육 과정을 저녁마다 다니겠다고 서명을 해야 했다. 푸호프는 비록 사람의 생각을 조직하는 것이 가능하다고 믿진 않았지만, 서명을 안 할 수 없었다. 그는 그곳에 나가 인간은 독하기 그지없는 존재라서 아무리 신(神)으로부터 떼어놓으려고 해도 소용이 없고 결국은 보란 듯이 혁명의 사원을 세울 것이라고 말했다.

"푸호프, 자네는 결국 자네 원대로 어디 가서 한번 죽도록 언어맞을 테니 두고 보라고." 세포 의장이 심각하게 말했다.

"결코 그럴 일은 없을 거네." 푸호프가 대답했다. "난 삶의 전술을 몸에 익히고 있다네."

푸호프는 슬픔에 잠겨 쓸쓸히 겨울을 보냈다. 직장 일뿐 아니라 무엇보다 생활하는 것이 만만치 않았다. 그는 즈보르이치느이의 집에도 발을 끊었다. 즈보르이치느이에 대한 그의 생각은 이러했다. '멍청한 인간, 혁명을 무슨 신(神)이라도 되는 듯이 신봉하고 있는 꼴이라니. 신앙에 취해 침까지 질질 흘리면서. 혁명이란 게 도대체 뭐야. 아주 단순한 거라고. 백군들을 모조리 죽이고 나서 여러 가지 물건을 만드는 거지 뭐겠어!'

즈보르이치느이가 머리를 짜내 한마디 했다. 자신은 열차 바퀴를 카를 마르크스와 조화를 이루도록 하고 있지만 야간 강좌나 전권위원 같은 일로 인해 완전히 녹초가 되어버렸다는 것이었다. 또 이제는 바퀴를 어떻게 만드는지도 까맣게 잊어버렸다고 했다. 그러나 푸호프는 이제 무의미한 삶을 살아서는 안 된다고 생각했다. 이제 그 무엇도 삶을 망치지 못하는 지혜로운 삶의 시대가 온 이상, 그저 더부살이로 살아가기는 힘들게 되었다. 대신 사람이 귀한 시대가 온 것이다. 그러나 박자를 놓치면, 길가에 버려지는 무게 조절용 모래처럼 당장 혁명의 비용으로 치부될 것이다.

그러나 푸호프는 베개 위에서 머리를 뒤척이며 심장이 울부짖는 소리를 들었다. 그는 심장이 이성 안에서 자기 자리를 찾을 날이 올지 의심스러웠다.

푸호프는 좁은 구멍 속으로 기어들어가듯이 느릿느릿 겨울을 보냈다. 그는 공장 일이 힘들었다. 사실 일이 고되기보다 마음이 불편했다.

자재는 턱없이 부족했고, 발전소는 멈추기가 일쑤였다. 그러면 한참 동안 작업이 중단되었다.

푸호프는 새로 친구를 하나 사귀었다. 아파나스 페레보쉬코프라는 사나이로 조립공장의 작업반장이었다. 그런데 그는 가족이 있는 몸으로 집 안일도 돌보지 않으면 안 되었고, 그럴 때면 푸호프는 다시 외톨이가 되었다. 그는 그때서야 비로소 기혼자, 즉 결혼 생활을 하고 있는 자는 친구의 입장으로 봐도 그렇고, 사회의 입장으로 봐도 역시 흠절 있는 인간일 수밖에 없다는 사실을 깨달았다.*

"아파나스, 자네는 제대로 된 인간이 아니라 흠절 있는 인간이야." 푸호프는 안타깝다는 듯이 말했다.

"이보게, 포마, 오히려 자네가 뭔가 부족한 인간이지. 책상 모서리도 홀로인 듯 보이지만 다른 모서리와 나란히 있는 거라네!"

그러나 푸호프는 이제 집이 편안하게 느껴졌다. 그가 일을 나가고 없을 때면 벽과 물건들이 그가 오기를 기다리고 있을 것이라는 생각마저 들었다.

겨울 날씨가 풀려갈 무렵 푸호프는 오랜 만에 샤리코프를 생각했다. 마음이 따뜻한 친구였는데, 잠수함은 어떻게 됐을까?

푸호프는 연이어 이틀 밤을 편지를 쓰며 하고 싶은 이야기를 모두 적었다. 백군 장갑열차를 한 방에 날려버린 모래 투하 작전과 민중에 대한 적의로 지난여름 시장 광장에 세워진 공산주의 사원에 대해서도 썼고, 바다에서 멀리 떨어져 살다 보니 바다가 그립다는 이야기도 썼다. 그는 또 차리츠인에 가보니 그곳 사람들은 잠수함을 만들 생각이 전혀 없었는데, 그것은 어디서부터 일을 시작해야 하는지 잊은 지 오래고 지붕에 올릴 함석도 없었기 때문이었다, 라는 이야기도 썼다. 푸호프는 이제 샤리코프로부터 우편으로 위임장이 오면 즉시 바쿠로 떠날 작정이었다. 바쿠에는 석

---

* 러시아어 단어 '브라크'가 '결혼'과 '결함'의 두 가지 뜻을 동시에 지닌 동음이의어라는 점을 이용해 말장난을 하고 있음.

유 채취용 기계들이 많이 놓고 있었다. 이 기계들을 가동시킬 필요가 있었다. 왜냐하면 러시아에 디젤 기관이 있고 바다에는 엔진을 내보내야 하기 때문이다. 더구나 바다 일이 육지 일보다 중요하고 상륙 작전이 육지에서 진격하는 것보다 훨씬 정교함을 요구하기 때문이었다.

푸호프는 삐뚤삐뚤 편지를 쓰는 동안 세 번이나 손에 마비가 왔다. 노보로시스크 상륙 작전 이후 글이라곤 본 적이 없어 그만큼 글씨를 쓰기가 쉽지 않았다.

'글씨를 쓰는 일도 섬세함을 요하지!' 푸호프는 잠시 숨을 돌리며 생각했다. 이어서 그는 또 생각나는 대로 써 내려갔다.

겉봉에는 또 이렇게 썼다.

수신인 ―수병 샤리코프,
바쿠 주둔 적군 함대

그는 긴 창작 행위로 지쳐 죽은 듯이 곯아떨어졌다. 아침에 그는 편지를 부치기 위해 우체국으로 향했다.

"우체통에 넣으시오!" 우체국 직원이 말했다. "일반 편지군그래."

"우체통에서 내 생전 편지를 꺼내는 것을 본 적이 없는데 무슨 소린가? 직접 부쳐주게!" 푸호프가 요구했다.

"꺼내지 않다니요?" 직원은 기분이 상했다. "당신이 꺼낼 때 없어서 못 본 거지!"

그러자 푸호프는 우체통에 편지를 밀어 넣고 우체통을 한번 둘러보았다.

"빌어먹을, 꺼내지 않는 게 분명해. 온통 녹슨 것 좀 봐!"

푸호프는 세포에서 서명을 하고도 기본 정치교육 과정에 나가지 않았다.

"동무, 왜 나가지 않는 건가? 직접 초대라도 해야 나갈 텐가?" 하루는 신임 세포 의장인 모르코프가 엄하게 그를 다그쳤다(즈보르이치느이는 간이역 사건 때 푸호프를 도운 죄로 자리에서 물러났다).

"왜 나가란 건가? 난 책에서 읽어 다 알고 있네!" 푸호프는 그렇게 말하면서 멀리 있는 바쿠를 생각했다. 그로부터 한 달이 지나자 샤리코프에게서 답장이 왔다.

'어서 오시오. 석유 채취장마다 일이 산처럼 쌓여 있는데 머리를 쓸 줄 아는 이들은 몇 되지 않아요. 또 어딜 가나 나쁜 놈들뿐이고. 그런 놈들은 하루빨리 소비에트 러시아에서 쓸어내버려야 해요. 그저 모두 영국인들이 오기만 기다리고 있다니까. 영국인들이 와서 차축을 뽑아버릴 거란 거요. 그러라고 하지 뭐. 우린 보닛에 가면 되니까. 위임장은 보낼 수 없게 됐소. 도장을 갖고 있는 의장만 위임장을 쓸 수 있는데, 내가 그놈을 잡아 가뒀어요. 일단 오시오. 먹을 건 많으니까.'

푸호프는 편지를 읽고 나서 우체국 소인을 살펴보았다. 바쿠가 맞았다. 그는 친구 생각에 기분이 흐뭇해져 잠자리에 들었다.

푸호프는 두말할 것 없이 즉시 면직되었다. 그는 노동자들의 입장에서 좀 골치 아픈 인간이었다. 적이라고 할 수 없지만 혁명의 돛을 비켜 지나가는 바람이라고나 할까.

9

푸호프는 바쿠까지 모처럼 편하게 갈 수 있었다. 모스크바에서 곧바로 바쿠로 가는 빈 유조차를 얻어 탈 수 있었다.

자연 풍경은 푸호프에게 아무 감흥도 주지 못했다. 자연이란 매년 반복되기 마련이고 나이가 들수록 감각도 나무껍질처럼 굳어져 섬세한 변화가 눈에 들어오지 않는 법이다. 그는 마치 우체국 직원처럼 자연으로부터 오는 편지를 직접 받아 읽지 않고 망각의 풀이 무성하게 덮인 가슴속 어두운 상자 안에 던져 넣고는 거들떠보지도 않았다. 예전에 그에게 자연은 속달 편지와도 같았다.

제비들이 로스토프의 하늘 위를 날고 있었다. 제비는 푸호프가 젊었을 때 제일 좋아하던 새였다. 하지만 지금 와서 그는 이렇게 생각했다. '미물들아, 내 예전에 너희를 본 적이 있지. 또 그 새들이 아니라면 그냥 다른 늙은 새들이겠지.'

그렇게 그는 마침내 목적지에 도착했다.

"왔소?" 샤리코프가 책상 위의 서류를 보다가 고개를 들었다.

"자, 그가 왔네!" 푸호프는 자기 자신을 '그'라고 일컬으며 이야기를 시작했다.

바로 그해 소비에트 석유 회사들은 먼 벽지의 고향 마을에서, 또 혁명의 샛길에서 방황하고 있는 옛 기술자들을 모으기 시작했다.

매일매일 굴착 기술자들과 흡유공들, 기관사들, 그 밖에 서로 구분이 잘 안 될 만큼 닮은 사람들이 모여들었다.

오랫동안 굶주렸음에도 불구하고 민중은 무슨 특별한 음식이라도 먹은 듯이 신바람이 나고 힘이 넘쳐 보였다.

샤리코프는 노동력을 선발하는 전권위원으로서 석유에도 매우 정통했다. 그는 노동자들을 효과적으로 뽑았고 자신감에 넘쳐 있었다. 힘세고 순박해 보이는 사람들이 그의 사무실로 찾아왔다.

"수라하느이에서 10년간 흡유공으로 일한 경력이 있소. 다시 흡유공으로 일하고 싶소."

"혁명 때는 어디에 있었나?" 샤리코프가 물었다.

"어디에 있다니? 거기는 아무것도 할 일이 없었소."

"어디서 뭘 그리 잘 처먹어 상판대기가 터질 것 같으냐고? 병역을 피해 어디 동굴에 숨어 있으면서 마누라가 날라다 준 우유비지만 먹고 빈둥댄 거 아냐?"

"동무, 말조심하시오! 나는 적군 빨치산이오. 들판에서 살며 오히려 건강해진 거라오."

샤리코프는 그의 얼굴을 뚫어지게 쳐다보았다. 사나이는 겸연쩍은 듯 서 있었다.

"좋아, 자네는 제2공구로 가게. 거기 가서 포드쉬발로프를 찾게. 그가 다 알아서 해줄 테니."

푸호프는 사무실에 죽치고 앉아 오고 가는 사람들을 주의 깊게 살펴보았다. 다만 그는 석유 캐는 일에 왜 이다지 많은 수고가 들어가는지 놀라울 뿐이었다. 석유를 사람들이 직접 만드는 것도 아니고 다 만들어져 있는 것을 그저 땅속에서 퍼 올리면 되는 것 아닌가?

"펌프 하고 바가지만 있으면 되잖아?" 그는 샤리코프에게 말했다. "왜 괜히 일을 복잡하게 만드는 거야?"

"그럼 어쩌겠소? 이봐요, 이 일은 꼭 필요한 일이오." 샤리코프가 대답했다. 이미 그의 평소 말투는 아니었다.

'이 친구도 정치교육 과정에 다녀 개화가 된 모양이군.' 푸호프는 생각했다. '자기 머리로 살고 있는 게 아냐. 이제 곧 세상 모든 일을 조직하려고 들 테지. 허, 큰일이군그래!'

샤리코프는 푸호프에게 공구에서 석유를 끌어올려 탱크로 옮기는 엔진을 담당하도록 하였다. 푸호프는 무엇보다 이 일이 마음에 들었다. 살아 있는 생명처럼 지혜롭고, 또 심장처럼 지칠 줄 모르는 기계가 밤낮을 쉬지 않고 성실하게 움직였다. 가끔씩 푸호프는 일을 하다 작업장 밖으로 나와 땅속 깊은 곳의 석유를 그 언젠가 가열해 만들었을 강렬한 태양을 바라보았다.

푸호프는 숙소가 따로 없었다. 그는 엔진 창고의 공구 통 안에서 잠을 잤다. 밤에 교대자가 오면 눈을 붙였지만 기계 소리가 싫지 않았다. 오히려 마음이 편해졌다. 마음의 평안은 안락한 생활에서 오는 것이 아니었다. 또 좋은 아이디어도 편한 생활 속에 떠오르는 것이 아니라 사람이나 사건들과 부딪히는 가운데 생기는 것이다. 그런 게 사실이다. 그래서 푸호프는 생활의 편의를 요구하는 일이 없었다. 어떤 사람들은 그를 장가보내 가정 속에 안주시키려 했는데, 그는 그런 사람들에게 자신이 '가벼운 유형의 인간'이라고 말했다.

왜 그런 사람들이 있었는가 하면, 당시만 해도 사회사상이 그다지 발전하지 못하고 노동자들이 헛된 이야기로 위안을 삼던 때였기 때문이다. 이따금 샤리코프가 자동차를 타고 와 무슨 배라도 구경하듯 굴착용 탑을 둘러보곤 했다. 노동자들이 무언가를 요구하면 그는 어김없이 들어주었다.

"샤리코프 동무, 옷감 좀 구해주시오. 마누라가 왔는데 거의 누더기

차림이오."

"제길! 하여튼 어디다 팔아먹었다간 곧장 해고니까 알아서 해! 프롤
레타리아는 정직해야 해!" 샤리코프는 주문서를 만들어 거기에 멋들어지
게 서명을 했다. 나중에 그의 서명을 본 자가 '샤리코프 동지는 역시 지식
인이야'라며 그에게 존경심을 갖도록 하기 위해서였다.

몇 주가 흘렀다. 그사이 음식은 충분히 나왔다. 그는 잘 먹어서 살이
통통하게 쪘다. 다만 아쉬운 점이 있다면 그사이에 아무래도 약간 늙은
것 같다는 것, 그리고 이제는 이전과 달리 놀라운 일이라곤 도무지 일어
나지 않는다는 것이었다.

주변 사람들도 모두 편안히 잘살았다. 따라서 푸호프는 주변 사람들
의 삶을 느낄 수 없었고, 또 뭐 하나 걱정할 일이라곤 없었다. 그도 그럴
것이 샤리코프가 누구인가? 바로 내 친구이지 않은가? 또 땅속의 석유는
누구의 것인가? 우리의 것이고 우리가 만든 것이다. 또 자연이란 무엇인
가? 가난한 자들을 위한 혜택이 아닌가? 뭐 그런 거다. 이제 더 이상 부
나 권력 때문에 근심하거나 괴로워할 일도 생기지 않을 것이다.

샤리코프가 와서 마치 인생의 결론에라도 도달한 듯이 푸호프에게 말
했다.

"푸호프, 당신 공산주의자가 되고 싶지 않소?"

"공산주의자가 뭔데?"

"이런 바보 같으니라고! 공산주의자는 현명하고 과학적인 사람이고
부르주아는 역사적인 바보들이지!"

"그렇다면 되고 싶지 않네."

"어째서?"

"나는 타고난 바보니까!" 푸호프가 그렇게 말한 것은 사람들을 매혹시켜 자기편으로 끌어들이는 아주 효과적인 방법을 알고 있기 때문이고, 또 생각하기 전에 대답하는 버릇 때문이었다.

"이런 몹쓸 양반!" 샤리코프는 크게 웃고 다른 일을 보러 자리를 떴다.

오는 첫날부터 푸호프는 바쿠를 진정으로 좋아하게 되었다. 그는 일찍 일어나 새벽노을과 망루들을 바라보고 기선 소리를 들으며 생각에 잠겼다. 때로 그는 때 이르게 병을 얻어 죽은 아내를 생각하며 슬픔에 젖기도 했지만 그런들 뭐가 달라지는 것도 아니었다.

하루는 그가 일 때문에 바쿠를 떠난 적이 있었다. 그때 그는 샤리코프의 집에 머물렀다. 마침 샤리코프의 집에는 포로로 잡혀 있다 돌아온 동생이 와 있었고, 술자리가 새벽녘까지 이어졌다. 이렇게 신선한 새벽에는 끝없이 펼쳐진 공간을 앞에 두고도 세상이 아늑하고 포근하게 느껴졌다. 푸호프는 행복에 젖어 길을 걸었다. 저 멀리 밤 근무조가 쏟아져 나오는 석유 증류 공장에서 왁자지껄한 소리가 들려왔다.

온 세상이 아침을 맞고 있었다. 누구든 아침이 온다는 사실을 알고 있다. 그러나 아침을 맞아 환희에 젖는 사람이 있는가 하면, 간밤의 어지러운 꿈을 되뇌며 투덜대기만 하는 사람이 있다.

삶에 지친 푸호프의 영혼 속에 세계의 물질에 대항해 외로이 일하는 사람들에 대한 동정심이 불현듯 일었다. 혁명은 사람들 앞에 찾아온 더할 나위 없이 좋은 운명임에 틀림없다. 이보다 믿을 만한 것은 없다. 이것은 아이를 낳는 것과도 같아 계속 힘들다가도 갑자기 모든 게 편안해지는 것이다.

푸호프는 젊었을 때 이후 처음으로 삶의 호사로움과 용맹스러운 자연의 광포함을 보았다. 자연은 적막 속에 머물고 있을 때나 움직일 때나 놀라움 그 자체였다.

푸호프는 상쾌한 기분으로 길을 걸었다. 그는 그의 몸과 다른 모든 몸들이 하나임을 느꼈다. 그는 가장 중요하고 또 고통스러운 무언가를 차차 깨달아가고 있었다. 그는 눈을 떨구고 발길을 멈춰 섰다. 예기치 않은 그 무언가가 그의 영혼 속으로 돌아왔다. 용감한 자연은 사람들 내부로, 또 혁명의 용맹성 속으로 스며들었다. 그가 의아스럽게 여겼던 것은 바로 이것이었다.

어쩐지 낯선 느낌이 들자 푸호프는 서 있던 곳에서 발길을 옮겼다. 그는 고향의 따사로움이 무엇인지 잘 알고 있었다. 그것은 마치 쓸모없는 마누라로부터 어릴 적 어머니에게로 돌아가는 그런 것이었다. 그는 비워진 행복한 몸을 가벼이 이겨내며 계속 길을 걸어 굴착 구멍에 이르렀다.

푸호프는 자기가 녹고 있는 것인지, 아니면 생겨나고 있는 것인지 알 수 없었다.

아침의 빛과 온기가 세상 위에서 응축되어 점차 인간의 힘으로 바뀌어갔다.

기계 창고에서 교대를 기다리고 있던 기계공이 그를 맞았다. 기계공은 얕은 잠에 빠져 꿈의 밀림 속을 헤매다가 돌아온 참이었다.

푸호프는 엔진에서 나오는 가스를 무슨 향기로운 냄새라도 되는 듯이 기분 좋게 들이마셨다. 그는 아주 깊은 데까지, 희미한 맥박에 이르기까지 삶을 느꼈다.

"좋은 아침이야!" 그가 기계공에게 말했다.

기계공은 기지개를 펴고 밖으로 나와 담담하게 증언했다.

"온 세상에 혁명의 기운이……"

마르쿤

매일 저녁 그는 저녁 식사 후 어린 동생들이 잠자리에 들고 나면 철제 등을 켜고 앉아 생각에 잠겼다.

그를 방해하는 이는 아무도 없었다. 방바닥에는 바퀴벌레들이 기어다니고 아이들은 잠꼬대를 하고 울기도 했다. 아이들의 누더기 옷이 배위에서 흘러내리면 봉긋한 배가 코를 고는 아버지의 배처럼 무겁게 숨을 내쉬었다.

마르쿤은 책갈피 속에서 쪽지를 하나 발견했다. 이미 오래되어서 잊힌 이런 글귀가 쓰여 있었다. 네가 이 세상에서 너 자신보다 잘 알고 있는 것이 있는가? 그러나 네 몸 안에 살며 숨 쉬고 있는 그것만이 네가 아니다. 너는 원한다면 또 모두 알 수 있다면, 즉 사랑할 수 있다면 표도르도, 콘드라트도 될 수 있다. 네가 너 자신을 사랑하는 것도 너 자신을 가장 잘 알기 때문이 아닌가? 타인을 믿으라. 그러면 많은 것을, 모든 것을 볼 수 있으리라. 지금까지 온 세상이 한 개인 안에 자리한 적은 없으니까.

쪽지 아래에는 또 이렇게 씌어져 있었다. 2월 2일 늦은 밤. 오늘은 으스스하고 몸도 좋지 않다. 어제는 꿈에서 나의 신부를 보았다. 나는 지금까지 한 번도 여자를 가까이 사귀어본 적이 없다. 그녀는 어떤 사람일까? 아마 오늘 다시 볼 수도 있으리라. 그런데 오늘은 왜 이렇게 잠이 오지 않는 걸까?

쪽지를 읽고 나서 생각해보니 그는 그 후로 한 번도 그녀를 꿈에서 볼 수 없었다. 얼마 전 그는 병을 앓았다. 다리가 후들거리고 온몸이 넝마처럼 처져 뼈에 걸렸다. 그러나 머리는 맑아 일하기를 원했다. 그는 언제나 에너지가 넘쳐흘렀다. 악몽을 꾸며 공포에 질려 몸을 잔뜩 웅크리고 있을 때조차 그는 기계에 대해 생각하고, 새로운 발전기의 영혼이 그의 손에 의해 태어나고 있는 설계도면에 대해 생각했다. 그는 착오와 실수를 찾아내고도 그것을 바로잡을 수 없을 때 가장 괴로웠다.

마르쿤은 페치카에 딸린 감실에서 설계도면을 꺼냈다. 그는 동생의 얼굴에 붙은 빈대를 떼어내고 다시 자리에 앉았다.

얼어붙은 마당으로부터 열차의 날카로운 기적 소리가 들려왔다. 넓은 도면 위에는 나선 모양의 물체가 거칠게 그려져 있었다. 여섯 번 등이 휜 굵은 관이 최초의 진동과 회전력을 간직하고 있었다. 톱니 모양의 전동장치는 다른 톱니의 충격을 흡수하고 모든 저항을 제거할 준비를 하고 있었다.

도면 구석에 마르쿤은 이렇게 썼다. 자연은 힘이며, 또 자연은 무한하다. 따라서 힘도 무한하다. 그렇다면 무한한 힘을 단위 시간에 무한한 바퀴의 회전수로 바꿀 수 있는 기계도 있을 수 있다. 힘이 한계를 벗어나면 인간은 물질과의 싸움에서 완전히 해방될 것이다. 나의 이 엔진만 완성되면 인류는 지구를 벗어나 어떤 별에라도 갈 수 있으리라.

마르쿤은 자리에서 일어나 페치카에 몸을 기대었다. 잔잔한 바람처럼 잠이 밀려왔다.

그 순간 들판에는 눈보라가 휘몰아치고 기관차가 눈 더미를 뚫고 탄수차에 달린 견인 장치로 눈 속에 빠진 열차를 끌어당기고 있었다.

또 흥에 겨운 밝은 기선이 미소 짓는 미녀를 태우고 멀리 따뜻한 바다 위를 항해하고 있었다. 그들은 선한 눈빛으로 넓게 펼쳐진 밤하늘을 바라보며 아침을 기다리고 있었다. 아침이면 그들은 잊힌 어머니가 살고 있는 해변의 흰색 도시에 도착할 것이다.

마르쿤은 정신을 차렸다.

아르키메데스여, 당신은 당신의 손으로 우주를 뒤흔들어놓기 위해 받침점을 찾으면서 왜 정작 지구에 대해서는 잊고 있었는가?

그 받침점은 바로 당신 발아래 있었다. 지구의 중심이 그것이다. 그곳엔 무게도 인력도 없고, 질량은 모두 같으며 저항도 없다. 지구의 중심을 한번 흔들어보라. 온 우주가 무너져 내리고 만물이 제자리를 벗어나 솟아오를 것이다. 지구는 모든 것과 안정적으로 결합해 있다. 그런데 지구의 중심까지 갈 필요도 없다. 그곳으로부터 손이, 지렛대가 나와 있다. 그것들은 지구의 표면에 나와 있다.

아르키메데스여, 당신은 그럴 수 없었지만 나는 그것을 잡을 수 있다.

최고로 강한 힘, 가장 멋진 지렛대, 더할 데 없이 정확한 바로 그 점이 내 안에, 인간 속에 있다. 아르키메데스여, 만일 당신이 지구를 움직였다면 지구를 움직인 것은 지렛대가 아닌 바로 당신이었다.

내가 기대고 있는 것은 내 자신이며 나는 우주를 포함해 그 무엇보다도 강하고 또 그 무엇보다도 무겁다.

등불이여, 나는 너보다 밝은 빛을 본 적이 없다.

마르쿤은 책보다 설계도면을 더 좋아했다. 그 위에서는 가느다란 곡선, 용량, 면, 원들의 망 속에 기계의 힘이 살아 움직이고 있었다.

그는 수압의 노래를 선으로 그려본 적이 있다. 그는 자와 컴퍼스를 이용해 이 선(線)들의 격정을 표현해 벽에 걸어두었다. 그가 한 친구에게 이 도면의 의미를 설명해보라고 한 적이 있다. 도무지 뭐가 뭔지 이해할 수 없었던 그 친구는 고개를 돌렸다. 그러나 마르쿤은 이 도면을 보고 있으면 핏속에서 음악이 파도처럼 솟아올랐다.

마르쿤은 생각에 잠겼다. 초당 일정한 양의 에너지를 생산하는 원동기를 만든다고 치자. 또 초당 이 엔진의 두 배의 에너지를 생산하는 다른 원동기를 만들어 두 원동기를 하나의 축으로 연결한다고 치자. 그리고 이 원동기들에 자연력(물이나 바람)을 무제한 공급한다면 이 두 원동기는 다음과 같은 움직임을 보일 것이다. 우선 처음에는 두 원동기의 전체 회전량이 작은 원동기에 공급되는 자연 에너지의 양과 일치할 것이다. 이어 그 회전량은 두 배로 증가하는데, 큰 원동기가 동시에 두 배의 자연 에너지를 흡수하기 때문이다. 그러나 이제 작은 원동기도 처음에 비해 두 배로 에너지를 소비하기 시작할 것이다. 즉, 큰 원동기와 동일한 힘으로 돌게 될 것이다. 또 이때 큰 원동기는 원래 두 배의 힘을 지닌 원동기이기 때문에 또다시 작은 원동기에 대해 두 배의 에너지로 움직이게 될 것이며 (즉 처음의 네 배의 힘으로), 처음 시동 당시에 비해 네 배의 속도로 축을 돌리게 될 것이다. 이어서 그 속도는 8, 16, 32배로 계속 증가할 것이다. 물론 원동기의 힘도 이렇게 무제한적으로 증가할 것이다. 그 한계는 결국 원동기를 만들 때 쓴 재료의 내구성에 의해 결정될 것이다.

마르쿤은 허리를 숙여 도면을 보았다. 그의 터빈은 여섯 개의 나선 구조가 직접 연결되어 동력이 곧바로 배가되는 방식이었다. 즉 여섯 배로 가속이 이루어지는 것이다. 이때 물은 마지막 여섯번째 나선에만 들어갈 만큼만 있으면 됐다. 다른 나선들도 같은 물로 작동되기 때문이었다.

이론이라고 하는 게 사실 경험으로 입증되지 않는 이상 거짓과 다를 게 없다고 마르쿤은 생각했다. 세계는 무한하고, 그에 따라 세계 안의 에너지도 무한하다. 나의 터빈은 이를 증명해 보였다.

그때 이런 생각이 그의 뇌리를 스쳤다. 만일 저항이 무한하고 내구성도 무한한 금속을 발견한다면? 그런데 그런 금속도 반드시 존재할 것이다. 그런 금속도 저항의 형태로 존재하는 에너지의 한 종류일 뿐이기 때문이다. 이는 에너지와 그 무한한 형태에 관한 법칙에 근거한다. 나의 기계는 우주를 한순간에 집어삼킬 구멍이며, 우주는 그 안에서 새로운 모습으로 태어날 것이다. 또 나는 그렇게 새롭게 태어난 우주를 다시 엔진의 나선 속으로 밀어 넣을 것이다.

나는 동력이 두제곱, 세제곱으로 증가하는 터빈을 만들어낼 것이다. 그리고 그 기계의 구멍에 따뜻한 남쪽 바다를 넣어 극지방으로 옮겨놓을 것이다.

만물이 만개하여 영원한 기쁨에 떨고 스스로의 전능함에 도취되도록 할 것이다.

시계 종소리가 울렸다. 마르쿤은 종소리를 세지 않았다.

동생이 악몽을 꾸었는지 자다가 부르르 몸을 떨었다. 마르쿤은 허리를 굽혀 동생을 살펴보았다.

그는 다시 등불 앞에 앉아 덧창 밖에서 들려오는 눈보라 소리를 들었다.

어째서 우리는 멀리 있는 자들, 죽은 자들, 잠자는 자들을 사랑하고 동정하는 것일까? 어째서 우리 곁에 가까이 있는 자들이 오히려 낯설게만 느껴지는 것일까? 알 수 없는 모든 것, 되돌릴 수 없는 모든 것이 우리의 사랑과 동정의 대상이 되는 것일까?

양심이 그의 가슴을 조여오고 얼굴이 고통에 일그러졌다. 마르쿤은 자신의 삶이 힘없고 보잘것없으며, 하찮은 일과 실수, 눈에 띄지 않는 죄로 뒤엉켜 있다고 생각했다.

얼마 전 그는, 지금 꿈속에서 두려움에 떨고 있는 동생을 무심코 밀어 책상 위에서 떨어뜨린 적이 있었다. 그 후로 동생은 부쩍 말수가 줄어들고 그를 피해 다녔으며 그가 그저 팔을 내젓기만 해도 또 때리는가 싶어 흠칫 놀라곤 했다.

등불이 꺼지고 눈보라가 다시 몰아치기 시작했다.

마르쿤은 마당으로 나갔다. 눈구름 사이로 바람이 울부짖었다. 눈보라가 하늘 위로 솟구칠 때면 낮게 내려앉은 회색빛 하늘 위로 놀란 듯한 표정의 별들이 하나둘 눈에 들어왔다.

마르쿤은 소리를 크게 한번 질러보았다. 차가운 눈이 그의 얼굴을 때리고 셔츠 안으로 흘러들었다.

그 순간 돌연 주위가 조용해지고 별이 성큼 다가와 미소를 지었다.

우리는 얼마나 많은 별을 보며 또 얼마나 많은 별을 보지 못할까? 그는 생각에 잠겼다. 이 별들은 다른 태양들로부터 빛을 받아 이렇게 빛을 발한다. 만일 다른 별에 높은 지능을 지닌 존재들이 살고 있다면 그들은 빛을 운동 에너지로 바꾸고 기계를 이용해 빛을 흡수할 것이다. 그들의 세계는 완전히 암흑이어서 우리 눈에 결코 보이지 않을 것이다. 그 세계는 어쩌면 지구 옆에 나란히 붙어 있고, 또 달보다도 가까운 수도 있다. 이 거대한 암흑의 혹성에 대해 우리는 아무것도 알지 못한다. 이 혹성은 빛과 열에너지를 모두 빨아들여 일체 바깥으로 내보내지 않기 때문에 눈에 보이지 않고 우리에게는 죽은 것과 같다.

마르쿤은 집 안으로 들어왔다. 등불은 꺼지고 심지만 남아 붉은 불꽃을 피우며 가느다랗게 타고 있다. 그는 바닥에 누워 아침이 밝아올 때까지 죽은 듯 잠에 빠졌다.

그 후로 몇 달이 흘렀다. 마르쿤은 어디서 적당한 크기의 가스관 두 개를 파내 나선 모양으로 구부려 지금까지 생각해온 것과 거의 비슷한 모양의 터빈을 만들었다. 그러나 곧바로 실험에 들어가지 않고 창고에 터빈을 감추어두었다. 그리고 터빈에 대해 완전히 잊어버렸다.

그는 조바심이 났지만 행복한 마음으로 오랜 시간을 기다렸다.

마르쿤은 자기 자신을 믿었다. 그는 기계에 관한 한 어떤 조그만 실수도 있을 수 없다고 생각했다. 기계가 드디어 움직이기 시작했다. 그 힘은 정말 한계를 몰랐다. 마르쿤은 많은 힘들을 굴복시켰다.

아무도 이에 대해 몰랐다. 그 누구도 마르쿤이 강력한 힘을 지닌 새 망치를 무력한 인류의 손에 쥐여주려고 하는지 알지 못했다.

계절은 봄이었다. 마르쿤은 저녁이면 들판에 나가 하늘과 습지, 풀밭 위로 석양이 타오르는 광경을 지켜보았다. 사방에 물이었고 정적이 내려앉아 있었다. 지난해, 또 올봄 그는 누군가를 사랑하고 있었다. 그는 홀로 사람들 눈에 띄지 않게 살고 있었다.

그는 유년기에 신에 대한 믿음을 잃게 되면서 사람들에게 기도하고 그들에게 봉사했다. 그는 모든 사람들의 종이 되고자 했다. 지금 기억하건대 그는 그 당시 더할 나위 없이 행복했다. 가슴은 사랑으로 타올랐고, 그는 그 누구보다도 낮고 못한 존재가 된다는 기쁨에 몸이 여위고 눈빛이 꺼져갔다. 그는 그때 신과 같이 비밀스러운 존재인 인간이 두려웠고, 인간을 위한 수줍은 희생과 노동으로 자신의 삶을 가득 채웠다.

예전에 그는 거의 반나절을 기차역에서 장작을 부리는 일을 한 적이 있다. 그는 이렇게 번 돈으로 장님 소년에게 줄 빨간 방울을 하나 샀다. 그 소년은 이웃집 헛간에 살고 있었는데, 그의 어머니는 아이가 밖으로 나가 다치기라도 할까 봐 헛간 문을 잠그고 일을 다녔다. 아이는 헛간 생활에 익숙해져 울지는 않았지만 웃지도 않았고 놀 줄도 몰랐다.

서늘한 봄 하늘에 어둠이 깔리자 하늘은 성큼 뒤로 물러선 듯 보였다. 들판 저 멀리에서 안개가 피어올랐다.

마르쿤은 조용한 버드나무 덩굴 아래 서 있었다. 발아래로는 안개가 들판을 흘러 다니고 있었다. 그는 만인에 대한 자신의 감춰진 사랑을 이해할 수 없었다.

멀리 산림 감시인의 움막이 얼핏 눈에 들어왔다. 한 처녀가 그 움막 쪽으로 가고 있었다. 그녀의 붉은 치마가 푸르게 내려앉은 어스름 속에 아물거렸다. 그녀는 손을 흔들었다. 그녀는 아마도 숲을 나와 누군가를 부르고 있는 것 같았다. 그녀는 정답게 말꼬리를 길게 끌며 다정하게 누군가를 부르며 또 웃음을 지었다.

마르쿤은 아무것도 들리지 않았다. 그는 왠지 슬픔과 고통이 밀려와 땅바닥에 누웠다.

한 나그네가 조용히 옆을 지나가더니 이내 길 위에서 모습을 감추었다.

그날 밤 마르쿤은 잠을 이룰 수 없었다. 그는 창가에 누워 하늘과 미소 짓는 별들, 무언가를 기다리다 사그라져가는 밤을 바라보았다.

다음 날 그는 기계를 가동시킬 예정이었다. 그의 내부의 모든 것이 숨을 죽이고 움츠러들었다. 또 그는 마치 바닥 없는 우물 속에 던져진 듯이 망각 속에 빠져들었다.

아직 마지막 새벽별이 반짝이고 어딘가 가까이 온 태양이 동쪽 하늘을 물들이고 있을 때 마르쿤은 잠에서 깨어 자리를 박차고 일어났다. 무언가가 그의 뇌리를 스치고 지나갔다. 뜨거운 불빛 같은 것이 순간적으로 그를 뚫고 지나가더니 이내 사라져버리는 것이었다. 그는 무엇 하나 기억할 수 없었다. 그는 꼼짝 않고 우두커니 서서 관자놀이를 실룩거리며 도망가는 바퀴벌레를 상상 속에서 쫓을 뿐이었다. 그는 아무것도 기억할 수 없었다. 꿈속에서 뭔가 알 수 없는 거대한 것이 그를 때렸다. 그는 우두커니 서서 사라져 돌아오지 않는 그 무언가를 찾으려고 하였다. 그러나 칼날같이 뚜렷한 흔적이 그의 영혼 속에 남아 영혼을 변화시키는 것이었다.

인간에게는 모든 것이 주어지지만 인간은 그 가운데 적은 것만을 취한다. 마르쿤은 오래전부터 해오던 그와 같은 생각을 다시금 해보았다. 그는 그의 내부에서 큰 환희가 일어났다가 갑자기 뚝 멈추고 그것이 무언지 알 수 없게 된다 하더라도 아쉬워하지 않으리라 다짐했다.

마르쿤은 마당으로 나왔다. 밖은 얼어붙은 듯 추웠지만 정적 속에 밝은 빛이 환히 내리고 있었다. 지금 만일 길을 따라 올라 넓게 펼쳐진 들판을 바라보면 저 멀리서 누군가 바로 네게로 조용히 다가오고 있는 것이 보이리라.

마르쿤은 창고 구석에 터빈을 설치하고 기계 바닥을 받칠 접시와 깔때기를 볼트로 고정한 다음 길 밖의 수도에서 물을 다섯 양동이 받아 왔다. 그는 통에 물을 붓고 기계에 기름칠을 한 후 손으로 두 번 기계를 돌렸다. 그는 혼자 즐거워하고 있는 자기 자신이 우스워 웃음이 터져 나왔다.

누굴 부를까? 아냐, 나중에. 아마도 그를 바보 취급할 게 틀림없었다. 그것도 좋아하고 측은히 여기는 바보가 아니라 증오해마지않는 바보 말이다.

그는 전에 숲 속에서 손을 흔들며 누군가를 부르던 처녀를 생각했다. 그녀가 지금 이 창고로 온다면? 이 모든 것을 그녀에게 말해주리라. 그녀는 그의 말을 모두 이해하리라. 또 그는 그를 향해 흔들던 그녀의 손을 잡으리라. 마르쿤은 기쁨과 슬픔의 한가운데 서서 미소를 지었다.

기적이 울렸다. 마르쿤은 생각했다. 노동과 피나는 노력, 투쟁과 불굴의 의지, 환호하는 대지에 가득한 당당한 삶, 기계의 굉음, 전기의 흐름……

그는 양동이에서 물을 퍼서 터빈의 깔때기에 부었다. 그는 침착했고 자신감에 불탔다. 밸브를 열자 기계가 갑자기 푸들대며 우르릉거리기 시작했다. 기계를 거쳐 튀어나온 물이 뚜렷이 고리 모양으로 기계 주위에 걸렸다.

마르쿤은 계속 물을 조금씩 부었다. 터빈은 굉음을 내면서도 빠른 회전을 감당하며 꿋꿋이 버텨냈다. 깔때기로 들어간 물은 기계 속으로 빨려 들어가 소용돌이쳤다. 또 물이 나선을 통과하며 울부짖고 신음하는 소리가 들렸다. 기계는 점점 힘을 얻었고, 돌다가 성을 내며 날카로운 소리를 지르는가 하면 소용돌이처럼 공기를 갈랐다.

마르쿤은 한자리에 서서 이 모든 것을 지켜보았다. 그의 내부에는 불안과 기대가 뒤섞였고, 이어 모든 것이 죽은 듯 숨을 멈췄다. 마치 방금 세상에 태어난 아무것도 모르는 어린애가 된 것 같았다. 그는 난생처음 그렇게 아무것도 생각지 않고 멍하게 서 있었다.

기계의 충격으로 벽이 뒤흔들리고 창고 전체가 털썩 뛰었다 내려앉았다. 기계 밑의 베어링 부분에서 연기가 새어 나온 데 이어 바로 거기서 심한 진동과 더불어 불꽃이 일기 시작했다.

기계는 점점 더 속도를 더해갔다. 기계가 힘을 얻고 별다른 저항도 만나지 않자 그 힘은 곧바로 속도로 연결되었다.

밑부분의 나선이 끊어지고 강한 파열음과 함께 파이프 조각이 튕겨져 나와 회전하며 창고의 나무 벽을 때렸고 또 벽을 뚫고 마당까지 날아갔다.

베어링을 벗어난 터빈은 날아가 땅바닥에 박혔다.

마르쿤은 문밖으로 나갔다. 버드나무가 헐벗은 가지를 낮게 늘어뜨린 채 바람에 흔들리고 있었다.

세번째 기적 소리가 울렸다. 마르쿤은 두번째 기적은 듣지 못했다.

마르쿤은 생각에 잠겼다. '내가 이전에 아무것도 할 수 없었던 이유는 나 자신으로 세계를 가리고 나 자신을 사랑했기 때문이다. 나는 오늘에서야 비로소 깨달았다. 나는 그 무엇도 아니며, 온 세계가 나를 향해 열려 있다는 것을. 나는 이 세계를 모두 보게 되었다. 그 누구도 내 앞에서 세계를 가리지 못한다. 왜냐하면 나는 내 자신을 부수어 세계 안에 녹였고 그로써 승리를 얻었기 때문이다. 이제야 비로소 나는 삶을 시작했노라. 이제야 비로소 나는 세계가 되었노라. 나는 감히 이 일을 해낸 최초의 인간이다.'

마르쿤은 잠에서 깨어나는 희뿌연 하늘을 바라보았다.

내가 행복하지 못한 것은 너무 많은 것을 알고 있기 때문이다.

모래 여선생

1

스무 살의 마리야 나르이시키나는 모래 먼지가 풀풀 나는 아스트라한 현(縣)의 한 후미진 도시에서 태어났다. 젊고 건강한 그녀는 흡사 강한 근육과 튼튼한 다리를 지닌 청년을 보는 것 같다.

그녀가 이런 장점을 지닐 수 있었던 것은 부모의 공도 컸지만 전쟁이나 혁명을 거의 겪지 않았기 때문이다. 그녀의 외지고 황량한 고향은 적군과 백군의 행군로로부터 멀리 떨어져 있었고, 그녀의 의식은 사회주의가 확실히 뿌리를 내리고 난 이후에 형성되었다.

교사였던 아버지는 그 당시의 사건들에 대해 그녀에게 이야기하지 않았는데, 그것은 그녀의 동심을 지켜주고 싶었고, 커가는 여린 가슴에 아물지 않는 깊은 상처를 남겨주고 싶지 않았기 때문이다.

마리야가 보고 자란 것은 가벼운 바람에도 흔들리는 카스피 해 근역의 모래 덮인 초원과 페르시아를 향해 떠나는 긴 낙타 행렬, 모래 가루를 잔뜩 마셔 목이 쉰 거무튀튀한 얼굴의 상인들이었다. 또 집에서 그녀는 아버지의 지리책을 탐독했다. 사막은 그녀의 고향이었고, 지리는 그녀의 시(詩)였다.

열여섯 살이 되었을 때 아버지는 그녀를 아스트라한의 사범대학에 입학시켰다. 그곳에서 그녀는 비로소 아버지를 알고 존경하게 되었다. 그렇게 그녀는 대학생이 되었다.

그 후로 4년이 흘렀다. 그 4년은 너무나도 특별한 시간이었다. 젊은 가슴속에 씨가 발아해 여성스러움이 꽃을 피우고 의식이 깨어나 인생관이 뚜렷하게 자리 잡았다. 이 나이의 젊은이들이 불안을 이겨낼 수 있도록 아무도 도와주지 않는다는 점이 의아할 뿐이다. 의심의 폭풍과 성장의 지진이 횡포를 부리곤 하지만 누구 하나 그 가느다란 줄기에 어깨를 내주는 이 없다. 하지만 청춘이 그렇게 무방비의 시기라고만 할 수는 없다.

물론 마리야에게도 사랑이 있었고 자살의 유혹도 있었다. 그 쓰디쓴 물방울들이 인생이 익어가는 데 수분을 제공하였다.

그러나 모든 것은 지나가기 마련이다. 그리하여 학업도 끝이 났다. 여학생들이 모두 홀에 모이자 학장이 나와 조바심이 극에 달한 이 젊은이들에게 졸업 후 그들의 힘든 활동이 갖게 될 의미에 대해 이야기했다. 처녀들은 학장의 말을 들으며 웃음 지었다. 그들은 그 말의 의미를 다 알 수는 없었다. 당시에 사람들은 속으로 떠들었고, 외부 세계는 심하게 일그러져 있었다. 왜냐하면 반짝이는 눈으로 세계를 보았기 때문이다.

마리야 니키포로브나는 중앙아시아의 죽음의 사막과 경계를 이루고 있는 머나먼 호슈토보 마을이란 곳으로 교사 발령을 받았다.

2

마리야 니키포로브나가 호슈토보 마을로 가는 길에 인적이 끊긴 사막 한가운데 이르렀을 때 느리게 다가오는 아련한 느낌이 그녀를 사로잡았다.

7월의 고요한 한낮에 황량한 사막 풍경이 그녀 앞에 열렸다.

태양이 높디높은 하늘 위를 지나가며 이글대고 있었다. 시뻘겋게 달아오른 모래 언덕은 멀리서 보니 타고 있는 모닥불과 같았다. 그 언덕들 사이로 소금 산(山)이 눈처럼 밝게 빛났다. 어쩌다 사막 바람이 불어오면 태양이 짙은 노란색의 황토 먼지에 가려 갑자기 빛을 잃었고, 바람은 구슬피 우는 모래를 '쉬' 하는 소리와 함께 멀리 쫓아버렸다.

바람이 세어질수록 모래 언덕의 꼭대기에는 한층 짙은 연기가 뿜어져 나왔고, 대기가 모래로 가득 차 희뿌예졌다. 구름 한 점 없는 한낮에도 태양의 위치를 분간할 수 없어 낮이 마치 어두운 달밤과 같았다.

사막 한가운데서 마리야 니키포로브나는 생전 처음 진짜 폭풍을 보았다.

저녁이 가까워오자 폭풍이 멎고 사막이 제 모습을 되찾았다. 그것은 꼭대기에서 연기를 내뿜는 모래 언덕들의 끝없는 바다였고 사람들에게 고통을 가져다주는 극도로 건조한 공간이었다. 그러나 그 공간 너머로는 생명의 소리로 가득한 땅, 지칠 줄 모르는 촉촉한 젊음의 땅이 느껴지는 듯했다.

나르이시키나는 떠난 지 사흘째 되던 날 저녁 무렵 호슈토보에 도착했다.

그녀를 맞은 것은 수십 채의 농가로 이뤄진 마을과 벽돌로 지은 시골

학교, 성긴 관목 숲, 깊은 우물 옆의 버드나무 한 그루였다. 그녀의 고향에서는 가장 소중한 것이 우물이었다. 사막에서 우물은 삶의 원천이다. 우물 하나 파는 데만 해도 엄청난 육체적, 지적 노동이 소모된다.

호슈토보는 거의 모래로 뒤덮여 있었다. 거리에는 파미르 고원에서 잔뜩 날아온 작은 알갱이의 흰 모래 더미들이 여기저기 쌓여 있었다. 모래는 가옥의 창틀마다 쌓이고 마당마다 작은 산을 이루고 있었으며 사람들이 숨 쉬는 것을 방해했다. 어딜 가나 삽이 놓여 있었는데, 농민들은 마을에서 모래를 치우느라 언제나 분주했다.

마리야 니키포로브나의 눈에는 그런 수고가 힘만 들 뿐 불필요해 보였다. 깨끗이 치운 곳이 금방 다시 모래로 뒤덮였기 때문이다. 사람들은 말없이 이 불행을 감내하며 체념 속에 한숨만 내쉴 뿐이었다. 지치고 굶주린 농민들은 거듭 일에 매달려보기도 하지만 사막의 힘은 그들의 의지를 꺾어버렸고, 그들은 의기소침해져 기적이 일어나거나 비옥한 북쪽 지방으로 이주할 수 있기만을 바랐다.

마리야 니키포로브나는 학교에 딸린 방 하나에 짐을 풀었다. 오랜 침묵과 외로움에 얼이 나간 듯한 늙은 수위는 마치 집 나간 딸이 오랜만에 돌아오기라도 한 듯 좋아하며 몸을 돌보지 않고 그녀가 지낼 곳을 마련하느라 수선을 피웠다.

3

마리야 니키포로브나는 두 달 후에 수업을 시작하였다. 학교 시설을 대충이라도 정비하고 시급히 필요한 물품들을 관구에서 들여오는 데만 두 달이 걸렸다.

등교하는 학생 수는 언제나 들쭉날쭉했다. 어떨 때는 다섯 명이 오기도 했고, 또 어떨 때는 스무 명 전원이 오기도 했다.

초겨울이 다가왔다. 사막에서는 이 무렵도 여름 못지않게 고통스러운 시기이다. 거센 눈보라가 잘게 부서지는 따가운 모래알과 뒤섞여 기승을 부리기 시작해 농가의 덧창을 사정없이 때릴 때면 사람들은 아예 말을 잊었다. 농민들은 궁핍의 절정에서 한숨만 쉴 뿐이었다.

아이들은 변변하게 입을 옷 하나, 신을 신발 하나 제대로 없었다. 그래서 학교가 텅 비곤 했다. 또 집집마다 곡식이 바닥이 났다. 마리야 니키포로브나는 아이들이 점점 여위고 옛 이야기에 흥미를 잃어가는 모습을 그저 지켜볼밖에 없었다.

해가 바뀔 무렵 전체 스무 명 가운데 두 아이가 숨을 거뒀다. 죽은 아이들을 금방이라도 무너져 내릴 것 같은 모래 무덤에 묻었다.

나르이시키나의 사내같이 용감하고 활발한 성격도 점차 빛을 잃어갔다.

이 시련의 계절 내내 마리야 니키포로브나는 이 죽어가는 마을을 위해 그녀가 할 수 있는 일이 무엇일까 생각하며 긴 저녁 시간을 보냈다. 한가지 분명한 것은 먹을 것이 없어 병에 걸린 아이들을 가르칠 수 없다는 것이었다.

학교를 보는 농민들의 눈은 냉담했다. 그들의 입장에서 마리야는 필요한 존재가 아니었다. 농민들은 모래를 이겨내는 데 도움을 줄 수 있는 사람이면 누구든 따르려 했지만 학교는 농민들의 그런 입장과는 동떨어져 있었다.

마리야 니키포로브나는 결론을 내렸다. 학교에서 가장 중요하게 가르쳐야 될 것은 모래와 싸워 이기는 방법이며 사막을 비옥한 땅으로 바꾸는 방법이어야 했다.

그래서 그녀는 농민들을 학교로 불러 모아 자기 계획을 말했다. 농민들은 그녀의 말을 믿지 않았지만 그렇게만 될 수 있다면 좋겠다고 말했다.

마리야 니키포로브나는 관구 교육과에 장문의 청원서를 보내고 농민들의 서명을 받아 관구로 향했다.

관구에서는 그녀의 입장에 동감을 표했지만 아무것도 승인해주지 않았다. 모래에 관해 전공한 교사를 보내줄 형편이 안 된다며 책을 주며 직접 가르쳐보기를 권했다. 또 이 지역의 농업 전문가에게 도움을 요청해보라고 말했다.

마리야 니키포로브나는 웃음을 터뜨렸다.

"그 농업 전문가라는 사람은 150베르스타 밖에 떨어져 산다더군요. 단 한 번도 호슈토보에 온 적이 없대요."

교육과에서는 이미 이야기가 끝났으니 잘 가라는 의미로 웃으며 그녀에게 악수를 청했다.

4

그 후로 2년이 흘렀다. 첫해 여름에 마리야 니키포로브나는 어렵게 농민들을 설득해 매년 봄과 가을 한 달씩 자발적으로 공동 작업을 하기로 합의를 이끌어냈다.

그렇게 1년이 지나자 호슈토보가 몰라보게 달라졌다. 방풍용으로 조성한 버드나무 숲이 경작지 주위로 푸르게 자라났다. 버드나무들은 길게 열을 지어 사막으로부터 불어오는 바람으로부터 호슈토보를 보호했고, 또

썰렁하기만 했던 영지를 아늑하게 만들었다.

마리야 니키포로브나는 학교 주위에 소나무 숲을 조성할 생각을 갖고 있었다. 사막과의 싸움에 본격적으로 뛰어들기 위해서였다.

그녀는 마을에 친구들이 많았다. 특히 그 가운데 두 사람, 니키타 가브킨과 예르롤라이 코보제프는 사막 마을에 새로운 믿음을 전파하는 데 앞장섰다.

마리야 니키포로브나는 열을 지어 식수한 소나무들 사이에 파종을 하면 두 배, 세 배의 수확을 거둘 수 있다는 것을 어딘가에서 읽어 알고 있었다. 그 이유는 나무가 눈(雪)의 수분을 오랫동안 간직하고 더운 바람에 식물이 마르는 것을 방지하기 때문이었다. 버드나무조차도 작황을 증가시키고 소나무는 다른 나무들을 튼튼하게 만들었다.

호슈토보는 아주 오래전부터 연료 부족으로 큰 어려움을 겪고 있었다. 악취가 나는 말린 소똥이 연료의 거의 전부였다. 이제 버드나무가 주민들에게 연료가 돼주었다. 또 농민들은 이제 따로 부업을 하지 않아도 되고 만성적인 자금 부족에도 시달리지 않게 되었다. 버드나무 가지로 바구니나 상자를 만드는 법을 배웠고, 또 솜씨 좋은 이들은 의자나 탁자 같은 가구도 만들었기 때문이다. 이로써 첫해 겨울 마을 사람들은 2천 루블의 부수입을 올리게 되었다.

호슈토보 주민들은 한층 여유롭고 넉넉한 생활을 하게 되었고, 사막은 조금씩 녹화되어 이전에 비해 훨씬 살 만한 곳이 되었다.

마리야 니키포로브나의 학교는 아이들뿐 아니라 어른들로 만원을 이뤘다. 어른들도 사막에서 지혜롭게 사는 방법을 가르치는 그녀의 강의를 듣기 위해 학교에 갔다.

마리야 니키포로브나는 격무에도 불구하고 살이 오르고, 시집갈 때가 되어서인지 한결 얼굴이 여물어졌다.

5

마리야 니키포로브나가 호슈토보에 온 지 3년째 되던 해 8월, 소나무와 버드나무 숲을 빼곤 온 초원이 타듯이 말라 들어갈 무렵, 불행한 일이 벌어졌다.

호슈토보의 노인들은 그해에 유목민들이 가축 떼를 몰고 마을을 지나리란 것을 알고 있었다. 유목민들은 사막을 돌다가 15년에 한 번씩 이곳을 찾았다. 호슈토보 사람들은 이렇게 15년째가 되는 해는 초원을 완전히 휴전 상태로 두어 휴식을 취한 초원에서 자라난 모든 것을 유목민들이 취할 수 있도록 하였다.

그런데 유목민들은 무슨 이유에서인지 제때에 오지 않았다. 식물이 싹을 틔우는 봄이 다 되어서야 오려는 것이 틀림없었다.

"어쨌든 올 거야." 노인들이 말했다. "또 안 좋은 일이 생기겠지."

마리야 니키포로브나는 선뜻 이해가 되지 않았지만 기다렸다. 초원은 이미 죽은 지 오래였다. 새들은 멀리 날아가고 거북이들은 굴속으로 숨어들었으며 작은 짐승들은 자연 저수지가 있는 북쪽을 향해 떠났다. 8월 25일에 우물 파는 사람 하나가 먼 버드나무 숲에서 달려와 농가의 덧창문을 두드리며 뛰어다녔다.

"유목민들이 왔어요!"

바로 그때 멀리 바람이 잦아든 초원의 지평선 위로 연기가 피어올랐다. 유목민들과 함께 온 수천 마리의 말과 가축들이 다가오고 있었다.

사흘이 지나자 버드나무든 소나무든 남아난 것이 없었다. 유목민들이 몰고 온 말과 가축들이 마구 뜯어먹고 짓밟아버린 것이다. 물도 바닥을 드러냈다. 유목민들은 밤이면 마을 우물로 가축들을 몰고 와 물의 씨를 말렸다.

호슈토보는 완전히 죽은 마을이 되었다. 사람들은 그저 넋을 잃고 서로 기대어 앉아 있었다.

마리야 니키포로브나는 생전 처음 겪은 이 어처구니없는 일로 부화를 끓이다가 젊은 혈기에 유목민 우두머리를 만나러 갔다.

우두머리는 정중한 태도로 조용히 그녀의 말을 듣고 나서 말했다.

"풀은 적고 사람과 가축들은 많으니 어쩌겠어요, 아가씨? 호슈토보 사람들이 우리 유목민보다 많다면 우리를 초원으로 쫓아내 죽음으로 몰아넣겠지요. 지금 이 상황과 마찬가지로 그 또한 정당한 것이지요. 우리나 당신들이나 악하지 않아요. 다만 풀이 적은 게 문제지요. 한쪽은 죽고, 또 한쪽은 욕을 먹을 수밖에 없게 돼 있답니다."

"어쨌든 당신은 악당이요!" 나르이시키나가 말했다. "우리는 3년을 고생했어요. 그런데 당신들은 단 사흘 만에…… 나는 소비에트 정권에 당신들을 고소하겠어요."

"초원은 우리들 것이오. 러시아인들이 뭣 때문에 여기 온 것이지요? 배가 고파 고향 땅의 풀을 먹은 자를 어찌 범죄자라 할 수 있겠소?"

마리야 니키포로브나는 이 우두머리가 매우 현명한 자라고 혼자 생각했다. 그녀는 그날 밤 보고서를 상세하게 써서 관구로 가져갔다.

관구에서 부서장이 그녀의 말을 듣더니 대답했다.

"저, 마리야 니키포로브나, 아실는지 모르겠는데, 이제 호슈토보는 당신을 꼭 필요로 하지 않습니다."

"무슨 말이지요?" 마리야 니키포로브나는 놀랐다. 그녀는 그 순간 이 부서장과는 비교할 수 없을 만큼 현명한 유목민 우두머리를 머리에 떠올렸다.

"그게 그래요. 주민들은 이미 모래와 싸워 이기는 방법을 배워 알고 있습니다. 유목민들이 떠나면 그들은 다시 버드나무를 심을 겁니다. 혹시 사푸타로 자리를 옮기지 않으시겠어요?"

"사푸타라니요?" 마리야 니키포로브나가 물었다.

"사푸타도 역시 작은 마을입니다." 부서장이 대답했다. "다만 거기는 러시아 사람이 하나도 없습니다. 정착 생활을 시작한 유목민들만 살고 있고, 매년 주민 수가 늘어나고 있습니다. 이곳 사푸타에는 잔디가 모래를 덮어 모래가 잠잠해졌습니다. 그런데 우리가 우려하는 것은 모래가 다시 일어 사푸타로 날아오면 주민들의 생활이 궁핍해지고 그런 주민들이 다시 유목 생활을 시작하지 않을까 하는 것입니다."

"그런데 나는 뭐죠?" 나르이시키나가 물었다. "당신들한테 나는 뭐예요? 유목민 조련사라도 되는 겁니까?"

"마리야 니키포로브나, 제 이야기를 한번 들어보세요." 부서장이 일어나며 말했다. "당신이 만일 사푸타로 가서 정착한 유목민들에게 모래를 다루는 방법을 가르쳐준다면 더 많은 유목민들이 사푸타에 정착하게 될 것입니다. 그리고 그렇게 정착한 사람들은 더 이상 방랑을 하지 않을 테고요. 이제 무슨 말인지 아시겠어요, 마리야 니키포로브나? 그러면 러시아 정착민들의 재배지가 황폐화되는 일도 더욱 줄어들겠지요. 솔직히 말하면, 사푸타로 가겠다고 하는 지원자를 오랫동안 구하지 못하고 있습니다. 벽지인 데다 너무 멀다는 거예요. 다들 고개를 내젓는답니다. 어떻게 생각하세요, 마리야 니키포로브나?"

마리야 니키포로브나는 생각에 잠겼다.

'미개한 유목민들이 사는 모래사막에 청춘을 묻고 버드나무 관목들 사이에서 인생을 마감한다고? 사막에 사는 이 생기 없는 나무를 더없이 훌륭한 나의 기념비로, 내 생의 최고의 영광이라 여기면서?'

그럼 그녀의 남편과 동반자는 어디에 있는가?

이어 마리야 니키포로브나는 다시금 지혜롭고 침착한 유목민 우두머리와 그가 이끄는 사막 부족의 간단치 않은 삶에 대해 생각했다. 그녀는 모래 언덕 속에 갇혀 있는 두 종족의 암담한 운명을 모두 이해할 것만 같았다. 그녀는 기꺼이 말했다.

"좋아요. 가겠어요. 50년 후 할머니가 되어 당신께 오겠어요. 그때는 모래가 아니라 숲길로 오지요. 그때 다시 저를 보려거든 부디 건강하셔야 합니다!"

부서장이 놀란 표정으로 그녀에게 다가갔다.

"마리야 니키포로브나, 당신은 학교가 아니라 민족 전체를 이끌 만한 인물입니다. 물론 기쁩니다만, 어쩐지 당신이 가엽기도 하고, 또 내 자신이 부끄럽기도 하군요. 하지만 사막은 미래의 세계입니다. 두려워할 것 없습니다. 사막에 나무가 자라나면 사람들도 점잖아질 것입니다. 행운이 함께하길 빕니다."

국가의 거주자

  중년의 남자는 협동조합이나 미래의 건설 계획과 더불어 교통을 좋아했다. 아침에 그는 전날 먹다 남은 것들로 간단히 요기를 하고는 자신을 만족시켜줄 만한 구경거리를 찾아 집을 나섰다. 우선 그는 역, 특히 짐이 도착하는 화물 플랫폼을 찾았다. 그는 거기에 화물이 쌓여 있는 것을 보면 언제나 기분이 좋아졌다. 기관차는 편안하게 숨을 몰아쉬며 공공 물자들로 가득한 짐차들을 천천히 풀어놓았다. 짐은 유산(硫酸)이 든 병과 밧줄 더미, 관청에서 쓰는 물건, 아무런 표시도 되어 있지 않지만 뭔가 유용한 것이 들어 있을 포대 같은 것들이었다. 표트르 예브세예비치 베레첸니코프라고 하는 이 중년의 남자는 그의 도시가 물품 공급을 받고 있다는 사실에 만족하며 발차 플랫폼으로 발길을 옮겼다. 사람들이 노동하며 짐을 기다리고 있을 먼 공화국으로 기차가 떠나는지도 확인해야 했다. 기차들은 잔뜩 스프링을 움츠리고 역을 떠났다. 그만큼 무거운 짐을 나르고 있는 것이다. 이 또한 표트르 예브세예비치에게 만족을 가져다주었다. 짐을 받을 그쪽 사람들도 생활이 보장된 것이다.

역에서 멀지 않은 곳에 주거용 촌락이 건설되고 있었다. 표트르 예브세예비치는 건물들이 올라가는 모습을 매일매일 주의 깊게 지켜보았다. 왜냐하면 수천의 노동자 가족들이 그 지붕 아래 따뜻한 둥지를 틀 것이며 그렇게 그들이 거처를 마련하고 나면 세상은 한결 더 명예롭고 행복해질 것이기 때문이었다. 표트르 예브세예비치는 사람들이 노동하는 모습과 건설 자재들이 쌓여 있는 모습을 보고 깊은 감동을 받은 채 공사장으로부터 발길을 돌렸다. 헌신적인 동지적 노동에 의해 알뜰히 마련된 이 모든 것들이 가을과 겨울날의 풍해를 막는 튼튼한 바람막이가 될 것이다. 또 그럼으로써 주민이란 형식을 띤 국가의 내용물이 안전하고 편안해질 수 있는 것이다.

표트르 예브세예비치의 다음 방문지는 농협에서 쓰는 작은 목재 건조장이었다. 이곳은 비록 낡은 것들이지만 건축용 소나무들로 가득 채워지곤 했다. 한 토지 측량원이 이 작은 목재 건조장의 경계를 이루는 도랑 밑에 잠들어 있었다. 그는 늙었다고 할 수는 없지만 세월의 풍파에 많이 닦인 모습이었고, 아마도 오랜 토지정리 일로 기력이 많이 빠진 듯했다. 그는 꿈을 꾸다 지친 듯 입을 벌린 채 잠들어 있었고, 송진이 풍부한 소나무에서 뿜어져 나오는 활기차면서도 어딘지 모르게 불안한 공기가 그의 몸속 깊이 들어가 거기서 그에게 건강을 불어넣었다. 이렇게 하여 그의 몸은 다시 농민들을 위한 토지정리 사업에 적응하게 되는 것이다. 토지 측량원은 이렇게 휴식을 취하며 망중한의 행복을 누리고 있었다. 풀밭 위에는 그가 가지고 다니는 각도계와 줄자 같은 도구들이 놓여 있었다. 가난 때문에 언제나 혼자 사는 거미 한 마리와 개미들이 그 도구들을 열심히 연구하고 있었다. 표트르 예브세예비치는 도랑에 무리 지어 자라난 풀을 한 움큼 뜯어 베개처럼 만들어서는 그것을 토지 측량원의 머리 밑에

받쳐주었다. 그를 좀더 편하게 하기 위해 약간은 성가시게 할 수밖에 없었다. 토지 측량원은 깨어나지 않고 다만 불쌍한 고아처럼 무어라 중얼거리더니 다시 깊은 잠에 빠졌다. 부드러운 풀을 베고 자는 것이 그로서도 훨씬 편했다. 그는 한잠 푹 자고 일어나 더 정확하게 땅을 측량할 것이다. 표트르 예브세예비치는 이렇게 뭔가 유용한 일을 했다는 것에 만족하며 다음 장소로 발길을 옮겼다.

곧 숲이 끝나고, 땅은 움푹 들어간 협곡으로, 이어 아직 분배가 이뤄지지 않은 공동 경작지로 이어졌다. 호밀밭 뒤편으로는 평범한 나무들이 자라고 있었고, 공기가 그 나무들 위의 섬뜩한 공간 속에 머물고 있었다. 표트르 예브세예비치는 공기도 재산이라고 여겼고, 공기가 이곳으로부터 전 국토로 공급된다고 생각했다. 그런데 바람이 불지 않는 날이면 그는 불안감에 휩싸였다. 농민들이 곡식을 찧을 수도 없고, 위생 상태를 나쁘게 만드는 감염된 공기가 도시 상공에 머물기 때문이었다. 그러나 표트르 예브세예비치는 자신의 불안을 고통이라 생각하지 않고 마음에서 우러나는 염려라 여기며 참아냈다. 이 염려는 그의 영혼을 어떤 의미로 가득 채우고 그럼으로써 그로 하여금 그 자신의 삶의 무게를 못 느끼게 만들었다. 바로 그때 표트르 예브세예비치는 기관차 때문에 가슴이 두근거리기 시작했다. 기관차 하나가 숨이 넘어갈 듯 급하게 증기를 뿜어대며 언덕길에서 거친 짐을 끌어당기고 있었다. 그 모습이 표트르 예브세예비치를 한껏 불안하게 만들었다. 가던 길을 멈추고 그는 무겁게 짓누르는 관성을 언덕 위로 끌어당기는 기관차의 고통을 상상하며 마음속으로 기관차를 도왔다.

'연결부가 끊어지지 말아야 할 텐데.' 표트르 예브세예비치는 근질거리는 잇몸을 악물며 중얼거렸다. '화력이 충분해야 할 텐데. 물 끓이는 화

력이. 조금만 더 참아! 이제 얼마 남지 않았다고.'

오르막에서 기관차는 외륜(外輪)을 삐걱거리며 헛바퀴를 돌리면서도 레일에 찰싹 달라붙어 있는 짐차에 굴복하지 않았다. 갑자기 기관차가 통과를 요구하며 몇 차례 신경질적으로 경적을 울렸다. 신호기가 닫혀 있음에 틀림없었다. 기관사는 열차가 일단 서고 나면 다시 올라가기 힘들기 때문에 조바심을 냈다.

'하느님 맙소사, 도대체 어떻게 된 일이지?' 표트르 예브세예비치는 낙담하여 고개를 떨어뜨렸다. 그러고는 다시 역으로 서둘러 발길을 돌렸다. 상황을 파악하기 위해서였다.

기관차는 세 번에 걸쳐 경적을 울렸다. 이는 정차를 뜻했다. 그런데 표트르 예브세예비치가 급히 역에 도착했을 때 역은 너무나도 평온했다. 그는 3등 대합실에 앉아 번뇌에 휩싸였다. '여기 어디 국가가 있단 말인가?' 그는 생각했다. '여기 어디 자동적 질서가 있단 말인가?'

"셰포트코!" 운행 담당이 배차계에게 소리쳤다. "51호 차를 8번 선로로 내보내주게. 통과할 차량들이 많아 큰일 났다고 기계 기사와 역장에게 알리게. 자네 거기서 유조차들은 빼냈는가?"

"네, 그렇게 했어요." 셰포트코가 대답했다. "이제 더 받지 마세요. 더는 둘 데가 없어요. 51호 차를 내보내야겠어요."

'이제야 알겠군.' 표트르 예브세예비치는 마음이 누그러졌다. '여기 바로 국가가 있었어. 여기 관심과 배려가 있기 때문이지. 그저 주민들에게는 조용히 살라고 하면 되겠어. 요구가 지나치면 기계가 망가지는 법이니까.'

표트르 예브세예비치는 한결 마음이 놓이면서도 걱정을 떨쳐버릴 수 없었다. 그는 코지마라 불리는 근처의 마을로 가기 위해 철로가 교차하는 지점에서 발길을 돌렸다.

코지마에는 24가구가 살고 있었다. 집들은 흔들리는 협곡 비탈면에 흩어져 있었고, 주민들은 이런 상태를 70년 동안 벗어나지 못하고 있었다. 협곡으로 인한 어려움 외에도 이 마을은 식수 부족으로 큰 고통을 겪고 있었다. 물이 부족해 마을 사람들은 영양 상태가 좋지 않았고 출산율도 낮았다. 코지마에는 갈증을 달래줄 신선한 물이 없었던 것이다. 다만 마을 한가운데 계곡 밑으로 연못이 하나 있었다. 그러나 이 연못 주위로 동물 분뇨가 둑처럼 쌓여 있었고, 가옥이나 가축 우리에서 흘러나온 물이 그곳으로 스며들었다. 동물 분뇨와 생활 찌꺼기가 모두 못으로 씻겨 들어가 황갈색의 끈적끈적한 물속에 침전되었다. 그 물은 결코 식수가 될 수 없었다. 전염병, 이를테면 콜레라나 장티푸스가 돌 때라든가 토양이 본래 비옥하지 못해 흉작이 들 때면 코지마 사람들은 따뜻한 페치카 위에 누워 눈으로 파리와 바퀴벌레를 좇으며 죽어갔다. 들리는 말에 의하면 예전에는 백 가구 가까이 있었다고 하는데 지금은 그런 과거의 흔적조차 찾아볼 수 없다. 수풀이 주인 없는 영지 안의 집터들을 온통 뒤덮고 있었지만, 수풀 밑으로 불을 땐 흔적도 벽돌이나 석회가 쌓여 있는 것도 보이지 않았다. 표트르 예브세예비치는 언젠가 그곳을 파본 적이 있다. 그는 국가가 축소된다는 것을 결코 믿지 않았고, 언제나 질서와 사회의 힘이 성장하는 것을 느꼈으며, 어디서나 국가적 행복이 자동적으로 커가는 모습을 목격하였다.

코지마에 사는 농민들은 그들에게 희망을 심어주는 표트르 예브세예비치를 존경하였고, 그들이 식수가 부족하다는 것을 온 공화국이 다 알고 있다고 여겼다. 또 표트르 예브세예비치는 그들에게 그런 믿음을 주었다.

"자네에게 식수를 공급해줄 것이네." 그는 약속했다. "우리에겐 국가가 있지 않은가? 정의가 자동적으로 실현되고 있는 마당에 식수쯤이야! 그렇다면 이 문제는 피부병 정도에 불과할까? 아니지. 내적인 문제임에 틀림없어. 시민에게는 이성만큼이나 물이 필요하기 마련이니까."

"물론이죠." 코지마 사람들이 그의 말에 동의했다. "우리의 물 문제 는 소비에트 정권의 최우선적 과제지요. 곧 차례가 올 것입니다. 그럼 물 한번 실컷 마셔봅시다. 그러고 보니 생전 물 한번 마셔보지 못한 사람들 같군요. 그리고 다른 도시에 가서 마시면 될 게 아닌가?"

"자네 말이 맞네." 표트르 예브세예비치가 말했다. "그리고 갈증이 나게 되면 사는 게 더욱 메마르고 옹색해지기 마련이지. 또 피로하면 한 층 더 갈증을 느끼게 되는 거고."

"물 없이 갈증을 벗어날 방법은 없지요." 농민들은 표트르의 의견에 동의했다. "물 없이 한번 견뎌보라지. 모닥불에서 타는 장작을 꺼내 꿀꺽 삼킨 것 같을 테니까."

"그런데 그렇게 느껴질 뿐이지." 표트르 예브세예비치가 말했다. "사 람이 심한 갈증을 느끼면 헛것이 보이니까. 태양은 자네한테나 우리한테 나 열이며 에너지가 확실하지만, 사모바르에서 나오는 김으로 태양을 가 려 꺼뜨릴 수도 있단 말이네. 금세 식탁보 위가 서늘해진단 말일세. 그런 데 그것은 자네나 우리의 마음 한가운데서 그런 상상이 일어나기 때문에 그런 거지."

표트르 예브세예비치는 자기 자신이나 국가는 언제나 '당신'이라 높 여 부른 반면 주민들은 '자네'라고 불렀다. 꼭 그렇게 해야만 할 특별한 이유가 있는 것도 아니었다. 다만 주민들은 항상 국가 밑에 존재하고 국 가로부터 생존을 보장받는다는 이유 때문이었다.

보통 코지마 사람들은 표트르 예브세예비치가 오면 뭐라도 권하고 대접하려고 했다. 그것은 선의에서라거나 살림이 넉넉해서가 아니라 그렇게 하는 것이 별 탈이 없을 것 같았기 때문이었다. 그러나 표트르 예브세예비치는 남의 음식을 먹어본 적이 없다. 곡식은 개인별로 할당된 땅에서 결코 둘이 아닌 한 사람 몫만큼만 자라지 않는가? 따라서 표트르 예브세예비치가 얻어먹을 것은 없는 셈이다. 또 태양도 인색하리만치 사회적으로만 빛난다. 노동자 한 사람 몫 이상으로 태양이 곡식을 데우는 법은 없다. 그런즉 국가 안에 식객이 있어서는 안 되는 것이다.

여름이 찾아오면 코지마 마을은 농촌이 다 그렇듯이 설사병으로 큰 곤혹을 치르곤 했다. 밭작물과 덤불숲에 장과들이 익을 때이기 때문이었다. 이 열매들이 위를 극도로 자극하는 데는 못의 걸쭉한 물이 주는 영향이 컸다. 이 공동의 역경을 예방하기 위해 코지마의 공산청년단원들은 매년 우물을 팠지만 언제나 모래에 막히고 말았다. 그들은 매번 헛수고만 한 것을 후회하며 기진맥진해 땅바닥에 주저앉았다.

"어떻게 자네들이 이 모든 것을 독자적으로 다 해내겠단 말인가?" 표트르 예브세예비치는 어처구니없어하며 공산청년당원들을 나무랐다. "이 땅도 국가의 땅일세. 국가가 우물을 줄 거야. 자동적으로 기다리게. 그동안은 빗물을 마시고. 자네들이 해야 할 일은 분할지의 경계 안에서 땅을 경작하는 거야."

표트르 예브세예비치는 시민들에게 물이 없다는 사실이 다소 씁쓸했지만, 국가의 힘이 반드시 이곳까지 미칠 것이며 그 힘을 집에 돌아가는 길에 만날 수 있을지도 모른다는 기대감에 행복해하며 코지마를 떠났다. 그리고 표트르 예브세예비치는 일종의 실험으로서 작은 의심을 조직하여 자신의 심적인 안정을 깨뜨리는 것이 좋았다. 표트르 예브세예비치는 물이 없음으로 인해 생겨난 이 작은 의심을 코지마를 떠나면서 품고 나왔다. 그는 집에 돌아와 옛 오스트리아-헝가리 지도를 꺼내놓고 바라보며 한동안 이런저런 생각에 잠겼다. 그에게 진정으로 소중한 것은 오스트리아-헝가리가 아니라 국경으로 그려진 살아 있는 국가였고 국민 생활이 안전하게 보호된다는 사실이었다.

표트르 예브세예비치의 따뜻하고 아늑한 거처를 장식하고 있는 세바스토폴 전투화(戰鬪畵) 밑에는 흔히 볼 수 있는 소련 지도가 한 장 걸려 있었다. 이를 바라보는 표트르 예브세예비치의 눈에 근심의 빛이 어렸다. 국경선의 견고함이 그의 마음에 파문을 일으킨 것이다. 그러나 국경이란 과연 무엇인가? 그것은 살아 숨 쉬는 충직한 군대의 굳은 전선이며, 바로 그런 군대의 보호하에 등 굽은 노동이 평화롭게 숨을 쉴 수 있는 것이다.

노동은 소모되는 생명의 순종을 담고 있지만, 이 소비된 생명은 국가의 형태로 축적된다. 국가를 성실하게 사랑해야 하는 이유는 국가 속에 산 자와 죽은 자의 생명이 안전하게 보존되고 있기 때문이다. 건물, 정원, 철도라고 하는 것이 노동자의 짧은 삶이 영구적으로 봉인된 것이 아니고 무엇이겠는가? 그렇기 때문에 표트르 예브세예비치는 덧없는 시민들이 아니라 국가의 형태로 구현된 그들의 사업에 동감해야 한다는 지당한 결론에 도달했다. 또 그런 만큼 국가 전체의 몸으로 화하는 노동을 소중히 해야 하는 것이다.

'기장 밭에 새들이 날아든 건 아닌가?' 표트르 예브세예비치는 생각이 거기에 미치자 마음이 불안했다. '주민들이 먹을 어린 알곡을 새들이 쪼아 먹지 않을까?'

표트르 예브세예비치는 서둘러 기장 밭으로 향했다. 그는 실제로 그곳에서 곡식을 쪼아 먹고 있는 새들을 보았다.

'하느님 맙소사, 이게 또 무슨 일인가? 재산이란 재산은 그냥 가만히

두지 않으니 어떻게 미래를 보장할 수 있겠는가? 비와 갈증, 참새들에다 기차는 서고…… 모든 것들이 다 제멋대로이니. 국가가 이것들에 맞서 어떻게 버티어낸다지? 이 타타르 침략자의 후손에 맞서.'

기장 밭에서 새들을 쫓아내고 난 표트르 예브세예비치는 발아래에서 벌레 한 마리를 발견했다. 벌레는 습기의 흔적을 따라 땅속으로 들어가려 했지만 힘이 없어 허덕이고 있었다.

'이런 게 살아남아 땅을 갉아먹고 있다니!' 표트르 예브세예비치는 분노했다. '국가 안에서 이런 것들을 좀 피할 수는 없을까?' 표트르 예브세예비치는 벌레를 밟아 죽였다. '이제 이 벌레는 인류사가 아닌 영원 속에 살게 된 거야. 여긴 너무 비좁거든.'

밤이 다가오자 표트르 예브세예비치는 집으로 돌아왔다. 참새들도 이제 제 집으로 돌아가 기장 밭에 다시 나타나지 않을 것이다. 이삭 속의 어린 알곡들은 밤새 더욱 무르익고 단단해져 내일은 새들이 쪼기도 한결 힘들어질 것이다. 표트르 예브세예비치는 그렇게 편안하게 생각하며 아침에 먹다 남은 음식을 좀 먹고 잠자리에 들었다. 하지만 잠이 오지 않았다. 뭔가가 눈앞에 나타나 자꾸 어른대는 것 같았다. 그는 귀를 기울였다. 협동조합에서 쥐 소리가 들려왔다. 수위는 차를 마시며 별 취미도 없는 라디오 소리에 귀 기울이고 있었다. 라디오는 어디 먼 초원 지역에서 부농들이 농촌 통신원을 잡는다고 혈안이 되어 있다든가, 공무원 한 사람이 마치 곡식이 논에서 광풍을 맞아 맥없이 쓰러지듯이 부농들에게 맞아 죽었다는 소식을 전하고 있었다.

그러나 기억은 언제나 낙관적인 편이다. 표트르 예브세예비치는 우랄 근방 또는 시베리아에서 큰 탈곡기 공장이 기공에 들어갔다는, 언젠가 신문에서 본 기사를 머리에 떠올렸다. 그런 기억 속에 그는 점차 의식을 잃었다.

아침에 그의 집 창문가로 늙은 지붕공이 일을 나가고 유리공이 자재를 짊어 옮기고 협동조합 수레가 소고기를 실어 날랐다. 이 모습을 보며 앉아 있는 표트르 예브세예비치는 다소 침울해 보이기도 했지만 사실 그는 국가의 평온함과 노동자들의 태도에 적이 만족해하고 있었다. 저 멀리 말수가 적고 점잖은 테르모레조프 노인이 빵집에 가는 모습이 보였다. 매일 그는 아침거리로 불카*를 사 들고 산업협동조합 창고로 일을 나갔다. 그곳에서 그가 대마로 만든 줄은 농민들에게 공급되었다.

맨발의 한 소녀가 뒷마당에서 풀을 뜯기려고 염소를 줄에 묶어 데려가고 있었다. 수염이 나고 눈이 노란 염소 얼굴이 악마를 닮긴 했지만 국토 내의 풀을 먹게 하는 것은 염소도 소중하기 때문이다.

'염소도 살아야지.' 표트르 예브세예비치는 생각했다. '염소도 어린 황소쯤은 되니까.'

문이 열리고 낯익은 농부 한 사람이 모습을 드러냈다. 코지마의 레오니드였다.

"안녕하시오, 표트르 예브세예비치." 레오니드가 말했다. "어제는 좀 기다리시지 않고 서둘러 돌아가셨더군."

표트르 예브세예비치는 당황해하며 놀랐다.

"마을에 무슨 일이라도 생긴 거요? 어제 어떤 거지 하나가 담배꽁초를 버리는 것을 보았는데, 불이라도 난 건 아니오?"

"아니오. 천만에. 그런데 어제 당신이 가고 얼마 되지 않아 마을 반대쪽으로 짐수레 두 대와 그 뒤를 이어 승용마차 한 대가 들어왔소. 승용

---

* 흰 밀가루 빵.

마차에는 노인이 하나 타고 있었는데, 그 노인이 이렇게 말하는 거였소. '공민 여러분, 땅 깊은 곳에서 나오는 물이 필요하지 않습니까?' 그래서 우리가 말했지. '필요하고말고요. 하지만 우리에겐 깊은 곳에서 물을 끌어 올릴 힘이 없습니다.' 그러자 노인이 말했소. '좋습니다. 나는 국가가 보낸 교수입니다. 여러분께 지하 모층(母層)으로부터 물을 끌어 올려드리지요.' 그 노인은 오늘 아침에 떠나고 기계공 두 사람이 장비와 남아 토양 조사에 들어갔소. 표트르 예브세예비치, 우리도 곧 물을 마실 수 있게 되었소. 그래서 당신께 주려고 우유 한 항아리를 가져왔소. 사실 당신이 아니었더라면 우리는 땅을 판답시고 헛수고만 하고 물 한 방울 못 마시고 주저앉아 있었을 거 아니오? 그런데 당신이 와서 국가의 움직임을 기다려라, 국가가 다 앞을 내다보고 있다고 말해주지 않았소? 결국 당신이 말한 대로 되었소. 표트르 예브세예비치, 이 우유를 감사의 뜻으로 가져왔소. 드시오."

표트르 예브세예비치는 실망을 금할 수 없었다. 그는 또다시 살아 있는 국가를 바로 앞에서 놓쳐버려 국가의 순수한 원초적 행위를 보지 못한 것이다.

"그래, 바로 그렇게 국가가 온 것이오." 그는 레오니드에게 말했다. "국가가 메마른 땅에서 물을 끌어 올려줄 거요. 바로 이것이 국가요!"

"그런데 국가는 누구일까요?" 레오니드가 조용히 물었다.

"누구라!" 표트르 예브세예비치가 말끝을 흐렸다. "나도 누군지는 모르지. 그저 상상 속에서 국가를 흠모할 뿐이라오. 왜냐하면 나나 당신이나 우리는 그저 주민일 뿐이기 때문이오. 레오니드, 나는 이제 모든 게 보이오. 희망 속에 죽을 수 있게 되었소. 새들이 기장 알곡을 쪼아도 상관없고, 협동조합의 수위가 라디오만 쳐다보고 있다 해도 상관없으며, 쥐들이 재산을 갉아 손해를 입혀도 상관없소. 국가가 그곳에 돌연 나타날 거요. 우리는 다만 참고 견디면 되는 거요."

"바로 그거요, 표트르 예브세예비치. 아무것도 건들지 말고 있으면 결국 다 되게 되어 있지요."

"맞아요, 레오니드." 표트르 예브세예비치가 레오니드의 말에 동의했다. "국가가 없다면 젖소로부터 우유도 얻지 못할 거요."

"그럼 그 우유가 다 어디로 간다는 거지요?" 레오니드가 의문에 잠겼다.

"그것을 누가 알겠소? 풀이 자라지 않을 수도 있지."

"그럼 그 자리에 뭐가 있을 수 있지요?"

"땅이오, 레오니드. 가장 중요한 것은 땅이란 말이오. 또 땅 역시도 국가의 영토요. 그런데 영토가 없을 수 있는 거지. 그럼 풀이 어디서 자라나겠소? 풀은 미지의 땅에서 자라지 않소. 풀은 영토와 토지정리를 필요로 한다오. 저 멀리 아프리카 사하라 사막과 극해에는 국가가 존재하지 않소. 바로 그래서 풀이 자라지 않는 거요. 모래와 더위, 그저 얼음들뿐이라오!"

"저주받은 곳들이군!" 레오니드가 맞장구치고 입을 다물었다. 이어서 그는 평소의 인간적인 목소리로 돌아와 덧붙였다. "우리 마을에 오시오, 표트르 예브세예비치. 당신이 없으니 우리 모두 왠지 불안하오."

"엄중한 시민이 되면 무엇이든 부족함이 없을 거요." 표트르 예브세예비치가 말했다.

레오니드는 코지마에 아직 물이 없다는 사실을 기억해내고 표트르 예브세예비치의 물통의 물로 충분히 배를 채워두었다.

농부가 후 떠난 후 표트르 예브세예비치는 선물 받은 우유를 조금 맛

보고 나서 도시를 둘러보기 위해 집을 나섰다. 길을 걸으며 그는 가옥의 벽돌을 만져보고 담장을 쓰다듬기도 했다. 또 감각적으로 느낄 수 없는 것은 감사하는 마음으로 머릿속에 그려보았다. 아마도 이 벽돌과 담장을 만든 사람들은 나이가 들거나 노동에 지쳐 이미 죽었을 것이다. 그러나 그들의 몸으로부터 벽돌과 판자, 즉 국가의 총계와 물질을 이루는 것들이 이렇게 남았다. 언젠가 오래전에 표트르 예브세예비치는 국가는 죽은 자들과 살아 있는 자들, 특히 노동하는 자들을 위한 사업이란 점을 깨닫고 매우 기뻐한 적이 있다. 국가의 생산물이 없다면 사람들은 무의미하게 죽어갈 것이다.

표트르 예브세예비치는 마지막으로 기차역에 들렀다. 그는 거기서 들려오는 불안한 경적 소리를 들으며 또다시 철도를 향한 불신감에 사로잡혔다. 이윽고 표트르 예브세예비치는 분노하지 않을 수 없었다. 삼등칸 대합실에서 한 소년이 이 여름에 관용 장작으로 난로를 피우고 있었던 것이다.

"너 뭐야, 이 못된 몸, 연료로 불을 지피고 있는 거냐?" 표트르 예브세예비치가 물었다.

소년은 별로 놀라는 기색이 아니었다. 이런 삶에 이미 이골이 났기 때문이었다.

"그러라고 시켜서 하는 거예요." 소년이 말했다. "이 일을 하고 역에서 잠을 얻어 자고 있어요."

표트르 예브세예비치는 도대체 무슨 영문인지, 왜 한여름에 페치카를 피워야 하는지 도무지 이해할 수 없었다. 그런데 소년이 표트르 예브세예비치의 그런 의문을 풀어주었다. 사정은 대충 이러했다. 역 안에는 썩은 침목들이 무더기로 쌓여 있었다. 그 침목들을 역 밖으로 실어 날라버리지 않고 페치카에서 때워 열을 문밖으로 내보내기로 한 것이었다.

"아저씨, 2코페이카만 주세요!" 이야기를 마치고 소년이 말했다.

돈을 달라면서 소년은 부끄러워했지만 표트르 예브세예비치에 대한 존경심 같은 것은 없었다. 표트르 예브세예비치에게 중요한 것은 단돈 2코페이카가 아니라 이 소년이 국가 안에서 차지하고 있는 위치였다. 즉 그가 꼭 필요한 존재인가, 라는 문제였다. 그런 생각이 표트르 예브세예비치를 괴롭혔다. 소년은 내키지 않았지만, 고향에 어머니와 시집 안 간 누이 둘이 살고 있으며 먹을 거라곤 오직 감자밖에 없다고 말했다. 어머니는 그에게 이렇게 말했다. "어디로든 떠나가라. 어딜 간든 목숨은 부지할 수 있을 거야. 우리와 이렇게 죽어라 고생해봐야 뭐 하겠니? 다 너를 사랑하기 때문에 하는 말이다." 어머니는 마을에서 곡식을 한 움큼 꿔와 그에게 내밀었다. 빌렸다고 했지만 동냥을 해온 것이 틀림없었다. 소년은 곡식을 챙겨 대피역으로 나가 거기서 빈 짐칸에 몸을 실었다. 그의 여행은 그렇게 시작되었다. 그 후 그는 레닌그라드, 트베리, 모스크바, 토르조크를 거쳐 지금 여기까지 와 있는 것이다. 어디서도 그에게 일자리를 주지 않았다. 힘도 약하고, 더구나 그가 아니더라도 고아들이 널려 있다는 것이었다.

"이제 뭘 할 작정이냐?" 표트르 예브세예비치가 그에게 물었다. "국가가 네게 눈을 돌릴 때까지 참고 기다리거라."

"기다릴 수 없어요." 소년이 대답했다. "곧 겨울이 와요. 그럼 죽을지도 몰라요. 여름에도 죽데요. 리호슬라블에서였는데 어떤 사람이 쓰레기통에 들어가 자다가 죽었더라고요."

"그럼 어머니께 갈 생각은 없냐?"

"없어요. 거기도 먹을 게 없어요. 누이들은 많고. 또 누이들은 모두 얼굴이 얽었어요. 사내들이 아내로 데려가려 하지 않아요."

"왜 제때 접종을 받지 않았지? 준의사들이 국가 예산으로 접종을 해 줄 텐데?"

"모르겠어요." 소년이 천연덕스럽게 말했다.

"정말 답답한 노릇이네." 표트르 예브세예비치가 성을 내며 말했다. "왜 스스로를 돌보지 않는가 말이야. 모두가 다 네 식구들 잘못이다. 국가가 무상으로 접종을 해주고 있어. 너의 누이들이 제때 접종만 받았더라면 벌써 시집을 갔을 테고 네가 집을 떠날 필요도 없었을 거다. 국가의 계획에 따라 살고 싶지 않다면 할 수 없지. 이렇게 철길을 따라 전전할 수밖에. 네 식구들이 다 잘못한 거야. 어머니께 가서 그렇게 말해라. 그런데 어째서 내가 네게 2코페이카를 줘야 된단 말이냐? 마마 접종은 반드시 제때 받아야 해. 그래야 나중에 공짜 기차를 타고 길을 헤매고 다니는 일이 없지."

소년은 말이 없었다. 표트르 예브세예비치는 더 이상 이 죄 많은 아이를 동정하지 않기로 하고 그를 혼자 남겨둔 채 역을 떠났다.

그가 집에 돌아와보니 통지문이 하나 와 있었다. 다음 날 노동소개소에 정기 재등록을 하러 출석하라는 내용이었다. 소비에트 상업인 조합 명부에 실업자로 등록되어 있는 그는 노동소개소에 나가는 것을 좋아했다. 언제나 그는 그곳에 가면 자신이 국가를 위해 일하고 있다는 느낌이 들었다.

회의하는 마카르

　　여러 노동 대중 가운데 국가의 두 일원이 살고 있었다. 평범한 농부인 마카르 가누슈킨과 그보다 뛰어난 레프 추모보이 동지였다. 추모보이는 마을에서 가장 똑똑한 사람이었고, 그런 두뇌를 가진 덕분에 민중의 전진 운동, 즉 공동 복지를 향해 나아가는 직선 운동을 이끌었다. 그렇지만 마을 사람들은 모두 레프 추모보이가 지나갈 때면 이렇게 말하곤 했다.

　　"우리 지도자께서 또 어딜 가시는군. 내일이면 또 무슨 지시가 떨어지겠구먼. 머리는 좋을지 몰라도 손이 비어 있어. 헐벗은 두뇌로 살아가지."

　　또 마카르는 농부들이 다 그렇듯이 본업인 농사보다 부업을 더 좋아했고 작물을 돌보는 일보다 온갖 구경거리에 흥미가 더 많았다. 그것은 추모보이 동지에 따르면 머리가 비었기 때문이었다. 언젠가 마카르는 추모보이 동지의 허락도 얻지 않고 바람의 힘으로 도는 회전목마를 만든 적이 있다. 사람들은 마카르의 회전목마 주위로 구름 떼처럼 몰려들어 바람이 불기만을 기다렸지만 좀처럼 바람이 불지 않자 일손을 놓고 우두커니 서 있기만 했다. 그런데 바로 그때 추모보이의 망아지가 초원으로 도망을 쳐 습지에서 사라져버리는 사건이 일어났다. 만일 사람들이 제자리를 지키고 있었다면, 추모보이의 망아지를 놓치지 않았을 것이고 추모보이가 피해를 보는 일도 없었을 것이다. 그러나 마카르가 사람들을 엉뚱한 데로 이끌어 추모보이가 그런 피해를 보게 만든 것이다.

추모보이는 망아지는 찾으러 가지 않고 말없이 바람이 불기만 기다리고 있는 마카르에게 가서 말했다.

"자네가 사람들을 홀리는 바람에 아무도 망아지를 쫓아가 잡지 않았네."

마카르는 골똘히 뭔가에 빠져 있다가 정신을 차렸다. 감(感)을 잡았기 때문이다. 그는 지혜로운 손에다 텅 빈 머리만을 가졌기 때문에 생각은 할 수 없었지만 대신 감만은 단박에 잡을 수 있었다.

"너무 슬퍼하지 말게." 마카르가 추모보이 동지에게 말했다. "내가 제 스스로 움직이는 탈것을 만들어줄 테니."

"어떻게?" 추모보이가 물었다. 그는 자신의 빈손으로는 그런 것을 만들 수 없었다.

"둥근 통에서 떼어낸 테와 줄만 있으면 돼." 마카르가 대답했다. 그가 그렇게 말한 것은 무슨 생각이 있어서가 아니라 그저 테와 줄에 실릴 인력과 회전력이 느껴졌기 때문이다.

"그럼 빨리 만들도록 해." 추모보이가 말했다. "안 그러면 불법적인 구경거리를 만든 데 대해 합법적인 죄를 물을 테니까."

하지만 마카르는 워낙 생각이라는 것을 할 줄 몰랐으므로 벌금 생각은 하지도 않고, 다만 쇳조각을 어디서 본 듯은 한데 어디서 보았는지 기억해내려고만 애를 썼다. 그러나 기억이 나지 않았다. 왜냐하면 마을은 온통 땅 위에서만 나는 것들, 즉 진흙, 짚, 나무, 삼 같은 것들로만 되어 있기 때문이었다.

바람이 불지 않아 회전목마가 돌아가지 않자 마카르는 집으로 돌아왔다.

집에서 그는 적적한 마음에 물을 한 모금 마셨다. 그런데 물맛이 어쩐지 텁텁했다.

'맞아. 그래서 쇠를 찾을 수 없었던 거야.' 마카르는 감을 잡았다. '우리가 물과 함께 다 마셔버리기 때문이지.'

밤중에 마카르는 버려진 마른 우물 속에 들어가 축축한 모래 밑에서 쇠를 찾았다. 다음 날 추모보이의 지휘 아래 농부들이 우물에 들어가 마카르를 끌어냈다. 추모보이는 시민이 사회주의 건설의 전선을 벗어나 죽는 것을 원치 않았다. 마카르는 몹시 무거웠다. 왜냐하면 회갈색 광석을 한가득 움켜쥐고 있었기 때문이다. 농부들은 그를 끌어 올리고 나서 무거워 죽을 뻔했다고 욕을 퍼부었고, 추모보이는 사회적 물의를 일으킨 대가로 그에게 추가로 벌금을 물릴 것을 약속했다.

그러나 마카르는 추모보이의 말에 귀 기울이지 않았다. 일주일 후 그는 아내가 빵을 굽고 난 페치카에서 광석을 구워 철을 만들어내는 데 성공했다. 그가 어떻게 페치카에서 광석을 구웠는지는 아무도 알 수 없었다. 왜냐하면 마카르는 지혜로운 손과 말없는 머리로 일했기 때문이다. 그다음 날 마카르는 쇠 바퀴를 하나 만들고, 이어서 하나 더 만들었다. 그러나 바퀴는 스스로 구르지 않아 손으로 굴려야만 했다.

추모보이가 마카르에게 와서 물었다.

"망아지를 대신할 스스로 움직인다는 탈것은 만들었나?"

"못 만들었네." 마카르가 말했다. "내 감에 따르면 저 바퀴들은 스스로 움직여야 하는데 그렇지 않군."

"이 멍텅구리가 나를 속였단 말이지!" 추모보이가 사무적인 태도로 외쳤다. "그럼 망아지를 만들어내!"

"고기가 없네. 고기만 있으면 어떻게 좀 해볼 텐데." 마카르가 말했다.

"그런데 광석으로 어떻게 철을 만들어낸 거지?" 추모보이가 갑자기 생각난 듯 말했다.

"모르겠네." 마카르가 대답했다. "나는 기억을 못하잖아."

추모보이는 몹시 화를 냈다.

"뭐야, 국가 경제적 의미를 갖는 발견을 공개 못하겠다 이거지? 이런 악마 같은 개인주의자! 돼지 같은 개인농아! 좋아, 생각이란 걸 좀 할 수 있도록 내가 벌금이란 벌금은 모조리 다 물려주지."

마카르는 기가 죽었다. "추모보이 동지, 나는 생각을 하지 못하네. 난 속이 빈 인간이야."

"그럼 그 손이 제멋대로 굴지 못하도록 해. 의식하지 못하는 것은 행동에 옮기지 말란 말이야." 추모보이 동지가 마카르를 꾸짖었다.

"추모보이 동지, 자네 같은 머리가 있다면 나도 생각을 좀 할 수 있을 텐데." 마카르가 정신이 든 모양이었다.

"바로 그거야!" 추모보이가 마카르의 말을 받았다. "하지만 우리 마을에 그런 머리는 단 하나밖에 없네. 따라서 자네는 내게 복종해야 하는 거라고."

그 자리에서 추모보이는 마카르에게 무거운 벌금을 물렸다. 그러자 마카르는 추모보이가 잘 보살펴줄 것이라고 믿고 회전목마와 농장을 그에게 맡기고는 벌금 낼 돈을 마련하기 위해 모스크바로 떠났다.

*

　마카르는 10년 전인 1919년에 마지막으로 기차를 타보았다. 그때는 다 공짜로 탈 수 있었는데, 그가 한눈에도 고용농처럼 보였기 때문이다. 신분증도 요구하지 않았다. 노동자 출신의 초병들이 그에게 말하곤 했다. "타고 가게나, 헐벗은 사람들 모두가 우리의 가족이네."

　지금도 마카르는 9년 전처럼 아무 방해도 받지 않고 기차에 올랐다. 승객이 거의 없고 문이 활짝 열려 있어 좀 의아했을 뿐이다. 하지만 마카르는 객차 가운데 앉지 않고 운행 중 바퀴의 움직임을 살펴보기 위해 객차 연결부에 자리를 잡았다. 바퀴가 돌기 시작하고 열차가 국가의 중심 모스크바를 향해 출발했다.

　기차는 그 어떤 혼혈마보다도 빨리 달렸다. 또 기차를 향해 달려오는 초원은 끝이 없었다.

　'초원이 기계를 힘들게 만드는군.' 마카르는 바퀴를 불쌍히 여겼다. '하기야 이 드넓고 텅 빈 세상에 그 무언들 없으랴!'

　마카르가 손을 쉬면서 손의 지력(智力)이 그의 텅 빈 큰 머리로 올라갔고, 그는 생각을 하기 시작했다. 마카르는 연결부에 앉아 이제 무슨 일을 할까 생각했다. 그러나 그는 거기 오래 앉아 있을 수 없었다. 비무장 승무원이 다가와 신분증을 보여달라고 하였다. 마카르는 신분증이 없었다. 그는 이제 소비에트 정권이 자리를 확실히 잡은 터라 가난한 사람들은 어디든 공짜로 태워주리라 생각했다. 하지만 승무원은 식당이 있는 간이역이 나오거든 얼른 조용히 내리라고 말했다. 그래도 역과 역 사이의 인적 없는 들판에서 굶어 죽지나 않을까 걱정을 해주었다. 마카르는 이 정권이 자기를 무턱대고 내쫓지 않고 요기할 식당까지 고려해주는 것이 고마워 깍듯하게 차장에게 인사를 했다.

편지와 엽서를 내려놓기 위해 열차가 간이역에 잠시 정차했지만 마카르는 내리지 않았다. 그는 과학 상식 하나를 떠올리며 계속 타고 가기로 마음먹었다. 말하자면 기차가 전진하는 것을 돕기 위해서였다.

'물체를 던졌을 때 물체가 무거울수록 멀리 날아간다.' 마카르는 돌과 솜을 비교해보았다. '기차가 모스크바에 도달할 수 있도록 무게 조절용 벽돌로서 계속 타고 가겠어.'

마카르는 승무원의 자존심을 건드리지 않기 위해 차 밑의 기계 속으로 기어들어가 빠르게 구르는 바퀴 소리를 들으며 휴식을 취했다. 마음도 편한 데다 선로의 모래만 계속 보고 있자니 스르르 잠이 왔다. 깊게 잠이 든 그는 차가운 바람을 맞으며 하늘을 나는 꿈을 꾸었다. 그는 너무나 호사스러운 느낌이 들어 땅에 남은 이들이 불쌍히 여겨졌다.

"세료슈카, 자네 왜 목을 뜨거운 채로 내버려두는 거야?"

마카르는 그 말에 잠이 깨어 자기 목을 더듬어보았다. 아무 문제없는 거지?*

"괜찮아!" 세료슈카가 멀리서 소리쳤다. "이제 곧 모스크바야. 불이 붙는 일은 없을 거네."

기차가 한 역에 정차했다. 역무원들이 열차 축을 점검하면서 무어라 나지막하게 욕지거리를 했다.

마카르는 열차에서 기어 내렸다. 저 멀리 국가의 중심, 수도 모스크바가 눈에 들어왔다.

---

* '목'이란 기차의 기계 장치를 일컬음.

'이제 걸어서 가야지.' 마카르는 생각했다. '기차는 이제 초과 중량 없이도 모스크바까지 잘 갈 수 있을 거야.'

마카르는 수많은 탑과 교회, 어마어마한 건물들이 늘어선 곳을 향해 발길을 옮겼다. 그곳은 기적처럼 눈부신 과학과 기술이 이루어지는 도시였다. 그는 교회와 지도자들의 황금 머리 아래에서 삶을 일구고자 이 도시로 향했다.*

*

열차에서 몸을 내린 마카르는 이제 시야에 들어오기 시작한 모스크바를 향해 발길을 옮겼다. 이 중심 도시는 그의 호기심을 한껏 자극했다. 마카르는 길을 잃지 않기 위해 철길을 따라 걸으며 플랫폼이 매우 자주 나타난다는 사실에 놀랐다. 플랫폼 주변에는 소나무와 가문비나무 숲이 펼쳐져 있었고, 그 숲 속에는 작은 나무집들이 서 있었다. 드문드문 자라고 있는 나무들 아래로는 사탕 껍질이라든가 포도주 병, 콜바사 껍질 같은 쓰레기들이 뒹굴고 있었다. 또 사람들의 발에 밟혀 풀도 잘 자라지 않았고 나무들도 어디가 괴로운지 잘 자라지 않았다. 마카르는 어렴풋이나마 그런 자연을 이해할 수 있었다.

'이 근방에 아무래도 못된 인간들이 사는 게 틀림없어. 그들로 인해 식물이 죽어가고 있어. 참 슬픈 일이로군. 사람들이 자신들이 사는 주변을 황무지로 만들고 있으니. 여기 어디 과학과 기술이 있단 말인가?'

마카르는 마음이 아파 가슴을 쓸어내리며 발길을 옮겼다. 플랫폼에서

---

* '교회의 황금 머리'란 교회의 금빛 돔을 일컬음.

는 열차로에서 빈 양철 우유통을 내리고 우유가 든 통은 다시 싣고 있었다. 마카르는 생각에 잠겨 발길을 멈추었다.

"여기도 기술이라곤 찾아볼 수 없군!" 마카르는 자기 나름대로 상황을 파악하고 중얼거렸다. "우유가 든 용기는 실어가는 게 맞지. 도시에서 아이들이 우유를 기다리고 있을 테니까. 하지만 빈 용기를 열차로 실어가는 것은 무슨 짓일까? 기술을 낭비하고 있어. 그런데 그 우유통 한번 엄청나게 크군그래!"

마카르는 양철 우유통을 관리하고 있는 책임자에게 다가가 이곳으로부터 모스크바까지 우유 배관을 설치하면 빈 우유 용기를 쓸데없이 나르지 않아도 된다고 조언했다.

우유통 책임자는 대중의 의견을 존중하는 이로서 마카르의 말을 끝까지 듣고는 모스크바에 가서 이야기해보는 게 어떠냐고 말했다. 거기가면 아주 똑똑한 자들이 있는데, 그들이 물건 고치는 일을 담당한다는 것이었다.

"우유통를 담당하는 사람은 그들이 아니고 당신입니다. 그 사람들은 우유를 마실 뿐이니 기술이 엉뚱한 데 쓰인다는 것을 어떻게 알겠어요?"

그 책임자의 설명은 이러했다.

"내가 맡은 일은 그저 짐을 실어 보내는 것이오. 나는 정해진 일을 실행에 옮기는 자일 뿐 배관 개발자가 아니란 말이오."

그때 그 책임자가 탄 기차가 떠나고 마카르는 의구심에 휩싸인 채 모스크바까지 걸어갔다.

모스크바에 도착하니 늦은 오전이었다. 수만의 군중들이 농민들이 수확을 나가듯 거리를 바쁘게 걷고 있었다.

'저 사람들은 무얼 하러 가는 걸까?' 마카르는 인파 속에 서서 생각했다. '아마도 여기 어딘가에 먼 시골에 살고 있는 사람들을 위해 옷과 신발을 만드는 큰 공장이 있는 모양이야.'

마카르는 자기가 신고 있는 신발을 내려보며 서둘러 가고 있는 사람들에게 "고마워요!"라고 말했다. 그들이 아니었다면 그는 맨발에 벌거숭이로 살아야 했을 게 아닌가? 거의 모든 사람들이 겨드랑에 가죽 가방을 끼고 있는데, 거기엔 아마도 구두장이의 못과 실이 들어 있어 있음에 틀림없었다.

'그런데 왜들 저렇게 힘을 허비하며 뛰어다니지?' 마카르는 그것이 도통 마음에 들지 않았다. '집에서 일해도 될 텐데. 식사야 집집마다 짐마차로 날라주면 될 테고.'

하지만 사람들은 연신 뛰고 스프링이 축 늘어질 정도로 전차를 타고 다니며 노동을 위해 몸을 아끼지 않았다. 마카르는 이것이 불만스러웠다. '선량한 사람들!' 그는 생각했다. '공장에 가기가 저리도 힘들지만 다들 아무 불만 없이 기꺼이 가고 있군.'

특히 마카르의 마음을 사로잡은 것은 전차였다. 왜냐하면 자동으로 가는 데다가 기관사는 아무 조작도 하지 않는 듯, 그저 앞자리에 편히 앉아 있었기 때문이다. 마카르도 전차에 올라탔다. 전차를 타기는 무척 쉬웠다. 바쁜 사람들이 그를 뒤에서 차 안으로 밀어 넣었기 때문이다. 전차는 부드럽게 출발했다. 차 밑바닥에서 힘차게 기계가 으르렁대는 소리가 들렸다. 마카르는 그 소리를 들으며 기계가 가엾다고 생각했다.

'불쌍한 일꾼이라고!' 마카르는 기계에 대해 생각했다. '사람들을 실어 나르느라 죽어라 힘을 쓰고 있군. 대신 값진 일을 하는 사람들을 어디든 데려다 주고 있어. 이렇게 사람들이 다리를 아낄 수 있게 해주는 거지.'

전차 여주인인 듯 보이는 한 여자가 사람들에게 영수증을 나누어 주었다. 하지만 마카르는 그녀를 귀찮게 하지 않으려고 일부러 영수증을 받지 않았다.

"난 됐어요." 마카르는 그렇게 말하고 그냥 지나갔다.

그리고 사람들이 여주인에게 무언가를 달라고 소리치자 그녀가 알았다고 말했다. 마카르도 무엇을 주는지 궁금해 여주인에게 소리쳤다.

"여주인, 나도 그게 뭔지 좀 주시오."

여주인이 줄을 잡아당기자 전차가 급하게 섰다.

"내리시오. 내린다면서." 사람들이 그를 억지로 밀어냈다.

마카르는 전차 밖으로 나왔다.

공기는 수도의 공기다웠다. 기계에서 나온 가스 냄새가 코를 자극하고 전차 브레이크에서 떨어져 나온 쇠 먼지들이 대기에 가득했다.

"여기 어디 국가의 중심이 있소?" 마카르는 우연히 마주친 사람에게 물었다.

그 사람은 손으로 어딘가를 가리키고는 가두의 오수통에 담배꽁초를 던져 넣었다. 마카르도 그 오수통으로 다가가 거기에 침을 뱉었다. 도시의 모든 것을 이용할 수 있는 권리를 누려보고 싶었다.

건물들은 육중하고 높았다. 마카르는 소비에트 권력이 가여웠다. 그런 건물들을 잘 관리하기란 쉬운 일이 아니었기 때문이다.

교차로에서는 경찰관이 붉은 막대기를 위로 들어 올리며 왼손으로는 호밀 가루를 나르는 마부에게 주먹을 쥐어 보였다.

'이곳에서는 호밀 가루를 소중히 여기는 않는 모양이야.' 마카르는 그런 결론을 내렸다. '흰 당밀 과자를 먹고 사나 보지.'

"여기 중심이 어디요?" 마카르가 경찰관에게 물었다.

경찰관은 마카르에게 산 밑을 가리키며 말했다.

"볼쇼이 극장 앞 골짜기요."

마카르는 산 밑으로 다가가 양편으로 펼쳐진 꽃밭 한가운데 섰다. 광장 한쪽 편에는 벽이 서 있고 다른 쪽 편에는 앞면에 기둥을 받친 건물이 서 있었다. 기둥은 철제 말 네 마리를 떠받치고 있었다. 말들이 그다지 무겁지 않을 걸로 봐서 기둥을 더 가늘게 만들었어도 될 것 같았다. 광장에서 마카르는 중심 도시 혹은 국가의 중심을 상징하는, 붉은 기를 단 깃대를 찾았다. 하지만 그런 깃대는 보이지 않고 다만 글씨를 새겨 넣은 바위가 하나 보였다. 마카르는 국가와 자기 자신에 대한 존경심을 가슴에 가득 품어보기 위해 그 돌에 기대어 섰다. 마카르는 행복에 겨워 숨을 크게 내쉬었다. 그러자 돌연 허기가 밀려왔다. 그는 강이 있는 쪽으로 발을 옮겼다. 어마어마하게 큰 건물을 짓고 있는 공사장이 눈에 들어왔다.

"무슨 건물을 짓고 있는 겁니까?" 그가 행인에게 물었다.

"철과 시멘트, 밝은 유리로 된 영원의 집을 짓고 있소!" 행인이 대답했다.

마카르는 공사장에서 일하며 끼니라도 때울 수 있을지 알아보기 위해 그곳으로 갔다.

문 앞에 경비원이 서 있었다. 경비원이 물었다.

"어이 친구, 무슨 일이지?"

"일거리 좀 얻을까 해서요. 배를 몹시 곯았소." 마카르가 말했다.

"노동 허가증도 가져오지 않고 무슨 일을 하겠단 말이야?" 경비원이 안타깝다는 듯이 말했다.

그전부터 한 벽돌공이 다가와 마카르의 말을 듣고 있었다.

"우리 막사로 와서 같이 지내세. 거기 있는 친구들이 자네에게 먹을 걸 줄걸세." 벽돌공이 마카르를 도왔다. "하지만 그냥 이대로는 안 되네.

자네는 아무 소속도 없는 몸이지 않은가? 이도 저도 아닌 인간이란 거지. 우선 노동조합에 가입해야 돼. 출신성분 검사도 받고."

마카르는 우선 뭘 좀 얻어먹기 위해 막사로 갔다. 미래의 더 나은 운명을 위해 무엇보다 목숨을 부지해둘 필요가 있었다.

*

일단 마카르는 길 가던 행인이 영원의 집이라고 불렀던 건물 공사장에 둥지를 틀었다. 그는 먼저 노동자 막사에서 영양이 풍부한 검은 죽을 실컷 먹고 나서 공사 작업을 둘러보기 위해 밖으로 나왔다. 땅에는 온통 상처처럼 생긴 구멍이 뚫려 있었고 사람들이 너도나도 바쁘게 움직이는 가운데 이름 모를 기계들이 땅에 말뚝을 박고 있었다. 묽은 시멘트가 홈통을 흘러 다니고 그 밖의 여러 가지 공사 과정이 눈앞에 펼쳐졌다. 누구를 위한 집인지는 모르지만 집이 지어지고 있는 것만은 확실했다. 마카르는 집이 누구에게 공급될지에 대해서는 관심이 없었다. 다만 미래에 만인의 재산이 될 기술에만 관심이 있을 뿐이었다. 고향에 있을 때 마카르의 윗사람이었던 레프 추모보이 동지는 그와 반대로 지어질 집의 내부 공간을 어떻게 나눌 것인지에 대해서만 관심을 기울였다. 무쇠로 만든 말뚝 박는 기계 같은 것은 관심 밖이었다. 그러나 마카르는 유식한 손을 가졌을 뿐 머리가 없었기 때문에 오로지 무슨 일을 할 것인가에 대해서만 생각했다. 공사장 여기저기를 모두 둘러본 마카르는 일이 빠르고 효과적으로 진행되고 있다는 것을 알 수 있었다. 그런데 알 수 없는 그 무엇인가가 그의 내부에서 끙끙대기 시작했다. 마카르는 공사장 한가운데로 들어가 작업 광경 전체를 한눈에 훑어보았다. 확실히 공사장에 뭔가 하나 부족한 것이 있었다. 무언가가 빠진 것이다. 하지만 도무지 그것이 무언지는 알 수 없었다. 다만 노동하는 자의 양심을 찌르는 안타까움이 마카르의 가슴 속에서 점점 자라나고 있었다. 기분도 가라앉고 배도 부른 터라 마카르는 조용한 곳을 찾아 잠을 청했다. 꿈에서 그는 호수와 새, 잊힌 시골 숲을 보았다. 하지만 정작 필요한 것, 공사장에 부족한 그 무언가는 좀처럼 보이지 않았다. 바로 그때 마카르는 잠에서 깨어나며 그것이 무엇인지 깨달았다. 노동자들은 벽을 세우기 위해 철제 골조 안에 시멘트를 채우고 있었는데, 이것은 기술이 아니라 한마디로 막일에 가까웠다. 적어도 기술이라는 말이 어울리려면 관을 이용해 위에서 시멘트를 부어야 했다. 노동자는 그저 관을 붙들고 있느라 지치지만 않으면 됐다. 이것은 붉은 지혜가 막일을 하는 검은 손으로 옮겨가는 것을 막는 일이기도 했다.

마카르는 곧장 모스크바 과학기술 사무국을 찾아갔다. 사무국은 도심지 안의 한 골짜기, 영원히 불타지 않을 듯한 곳에 자리 잡고 있었다. 사무국 입구에서 마카르는 어떤 키 작은 사람에게 자신이 건설용 호스를 발명해냈다고 말했다. 그 사람은 마카르의 말을 듣고 나서 마카르가 알 수 없는 것을 캐묻고는 그를 한 층 위에 있는 책임 서기에게로 보냈다. 이 서기란 사람은 박식한 기술자였지만 손수 건설 일을 하지 않고 어쩐지 문서만을 다루고 있었다. 마카르는 호스에 관해 그에게 말했다.

"건물은 짓는 것이 아니라 주조해야 합니다." 마카르가 해박한 서기에게 말했다.

서기는 마카르의 말을 다 듣고 나서 결론을 내렸다.

"발명가 동무, 당신이 개발한 호스를 이용하면 일반적인 시멘트 작업보다 비용이 덜 든다는 것을 어떻게 증명하겠소?"

"제가 확실히 느끼고 있습니다." 마카르가 이를 증명해냈다.

서기는 잠시 뭔가를 생각하더니 마카르에게 복도 끝에 있는 방으로 가보라고 말했다.

"거기 가면 가난한 발명가들에게 식사비 1루블과 돌아갈 기차표를 나눠줄 거요."

마카르는 1루블을 받고 기차표는 받지 않았다. 왜냐하면 돌아가지 않고 여기에 눌러 있기로 마음을 굳혔기 때문이었다.

또 다른 방에서 마카르는 노조 가입 허가서를 받았다. 이제 그는 민중 출신의 호스 발명가로서 확실한 지원을 받을 수 있게 된 것이다. 마카르는 이제 노조에서 호스 제작에 필요한 경비를 지원해주리라 믿고 기쁜 마음에 노조로 향했다.

노조는 기술 사무국이 있던 건물보다 훨씬 더 큰 건물에 자리 잡고 있었다. 마카르는 노조 가입 허가서에 이름이 쓰여 있는 노조 책임자를 찾아 근 두 시간 동안 건물 곳곳을 헤매고 다녔다. 그런데 그를 찾고 보니 부재중이었다. 어딘가에서 다른 노동자들을 보살피고 있음에 틀림없었다. 책임자는 저녁녘이 되어서야 돌아왔다. 그는 오믈렛을 먹고 나서 여비서의 도움으로 마카르가 가져온 서류를 읽었다. 머리를 길게 땋아 내린 여비서는 호감이 가는 얼굴의 선진 여성이었다. 그녀는 출납대에 다녀와 마카르에게 다시 1루블을 건넸다. 마카르는 실직 고용농 자격으로 1루블을 받고 서명했다. 서류는 다시 돌려받았다. 서류에는 다음과 같은 새로운 내용이 덧붙여져 있었다. '로핀 동지, 우리의 이 조합원이 산업 노선상에서 그가 발명한 호스를 제작할 수 있도록 지원 바랍니다.'

마카르는 기뻤다. 그는 다음 날 그 로핀 동지를 만나러 산업 노선을 찾아 길을 나섰다. 경찰관도 행인들도 그런 노선을 알지 못했다. 그래서 마카르는 자기 힘으로 그 노선을 찾기로 마음먹었다. 거리에는 마카르가 찾고자 하는 기관의 마크가 들어간 플래카드가 하나 걸려 있었다. 그 플래카드에는 모든 프롤레타리아는 산업 발전 노선 위에 두 발로 굳건히 서야 한다고 쓰여 있었다. 마카르는 바로 여기서 힌트를 얻었다. 일단 프롤레타리아를 찾으면 그의 발밑에서 산업 노선을 발견할 수 있을 테고 그 근방에서 로핀 동지도 찾을 수 있으리란 것이었다.

"경찰관 동지, 프롤레타리아에게로 가는 길을 좀 가르쳐주시오." 마카르가 말했다.

경찰관은 책자를 하나를 꺼내 프롤레타리아의 주소를 찾아 순진한 마카르에게 말해주었다.

*

마카르는 프롤레타리아를 찾아 모스크바 도심을 걸으면서 버스와 전차, 군중의 두 다리로 달리는 이 도시의 엄청난 위력에 놀라지 않을 수 없었다.

'저런 몸동작을 유지하기 위해서는 식량이 많이 필요할 거야!' 손이 비면서 생각을 할 수 있게 된 머리로 마카르는 따져보았다.

많은 걱정거리로 우울해진 마카르는 경찰관이 위치를 가르쳐준 건물에 마침내 도착했다. 이 건물은 빈민 계급에 속하는 사람들이 밤이 오면 머리를 누이는 숙박소였다. 빈민 계급이 그냥 땅바닥에 머리를 기댔던 혁명 전까지는 머리 위로 비가 오고 달이 비추고 별들이 하늘 위를 거닐고 바람이 불어 땅에 기댄 머리가 얼어붙곤 했지만, 그래도 피곤했기 때문에 잠이 왔다. 그러나 이제 빈민 계급의 머리는 함석지붕과 천장 아래에서 베개를 베고 휴식을 취하게 되었고, 한때 지구 표면에 직접 닿았던 머리카락을 자연의 밤바람이 헝크는 일은 더 이상 없게 되었다.

마카르는 새로 지은 깨끗한 집들을 보고 소비에트 권력에 만족감을 느꼈다.

'아기 권력아, 좋았어!' 마카르는 생각했다. '응석받이만 되지 마라. 너는 우리의 권력이니까.'

모스크바의 주거용 건물이 다 그렇듯이 이 숙박소에도 사무실이 있었다. 사무실이 없으면 당장 세계의 종말이라도 오는 듯했다. 또 비록 느릴지라도 정확하게 세상을 돌아가게 하는 이들이 바로 서기(書記)들이었다. 그래서 마카르는 그들이 존경스러웠다.

'그들도 살아야지!' 마카르는 서기들에 대해 이런 결론에 도달했다. '그들이 봉급을 받는다면 무슨 생각이든 할 것이고, 또 그들이 업무상 무슨 생각이든 한다면 틀림없이 똑똑한 사람이 될 것이다. 우리에겐 그런 똑똑한 사람들이 필요하다!'

"필요한 게 뭔가?" 숙박소 관리인이 마카르에게 물었다.

"프롤레타리아를 좀 만났으면 하는데요." 마카르가 말했다.

"어떤 부류의?" 관리인이 다시 물었다.

마카르는 이 질문에 고민하지 않았다. 그는 자기에게 무엇이 필요한지 이미 잘 알고 있었기 때문이다.

"최하층이요." 마카르가 말했다. "그쪽이 가장 숫자가 많지요."

"아하!" 관리인은 무슨 말인지 알 것 같았다. "그럼 저녁때까지 기다려야 하네. 많이 오는 쪽을 따라가 자게나. 거지들이 됐든 계절 품팔이꾼이 됐든."

"사회주의를 건설하는 이들이 필요해요." 마카르가 부탁했다.

"아하!" 관리인은 다시 알겠다는 표정을 지었다. "새집을 건설하는 사람들 말이지?"

마카르는 여기서 의심이 일어났다.

"집은 레닌이 나오기 전에도 지었지요. 빈집을 사회주의라 할 수는 없지요."

관리인도 생각에 잠겼다. 무엇보다 그는 사회주의가 어떤 모습을 하고 있는지 알 수 없었다. 사회주의가 큰 기쁨을 가져올지, 가져온다면 어떤 기쁨일지도……

"집은 전에도 지었었지." 관리인도 마카르의 말에 동의했다. "다만 전에는 나쁜 놈들이 새집에 살았는데, 지금은 어때? 내가 자네에게 새집에서 하룻밤 묵어갈 수 있도록 이렇게 숙박권을 주지 않는가?"

"아, 그렇군요." 마카르는 기뻐했다. "당신은 소비에트 권력을 돕는 충실한 조력자예요."

숙박권을 받아든 마카르는 건물을 다 짓고 남아서 버린 벽돌 더미 위에 앉았다.

'이것도 그래. 벽돌이 왜 이렇게 버려지는 거지?' 마카르는 다시 생각에 잠겼다. '프롤레타리아들이 힘들여 만든 것들인데. 소비에트 권력이 아직 어려서일 거야. 자기 재산을 미처 다 돌보지 못하고 있어.'

마카르는 저녁이 올 때까지 벽돌 위에 앉아 기다렸다. 그는 태양이 지고 등불이 켜지고 쓰레기 더미를 배회하던 참새들이 집으로 돌아가는 모습을 쭉 지켜보았다.

그리고 마침내 프롤레타리아들이 나타났다. 빵을 든 사람, 빵을 들지 않은 사람, 몸이 아픈 사람, 피로에 지친 사람…… 그들은 오랜 노동으로 인해 모두 순박해 보였고, 극도의 피로는 그들이 선한 마음씨를 갖도록 만들었다.

마카르는 하루 종일 건설 작업에 매달렸던 프롤레타리아들이 관용 침대를 하나씩 차지하고 한숨 돌리기만을 기다렸다가 숙박소 중앙 홀로 용감하게 나가서는 그 한가운데 섰다. "노동자 동지 여러분! 여러분들은 고향 모스크바, 국가의 중심 세력 안에 살고 있습니다. 그런데 모스크바에서는 끊임없이 무질서가 빚어지고 가치가 헛되이 낭비되고 있습니다."

프롤레타리아들이 침대에 누워 있다가 몸을 돌렸다.

"미트리!" 누군가의 낮고 굵은 목소리가 들렸다. "그 친구 제정신인지 좀 흔들어봐."

마카르는 기분 나빠하지 않았다. 여기 누워 있는 사람들은 적대 계급이 아닌 프롤레타리아였기 때문이다.

"당신들은 모든 것에 다 신경을 쓰지는 못하고 있더군요. 우유통을 비싼 기차로 나르던데, 보니까 우유는 다 마시고 난 빈 통이었어요. 피스톤식 펌프가 달린 관만 있으면 되는데…… 집이나 창고를 짓는 것도 그래요. 호스로 부어서 하면 될 것을 조금씩 붙이고 있더군요. 제가 바로 그 호스를 개발해냈습니다. 사회주의와 그 밖의 복지가 하루빨리 이루어지기를 빌며 제가 그것을 여러분들께 공짜로 드리려고 합니다."

"무슨 호스?" 얼굴이 보이지 않는 프롤레타리아의 굵은 목소리가 들려왔다.

"제가 만든 호스 말입니다." 마카르가 힘주어 말했다.

잠시 침묵이 흐르다가 이윽고 먼 구석에서 누군가의 맑은 목소리가 들려왔다. 마카르는 바람처럼 스쳐가는 그 목소리를 어렵게나마 들을 수 있었다.

"우리에게 소중한 것은 힘이 아니오. 집은 조금씩 붙여가며 지으면 되오. 우리에게 소중한 것은 영혼이오. 당신도 사람이라면 집보다는 마음이 중요할 거요. 우리는 여기서 급여도 받으며 노동도 보호받고 노조에도 소속되어 있소. 클럽에 나가 취미 생활도 하고요. 하지만 서로에 대해서는 관심이 없소. 그저 서로 고발이나 하고 말이지…… 당신이 발명가라면 우리에게 영혼을 주시오!"

마카르는 망연자실해졌다. 그는 온갖 물건을 다 발명해냈지만 영혼은 한 번도 시도해보지 않았다. 그런데 이곳 사람들은 영혼이 필요하다는 것이다. 마카르는 관용 침대에 누워 이제까지 평생 프롤레타리아와는 상관없는 일만 해온 게 아닌가 하는 회의에 빠졌다.

어느새 잠이 든 마카르는 금세 다시 깨어났다. 괴로운 꿈을 꾸었기 때문이다. 괴로운 마음이 꿈으로 옮겨갔던 것이다. 꿈에서 그는 산 같기도 하고 높은 언덕 같기도 한 것을 보았다. 그런데 그 위에 과학적인 사람이 서 있었다. 마카르는 잠이 덜 깬 바보처럼 그 산 아래 누워 과학적인 사람이 무슨 말이나 행동이든 해주기만을 기다리며 그를 올려다보고 있었다. 그런데 이 사람은 속을 태우는 마카르에게는 눈도 주지 않고 아무 말 없이 서 있을 뿐이었다. 그가 생각하는 것은 사적인 마카르가 아니라 전체적인 규모였다. 최고로 과학적인 이 사람의 얼굴은 그의 발아래 먼 데까지 깔려 있는 대중적 삶의 서광을 받아 환하게 빛나고 있었다. 하지만 그의 눈은 너무 높은 곳에 있는 데다 또 너무 먼 곳을 바라보고 있어서 섬뜩하고 죽은 듯이 보였다. 그는 아무런 말이 없었고 마카르만 괴로워할 뿐이었다.

"어떻게 하면 제가 제 자신과 이웃에게 꼭 필요한 사람이 될 수 있겠습니까?" 마카르는 그렇게 묻고 나서 두려움에 입을 다물었다.

과학적인 사람은 대답 없이 계속 침묵을 지켰고, 그의 눈에는 수백만 민중들의 삶이 비쳐 나타났다.

마카르는 두려웠지만 죽은 듯 말이 없는 돌산을 기어 올라갔다. 이미 미동도 없는 과학적인 사람에 대한 두려움이 세 차례 밀려왔고 또 세 차례 그 두려움이 호기심에 밀려 뒤로 물러났다. 만일 마카르가 똑똑한 사람이었다면 그렇게 높은 곳까지 기어 올라가지 않았을 것이다. 하지만 그는 둔한 머리와 호기심 많은 손을 가진 덜떨어진 인간이었다. 호기심이 넘치는 어리석음 때문에 그는 최고로 과학적인 사람이 서 있는 곳까지 기어 올라가 급기야 그의 크고 뚱뚱한 몸을 살짝 건드려보았다. 그러자 아주 살짝 건드렸을 뿐인데 이 알 수 없는 몸이 갑자기 살아 있는 듯 흔들리더니 한꺼번에 마카르 위로 무너져 내렸다. 그는 죽어 있었던 것이다.

그 충격으로 잠에서 깬 마카르는 머리맡에 숙박소 감독이 서 있는 것을 보았다. 감독은 주전자로 마카르의 머리를 툭툭 치며 그를 깨우고 있었다.

마카르는 일어나 앉았다. 그때 얼굴이 얽은 프롤레타리아 하나가 눈에 들어왔다. 그는 접시에 물을 받아 조심스럽게 세수를 하고 있었다. 마카르는 한 줌도 안 되는 물로 얼굴을 깨끗이 씻는 방법이 있다는 데 놀라워하며 그 얼굴 얽은 사람에게 물었다.

"모두 일을 나갔는데 어째서 자네 혼자 남아 세수나 하고 있나?"

얼굴이 얽은 자는 베개에 얼굴을 문질러 닦고 대답했다.

"노동하는 프롤레타리아는 많지만 생각하는 프롤레타리아는 얼마 되지 않아. 나는 모두를 위해 생각하는 일을 하고자 하네. 알겠나? 왜 아무 말이 없는 거지? 내 말이 무슨 말인지 모르겠나?"

"마음이 착잡하고 계속 의심이 나서 그러네." 마카르가 대답했다.

"그렇군. 그럼 나와 함께 나가 모두를 위해 생각을 하는 게 어떻겠나?" 얼굴이 얽은 자가 잠시 무슨 생각을 하는 듯하더니 말했다.

마카르는 자신에게 주어진 임무를 찾기 위해 표트르라는 이 얼굴이 얽은 자와 밖으로 나갔다.

마카르와 표트르는 다양한 차림새의 여자들을 보았다. 여자들은 몸에 딱 달라붙는 옷을 입고 다녔는데, 모두 벌거벗고 싶어 하는 것 같았다. 또 남자들도 많았는데, 남자들이 제 몸을 아껴 훨씬 더 헐렁한 옷을 입고 다녔다. 이 수많은 남자와 여자들이 자동차나 2인용 무개마차를 타거나, 사람의 무게로 삐걱거리면서도 참고 잘 굴러가는 전차를 타고 다녔다. 그런데 탑승자든 보행자든 모두 과학적인 표정을 하고 앞을 향해 내달리고 있었다. 그들은 마카르가 꿈에서 보았던 그 위대한 사람을 닮은 듯 보였다. 이 수많은 과학적인 인간들을 보고 있자니 마카르는 속이 몹시 좋지 않았다. 그는 당황한 표정으로 표트르를 보았다. 혹시 이 친구도 먼 곳에만 시선을 고정하고 있는 과학적인 인간이 아닐까?

"혹시 자네도 모든 과학을 다 섭렵하고 먼 곳만을 바라보지 않나?" 마카르가 조심스럽게 물었다.

표트르는 정신을 한 군데로 모았다.

"내가 말이야? 나는 레닌처럼 되고 싶을 뿐이야. 멀리 뿐 아니라 가까이도 보고 넓게 뿐 아니라 깊게도 보는, 또 위로도 보는 레닌처럼 말이야."

"맞아, 바로 그거야!" 마카르는 마음을 놓았다. "그런데 난 위대한 과학적인 인간을 보았어. 먼 곳만을 보고 있더군. 그의 바로 앞에서, 한 2사젠이나 될까, 한 외로운 사람이 괴로워하며 그에게 도움을 구하고 있었는데도 말이야."

"그랬을 거야." 표트르가 알겠다는 듯이 말했다. "그는 비탈길에 서 있고, 그에겐 모든 것이 멀리 있을 뿐 가까이는 개미 새끼 한 마리 없는 것 같은 거지. 또 제 발밑만 보고 있는 사람도 있어. 혹시 돌에 걸려 넘어져 죽지나 않을까 하고 말이야. 그것은 자기가 항상 옳다는 것을 확인하려는 것이기도 하지. 하지만 대중은 느린 속도의 삶을 답답해하네. 우리는 땅바닥의 돌 따위는 무서워하지 않아."

"우리 민중도 이제 신발을 신고 있으니까!" 마카르가 맞장구를 쳤다.

표트르는 멈추지 않고 계속 자기 생각을 말했다.

"자네 언제 공산당을 본 적 있는가?"

"아니, 표트르 동무, 보여주지 않더군. 다만 고향에 있을 때 추모보이 동무는 보았지."

"얼빠진 동지들은 여기도 얼마든지 있네. 내 이야기는 시선을 정확히 과녁에 집중하는 순수한 당 말이네. 나는 당 모임에 나가면 언제나 내가 바보가 된 것 같은 느낌이 들어."

"어째서 그렇지, 표트르 동무? 자넨 완전히 과학적인 사람처럼 보이는데."

"왠가 하면 내 몸이 내 지혜를 갉아먹기 때문이야. 나는 맛난 음식이 먹고 싶어. 하지만 당은 공장을 지어야 한다고 말하네. 쇠가 없으면 곡식도 잘 자라지 않는다는 거야. 무슨 말인지 알겠나?"

"알겠네." 마카르가 대답했다.

기계를 만들고 공장을 짓는 사람들을 마카르는 마치 학자처럼 잘 이해할 수 있었다. 그는 평생 진흙과 짚이 전부인 농촌만 보며 살아왔지만 기계 없이 농촌이 잘 될 수 있으리라 한 번도 생각해본 적이 없었다.

"자, 보라고." 표트르가 말했다. "자네는 최근에 만난 어떤 사람이 영 마음에 들지 않다고 말했지. 그는 당이나 내 마음에도 들지 않아. 멍청한 자본주의가 그런 인간을 만들어냈지. 우리는 그런 인간들을 언덕 밑으로 조금씩 밀어내고 있다네."

"나도 느끼고는 있어. 단지 머리에 쏙 들어오지 않을 뿐이지." 마카르가 말했다.

"모르겠거든 내가 시키는 대로 하게. 가는 줄 위에서 떨어져 몸을 상할 수도 있으니까."

마카르는 눈을 돌려 모스크바 사람들을 바라보며 잠시 생각에 잠겼다.

'여기 사람들은 잘 먹어서 그런지 얼굴이 모두 허여멀건 하군. 모두 풍족한가 봐. 그럼 아이들도 많이 나올 텐데 이상하게 아이들이 거의 보이지 않는군.'

마카르는 표트르에게 이런 의문을 이야기했다.

"이게 바로 자연이 아니라 문화라는 거야." 표트르가 설명했다. "여기 사람들은 가족을 이루며 살지만 자식을 낳지는 않네. 또 노동을 생산하지 않고 밥만 먹네."

"어떻게 그럴 수가 있지?" 마카르가 놀라워했다.

"그냥 그런 거야." 표트르가 자신 있게 말했다. "어떤 이는 서류에 뭔가를 한번 써넣는 것만으로 꼬박 1년 반을 가족과 함께 먹고 살 수 있네. 또 어떤 이는 그나마도 쓰지 않고 다만 그것을 다른 사람한테 시키는 것만으로 밥벌이를 하며 살아가지."

마카르와 표트르는 저녁때까지 길거리를 헤매고 다녔다. 모스크바 강과 거리들, 뜨개 옷을 파는 점포들을 둘러보았다. 그러자 허기가 졌다.

"경찰서에 밥 먹으러 가세." 표트르가 말했다.

마카르는 그를 따라나섰다. 경찰서에서는 원래 밥을 준다고 여겼다.

"말은 내가 할 테니, 자네는 아무 말 말고 좀 아픈 척만 하게." 표트르는 마카르에게 일러두었다.

경찰서에는 강도와 집 없는 자들, 마치 짐승과 같은 자들, 사연을 알 수 없는 불쌍한 자들이 득실거렸다. 담당 경찰관이 앉아 계속 사람들을 받고 있었다. 그는 어떤 자들은 구치소로 보내고 어떤 자들은 병원으로 보냈다. 또 어떤 자들은 집으로 돌려보냈다.

표트르와 마카르 차례가 되자 표트르가 말했다.

"책임자 동지, 제가 여기 미친 사람 하나를 잡아왔습니다."

"어떻게 미친 자요?" 담당자가 물었다. "공공장소에서 무슨 나쁜 짓이라도 저질렀소?"

"아닙니다." 표트르가 솔직해 말했다. "한껏 흥분한 상태로 거리를 쏘다니는데 무슨 짓을 저지를지 모르지요. 사람을 죽일 수도 있고. 뭐 그때 가서 처벌을 할 수도 있지만 가장 좋은 범죄와의 싸움은 예방이라고 봅니다. 제가 범죄 예방 차원에서 이 사람을 이렇게 잡아 온 겁니다."

"옳은 말이오!" 책임자가 표트르의 말에 동의를 표했다. "그를 지금 당장 정신병원으로 보내 검사를 받도록 하겠소."

서류를 작성한 후 경찰관이 난감한 표정을 지었다.

"당신들을 데려갈 사람이 없소. 모두 엄청나게 바빠서……"

"제가 저 사람을 데려가지요." 표트르가 말했다. "나는 정상인입니다. 이 사람이 미친 사람이고요."

"그렇게 하시오." 경찰관은 기뻐하며 표트르에게 서류를 건네줬다.

한 시간 후에 표트르와 마카르는 정신병원에 도착했다. 표트르는 그곳 사람들에게 자기는 경찰이 이 위험천만한 바보에게 붙인 사람이며 그는 잠시라도 그냥 내버려둬서는 안 된다고 말했다. 또 이 바보가 여태 아무것도 먹지 못해 곧 난리를 피울 게 틀림없다고 말했다.

"주방으로 가시오. 거기 가면 음식을 줄 거요." 마음씨 좋은 간호사가 말했다.

"이 인간은 아주 많이 먹습니다." 표트르가 말했다. "큰 그릇으로 고깃국 두 그릇과 죽 두 그릇은 간단하게 해치우지요. 여기로 좀 가져오라고 하면 어떻겠어요? 이 인간이 솥에다 침을 뱉을 수도 있거든요."

간호사는 그렇게 해주었다. 마카르에게 맛있는 음식 3인분이 배달되었고, 그와 함께 표트르도 배불리 먹을 수 있었다.

곧 마카르는 의사에게 진료를 받았다. 의사는 그에게 여러 가지를 꼬치꼬치 캐물었는데, 마카르는 자기 생활에 대해 워낙이 무지한 터라 의사의 질문에 마치 미친 사람처럼 대답했다. 그러자 의사는 마카르를 여기저기 더듬어보더니 심장에 피가 쓸데없이 너무 많다고 말했다.

"검사를 좀더 해봐야 되겠소." 의사가 말했다.

마카르와 표트르는 정신병원에 남아 하룻밤을 보냈다. 저녁에는 도서실에서 책을 읽었다. 표트르는 마카르에게 레닌이 쓴 책을 읽어주었다.

"우리 기관들은 아주 엉터리이다." 표트르가 레닌의 말을 읽어주자 마카르는 레닌의 정확한 지적에 놀라움을 금치 못했다. "우리의 법규들도 아주 엉터리이다. 우리는 계획을 세울 수 있을지 몰라도 그것을 실행에 옮기지는 못한다. 우리 기관들에는 우리에 대해 적대적인 자들이 앉아 있고, 또 어떤 우리 동지들은 그야말로 고관대작이 되어 바보 같은 짓만 일삼는다."

마음의 병을 앓는 몇 사람도 레닌의 말을 듣고 있었다. 그들은 레닌이 모든 것을 내다보고 있다는 사실을 전에는 미처 알지 못했다.

"옳소!" 영혼을 다친 환자와 노동자, 농민들이 고개를 끄덕였다.

"우리 기관에 노동자와 농민들이 더 많이 들어와야 한다." 얽은 얼굴의 표트르는 계속 읽어나갔다. "사회주의는 우리 기관들의 서류가 아닌 대중의 손으로 건설되어야 한다. 나는 우리가 이런 오류들로 인해 언젠가는 그에 응당한 큰 화를 입게 되리라는 희망을 잃지 않고 있다."

"레닌을 본 적 있나?" 표트르가 마카르에게 물었다. "우리가 그런 기관들을 혼내주어야 마땅하지만 하루하루 사는 데 급급해 있는 형편이고 보니…… 자 여기 혁명에 관한 모든 것이 생생하게 기록되어 있네. 나는 여기서 이 책을 훔쳐서 나가겠네. 여기도 기관이지 않은가? 내일 날이 밝거든 우리 함께 사무실을 돌아다니며 우리가 노동자와 농민임을 밝히세. 우리 함께 기관에 들어가 국가를 위해 생각하세나."

책을 읽고 나서 마카르와 표트르는 낮 동안 쌓인 피로를 풀기 위해 잠자리에 들었다. 다음 날 두 사람은 레닌과 무산자의 사업을 위한 투쟁에 나서야 했다.

*

표트르는 이제 어디로 가야 할지 잘 알고 있었다. 그곳은 노동자-농민 감찰위원회였다. 이곳은 불만이 있거나 아픔이 있는 자들은 모두 환영했다. 노동자-농민 감찰위원회 건물의 2층 복도 첫번째 문을 뻐끔 열자 사람이 하나도 보이지 않았다. 두번째 문 위에는 '누가 누구를?'이라는 짧은 문구가 걸려 있었다. 표트르와 마카르는 그 문으로 들어갔다. 방에는 아무도 없고 레프 추모보이 동지 한 사람만 앉아 있었다. 그는 빈농들에게 대충 마을을 맡겨놓고 이곳에 와 무슨 일인가를 맡고 있었다.

마카르는 추모보이를 보고도 놀라지 않았다. 그는 표트르에게 말했다.

"'누가 누구를'이라고 하는데 우리가 그를……"

"아니지." 표트르가 마카르를 말렸다. "국가가 무슨 뒤죽박죽 곤죽인 줄 아나? 더 위로 가보세."

위에서는 따뜻하게 그들을 맞아주었다. 왜냐하면 거기는 일반 사람들, 특히 밑바닥에서 활동하는 두뇌를 원하고 있었기 때문이다.

"우리는 계급을 대표하는 자들이오." 표트르가 최고 책임자에게 말했다. "우리에게 지혜가 충분히 쌓였으니 너절한 관료 억압자들을 다스릴 권력을 주시오."

"가져가시오. 권력은 이제 당신들 것이오." 최고 책임자가 그들의 손에 권력을 쥐여주었다.

그때 이후로 마카르와 표트르는 레프 추모보이의 맞은편 책상에 앉아 그들을 찾아오는 가난한 민중들과 이야기하기 시작했다. 그들은 무산자에 대한 동정을 바탕으로 모든 문제들을 지혜롭게 풀어나갔다. 곧 민중들은 마카르와 표트프의 기관에 발길을 끊었는데, 왜냐하면 노동자들이 집에서 자신들의 문제에 대해 스스로 생각하기 시작했기 때문이다.

레프 추모보이 동지만 서면 소환을 받지 않았기 때문에 기관에 혼자 남게 되었다. 그는 국가청산위원회가 생길 때까지 그곳에 있었다. 그 후 그는 이 위원회로 자리를 옮겨 44년을 일하다가 자신의 국가정신을 남김 없이 쏟아부은 산더미 같은 일들 속에서 쓸쓸히 죽음을 맞았다.

존재의 심연에서 길어 올린 역설의 언어

1980년대 후반 고르바초프의 페레스트로이카와 더불어 오랫동안 소련 내에서 출판이 금지되었던 많은 작품들이 독자의 품으로 돌아왔다. 그 작가들의 면면을 보면 대개 혁명을 '체질적으로' 거부할 수밖에 없는 문화적 배경을 갖는 작가들로서 일찌감치 망명의 길을 선택하였거나 국내에 남았더라도 현실 체제와 담을 쌓고 망명지에서와 다를 바 없는 세월을 보낸 이들이 대부분이다. 이번에 초기 작품 모음집으로 우리 독자들을 찾게 될 안드레이 플라토노프도 페레스트로이카 이후에야 주요 작품이 풀린 대표적인 해금 작가에 속하지만, 이 계열의 다른 작가들과 달리 누구보다 열렬히 혁명을 환영했고 혁명의 세례 속에 문학의 길로 들어선 작가라는 점에서 문학적 이력이 특이하다.

플라토노프의 문학은 이러한 혁명기 러시아의 정신적 상황과 문화적 '속살'을 독특한 문체로 그려내고 있는 역사적 기록이며 동시에 혁명의 존재론이다. 우리 국내에는 그의 문학이 아직 본격적으로 소개되지 못하고 있는데, 그의 고국인 러시아에서도 이러한 사정이 크게 호전된 것은 그리 오래되지는 않는다. 생전에 그의 주요 작품들은 당의 부당하리 만큼 엄격한 문학 정책으로 인해 거듭 출판이 좌절되었고, 발표된 작품들도 주류 정치 담론에 좌우되는 비평가들에 의해 끊임없이 비판의 화살을 받아야만 했다. 그가 사망한 후 그의 문학은 거의 잊힐 뻔하였지만, 사후 7년 만에 나온 단편 선집이 관심의 명맥을 유지해주었다. 그러나 이때도 그의 대표작이 출판될 희망은 요원하기만 하였고, 1980년대 말에 이르러서야 소련의 개혁-개방 정책으로 과거에 묶여 있던 작품들이 대거에 풀리면서, 그의 대표작인 장편 『체벤구르Чевенгур』와 『코틀로반Котлован』이 주요 월간지를 통해 러시아에서는 처음으로 소개되었다. 이리하여 플라토노프의 문학의 본령(本領)이 서서히 모습을 드러내고, 비로소 그의 문학이 러시아의 변화된 문화적 지형의 중심부로 들어오게 된 것이다.

그의 작품이 러시아 국내에 소개되자 그 반응은 문체의 난해함으로 인한 솔직한 곤혹감을 빼면 감격과 흥분 일색이었다. 심지어 일부에서는 1980년대 말 혼란스러운 소련 국내 상황의 해결책을 그의 문학 속에서 찾고자 하기도 했다. 그러나 이러한 흥분된 분위기가 점차 가라앉으면서 역량 있는 문학 연구가들이 그의 작품을 향해 몰려들었고, 그의 예술 세계의 비밀이 조금씩이나마 벗겨지게 되었다. 하지만 그에 대한 본격적인 연구의 연륜이 갓 20년을 넘어선다는 물리적 시간이 말해주고 있듯이, 아직도 그에 관한 연구에는 미비한 영역들이 즐비하게 남아 있다.

이 글에서는 그가 거쳐간 삶의 궤적을 바탕으로 30년에 걸친 그의 창작을 주요 작품별로 소개해보고, 이어서 이 작품집에 수록된 각 작품의 의미에 대해 간단하게나마 살펴보도록 하겠다.

플라토노프의 생애와 문학 세계

안드레이 플라토노비치 플라토노프Андрей Платóнович Платонов (본명 – 클리멘토프Климéнтов) 는 20세기가 시작되기 두해 전 러시아 남부 보로네시 근교의 작은 마을에서 태어났다. 그의 아버지 플라톤 클리멘토프는 보로네시 철도국 소속의 주물공이었고, 당시 러시아 지방 도시의 민중들의 삶이 대체로 그랬듯이, 어려운 생활을 영위하고 있었다. 더욱이 자녀를 10남매나 두면서 이러한 생활고는 한층 가중되었다. 그 가운데 장남으로 태어난 플라토노프는 보로네시 시내에 있는 교회 부설 학교에 입학하지만, 생계를 꾸려가기에 바쁜 부모님을 대신해 언제나 어린 동생들을 돌보아야만 하는 유년기를 보냈다. 어려운 가정환경 탓에 그는 중학교를 졸업한 후 직업 전선으로 뛰어들었다. 혁명이 일어나던 해까지 그는 보험회사 사환, 철도 기관사 보조원 등, 여러 일자리를 두루 거쳐 다녔다.

어린 시절 플라토노프의 최대 관심사는 기계와 문학이었다. 하루 일과를 마치고 동생들이 잠들고 나면 그는 기계를 고치고 만드는 일에 골몰했고, 또한 그는 어려서부터 문학에 남다른 재능을 보이기도 하였다. 그의 삶에 일대 전기를 가져다준 사건은 바로 혁명이었다. 혁명이 일어난 이듬해 그는 다시 배움의 기회를 얻어, 보로네시 철도기술대학 전기과에 입학하였고, 학업과 병행해 잡지사에서 일하게 되면서 다양한 집필 활동을 펼치기 시작했다. 한때 내전의 전선이 보로네시 부근에까지 미치자 그는 인근 지역으로 파견되어 동요하는 농민들을 선무하는 일을 맡기도 하였다. 1920년 내전이 완료되면서 그는 지체된 학업을 계속하는 한편, 이제 활동 영역을 더욱 넓혀 지역 문필가로서의 입지를 더욱 확고히 쌓아갔다.

이 시기 플라토노프의 주요 장르는 철학적 에세이, 정치 평론 류의 글들이었다. 이 글들은 프롤레타리아 작가로 출발하는 플라토노프의 독특한 세계관과 특유의 세계 변혁의 파토스로 가득 차 있다. 그 가운데 독특한 문명론이기도 한 철학적 에세이 「프롤레타리아의 문화Кулуьтура Пролетариата」는 초기 플라토노프의 이념적 밑그림을 잘 보여주고 있다. 이 글에서 그는 인류의 문명사를 세 단계로 구분하고 각 특징을 제시하고 있는데, 전(前) 부르주아 단계인 첫번째 단계에서 인간은 자연의 물리적 위협에 맞서 생존을 최우선의 목표로 살았다고 말한다. 이어 두번째 부르주아 단계에 오면 인간은 드디어 자신의 생래적 한계인 죽음을 의식적으로 자각하기에 이르고, 죽음에 대한 대응으로 성(性), 즉 후손을 통해 자기 존재를 연장하는 방식을 택하게 된다는 것이다. 그리고 마지막 세번째 프롤레타리아 단계에 이르러 인간은 성이 아닌 이성 또는 의식의 힘을 빌려 비로소 죽음을 극복하게 된다는 것인데, 이것이 바로 초기 플라토노프에게서 반복적으로 나타나는 모티프인 '불사(不死)의 획득'이다. 그런데 죽음을 정복한 인간은 여기서 머물지 않고 자연의 모든 비밀을 정복하기 위한 원정길에 나서야 한다. 이처럼 그는 철학적 에세이 「프롤레타리아의 문화」에서 문명이 발전해온 근본 원리와 미래 문명이 전개되어갈 방향을 자신의 독특한 용어를 통해 제시하고 있는데, 여기서 두드러지게 드러나는 것이 인류사를 자연과의 대결 과정으로 파악한다는 점과, 이 대결 과정에서 인간의 무기가 감각에서 의식으로 바뀌고 의식의 전권(全權) 하에서만 비로소 문명은 완전함에 도달한다고 보는 점이다.

그의 이러한 생각들은 이 무렵에 쓰인 공상과학 단편들에서도 잘 드러나고 있다. 공상과학 장르의 선택은 개인적으로 그의 전공이 공학이었다는 사실과도 관련되지만, 미래에 대한 그의 관심, 특히 미래의 비전을 '물질이 지닌 관성'을 극복하는 데서 찾고자 하는 것과 깊은 관련을 맺고 있다. 공상과학 단편들인 「사유의 악마Сатана мысль」 「태양의 후손Потомки солнца」의 이야기 구조는 이러한 관심과 지향을 공통되게 반영하고 있다. 이 작품들에서는 과학자 혹은 기술자가 주인공으로 등장하는데, 「프롤레타리아의 문화」의 저자로서 플라토노프가 그렇듯이, 그들은 자연과 물질의 완전한 정복을 꿈꾼다. 이 꿈을 실현하기 위해 그들이 개발해내는 기구가 아르키메데스의 원리에 근거한 영구동력기관이라든가 빛을 전자기 (電磁氣)로 변환시키는 '광전자장 전환기' 같은 것들이다. 그런데 이들의 시도는 끝내 성공을 거두지 못하고, 그들의 시도를 그리는 작가의 태도는 석연치 않음과 모종의 불안감에 휩싸여 있다. 플라토노프 연구에 커다란 족적을 남긴 세르게이 보차로프С. Бочаров는 이와 관련해 다음과 같이 지적하고 있다. "20년대 플라토노프의 주인공들의 이념은 대개 정론가 플라토노프의 이념이기도 하다. 그러나 예술 세계로 내려오면서 산문의 문맥에서 이 이념들은 견고함과 최종성, 절대성을 잃게 된다." 이러한 간극은 '물질의 완전한 조직'을 통한 '세계의 인간화'란 그의 유토피아 이념이 초기부터 그리 순탄한 길을 걷지 않았음을 보여준다.

1922년 대학을 졸업하던 무렵까지 프롤레타리아 작가연맹 보로네시 지부 임시 의장으로 선출되는 등, 이 지역에서 문필가로서 명성을 날리고 있던 플라토노프는 졸업 후의 진로를 놓고 상당한 갈등을 겪었던 것으로 보인다. 졸업 후 문학가의 길을 가리라는 주위의 예상과 달리 그는 선뜻 보로네시 현 토지청으로 들어가 토지개간 기술자로 일한다. 이런 돌연한 선택의 동기로 몇몇 플라토노프 전기 연구자들은, 1921년 남부 러시아를 휩쓸고 간 유례없는 가뭄과 이것이 계기가 된 그와 당 간부 및 관료들 간의 갈등을 들고 있다. 혹심한 가뭄으로 인해 연일 사망자가 발생하는 상황 속에서 그는 '사변적인' 일인 문학에 남아 있을 수 없었다는 이야기이며, 이런 비상사태에도 불구하고 호의호식하는 당 간부나 관료들에 대한 회의가 그들에 대한 노골적인 비판으로 그를 이끌었고, 특히 당원 자격을 필요로 하는 문필가로서의 진로를 포기하지 않을 수 없게 만들었다는 것이다. 실제로 그는 1921년 당원 후보로서의 자격을 잃게 된다. 이러한 이력은 1920년대 후반 그의 창작의 주요 경향인 풍자의 발원지를 설명해주기도 한다.

1922년부터 1926년 모스크바로 전보 발령이 나기까지 그가 보로네시에서 토지 개간 기술자로 거둔 성과는 눈부신 것이었다. 그는 이 기간 동안 넓은 땅을 개간하고 수많은 댐과 수력발전소를 건설하였다. 이에 따라 문학에 대한 관심은 상대적으로 약화될 수밖에 없었는데, 이 동안에도 그는 당시 소비에트 문학 공방의 축을 이루고 있던 주요 세력에 대한 리뷰 등을 발표하였고, 1927년 무렵에 발표된 다수 작품들을 이때 쓴 것으로 추정되고 있다. 1926년 플라토노프는 갑자기 모스크바로 전근되어 가면서 보로네시 시기를 마감하게 된다. 그가 이렇게 모스크바로 발령을 받게 된 것과 관련해 어떤 연구자는 음모설을 제기하고 있는데, 실제로 모스크바로 이주하면서 그는 여러 가지 악조건을 만난다. 모스크바 관료 사회의 두꺼운 벽에 부딪히며 고전하던 도중, 그는 이번에는 탐보프로 재차 발령을 받게 된다. 가족을 모스크바에 남겨 두고 단신으로 탐보프에 도착한 그는 여기서도 마찬가지로 관료적 관행과 폐해로 어려움에 직면한다. 그러나 탐보프는 본격적으로 작가 플라토노프가 탄생하는 산실의 역할을 하게 된다.

모스크바에 있을 당시 한 출판사와 작품집을 내기로 계약한 그는 이곳에서 작품집에 수록될 이전 원고를 수정하거나 새로운 작품들을 집필한다. 이 당시 아내에게 보낸 편지에서 그는 "쏟아지듯 써내고 있소. 손이 떨리오"라고 쓸 만큼 짧은 시간에 다작을 쓴다. 이때 쓰인 작품들이 중편 「에피르의 길Эфирный тракт」 「예피판의 갑문Епифанские шлюзы」 「그라도프 시(市)Город Градов」이다. 이 작품들은 예술적 완성도에 있어서도 눈에 띄게 성숙한 면모를 보여줄 뿐 아니라, 이념적 경향에 있어서도 큰 변화를 읽게 한다.

세 세대에 걸친 과학자들의 성공과 좌절에 관한 이야기인 「에피르의 길」은 1920년대 초를 잇는 공상과학 장르의 작품이지만, 세계 변혁을 꿈꾸는 주인공에 대해 작가는 보다 확고한 목소리를 내고 있다. 이 작품에서 주인공들은 전자(電子)가 살아 있는 생명처럼 번식을 하지만, 그 증가 속도가 너무 느리기 때문에 인간에 의해 감지되지 않았을 뿐이란 사실을 알게 되고, 그렇다면 전자의 증가 속도를 배가하는 방법만 고안한다면 어떤 물체든 짧은 시간에 수백 배로 확대할 수 있고, 그럼으로써 인류는 물자난에서 영원히 해방될 수 있다는 생각을 하기에 이른다. 그리하여 전자 증식 가속기가 마지막 세대의 과학자 에고르에 의해 비로소 개발된다. 그런데 이 계획이 추진되고 있는 도중 북부의 한 툰드라 지역에서 멸망한 고대 문명의 고서가 발견되는데, 이 고서는 전자 증식 가속기인 이른바 '에피르의 길'이 자신들에 의해 개발되었지만, 전자의 증식은 다른 전자의 감소에 의해 가능했기 때문에, 이로 인해 자신들의 문명이 결국 패망의 위기에 놓여 있다는 내용을 담고 있다. 그러나 이 고서의 경고에도 불구하고 '에피르의 길' 개발은 계속 추진되어 결국 완성되는 것으로 작품은 끝을 맺는다. 이 작품에서 멸망한 문명의 고서는 자연에 대한 중대한 도전이 초래하게 될 무서운 결과를 암시하는데, 이것은 이 시기에 이르러 작가의 입장이 눈에 띄게 변화하고 있음을 보여준다.

탐보프에서의 생활은 플라토노프가 예술적으로 성장하는 데 훌륭한 조건을 제공했지만, 토지 개량과 관련된 직무는 난항의 연속이었다. 결국 플라토노프는 1927년 봄 실업자가 될 위험을 무릅쓰고 탐보프를 떠나는 데, 모스크바로 돌아온 그는 일자리를 다시 얻지 못하고 직업 작가의 길을 선택한다. 1927년은 그의 첫 창작집『예피판의 갑문』이 나온 해로, 이로써 그는 중앙 문단에 본격적으로 데뷔한다. 또 이듬해에는 창작집『비밀스러운 인간Сокровенный человек』을 출판하고, 이어 1929년에는 역시 창작집『장인의 기원Происхожденный мастера』을 발표하는 등, 왕성한 창작 활동을 보여준다. 그러나 이 당시 그는 안정된 거처가 없어 가족과 함께 여러 곳을 전전하면서 모진 생활고를 감내해야만 했고, 장편『체벤구르』의 출판 시도는 거듭 좌절되었다. 특히 1929년에 발표한 단편「회의하는 마카르Усомнившийся Макар」로 인해 당시 라프(러시아 프롤레타리아작가동맹)의 의장이었던 아베르바흐에게(「전체적 규모와 사적인 마카르들에 대하여」에서) '무정부주의자, 허무주의자'로 몰리면서 혹독한 비판을 받게 된다. 또한 1931년 중편「저장용으로Впрок」가 발표되었을 때에는 파데예프 Александр Александрович фадеев가 「한 부농의 연대기에 대하여 Об одной кулацкой хроники」로 그에 대한 공격에 나선다. 이 비판의 배후에는 플라토노프의 작품을 읽은 스탈린의 진노와 직접적인 지시가 있었다고 알려졌다. 이 무렵을 시작으로 플라토노프의 작품에는 이전 작품까지 소급해 '정치적 오류'라는 꼬리표가 달리게 되고, 그의 대표작들은 출판하기 부적절하다는 평가를 받게 된다. 이런 상황은 1930~40년대 플라토노프의 창작 활동을 크게 위축시키는 결과를 가져온다.

1930년을 전후해 쓴『코틀로반』은 1920년대 말 산업화와 집단화가 진행되는 한 도시를 무대로 하고 있다. '무기력의 증대와 전체 노동 템포의 진행 중에 사색에 잠겨' 다니던 공장에서 해고된 주인공 보셰프는 '세계의 진리와 삶의 의미'를 찾기 위해 무작정 길을 나선다. 그의 발길은 '전체 프롤레타리아의 집'이 건설되는 작은 도시에 가 닿는다. 이곳의 노동자들은 사회주의 미래를 위해, 몸을 불사르는 자기희생으로 건설 공사에 몰두한다. 그들에게 고아 소녀 나스챠는 미래의 꿈이며 '전체 프롤레타리아의 집'을 짓는 목적이기도 하다. 보셰프의 여정은 농촌 집단화가 진행 중인 인근의 마을로 이어진다. 건설 현장의 노동자들도, 이 마을의 집단화를 지원하다가 살해된 동료들의 뒤를 따라 하나둘씩 이곳으로 모인다. '열성분자'로 불리는 사나이가 지휘하는 집단화는 노동자들의 가세로 한층 속도를 더해, 부농들을 뗏목에 실어 바다로 보낸 후 완료된다. 그런데 나스챠가 신열로 사경을 헤매다 돌연 숨을 거둔다. 미래의 꿈이었던 나스챠의 죽음으로 노동자들은 망연자실하고, 보셰프는 이제 '그가 지금껏 찾아왔던 것보다 더 큰 것'을 깨닫고 나스챠의 주검 앞에 오열한다. 이 작품에서 '전체 프롤레타리아의 집' 공사는 앞의 작품들과 마찬가지로 자연과 존재에 대한 인간의 무모한 도전으로 읽히는데, 지상의 천국을 건설하고자 하는 노동자들의 꿈은 결국 소녀의 죽음으로 물거품이 된다. 이 작품에서는 맹목적인 이념 지향과, 그런 지향이 낳는 부조리한 상황이 1920년대 말의 역사적 과정을 배경으로 충격적으로 묘사되고 있다.

1930년대 중반 이후 플라토노프의 창작은 전 시기에 비해 크게 위축된다. 그 이유는 무엇보다 1930년을 전후로 하여 그의 작품들이 소비에트 비평계로부터 된서리를 맞게 되고, 이로 인해 그 이후로 여러 악조건들이 걸림돌로 작용했기 때문이다. 이런 상황 속에서 1937년 창작집 『포투단 강Река Потудань』을 발표한 뒤 플라토노프는 문학 비평으로 영역을 옮겨 푸시킨, 고리키, 헤밍웨이 등에 관한 글을 발표한다. 제2차 세계대전이 발발한 1940년대 전반에는 종군 기자로 활동하고, 이 시기에는 전선에서의 경험을 바탕으로 한 단편들을 주로 발표한다. 그러나 전선에서 돌아온 한 퇴역 군인의 이야기를 다룬 단편 「이바노프의 가족Семья Иванова」 발표(1946년)로 그는 다시 비평의 도마 위에 오르고 회복하기 힘들 정도의 타격을 입는다. 이 무렵 수용소에서 돌아온 아들을 간호하던 그는 아들로부터 폐병에 감염되어 오랜 병고 끝에 1951년 숨을 거둔다.

깊은 존재론적 성찰이 빛나는 이 책의 작품들

이 책에 실린 중편 「예피판의 갑문」 「그라도프 시(市)」 「비밀스러운 인간」은 저마다 다양한 이야기를 담고 있지만 주제 면에서 보면 모두 인간과 자연, 정신과 물질의 모순이라는 이전 작품들의 문제의식을 잇고 있다. 다만 극복 대상으로만 여겨졌던 자연과 물질이 이미 인간 존재의 어떤 선험적 전제로 작용하고 있다는 인식이 두터워지면서 위의 주제는 존재론적 성찰의 색깔을 입는다.

역사 소설인 「예피판의 갑문」 역시 1920년대 중반 이후 달라진 작가의 입장을 읽을 수 있는 작품이다. 이 작품은 돈-오카 강 대수로 공사에 얽힌 표트르 대제 시기의 역사적 사실을 바탕으로 하고 있다. 주인공 버트랑 페리는 이 공사의 책임자로 초청된 영국인 토목 기술자로, 갖가지 악조건과 싸우며 공사를 마무리하지만, 완성된 수로에 물이 차지 않아 공사는 결국 실패로 돌아간다. 이 작품에서는 이 공사가 한낱 망상에 불과하다는 것을 애초부터 잘 알고 있던 민중들과 '수학적 이성' 페리의 입장이 대비되면서, 자연과 존재에 대한 이성 편향적이고 폭력적인 태도의 결말이 첨예하게 부각되고 있다.

플라토노프 최초의 풍자 작품인 「그라도프 시」는 풍자가로서의 그의 면모를 잘 보여주고 있다. 이 작품에서는 두 부류의 관료가 등장하는데, 구체제 출신의 노회한 관료인 보르모토프와 소비에트 출신의 관료인 시마코프가 그들이다. 이 작품에서 풍자의 화살은 이 두 유형의 관료 모두에게 향해지지만, 작가의 주된 목표가 되는 것은 관료주의 이데올로그이며 선전가인 시마코프이다. 시마코프에 따르면 관료주의는 극복되어야 할 것이 아니라 오히려 장려되어야 할 기풍이다. 이런 주장의 근저에는 그 특유의 관료주의 철학이 자리 잡고 있다. 헤겔의 절대정신과 같은 추상적 실체인 그의 '질서의 조화로운 이성'은 1917년 혁명을 승리로 이끌고 '사회주의 조국'으로 구현되었던바, 관료제는 그러한 이성의 섭리를 이 땅에 완전히 실현할 사명을 띠고 있다는 것이다. 「그라도프 시」로 출발해 1920년대 후반 플라토노프의 작품에는 소비에트의 사회 현실이 본격적으로 들어오게 되는데, 그러한 작품들은 대개 풍자적 경향을 띤다. 플라토노프의 연구에 초석을 놓은 연구가인 레프 슈빈은 「그라도프 시」에서 작가가 자신의 초기 이념을 풍자하고 있다고 보면서, 이러한 '자기 아이러니'를 1920년대 후반 이후 플라토노프의 창작, 특히 풍자의 구조적 경향으로 파악하고 있다.

1920년대 말에서 1930년대 초는 여러 가지 어려움에도 불구하고 플라토노프가 창작의 전성기를 구가한 시기였다. 장편 『체벤구르』와 『코틀로반』, 중편 「비밀스러운 인간」 「어린 바다Ювенильное море」 등 그의 대표작으로 일컬어지는 작품들이 모두 이 무렵에 쓰인다. 이 시기에 쓰인 작품들은 형식적인 측면에서 어떤 공통점을 갖고 있다. 그것은 '길'의 시공간이 작품의 이야기 전개에 축이 되고 있다는 점이다. 이와 관련해 러시아의 문화적 콘텍스트로서의 '길'에 주목할 필요가 있다. 특히 고골의 다음과 같은 언급은 주목해볼 만하다. "표트르 1세께서 유럽 계몽주의의 연옥으로 우리의 눈을 씻어주시고, 사업을 위한 모든 도구와 무기를 주신 지가 이제 어언 150년이 흐르고 있지만, 아직까지도 우리의 공간은 황량하며 의기소침에 잠겨 있고 인적이 드문 데다, 우리 주위의 모든 것은 어수선하고 침울하기까지 하다. 우리는 아직까지 자기 집이나 고향의 지붕 밑에 있어본 적이 없고 어딘가 흐르는 길에 불편하게 머물고 있다는 느낌이다." 이 시기에 쓰인 작품들 가운데 특히 「비밀스러운 인간」은 이렇게 한곳에 정착하는 것과는 인연이 먼 듯한 러시아 민족의 기질, 신(神)을 찾아 길을 떠나는 방랑자 정신이 깊게 배어 있는 작품이다. 이 작품의 주인공 포마 푸호프는 보로네시 인근 지역과 흑해의 크림 반도, 카스피 해 연안 도시를 떠돌며 내전의 현장을 목격한다. 이 작품에서 백군의 잔류 세력을 몰아내기 위해 악전고투하는 적군의 상대는 정작 백군이라기보다 존재의 내성(耐性)과 자연의 힘이다. 자연에 대한 적군의 봉기는 거듭해서 좌절되지만, 작품의 종결부에 이르러 푸호프는 혁명을 수용하며 한곳에 정착한다. 혁명에 대한 주인공의 태도와 관련해 이 작품은 오랫동안 연구자들 사이에 논란을 불러일으켰다.

자연에 맞서 싸우는 초인들의 이야기인 단편 「마르쿤Маркун」과 「모래 여선생Песчаная учительница」은 이성의 힘으로 물질세계를 정복함으로써 인간이 해방과 구원을 누릴 수 있다는 생각이 바탕에 깔린 작품들이다. 물론 이 영웅 서사시의 행간에는 그러한 계몽주의적 발상에 대한 아이러니가 군데군데 녹아 있어 후기 플라토노프의 다성악적(多聲樂的) 예술 세계를 예고하고 있다.

단편 「국가의 거주자Государственный житель」와 「회의하는 마카르」는 소련의 관료 이데올로기 안에서 하나의 기호로 전락해가는 민중들의 문제를 풍자적 터치로 다룬 작품들로서 작가의 역사적 통찰의 깊이를 잘 보여주고 있다.

플라토노프는 무엇보다 스타일리스트, 문장가로 기억된다. 그의 독특한 문체는 감각의 산란에 초점을 맞추는 인상주의적인 것이 아니라 존재의 내밀한 곳에서 길어 올린 언어가 역설적이기에 빚어지는 현상이다. 이런 작가의 작품을 번역하는 일은 그 자체로 부담스러운 작업이다. 물론 역자가 이 작품에 대한 작업을 시작해 거의 10년 만에 마무리한 것은 역자의 소심함 그리고 특히 게으름 탓임을 인정한다. 그런데 마지막에 이르러 다시 또 1년이 다시 지체된 것은 정말 예상치도 못한 건강상의 문제 때문이었다. 그나마 올해 들어 상태가 약간 호전되어서 작업을 마무리할 수 있게 된 것에 감사할 뿐이다. 그동안 오래 기다려주신 문학과지성사 편집진 여러분께 감사의 인사를 드리며, 아내와 관혁, 관진에게도 감사의 마음을 전하고 싶다.

1899	8월 16일 러시아 남부 보로네시의 외곽 마을인 얌스카야 슬로보다에서 태어남. 아버지는 보로네시 철도역 소속 기관사이자 주물공이었던 플라톤 피르소비치 클리멘토프. 어머니에 대해서는 알려진 것이 거의 없음. 본명은 안드레이 플라토노비치 클리멘토프Андрей Платóнович Платонов.
1906	교회 부설 시립 초등학교에 입학.
1914	10남매의 장남으로서 가난했던 가계를 돕기 위해 일찍 일을 시작함. 기관사 조수에서 제관공, 기관차 수리공 등 여러 일자리를 거침.
1918	10월혁명 후 배움의 기회를 얻어 보로네시 철도대학 전기과에 입학하면서 글을 쓰기 시작함. 공산주의자 기자협회가 주최하는 프롤레타리아와 부르주아 문화에 대한 토론회에 참여하고 공산주의 신문과 잡지에 시, 소설, 논문을 꾸준히 발표함.
1920	모스크바에서 개최된 제1차 전국 러시아 프롤레타리아 작가회의에 보로네시 대표 자격으로 참가. 대회 당시 "어떤 문학 단체에 공감하거

나 소속되어 있는가?"라는 설문에 "그런 단체는 없으며 나 자신만의 경향을 갖고 있다"고 대답함.

1921~1922 공산당 조직에서 나와 실천 활동에 뛰어듦. 이 두 해 동안 '보로네시 주(州) 가뭄과의 전쟁 비상위원회' 의장으로 일함. 1921년 「전력화 Электрификация」라는 소책자, 1922년 시집 『하늘색 심연Голубая глубина』 발간.

1923 보로네시 주 토지청에 들어가 토지개량 사업과 농촌전력화 사업에 투신함. 1924년에 쓴 자기소개서에서 문학을 버리고 건설 현장에 뛰어든 이유에 대해 "1921년의 가뭄은 내게 커다란 충격이었다. 기술자인 내가 사변적인 문학에 매달려 있을 수 없었다"고 밝힘.

1926 2월 아내 마리아 알렉산드로브나, 아들 플라톤과 함께 모스크바로 이주함. 이주한 지 한 달 만에 석연찮은 이유로 직장에서 해고되고, 한동안 극심한 생활고에 시달림. 10월 탐보프 주 토지개량 부서의 책임자로 임명되어 홀로 탐보프로 떠남. 떠나기 직전 출판사 '젊은 근위대'와 작품집 출판 계약을 맺음.

1927 연초 탐보프에서 지내면서 중편 「에피르의 길Эфирный тракт」「예피판의 갑문Епифанские шлюзы」「그라도프 시Город Градов」 등을 씀. 3월 모스크바로 다시 돌아옴. 마땅히 거처할 곳이 없어 가족과 함께 여기저기를 전전하는 악조건 속에서도 중편 「비밀스러운 인간Сокровенный человек」「얌스카야 슬로보다Ямская слобода」「나라의 건설자들 Строители страны」 (훗날 장편 『체벤구르Чевенгур』로 발전)을 씀. 가을에 작품집 『예피판의 갑문』 출간.

1928 작품집 『비밀스러운 인간』 출간.

1929 작품집 『장인의 기원Происхождениый мастера』 출간. 세 작품집의 출간

을 지원해준 '젊은 근위대'의 편집장 리트빈-몰르토프의 도움을 얻어
장편 『체벤구르』의 출판을 위해 백방으로 노력하지만 끝내 뜻을 이루
지 못함. 그 이면에는 당시 러시아 프롤레타리아 작가회의 의장이었
던 아베르바흐가 단편 「회의하는 마카르Усомнившийся Макар」의 내용
을 문제 삼아 '휴머니즘을 가장한 개인주의자이며 무정부주의자'라고
플라토노프를 비판하는 등 우호적이지 않은 문단의 분위기가 자리 잡
고 있었음. 이해 가을 장편 『코틀로반Котлован』에 대한 작업에 들어감.

1930   연초에 『코틀로반』과 희곡 「샤르만카Шарманка」를 탈고. 중편 「저장용
으로Впрок」를 발표하려 하지만 검열로 인해 어려움을 겪음.

1931   「저장용으로」를 잡지 『붉은 처녀지』에 발표함. 이 작품의 발표로 파
데예프Александр Александрович Фадеев에게서 '반혁명주의자, 부농의
앞잡이'라는 비판을 받음. 억울함을 호소하고 곤경에서 벗어나기 위
해 스탈린과 고리키에게 편지를 쓰지만 두 사람 모두에게서 답을 받
지 못함. 고리키에게 보낸 편지에서 "저는 계급의 적이 아닙니다. 노
동자 계급은 저의 고향이며, 저의 미래는 프롤레타리아 계급과 함께
할 것입니다"라고 씀. 저울과 자를 만드는 공장에 설계사로 들어가
1935년까지 일하면서 여러 가지 발명품을 내놓음.

1932   중편 「어린 바다Ювенильное море」 집필.

1933   장편 『행복한 모스크바Счастливая Москва』 집필 시작. 이 작품은 작가
가 죽은 지 40년 만인 1991년에 잡지 『신세계』에 발표됨.

1934   소련작가동맹 출범을 준비하며 조직된 여행단의 일원으로 투르크메니
스탄에 다녀옴. 이 여행에서 취재한 내용을 바탕으로 중편 「잔Джан」,
단편 「타키르Такыр」 「뜨거운 북극Горячая арктика」 등을 씀. 이 가운데
「타키르」만 작가가 살아 있는 동안에 발표됨.

1937	출판사 '소비에트 작가'에서 1929년 이후 처음으로 작품집 『포투단 강Река Потудань』이 출간됨. 구레비치가 「안드레이 플라토노프Андрей Платóнов」라는 장문의 글에서 이 작품집에 등장하는 인물들이 종교적 성향을 강하게 띠고 있다고 비판함.
1938	문학잡지 『문학비평』과 『문학리뷰』에 문학 비평문을 꾸준히 발표함. 열다섯 살의 아들이 학교에 다니다가 당국에 체포됨.
1939	어린이들을 다룬 작품집 『7월의 소낙비Июльская гроза』가 출간됨.
1941	오랜 친구이자 소련 최고인민회의 대의원이었던 숄로호프의 도움으로 수용소에 있던 아들이 석방됨.
1942	2차대전이 발발한 뒤 종군기자로 선발되어 전선에 파견됨. 작품집 『고무된 사람들Одухотворенные люди』 출간.
1943	아들 사망.
1946	「이바노프의 가족Семья Иванова」을 발표하여 다시 비평가들의 표적이 됨.
1949	숄로호프와 공동으로 편집한 책으로 러시아 전래 이야기들을 각색해 실은 민담 모음집 『마술 반지Волшебное кольцо』를 출간.
1951	1월 5일 폐결핵을 앓다가 52세를 일기로 사망. 아들의 묘소가 있는 야르만스키 공동묘지에 묻힘.

'대산세계문학총서'를 펴내며

2010년 12월 대산세계문학총서는 100권의 발간 권수를 기록하게 되었습니다. 대산세계문학총서의 발간은 앞으로도 계속될 것이고, 따라서 100이라는 숫자는 완결이 아니라 연결의 의미를 지니는 것이지만, 그 상징성을 깊이 음미하면서 발전적 전환을 모색해야 하는 계기가 된 것은 분명합니다.

대산세계문학총서를 처음 시작할 때의 기본적인 정신과 목표는 종래의 세계문학전집의 낡은 틀을 깨고 우리의 주체적인 관점과 능력을 바탕으로 세계문학의 외연을 넓힌다는 것, 이를 통해 세계문학을 바라보는 우리의 시각을 전환하고 이해를 깊이 해나갈 수 있도록 한다는 것이었다고 간추려 말할 수 있습니다. 그리고 궁극적으로는 우리의 인문학을 지속적으로 발전시켜나갈 수 있는 동력이 될 수 있기를 희망하는 것이었습니다. 이러한 기본 정신은 앞으로도 조금도 흐트러지지 않고 지켜나갈 것입니다.

이 같은 정신을 토대로 대산세계문학총서는 새로운 변화의 물결 또한 외면하지 않고 적극 대응하고자 합니다. 세계화라는 바깥으로부터의 충격과 대한민국의 성장에 힘입은 주체적 위상 강화는 문화나 문학의 분야에서도 많은 성찰과 이를 바탕으로 한 발상의 전환을 요구하고 있습니다. 이제 세계문학이란 더 이상 일방적인 학습과 수용의 대상이 아니라 동등한 대화와 교류의 상대입니다. 이런 점에서 대산세계문학총서가 새롭게 표방하고자 하는 개방성과 대화성은 수동적 수용이 아니라 보다 높은 수준의 문화적 주체성 수립을 지향하는 것이며, 이것이 궁극적으로 한국문학과 문화의 세계화에 이바지하게 되리라고 믿습니다.

또한 안팎에서 밀려오는 변화의 물결에 감춰진 위험에 대해서도 우리는 주의를 게을리하지 말아야 할 것입니다. 표면적인 풍요와 번영의 이면에는 여전히, 아니 이제까지보다 더 위협적인 인간 정신의 황폐화라는 그늘이 짙게 드리워져 있는 것이 사실입니다. 대산세계문학총서는 이에 대항하는 정신의 마르지 않는 샘이 되고자 합니다.

'대산세계문학총서' 기획위원회

대 산 세 계 문 학 총 서